마지막 여행. 경주 근처 감은사지(1997.2)

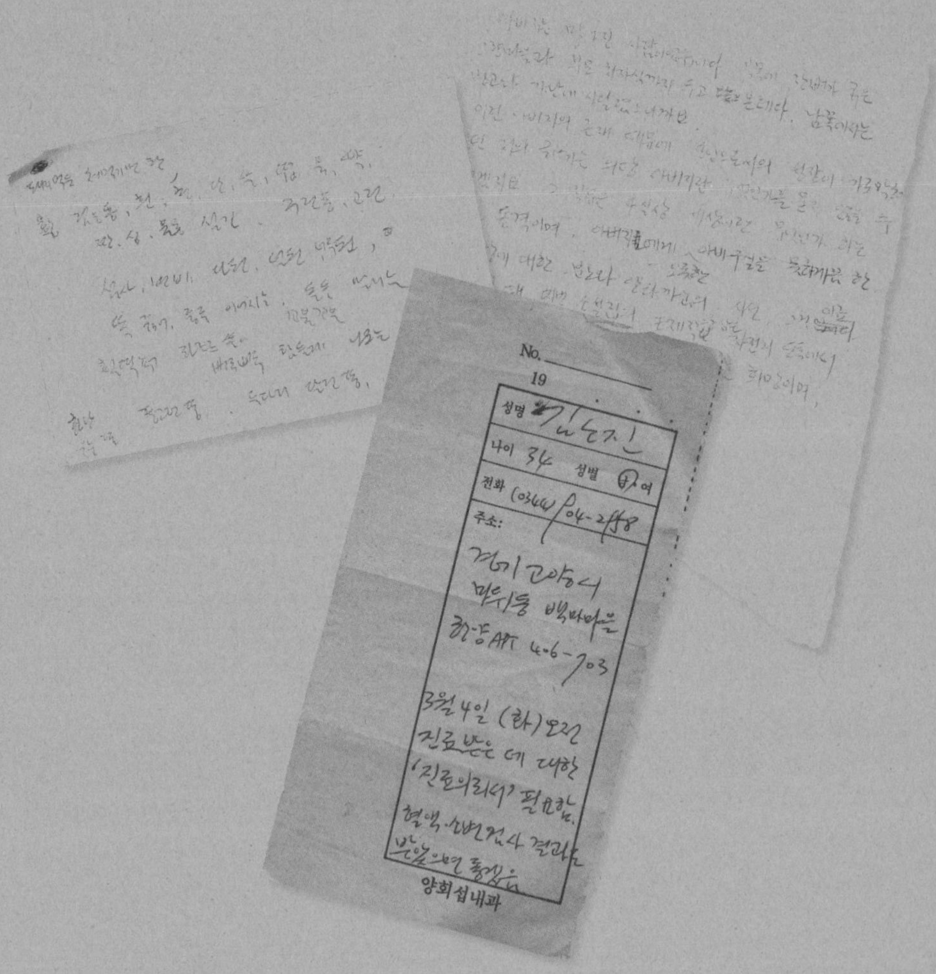

▲ 친필 메모들. 김소진의 육성이자 그의 삶과 문학, 그 여정의 마지막 순간까지 담겨 있다.

● 미완성 유작 「내 마음의 세렝게티」의 뜽 메모(1997.2.)

● 문학 강연에 앞서 「자전거 도둑」의 요체를 마음으로 정리했던 메모(1996)

● 1997년 3월 4일부터 시작된 병원 진료서 메모

▶ 태생지 철원을 찾아(1993.11) 산야는 작가가 태어났을 때와 변함없이 군사 지역의 황폐한 분위기로 냉랭하다

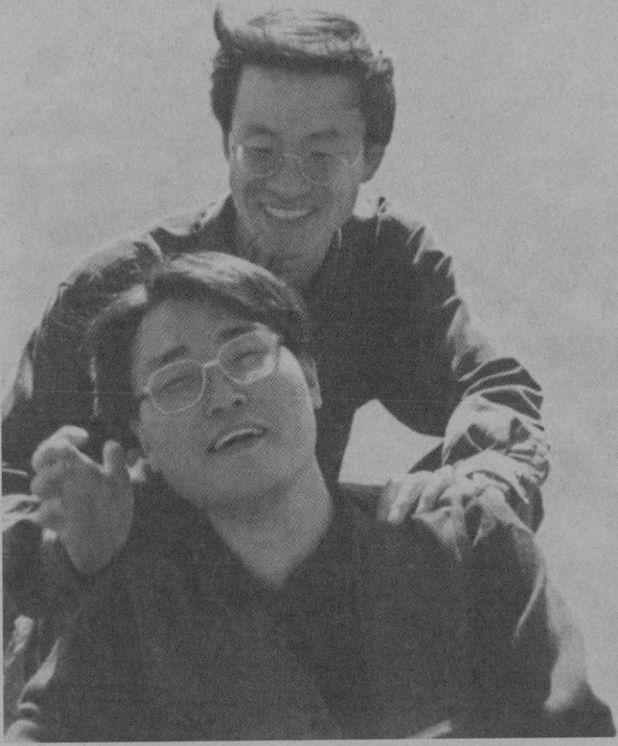

첫 소설집부터 김소진 소설의 대부분을 편집했던 지우(知友) 문학평론가 정홍수와 함께 내장산에서(1996.6)

첫 소설집을 내고 안양의 문학 동아리에 참석하여(1993.11)

『김소진 전집』을 펴내며

작가 김소진이 우리의 곁을 떠난 지 다섯 해째가 되는 시점에서 그의 전집을 펴낸다. 여기 저기 흩어져 있는 그의 흔적들을 한데 모음으로써 그새 풀이 자라고 관목들이 우거진, 그에게로 가는 길을 닦기 위함이다.

생전에 김소진은 네 권의 소설집과 두 권의 장편소설, 각각 한 권의 창작동화와 산문집, 두 권의 짧은소설집, 그리고 책으로 묶이지 못한 미완성 장편 한 편을 남겼다. 김소진의 소설은 고난의 시대를 살아온 서민들의 삶의 애환을 절실하고도 아름다운 문체로 그려냈다는 평가를 받았으며, 그러므로 우리 문학사의 귀중한 자산 목록에 올려져 있다. 습작기부터 그가 세상을 뜨기 직전까지 쓴 글들을 모은 이 전집이 김소진 문학의 전체적 면모를 조망하는 지도가 될 수 있기를 기대한다. 그리하여 작가가 다양한 축도와 시선으로 작성한 삶의 지형도를 통해 이 책의 독자들이 인생과 사회를 보다 넓고 깊게 응시할 수 있는 계기가 마련되었으면 한다.

이 전집은 모두 여섯 권으로 구성되어 있다. 우선 작가의 중단편을 시기별로 재구성하여 세 권으로 묶었다. 새로운 지식인 소설의 탄생으로 평가받았던 그의 초기작으로부터 아버지의 자리를 고통스럽게 확인하는 기억의 서사를 거쳐 새로운 소설적 가능성을 시도했던 후기작들에 이르는 김소진 소설 세계의 흐름을 일목요연하게 드러내기 위함이다. 『장석조네 사람들』은 연작의 형식임을 고려하여 따로 독립시켜 한 권으로 묶었으며, 나머지 두 권에는 짧은 소설과 작가의 산문, 그 외의 자료들을 담았다. 매권 끝에는 새로 해설을 달아 김소진 문학의 현재적 의미를 가늠해보고자 하였다. 그리고 전집과는 별도로 김소진의 삶과 문학에 바쳐진 글들을 엮어 가까운 기일 내에 출간할 예정이다.

전집을 펴내는 과정에서 발견된 명백한 오자와 탈자는 바로잡았으나 애매하거나 작가의 고유한 표현이라고 생각되는 것들은 그대로 두었다. 그것을 수정할 수 있는 이는 단 한 사람이지만 그를 이곳으로 불러낼 방법이 없었기 때문이다.

그리운 동방

그리운 동방

김소진 산문

문학동네

| 차례 |

1부 산문

어둡지 않고 환하지도 않은 삶을 구술하고 싶다

—신춘문예 당선 소감

늦깎이가 되리라던 내 꿈은 무너졌다.

될 수 있으면 서른다섯쯤 지날 때 물리에 밝고 밑천 두둑한 장사꾼처럼 성큼 나서고 싶었다. 나는 그런 완벽한 출발을 하릴없이 품어왔다. 너무 어둡지도 않은 또 너무 환하지도 않은 오롯한 삶을 구술하고 싶었다. 그런 얘기를 듣는 이 옆에서 번득이는 눈빛을 읽고 싶었다. 그런데 나의 이 설익은 이야기가 활자의 세례를 받는다는 게 정녕 축하받을 만한 일이던가.

그러나 이런 투정에 앞서 갑자기 견독(見獨)한 듯한 기쁨에 몸을 떨었던 사실을 솔직히 고백하지 않을 수 없으리라. 나는 단순한 감정을 처리하는 데는 익숙하지 못하니깐.

돌이켜보면 문학은 내게 언제나 차선책이었다. 열혈 청년이던 시절 메까치 울음소리만 들어도 내 짝사랑을 아랑곳 않는 역사에 절망했다. 그 절망은 나의 가슴속 깊이 내장돼 있던 불신의 뿌리를 쏘삭거렸다. 나는 그 불신의 뿌리에서부터 지금 시작하고 있는 셈이다. 소설적 체력도 상상력도 더군다나 따스한 가슴조차 제대로 갖추지 못했으면서도 이야기꾼이 되려는 몸짓을 그만두지 않는 까닭을 나는 정말 모른다.

문학을 생각하면 오로지 눈앞이 캄캄해질 뿐이다. 지치고 상처 입은 이들의 깊고 가없는 삶과 꿈의 언저리에 손톱만큼이나 가 닿을 수 있을까. 혼신의 힘을 다 쏟아 좋은 얘기를 쓸 각오를 다질 뿐이다.

나는 아직도 늦깎이가 될 꿈을 결코 버린 게 아니다.

우선 어딜 가든 민중의 한 알갱이가 될 수밖에 없었던 아버지를 떠올린다. 당신의 판독하기 어려운 어설픈 미소를 곁들이며. 생전의 불효를 용서하소서. 그리고 이 수상한 겨울에 스스로 갇힌 이들을 잠시 생각하매 훈훈한 세밑이나 이상난동(異狀暖冬)이니 하는 말들의 무의미함을 알겠다. 먼 데서 새날을 꿈꾸는 친구한테선 아직 아무런 연락이 없지만 왠지 느껍다.

모두가 소중해지는 이때다. 여러 가지로 모자라는 점이 많은 졸작을 뽑아준 심사위원들께 머리 숙여 감사드린다.

(1991. 1)

밥풀때기가 살고 있었네

—내 소설을 말한다 :「열린 사회와 그 적들」

내가 사는 집은 서울에서 이제 몇 군데 남지 않은 달동네로 알려진 미아리 산등성이에 얹혀 있다. 선거 때마다 에누리없이 유력한 주거 환경 재개발 지구로 꼽히고 있는데, 아닌게 아니라 옆동네인 미아동 지역은 올 봄부터 본격적인 재개발 공사에 들어간 상태이기도 하다.

고향인 철원에서 당시 부패한 군장교나 하사관들이 빼돌린 군수품을 둘러싼 흔해빠진 뒷거래에 밥줄을 대던 아버지는 갈수록 떡고물이 볼품없어지자 보따리를 몇 개 싸서 이고 지고 솔권하여 무작정 서울행을 택하고 말았다. 그 이듬해에 1·21사태(나중에 안 일이지만)가 일어났다며 이른 아침부터 어른들이 삼삼오오 쭈그려앉아 간밤에 울렸던 총소리를 헤아리던 장면이 아슴푸레 떠오르는 걸로 보아 서울에 첫발을 내디딘 때는 여섯 살 무렵인가 싶다. 그때부터 이제껏 같은 동네에서 몇 집 건너 이사만 두 번 했을 뿐이니 이십오 년간을 한 곳에 머무른 셈이다. 산동네라는 곳이 사실 인구 유동이 몹시 심한 데

여서 이 정도의 세월만 가지고도 터줏대감 노릇이 그리 어렵지는 않을 터였다. 나무가 울창한 덤불숲 사이로 가재가 기어갈 듯한 실개울이 짤짤 흐르던 자리는 콘크리트 맨홀이 줄줄이 깔린 내리막길이 되었고, 곳곳에서 제 구실을 톡톡히 하다가 흔적 없이 증발해버린 옛 우물 자리를 가물가물하게나마 기억해내는 이는 나이 지긋한 축들 속에서도 그리 흔하지 않을 것이다.

어린 시절은 누구에게나 아련한 풍경으로만 새겨지는 법이겠지만 나 또한 그렇다. 그 무대에 나와 함께 등장했던 사람들은 모두 다 퇴장해 지금은 돌이켜세울 수 없게 되었고, 그럴 수 없게 된 때문인지 그들 때문에 내가 받았을 괴로움 같은 건 도무지 떠오르지 않고 왠지 애틋하고 끈끈했던 기억만 몇 토막씩 머릿속에 환하게 켜지곤 한다. 곁엣사람들이 틀림없이 성격 파탄자나 알코올 중독자라고 손가락질했을 아저씨들, 그리고 양아치 취급을 당했을 동네 형들 밑에서 우리 또래들은 그들을 본떠 연습하며 모르는 새에 그들을 닮아가고 있었다. 아, 닮·아·가·고 있었……

거짓말, 좀도둑질, 쌍소리, 깡다구부리기, 그리고 언젠가의 가출들. 어른들의 술주정, 마누라 두들겨패기, 젓가락 장단, 자포자기한 울부짖음들을 훔쳐보면서 이 세상엔 정말 '기똥찬' 꿈은 없다고 어린 마음에 감히 단정을 내리곤 했었다. 그리곤 제딴에는 세상 물정을 되게도 많이 안다는 부질없는 자부심에 사로잡혀 가슴팍을 주먹으로 썩썩 부벼댔다.

그러나 그들만큼 내게 잘 대해준 사람을 찾기란 아마 쉽지 않을 성싶다. 그중에서 얼금뱅이 상호형은 내 이마의 종기를 정성껏 치료해주었고, 병호형 같은 이는 딴 동네 아이들의 주먹질에서 나를 보호해주는 울타리 노릇을 했다. 또 나중에 돌다리 건너 선술집 앞에서 술에 취해 바지에 오줌인지 오물인지를 잔뜩 지린 채 뻗어 있어 내게 실망을 안겨주기는 했어도 성경에 나오는 인물들의 이야기를 굵은 침 튀기며 실감나게 해주던 만복이형은 도대체 어디로 사라져갔단 말인가?

몇몇 또래들은 가끔씩 예비군 훈련장에서 심심찮게 마주쳤다. 물론 서로가 서로를 모른 체하고 넘어가기 일쑤였다. 예비군복을 입혀놓은 그들은 대번에 표가 났다. 그렇지 않아도 예비군복만 입혀놓으면 어엿한 기업체의 대리쯤 되는 점잖은 사람들마저도 까닭 없이 거들거들해지는 판국에 며칠분의 일당조차 제쳐놓고 끌려나오다시피 한 그들이야말로 오죽하겠나. 훈련 기간을 면제해주는 정관 수술을 왜 총각은 받으면 안 되냐며 교관에게 턱없이 부득부득 대들고, 삼사십 분씩 소변을 보고 온답시고 한 시간 이상씩 출석 점검을 더디게 만들고, 각개 전투 교장에서 외설적인 가사의 〈성냥 공장 아가씨〉를 불러대 분위기를 얼렁뚱땅 오락판으로 뒤바꿔놓는 이들이 바로 그들이었다. 짬짬이 일자리 걱정과 일당에 대한 정보를 서로 놓치지 않고 주고받으면서.

나는 '밥풀때기' 라는 말이 신문과 방송에서 그리고 사람들의 입에 게거품을 물리며 떠돌 때 그 호칭이 내 어릴 적의 바로 그 사람들을 가리키는 말임을 단박에 깨달았다. 뿔뿔이 사라져버린 줄로만 알았던 그들이 어느덧 매스컴에 집중적인 조명(?)을 받으며 화려하게 등장하는 것을 덤덤히 목격해야 했다. 비록 힐난과 지탄의 대상이긴 했지만. 못 먹게 돼 쓸모가 없어진 밥알 부스러기인 밥풀때기로 싸잡혀서 말이다. 그런데 서로 몸을 비벼대며 삶의 애환을 뒤섞고 살았던 그들에 대해 내가 어떻게 부채 의식을 갖지 않을 수 있을까. 나는 자꾸만 완전한 사회, 이상적인 사회에 대해 자문하지 않을 수 없었다. 누구 말대로, 개개인이 사회의 진정한 주인으로 질적으로 더 많은 자유와 민주주의 그리고 물질적 풍요와 평등을 이룰 수 있는 사회에 대해서 되지도 않는 상상을 덧칠하면서.

그들 밥풀때기는 아직 우리 사회가 완전하지 않음을 극명하게 증거하는 물증들이었다. 한데 과연 우리는 정말로 이상적인 세상을 이 땅에 세울 수 있을까? 밥풀때기들만 깨끗이 쓸어내면 그런 세상이 오고야 말까? 결론부터 얘기하자면 나는 감히 회의적이다. 그들은 우리 앞에 어떤 세상이 열리든 간에 소외에서 벗어나지 못할 군상일 뿐이다. 어색하더라도 그 곁에 내가 가서 서 있으면 안 될까. 이상적으로 좋은 세상이라는 게 객관적(그런 게 있다면)으로도 그리고 논리적으로도, 더군다나 현실적으로 불가능할지라도 누가 알겠는가, 진짜로 그런 세상이 오고야 말지를. 문학의 중요한 역할 가운데 하나가 사람들로 하여금 그런 꿈을 버리지 말도록 설레발을 놓고 등 떠미는 게 아닐까.

「열린 사회와 그 적들」은 이런 바탕 위에서 밥풀때기들의 삶의 무늬를 희미하게나마 더듬어봐야 한다는 부채 의식에서 출발한 작품이었다. 그들은 배척한다고 해서 없어질 그런 존재가 결코 아니며, 그들을 함께 끌어안고 가는 노력이 우러나는 사회의 진정한 가치를 더불어 상기시키고자 한 서툰 시도였다.

얼마나 좋은가, 스스럼없이 이렇게 말할 수 있는 푸근한 사회라면. 밥풀때기들이 살맛나게 살고 있었네, 우리 이웃에.

(1993. 6)

나의 가족사

내가 대학교 4학년이던 해에 63세로 돌아가실 때까지 아버지는 내내 경제적 무능력자로 남아 있었다. 가족의 생계를 오롯이 책임지지 못했으니깐.

자라나면서 난 우리 사남매 가운데 내가 아버지를 가장 많이 빼닮았다는 이유 때문에 한때는 나 자신이 싫어지기까지 했었는데, 이번에는 그와 똑같은 이유로 해서 난 아버지를 기꺼이 받아들일 수밖에 없게 됐다. 그리고 무엇보다 난 아버지, 당신의 아들이었던 것이다.

아버지는 남쪽과 북쪽에 똑같이 처자를 둔 사람이었다. 함경북도 성진이 고향이었던 아버지는 6·25 당시 원산의 한 인민병원에서 약품 관리를 맡았던 스물여덟 살의 혈기방장한 젊은 서무원이었다. 기관포를 장착한 미군 트럭이 원산 시가지를 내달리는 걸 보고 나서야 국방군이 원산을 접수한 사실을 깨달은 아버지는 단순히 부역자로 몰리지 않기 위해서, 그리고 원활한 배급을 위해서 우익 대한청년단에 가입했다.

원산 대철수 때 며칠 동안 후퇴했다가 다시 온다는 상부의 말을 순진하게 믿었던 아버지는 처자를 쑥밭이 돼버린 원산에 두고 온 뒤로 다른 실향민들의 운명이 그러했듯이 다시는 그들을 만나지 못했다.

이산가족 찾기 열풍이 한창이던 어느 땐가 내가 아버지에게 북쪽 생각이 나느냐고 은근히 물어보았더니 아버지는,

"안 난다믄 거짓뿌렁이잖구. (북에 두고 온) 그 아이가 살아 있다믄 야…… 내 아가 이름도 채 못 지어주고 나온 거 니 아니? 기거이 참……"

하면서 뿌우연 눈빛을 띠었다. 순간 나는 아버지가 이남에서 삼십 년을 넘겨 살아왔지만 삶의 잔뿌리를 올올이 다 내리지 못한 게 아닌가 하는 생각을 하게 되었다.

아버지는 휴전선이 코앞인 강원도 철원에서 철조망이 뚫리길 기다리며 군부대에서 빼돌려진 군수품 장사를 하다가 포탄 탄피 고물상을 하던 큰외삼촌을 통해 어머니를 만나게 되었다. 1957년도 가을이었다. 어머니는 당시로서는 비교적 교육을 솔찮게 받은 쪽에 속했다. 해방 직전 철원고녀에 입학한 어머니는 해방 뒤 북한식으로 개편된 학제에서 철원여중으로 졸업하여 인민학교 초등교원 생활을 하다 1·4 후퇴 때 월남했다. 전쟁 뒤에는 휴전선 남쪽으로 편입된 철원에서 임시직 교원생활을 계속하던 중이었다. 북한에서의 교원 경력을 인정받지 못했기에 임시직에 머물렀다.

해방 당시 삼팔선 이북에 살았던 외가는 토지 개혁 대상에도 끼었던 것으로 미루어 보아 줄잡아 백 마지기 이상의 땅을 지닌 중농으로 추측된다. 비록 전쟁통에 땅문서 한 장 건지지 못해 몰락한 집안이긴 했지만, 그런 본데 있는 집안 출신인 어머니가 외돌토리 떠돌이에 불과하던 아버지와 귀밑머리를 푼 데는 그만한 까닭이 있었다.

어머니는 외할머니의 부주의로 두 살 되던 해에 왼쪽 눈가와 뺨에

입은 화상 흔적을 평생토록 지니고 살았던 것이다. 당시 기준으로 볼 때 여자로서의 생명을 잃은 어머니는 아버지와의 결혼을 감수할 수밖에 없었던 모양이었다. 얼굴에 큰 흉이 지자 어머니의 앞날을 걱정한 외할아버지가 아무리 여자지만 학교라도 진득이 다니게 해서 금융조합 서기나 교편을 잡게 해야 한다며 집안의 반대를 무릅쓰고 취학을 시켰다고 한다.

우리 사남매가 마치 피난민 행색으로 함께 찍은 사진은 서울에 온 지 열흘쯤 된 때의 것이다. 삼월 중순께면 사진에서 보이는 추레한 겨울 누더기 따위는 벗고서 환하게 찍음직도 한데, 가세가 기울어서 올라온 서울이라 그런지 제각각의 표정이 스산하기만 하다. 나중에 들은 얘기지만 이 사진을 찍고 나서 어머니가 철원에서 가져온 DDT(살충제) 가루인지 뭔지를 몸 속 구석구석 허옇게 뿌렸다고 한다. 그러잖아도 촌티가 나는 마당에 몸에 이 같은 것마저 들끓으면 서울 사람들한테 더 천덕꾸러기로 비칠까 염려해서 우격다짐으로 뿌렸다는 것이다. 그건 일종의 오기이면서도 어떻게 해서든 서울에 발붙이고 살아보겠다는 어머니 나름대로의 다부진 통과제의이기도 했다.

아버지가 남쪽과 북쪽에 모두 처자를 거느렸다는 사실을 알게 된 것은 내가 초등학교 사오학년 때쯤이었다. 이모와 어머니가 무심결에 나누는 대화 속에서 알게

되었다. 그 사실은 내게 적잖은 충격을 던져주었고, 심한 자격지심에 빠져든 나는 곧바로 『여간첩 마타하리』『강철수 성인만화 시리즈』『기생열전』 따위의 얄팍한 성인만화에 빠져들게 되었다. 산동네에서 자란 내 주변에는 성인만화를 즐겨 보는, 이른바 양아치 형들이 많았다. 처음에 난 그런 지저분한 성인만화에는 혐오감을 가지고 있었지만, 우리 어머니에게서 태어나지 않은 어떤 형제들이 이 하늘 밑 어딘가 있다는 충격 때문에 갑자기 성인만화에 탐닉했던 것이다.

어머니는 모든 어머니들이 그러하듯이 이래저래 자식인 나에게 많은 영향을 끼친 사람이었다. 어머니가 원래 입심이 센 사람이었는지는 알 수 없으나 거친 세상살이에서 겪어야 했던 온갖 풍상이 당신의 입심을 더욱 걸게 했던 것만은 틀림없었다. 나는 막내였던 탓에 어머니 곁에서 그 드센 입심의 상대자로서 세상에 대한 갖가지 푸념이나 하소연을 감당해야만 했다. 지금에 와서 돌이켜보니 그것이 내 문학의 한 자산이 되어준 측면을 간과할 수 없다.

가령 예를 들자면 작품 속의 이런 문장들.

"개 칠 몽둥이도 없는 집구석에서 무슨 넘나게스리 나라일에 간섭을 하고 찡기고 한다는 건지…… 털도 없는 강아지 풍성풍성한 격이야."

"고런 약아빠진 쌩쥐가 무슨 열고가 났다고 진수성찬을 눈앞에 두고 그 밍밍한 쥐약을 줏어 처먹을 거야. 옘병하다 거꾸러질. 설령 먹었다고 쳐봐. 그눔이 어느 구석에 나자빠져 쉬를 슬고 있을지 알게 뭐야? 구질구질하게시리. 그래서 예부터 장사꾼의 무덤엔 슬기가 없다는 거지."

어머니와 아버지가 선인장꽃을 앞에 두고 모처럼 화기애애한 사진을 찍은 곳이 바로 내 데뷔작 「쥐잡기」의 무대가 된 구멍가게로 통하는 미닫이문 앞이다. 사진 오른쪽에 보면 소고기라면 상자, 고소미크

래커, 이티장군 등등의 과자 상자가 쌓여 있는 게 보인다. 이 미닫이문을 열면 곧바로 영점 칠 평짜리 가게 진열장이 나오는데, 그 좁다란 가게 안에서 우리의 비극적 현

대사가 강요한, 그래서 당신의 삶의 속살을 깊숙이 할퀴고 간 그 흔적을 붙안고 아버지는 조금씩 조금씩 닳아져갔다. 그러다가 낡고 허술한 천장에 게릴라처럼 출몰해오던 새앙쥐들과 이따금씩 고투(孤鬪)를 벌이곤 했다. 아버지는 이 사진을 찍은 지 일 년 반쯤 뒤에 세상을 떴다.

나는 아버지 살아생전에 별로 효도라는 걸 해보지 못했다. 효도는 커녕 난 도무지 아버지라는 존재를 승복할 수가 없었다. 철없던 한때는 아버지의 무능력이라는 게 일종의 재앙으로까지 여겨졌다. 그런 분위기가 대학 초기 때까지 이어졌으니, 나는 겨우 아버지가 돌아가시기 직전의 대략 이 년 간만 아버지 당신의 삶을 이해하고 그 상처에 숨가빠했던(아니 하려고 했던) 것이다.

때문에 나의 문학의 첫발은 아버지와 문학을 통해서나마 화해하기 위함이었다. 나는 내 데뷔작을 두고 소설이기에 앞서 애틋했던 아버지께 부치는 제문(祭文)이라고 밝혀놓았는데, 적어도 그건 예쁘게 꾸민 말이 아니라 솔직한 심정에서 우러난 말이다. 또한 내가 어쩔 수 없이 함경도 종자임을 수긍하는 자기 고백이기도 했다. 어머니는 툭하면 '이 씨를 말릴 함경도 종자들아' 하면서 주걱을 흔들어대며 우

리 부자(父子)들을 싸잡아 공격하곤 했다. 특히 '종자'를 발음할 때의 어머니의 입놀림은 기묘했다. 마치 질긴 비곗덩어리 같은 것을 입안에 넣고 자근자근 짓씹는 모양이었다. 그 욕은 그 어떤 다른 욕보다 나를 절망 속으로 몰아넣었다. 하지만 나는 그때의 어머니 또한 이해한다. 지금 늙어버린 어머니가 젊었을 적의 영악함을 많이 잃고 다시 순해져 있어서가 아니다.

함경도 종자는 기어이 함경도로 돌아가지 못했다. 그리고 육십하고도 세 해를 넘겨 살았던 삶이건만 아버지는 그 흔한 사진 한 장 변변하게 이 땅에 남기지 못했다. 영정에 쓸 사진조차 없었으니…… 영정에 쓴 틀사진은 아버지의 주민등록증에 붙어 있는 흑백 증명사진을 부랴부랴 확대하여 마련한지라, 우중충할 뿐 아니라 허물을 뒤집어쓴 것처럼 윤곽이 희미하고 어룽거렸다. 그 틀사진은 내가 얼마 전까지 쓰던 골방의 책상 왼켠에 매달려 있다.

아버지는 무능력했지만 주변에서 법 없이도 살 만한 사람이라는 말을 몇 번쯤은 들은 기억이 난다. 내가 서른한 살의 삶이 무거워지고 고달파질 때마다 자꾸만 아버지의 이 표정을 떠올리는 이유가 바로 여기에 있다.

(1993. 10)

그리운 동방에 가고 싶어라
—달원형에게

이선배에게.

새삼스레 선배라고 부르며 말문을 열고 보니 무척 쑥스럽습니다. 아무래도 평소 부르던 대로 그냥 형이라고 하는 게 낫겠지요. 접때 집들이랍시고 불렀더니, 궁벽진 곳을 마다지 않고 형수님과 귀여운 한결이까지 데리고 단출하게 저희 집엘 들렀죠. 그렇게 초청할 땐 언제고 막상 불러다놓고는 냉랭했던 제 푸대접을 부디 고의라고 언짢아하시지는 마세요. 글쎄 뭐랄까, 괜히 턱도 없는 강짜를 부리고 싶은 생각이 마구 들지 뭐예요.

왜 그랬을까요? 지금은 어엿한 직장을 구한 형을 보니 알 수 없는 샘통이 터진 걸까요. 아마 그랬을 겁니다. 딴 사람은 몰라도 형만큼은 세상에 안주하는 모습을 그냥 참아넘길 수 없었던가봐요. 알량한 세 소질미리히고

한데 바로 그 알량한 꿈 때문이 아니겠어요? 형하고 저하고 한번은

같이 진저리나게 꾸었던 좋은 세상에 대한 꿈 말예요. 그런 꿈을 아직도 꾸고 있는 사람의 현재란 도저히 기름기가 흘러선 안 된다는 억지를 전 아직껏 깐깐히 품고 있답니다. 좋은 세상을 꿈꾸면 꿈꿀수록 아직은 덜 좋은 이 땅에서 얼마나 힘겨운 삶을 살아야 하는지를 몸소 치열하게 보여줌으로써, 역으로 이 세상이 얼마나 부조리한가를 반증할 수 있어야 한다는 게 제 억지의 요체입니다. 특히 형 같은 사람은 말예요.

그런 맥락에서 제 창작집 『열린 사회와 그 적들』에 실린 짧은 얘기 가운데 형의 모습이 일부 투영된 「그리운 동방」은 좋은 세상을 꿈꾸다 상처 입은 사람들의 삶을 잠깐 들여다본 게 고작입니다. 기실 그 외는 아무것도 없습니다. 그런데 왜 동방이란 지명 앞에 그리운이란 딱지가 따라다녀야 할까요? 반동강이까지 난 이 땅에 그리워하는 곳을 두고도 찾아가볼 수 없는 데가 아직 남았단 말입니까? 그건 아니겠죠.

그렇다면 동방은 이젠 더이상 이 땅 위에는 없는 그런 곳이겠지요. 그러니 당연히 그립기도 하겠고요. 중세에 동서양을 넘나들던 마르코 폴로란 탁월한 나그네가 기록해놓은 동방의 극치는 이러했답니다.

> 여러 가지 양식의 궁전을 여기저기에 여러 개 세워 전부 황금과 단청으로 아름답게 장식하였으며 실내는 훌륭한 비단으로 둘러쌌다. 그리고 궁정 안 도처에 작은 관을 통해 술 우유 꿀 맑은 물 등이 어디서든 흘러나왔다. (……) 모두 나이 젊고 아름다운 여성들뿐이었다. 그들은 모두 노래를 부르고 춤추며 악기를 잘 탔고 특히 그 교태와 치정(癡情)은 이루 비할 바가 없었다.

난 만화로 된 『동방견문록』을 일찌감치 어느 지저분한 고물상 잡동사니 속에서 우연히 발견해냈습니다. 그 뒤로는 환각처럼 달려드는 동방의 이미지에 이따금씩 시달리곤 했습니다. 특히 뒤끝이 허탈한 몽정을 할 때 말입니다.

이런 저였지만 동방은 이 세상 어디에도 없다는 걸 진작에 알아차리고 있었던 겁니다. 하지만 그 환상을 곁에 놓고 즐기지 않고는 배기지 못할 만큼 척박했던 어린 시절이 있었던 겁니다. 문제는 우리가 척박했다는 거죠.

형은 저도 운동권으로 만들려고 무던히도 애를 쓰셨죠. 그러나 일찌감치 동방에 데어버린 제가 또다시 그 지긋지긋한 좋은 세상이 온다고 쏘삭거린다 해서 움직일 리는 만무였습니다. 다만 그 좋은 세상이란 것 역시, 어린 시절의 동방처럼 척박함 대신 어루만지지 않으면 안 됐던 제 젊은 시절의 그림자가 아니었을까요.

전 그따위 동방에 대한 기억일랑 머릿속에서 말끔히 없애려 했었지요. 언젠가 형 입으로 적어도 이런 말을 듣기 전까지는 말예요.

"그럼, 형조차도 좋은 세상이 오지 않는다고 본다 이거죠? 그렇다면 이 엉망진창인 세상 속에서 우리를, 아니 형을 버티게 하는 건 도대체 뭐죠?"

"미안하다. 그건…… 자존심 같은 게 아닐까?"

"자존심?!"

"살다보면, 그런 것 갖고도 한세월을 버텨나가야 할 때가 있는 것 아닐까? 그런……게 필요할 것도 같은 때라는 생각이 들어."

그때 제가 왜 맥이 풀렸는지 형도 어렴풋이 짐작할 순 있겠죠. 결국은 좋은 세상만 바라보고 살 수만은 없다는 거, 그걸 인정할 때가 이젠 저도 된 거 같아요. 형도 저처럼 어쩔 수 없이 좋은 세상을, 그것이 비록 환각일지라도, 쓰다듬고 싶었던 거 아녜요? 그러지 않으면 형도 허전해서 견딜 수가 없었던 거지요.

그래서 앞으로 다신 그 어떤 대상에게도 그리운이란 수사를 달아 주지 않을 작정이에요. 하지만, 하지만…… 지금도 그리운 동방에 가고 싶은 걸 어떡합니까? 형도 마찬가지세요?

(1993. 11)

시간, 기억의 아들, 이야기

흘러가버린 시간은 형체가 없다. 단지 순간순간을 붙잡아두고 있는 기억이 있을 뿐이지 않을까. 따라서 기억이 없으면 어쩌면 시간은 애초부터 존재하지 않는 것인지도 모른다.

나는 아주 어릴 때부터 축농증을 앓아 냄새를 거의 맡지 못하고 자랐다. 향기로운 것이든 코를 감싸쥐어야만 하는 것이든 간에 아무튼 세상의 냄새들에 자극을 받아보지 못함으로써 나는 좀더 강렬한 기억으로 붙잡아둘 수도 있었던 순간들을 허다하게 놓쳤을 것이다. 하지만 내게는 유일한 냄새의 기억 — 냄새조차도 기억이 돼버렸다 — 이 지금껏 남아 있다. 그것은 개똥이네 골목에서 아버지가 기꺼이 사준 빵 냄새이다.

응달 쪽으로 잔설이 채 녹지 않은 이른봄이었을까. 나는 봄햇살이 너무 눈부셔서 그랬는지 아니면 방금 어머니한테 괜히 혼뜨검이 나서 그랬는지는 몰라도 기다란 처마 밑 토방마루에 찌그러진 세숫대야를 엎어놓고 눈시울을 붉히며 청승맞게 앉아 있었다. 귀가리개가 달린 개털 모자를 깊이 눌러쓰고 내 앞을 지나던 아버지가 갑자기 뒤돌아서서는 나에게 까닥까닥 손짓을 하였다. 어쩌면 눈물바람을 비친다고 아버지에게 밉보여서 볼따구니라도 한 대 더 쥐어박힐지도 몰랐다. 나는 최면 들린 아이처럼 우죽우죽 따라 나섰는데 뜻밖에도 아버지는 개똥이네 골목 어귀에 있는 갑석이 가게에서 새로 나온 큼직한 빵을 하나 사서는 나에게 안겨주었다. 그리고는 한참 훌쩍거리고 난 탓인지 허기가 몹시 져 주위 사정 따위는 볼 것 없이 설탕잼이 두텁게 발라져 있는 빵에 코를 쑤셔박고 물어뜯는 나를 우두커니 지켜봤다.

그때의 달보드레한 빵 냄새를 난 기억하고 있는 것이다. 당시에 가장 싼 담배였던 필터 없는 '백조' 담배 한 개비를 손가락 끝이 뜨끔뜨끔 타들어오도록 다 빨고 난 아버지는 아무 말 없이 등을 돌려 멀어져 갔고 난 고개 숙여 빵봉지 안쪽에 묻은 그 설탕 덩어리를 핥으며 아버지의 야윈 등을 치뜬 눈으로 바라봤었다.

내 기억 속에 있는 아버지는 항상 경제적으로는 무능력자였다. 때문에 나는 아버지에게서 남성성을 배우지 못했다. 사내자식은 모름지기 이래야 한다, 저래야 된다 등등. 자라면서 아버지에게 혼난 기억은 거의 없고 주로 어머니한테 닦달받았던 기억뿐이다. 내가 그때 어머니에게 혼뜨검이 나도록 쥐어박히고 비루먹은 강아지 모양 처마 밑에 가 앉아 있을 때, 옆에서 말려주지도 못했던 아버지는 당신 나름대로 안쓰럽게 바라봤을 터였다. 그래서 아버지는 나이 어린 아들을 위해 호주머니를 털어 빵을 사줌으로써 위로해주고자 했을 것이다.

나한테는 왜 자꾸만 그 빵 냄새가 시도때도없이 불현듯 달려드는 것일까. 아버지가 돌아가신 지 어언 십 년이 돼가지만 특히나 아버지가 생각날 때면 꼭 그 빵 냄새에 기대어 아버지 냄새를 맡아내는 건 아닌지 모르겠다. 이따금씩 그 빵 이름을 기억해내기 위해 무진 애를 써보곤 하지만 이미 시간이 갉아먹은 내 기억은 그것을 허용하지 않는다. 다만 그 빵값이 십오원이었다는 사실만 하릴없이 되작거려질 뿐이다.

그 빵 이름이 지금이라도 떠올라만 준다면 난 어쩌면 단편소설 하나쯤은 수월하게 써낼 수 있을지도 모르겠다. 어느 평론가가 적절하게 지적했듯이 소설이라는 게 결국은 기억에 집착해서, 그리고 기억에 기대어 그럴싸한 이야기의 공간을 만들어내는 행위가 아닌가 싶어서이다. 정녕 그런 것인가. 이야기란 기억의 회로를 거쳐 저 먼 시간 속으로 눈길을 던질 때 성립된다고 봐도 좋은 것인가.

아버지가 그런 연민의 대상이었다면 어머니라는 존재는 나에게 지옥인 동시에 그리움의 대상이었다. 아버지 대신 집안 살림을 도맡아야 한 어머니는 억척스러움의 화신처럼 내게 비쳤다. 매질과 독한 지청구 속에서 어머니는 내게 그 순간만큼은 건너뛰고 싶은 지옥이었지만 모성으로서의 어머니는 누구에게나 다 그렇겠지마는 영원한 그리움 그 자체였다.

결국은 새삼스런 것이겠지만 영악했던 어머니한테도 애틋한 처녓적이 있었다는 사실에 나는 당혹했었다. 나는 왜 어머니한테 처녀 시절이 있었으리란 생각을 그토록 먹지 못했을까. 사진 한 장이 나의 그런 터무니없는 관념을 여지없이 부서뜨렸다. 지난해 가을 작은이모가 수원 용두각 시절에 찍은 거라며 보여준 낡은 흑백사진 속에는 어머니의 젊은 시절 모습이 함초롬히 담겨 있었다. 스물다섯 안팎의 처녀 나이면 활짝 필 때지만 바위너설 아래 네댓 명이 한 줄로 소로록이 모여 선 사진 속의 처녀들은 대부분 영양상태가 별로 좋지 않아서 그런지 거무뎅뎅한 얼굴빛을 하고 있었다. 송자라는 옛 고향 친구와 퍽이나 다정스레 다복솔 옆에서 어깨까지 보듬고 있는 어머니는 먼산바라기를 하며 숫저운 표정으로 벙시레 웃고 있었다.

외가 쪽은 1·4 후퇴 때 본향인 철원을 등지고 내려와 전라도 전주 근방에서 삼 년 동안 근근이 피난살이를 한 뒤 1955년 그 이듬해까지 이태 간 수원에서 한강 도강이 풀릴 때까지 구호민 배급을 타먹고 지냈다. 그곳이 바로 용두각 아래의 개천가 피난민용 진흙집이었다. 그러니깐 그 사진은 적어도 내가 태어나기 팔 년 전의 것이었다.

나는 그 사진에 단숨에 빨려들었었다. 삼십팔 년이라는 시간을 훌쩍 건너뛰어 어머니와 대화를 나누고 싶었다. 그러기 위해서는 그 용두각이라는 데를 다시 찾지 않고선 배길 수가 없었었다. 하지만 수원 바닥에서 용두각을 기억하고 있는 사람들은 사라진 듯했다. 작년에 우여곡절을 겪으며 바로 그 용두각을 찾아냈을 때의 가슴 설렘을 난 아직도 곱다시 간직하고 있다. 용두각은 그 유명한 수원성의 방화수류정(訪花隨柳亭)이었다. 누각의 지붕에는 사방팔방으로 용머리 조각이 붙어 있어 용두각으로 불리게 된 연유를 짐작케 해줬다.

방화수류정 : 조선 정조 18년(1794)에 착공한 수원성 축성 때에 세워진 정교하고 아름다운 팔각의 정자이다. (……) 정자의 이름은 중국 송대의 학자 정명도의 유명한 시에서 딴 것이라고 하는데, 그 이름도 아름답거니와 화홍문, 용지(龍池)와 어울려 하나의 승경(勝景)을 이루고 있으며……

나는 용두각에 올라 용머리바위와 휘늘어진 버드나무로 둘러싸인 용연지(龍淵池)를 굽어 보았다. 비로소 나는 삼십팔 년이라는 시간을 일거에 거스를 수 있었었다. 당시 팔 년 뒤면 나를 낳아 모자의 인연을 맺게 될 여인이 고향 쪽 하늘로 수심 어린 눈길을 보내면서 전쟁의 참화로 고달파진 자신의 애달픈 삶의 결을 쓸쓸히 어루만지며 불안하게 서성거리는 모습이 눈앞에 선하게 떠오르는 거였다. 나는 거기서 모성을 찾아헤매는 한 사내의 이야기를 떠올렸고 내친김에 그 자리에서 「용두각을 찾아서」라는 제목을 붙여버렸다.

그런 모양이었다. 시간이란 내겐 기억의 아들일 뿐이며, 또한 이야기를 감싸안는 몸뚱어리인 것이었다.

(1994. 1)

황홀한 시선으로 세상 엿보기
—작가가 아끼는 작품 한 대목

소설에도 몸뚱어리가 있다면 혹시 이런 게 아닐는지요. 그 위에 화려하게 덧씌워지는 허구(虛構)의 의상들은 벗고 말입니다. 이야기의 어느 한 갈피에 문득 숨어 있는 이런 소설의 육체가 없이는 너무 공허해 몇 발짝 떼지 않아서 무너지고 말 것 같습니다.

그 몸뚱어리를 통과해야만 소설로, 그리고 세상 속으로 나아가지 않겠습니까. 그런데 어떻게 나간단 말입니까. 또 왜요? 보시다시피 관음증(觀淫症)이 있지 않습니까. 그 황홀한 시선으로 세상을 엿봅니다.

원근법에 따라 입체감을 살려 바라보는 풍경 속에는 침이 꼴깍 넘어가는 짜릿함이 없습니다. 비공식적으로 건너가는 통로도 보이지 않습니다. 저 견고한 공식의 세계, 질서의 세계, 가식의 세계, 유언비어의 세계, 물신의 세계에서 벗어나는 한 방편으로 난 색을 씁니다. 우리들에게서 멀찌감치 떠나버린 그리운 동방, 그 이상향이 보일 때까지 말입니다.

그 눈길 앞에서는 괴테의 말처럼 그들의 이론도, 우리의 이론도 모두 회색이 되고 말듯이…… 그런데 그토록 색쓰는 눈빛이 언제까지 갈까요? 혹시 잘못 관음하다간…… 나도.

형이랑 그때……

껄껄, 그래 명희랑 야반도주를 했었지.

그 다음날 살그머니 광수형네 대문 틈새로 들여다본 장면이 지금도 눈에 선하게 잡힌다. 하늘색 페인트가 가뭄에 갈라진 논바닥의 엉그름처럼 쩍쩍 벌어진 대문짝 너머에는 고요한 적막만이 꽉 닫힌 방문 앞을 서성댔다. 휑뎅그렁한 마당에는 숨죽인 햇발만 그득히 쌓이는데 한켠에는 멜빵이 끊어진 채 담벼락에 기댄 똥지게가 한쪽 팔이 부러진 상이용사처럼 갈고리팔을 맥없이 늘어뜨리고 있었고 그 옆에는 형편없이 짜부라진 똥장군이 굴러다녔다. 그리고 모잽이로 벌렁 드러누운 광수애비의 찢어진 흰 고무신 한 짝. 이제 신쪼를 같이 주우러 다니던 광수형도, 살결이 희디흰 인형 같은 폐병쟁이의 딸 명희누나도 다시는 못 보게 되겠구나.

그 여시같이 해사한 자발머리없는 년이 지 애비 거꾸러져 나간 다음 얼씨구나 하고 허우대 멀쩡한 광수를 후리고 내뺀 거지 뭐. 동네 사람들의 시큰둥한 촌평.(「그리운 동방」, 『열린 사회와 그 적들』)

(1994. 봄)

원체험, 기억 그리고 소설

—나의 창작교실, 『장석조네 사람들』

나는 아직까지 상상력이나 취재보다는 기억에 크게 의존하는 소설쓰기를 하는 편이다. '~ 소설쓰기를 하는 편이다' 라는 우회적 표현보다 '~가다' 라고 말해버리는 게 훨씬 간명하고 문장의 낭비도 줄이는 길인 줄은 잘 안다. 하지만 철저히 기억에 의존하는 한 나는 작가라는 이름을 거리낌없이 받아들이기가 왠지 부담스럽다.

작가라면 정녕 그럴듯하게 꾸며내는 솜씨가 뒷받침돼야 하지 않을는지. 그러나 나는 작품을 하나 다듬어서 내놓을 때마다 이야기를 하나 만들어냈다는 보람보다는 아슬아슬한 기억을 하나 되살려놓았구나 하는 느낌이 먼저 들곤 한다. 이것은 앞으로 나의 글쓰기 작업에 한계로 작용할 것인가, 아니면 마르지 않는 샘물이 될 것인가?

이러한 사정 때문에라도 기억이란 도대체 무엇인지 거듭 자문하지 않을 수 없게 된다. 물론 기억은 암기력을 뜻하는 기억력과는 다른 것이다. 사실 기억력에 관한 한 나는 완전히 젬병이다.

그러나 기억은 그 속성상 정반대라고 할 수 있는 '잊고 싶음'과 떼려야 뗄 수 없는 관계를 맺고 있다. 내게 떠오르는 것들을 봐도 기억하고 싶은 것보다 그렇지 않은 것들이 더 많은 부분을 차지하고 있다. 기억하고 싶지 않은 것들만 집요하게 기억되는, 이 기억의 불편함이란! 물론 나한테만 해당하는 일은 아닐 터이다.

나는 나중에야 이런 상황을 뭉뚱그려 가리키는 편리한 말이 있음을 알게 되었다. 원체험이라는 단어가 바로 그것이다. 비근한 예를 들 수 있다. 전쟁, 보릿고개(가난), 근친 상간, 혈육의 죽음, 애비 부재 등등이 원체험의 범주들일 게다.

이러한 원체험들은 체험자의 삶의 전반에 걸쳐 그의 세계관을 비롯해 기질, 정서, 삶에 대한 태도 등에 커다란 영향을 줄 수밖에 없다. 많은 소설들이 그 내밀한 상처의 텃밭 속을 이리저리 거닐며 주섬주섬 엮어진 것이라고 나는 믿는다.

말머리가 주제넘게 거창해져버렸다. 졸저 『장석조네 사람들』 쪽으로 화제를 돌려야겠다.

어릴 적 우리가 또래들과 어울려 숱하게 놀던 여우고개놀이라는 게 있다.

한 고개 넘어서 아이구 다리야, 두 고개 넘어서 아이구 다리야…… 여우야, 여우야 뭐 하니? 잠잔다. 잠꾸러기! 세수한다. 멋쟁이! 밥 먹는다. 무슨 반찬? 개구리 반찬. 살았니? 죽었니?……

여우 역을 맡은 술래가 '살았다'고 대답하면 더 볼 것 없이 걸음아 날 살려라 하며 출발선 안으로 되돌아와야 한다. 그러지 않으면 여우에게 잡아먹힌다. 반대로 술래가 일부러 덮치는 척하면서 '죽었다'고 외치는데 지레 겁을 먹고 움직이면 술래에게 적발된다. 그래서 술래가 바뀐다.

누군가 이야기는 이런 것이라고 말했던 것 같다. 지금 있는 자리를 떠나 고개를 넘어가보는 일. 그리고 죽었는지 살았는지 모르는 여우와 맞대면하기. 여우가 살았는지 죽었는지는 그 문전까지 가본 사람만이 알 수 있는 노릇이다. 그러니까 한쪽은 알고 다른 한쪽은 모른다. 기억의 임자만이 아는 쪽에 설 수 있고, 말할 권한이 있는 것은 당연하다. 비로소 이야기가 시작되는 순간이다.

나는 그렇게 유년의 고개를 자꾸 넘어갔다. 왜일까? 무엇보다 그들을 만나고 싶었는지도 모른다. 징한 그들. 거의 뭉개진 듯이 (내게) 기억되던 그들의 삶. 경쟁의 먹이사슬 제일 밑바닥에 몰켜 있었던 그들(나의 가족을 포함해서). 그들로 말미암아 나는 내 삶이 제대로 오금도 펴지 못하고 뭉개질 것만 같은 암시를 받았었다. 그런 탓인지 나는 지금 전혀 경쟁에 익숙지 못한 (자본주의) 체제의 부적응자로 전락해버렸는지도 모른다.

내가 캐낸 말은 아니지만 누구한테선가 들은 말 중에 이런 게 있다. 아마 나까지 알게 되었으니까 진부해빠진 말일 테지만(사실 진부함이란 나쁜 것이면서도 한편으로는 아늑한 측면을 숨기고 있다), 소설은 패배한 자의 기록이라는 것.

이 말은 내게 아직까지 상당한 위력을 발휘하고 있다. 나는 이 현실에서 졌다(그런데 이 패배의 절반은 내 몫이 아니다). 그러나 소설은 남는다. 왜냐면 나는 나와 함께 현실에서 패한 그들을 위무할 책무와 기억이 있으니까.

패배의 시간이면서도 세월의 윤색 탓인지 아주 낭만적으로 채색된 공간이 유년 시절이었다. 바로 기찻집이었던 것이다. 그 집에는 아홉 가구가 난쟁이들처럼 올망졸망 모여 살고 있었다. 한 가구 한 가구가 마치 비둘기호 같은 기차꼴을 이루고 있었기에 당시 동네 사람들은 모두 기찻집이라고 불렀다.

『장석조네 사람들』은 거기에 깃들여 살며 서로 비벼대던 사람들에 대한 내 기억의 산물들이다. 내 유년 시절을 오롯이 복구하기 위해서는 그들의 도움이 필요했다. 그들의 비릿한 살내음과 자연스레 헝클어진 삶에 대한 기억이 없었던들 난 그때로 되돌아가는 길을 찾지 못했을 것이다.

그런데 난 왜 그때를 자꾸 탐닉하고 싶어질까?

혹시 나는 나이만 훌쩍 서른을 넘겨버렸지, 사실은 물색없는 아이가 아닐까? 몸만 헐렁하게 커버렸지 뇌 속은 말랑말랑한 유년의 기억으로 각인된 회백질 덩어리가 차지하고 있는 게 아닐까? 하지만 난 그럴수록 그곳에 부지런히 다녀와야만 한다. 아니 가고 싶다.

거기에 내가 있다. 우는 내가 있고, 웃는 내가 있고, 똥 싸고 먹고 속임수 치고, 싸구려 사탕을 허벌나게 빨아대는 내가 있다. 그리고 나를 닮은 아버지가 거기 있다. 거기를 갔다 오지 않고서는 앞을 향한 어떤 여행도 불가능할지 모른다.

그러나 이는 지금 내가 그만큼 위태로운 시점에 서 있다는 반증 외에 하등 아무것도 아닐 것이다. 섣불리 뒤돌아보지 말자. 우리의 등은 항상 위험스럽다고 했는데, 누군가.

내 등에서 그리 먼 거리에 있지 않은 이 소설은 열 개의 토막난 이야기로 엮어져 있다. 각 이야기마다 주인공으로 나서는 사람들이 있다. 세상과 가장 얄따랗고 푸석한 벽을 사이에 둔 좁은 공간을 빌려 사는 사람들이지만 적어도 자기가 움켜쥐고 있는 방에서만큼은 왕노릇을 했던 사람들이다.

가령 제일 끝방에는 양은 장수 최씨가 살고 있었다. 내가 그를 잘 알고 있다고 자신만만해하지는 않겠다. 하지만 그는 아주 양질의 양은 용품들을 보급해줬던 사람이었다.

나는 얼마 전 총각 시절만 해도 어머니가 그에게서 얻은 십몇 년 된 작은 냄비(쟁개비)로 라면을 끓여 먹었다.(얼마나 야무지고 튼튼했던가!) 물론 지금은 어디론가 사라지고 없지만. 사라져가는 것들. 어쩌면 소설이란 그런 것들을 추억하는 기억 위에서 구축됐다가 또다시 사라지는 것인지도 모른다. 그리움과 안타까움 없이 소설을 읽는 간 큰(?) 사람이 요즘 아무리 많아졌다 해도.

소설에 쫓기면서 그 기찻집에 다시 한번 들러보았다. 실로 오랜만에. 집 자체가 달라져 있었다. 푸석푸석한 블록 벽돌집에 낡은 기왓장을 인 그때 그 집이 아니라 견고한 슬래브집이 세워져 있었다. 물론 그때 그 사람들은 한 사람도 남아 있지 않는 듯했고.

나는 그 근처를 서성거리며 기억을 되살리려고 애를 썼다. 갑석이네 구멍가게는 딴 사람이 맡아서 하고 있었다. 어릴 적 그렇게 넓고 길어 보였던 골목길들이 어른 두 사람도 어깨를 나란히 하고 드나들기가 힘들 정도로 옹색하다는 사실에 새삼 놀랐다.

머슴 출신이었다던 막노동꾼 둘남아범이 '우리 고향서는 노는 땅이라곤 한 뼘의 땅도 눈뜨고 찾아볼 수 없다'며 군데군데 채소를 일구어놓았던 돌산 쪽 산기슭은 찾아보려야 찾아볼 수가 없었다. 그 자리로 짐작되는 둔덕은 덩치 큰 초등학교 운동장의 한 조각이 돼 있었다.

그 가팔랐던 산등성이에 어떻게 저런 평평한 운동장이 들어설 수 있었을까? 얼마나 많은 흙과 돌더미를 깎고 실어날랐을까? 저만한 수고와 역사(役事)에 비하면 내 기억의 육체는 허약하기 짝이 없을 노릇이었다. 그 나약한 기억의 몸뚱어리가 더 허약해지기 전에 이야기로 남겨야 할 필요를 느꼈다.

보릿고개를 분쇄한다며 질주하던 개발 독재의 바람이 드세던 시절, 삶의 터전에서 쫓겨난 사람들이 꾸역꾸역 몰려들던 곳 중의 하나가 바로 미아리 산동네였다. 그리고 농촌을 등지고 서울로 몰려든 사람들을 수용했던 집이 바로 장석조네 집 같은 곳이었다. 아마도 이런 집구조는 당시 서울 시내 변두리 곳곳에 존재했으리라.

이 소설의 시공간적 배경이 되었던 기찻집을 지배했던 그 이름 '장석조' 석 자가 씌어진 문패는 70년대 내내 위세를 잃지 않았다. 그 시절을 살았던 사람들 얘기다 보니 참으로 옛날 얘기가 될지도 모르겠다. 그런 제약이 있는 소설임을 모르는 바는 아니지만 예나제나 사람들이 비벼대며 사는 모습의 본질은 변하지 않는 것인지도 모르겠다.

(1995. 여름)

소설가, 소설가의 아내

아내보다 등단이 일 년 늦었던 나는 그를 만나기 전에 글부터 먼저 읽었다. 아직 막막한 습작의 세월을 지나치고 있을 무렵 문단에 중복 당선이라는 약간의 소동을 일으키며 신춘문예를 통과한 아내의 사진을 난 경외의 눈으로 바라봤었다.

그렇다고 해서 내가 아내의 글에 반했다는 말은 아니다. 나는 당시 그의 소설을 잘 이해하지 못했고 지금도 충분한 이해자는 아닌 것 같다. 왜냐하면 나는 애초부터 지독한 과거형의 서술자였고, 그는 반대로 과거나 현재보다는 미래로 눈길을 던지는 듯한 포즈를 취하고 있었기 때문이다.

예를 들어 부자(父子) 이대에 걸친 서글픈 쥐잡기 시합을 그린 등단작 「쥐잡기」는 나의 초상화였다. '단 한마디의 현재형도 용납하지 않는 철저한 과거형 일변도의 글쓰기' 때문에 쓴 사람조차 숨이 막혔던 이 첫 소설은 '입동 무렵이었다'로 출발해 '~시작했다' '~터졌다' '~있었다' '~움츠렸다' 등의 과거형 서술어미의 사슬에 묶여 부들부들 떨고 있는 형국이었다.

그런데 이건 도대체 무슨 이야긴가? 내가 등단할 무렵에 이미 서너 번째 단편을 발표하고 있던 아내가 비슷한 시기에 내놓은 「O라는 젊은 여자의 매혹적인 눈」이라는 '소설 같은 것'을 읽으면서 난 서두부터 배알이 뒤틀리지 않을 수 없었다.

> ……그러므로 이 글은 O라고 생각되는 어떤 여자, 아니 분명 그 여자 O임에 틀림없는, 그러나 꼭 O가 그 여자라고 선언하기까지는 약간의 시간이 필요한, 그럼에도 O라고밖에 긍정하지 않을 수 없는, 그러니까 O라는 느낌을 한눈에 심어주는, 그래서 그 느낌 이외의 더 확실한 것이 아직 없기 때문에, 바로 그 O!, 라고 단정지을 수밖에 없는, ……
>
> — 함정임, 『이야기, 떨어지는 가면』, 1992

O는 도대체 누구란 말인가? 이런 형의 사람은 내가 아는 한 과거나 현재에는 존재하지 않았다. 최소한 내 기억에는 익명으로 된 O니, S니 하는 정체불명의 인물은 없었다. 오명숙, 아니면 서동진 하는 식으로 분명한 이름이 있을 뿐이었다. 과거란 이미 모두 확정된 사실들뿐이며 따라서 불가역적이며 수정 불가한 것들이라는 딱딱한 개념이 내 머릿속을 틀어쥐고 있던 때였다.

아내와 나의 글쓰기는 출발부터 이렇게 달랐다. 이런 상태에서 서로에게 인연을 기대하기란 소금에서 곰팡이가 피길 바라는 것보다 더 난망한 일이었을 터였다. 그런데 어찌하여 둘의 인생은 엉키고 말았을까. 극과 극은 통한다고 했는데 그런 경우인가? 그렇게 간단하게 단정지을 일도 아니다. 그때 나는 서른을 훌쩍 넘기고 있어서 물불

안 가릴 만큼 무모(?)할 때도 지났었다. 그럼 뭔가?

해답의 작은 실마리를 아내의 첫 창작집 겉표지 다음 장에 애벌레처럼 꼬불거리고 있던 헌사에서 찾아볼 수 있을지도 모르겠다.

—나의 어머니께 바칩니다.(아내)

—어머니께 조촐한 얘기 한 상 봐올립니다.(나)

그렇다. 우리는 너나없이 뭔가를 자랑하고 싶은 아버지가 없었던 애비 부재의 자식들이었다. 말하자면 둘 다 후레자식의 계보에 속했던 것이다. 그래서 그 콤플렉스에서 벗어나기 위한 방편으로 서로 다른 방식으로 기를 쓰며 글쓰기에 매달려 자신들의 속살을 드러낸 것이다.

그 결과 아내는 나에게, 아니 이 세상을 향해 "아버지는 물거품처럼 사라졌다. 물거품, 그것은 나의 첫사랑이었다"고 써갈겼다. 아마도 그때 나는 자신의 애비를 첫사랑이라 외칠 수 있는, 아니 외칠 수밖에 없는 이 여인을 아내로 맞이하기로 맘먹었는지 모른다. 그 상처를 사랑하고 싶었는지 모른다. 이유는 자명하다.

허술한 사내였던 아버지가 막내인 내 중학교 등록금을 몰래 갖다 바치면서 접근한 춘하네 앞에서, 내가 속으로 개처럼 울부짖으며 "무조건 아버지라는 인간을, 아니 그 말 자체를 이 세상에서 지우고 싶었다"고 되뇌었을 때의 상처는 정녕 아내의 것과 동일한 것임을 눈치챘던 것이다.

이러한 저간의 사정은 내가 첫손을 붙잡으며 촌스럽게 청혼을 했던 그 가을날 저녁의 소래포구 풍경으로 압축된다. 나는 바람을 안주 삼아 소주 한 병을 다 비웠다. 이어 밀려드는 바닷물 위로 갈매기들과 통통배들이 경합을 벌이는 포구 가를 거닐었다. 그리고는 막차가 빠져나간 수인선 협궤 레일이 놓인 다리 위를 지나 포구 건너편으로 가려고 맘먹었다. 그곳을 찾은 다른 연인들처럼.

하지만 그것은 불가능한 일이었다. 왜냐하면 난 고소공포증 환자였다. 그러나 나는 발 밑으로 까마득히 조수가 넘실거리는 협궤 침목 위로 아내의 팔을 거칠게 이끌었다. 마치 딸애를 가르치는 애비가 된 것처럼.

아내는 중간까지 간신히 따라왔다. 그러나 나는 다리 한가운데서 주저앉고 말았다. 눈을 감을 수도 없었다. 그러자 되돌아가는 길은 아내의 몫이었다.

아내는 썩 침착하게 내 손을 붙잡고 차근차근 이끌기 시작했다. 그 순간 비로소 가슴속 심층의 비밀(애비 부재) 때문에 서른 살이 되도록 진짜 여인으로 성장하지 못했던 아내는 이제 막 사내를 능숙하게 다루어내는 여인 구실을 제대로 한번 할 수 있었던 것이다. 그곳에서 우리는 서로에게 결핍했던 잃어버린 자아를 체험시켜줌으로써 아내는 소설가이면서도 소설가의 아내로, 나는 소설가이자 소설가의 남편으로 자리 이동을 기꺼이 수락하는 손을 맞잡았다.

(1995. 10)

진흙탕을 걸어 봄이 오는 운동장 저 너머로
— ㅈ형에게

ㅈ형! 쑥스럽습니다. 날마다 얼굴을 보다시피 하는 처지에 새삼 무슨 편지 나부랭이냐고 실소를 머금을 테지요.

하지만 제가 봄비가 추적추적 뿌린 주말에 유세장엘 다녀왔다는 거 아닙니까? '구 정치일번지' 도 아니고 '신 정치일번지' 로 떠오른 서울 강남갑구의 합동연설회가 열린 역삼중학교를 말입니다.

전국 평균치의 정치 감각을 훨씬 웃돈다는 이곳을 찾는 제 심정이 어떠했으리란 건 형도 대충 짐작하리라 믿습니다. 학문과 실무를 겸비한 경제학 박사 출신의 여당 인사와 지난 공화국에서 총리까지 지낸 '소신파' 논객 그리고 고난에 찬 민주화 운동을 이끌었던 민권 변호사 출신의 후보자들이 펼치는 수준 높은 정치 향연 속에서 한 줄기 싱그러운 정치의 봄내음을 맡고 싶다는 제 애초의 생각이 그리 철없는 과욕만은 아니잖습니까?

일단 연설 순위를 가리는 제비뽑기는 잘된 것 같았지요. 언변 좋기로 이름난 무소속의 노재봉 후보가 첫 타자로 나섰으니까요.

"총선 뒤 불가피해질 정계 개편을 대비해 새로운 정당을 만들 (……) 3김만 대선을 치르라는 법이 어딨습니까? 저도 다음 대선을 결코 도외시하지 않을 것입니다, 여러분."

이때 문득 뭔가가 머릿속을 스칩니다. 아직 바늘귀 정도는 그럭저럭 뀔 줄 아는 제 노모조차도 "영삼이 당이 뭐로 바뀌었다구? 그럼 대중인 어디로 간 겨? 종필이는 그게 뭣 하자는 당이름인고?" 하며 오락가락하는 판에 당이 하나 더 생긴다니 썩 낭패로고……

그런데 ㅈ형! 빗물에 젖어드는 신발을 신고서 "고질적 정치병을 고칠 경제 의사"를 자임하는 서상목 후보와 "3김 정치 청산과 도덕·개혁 정치의 실현"을 호소하는 홍성우 후보의 논리 정연한 유세를 지켜보던 제 눈길은 오래지 않아 연단을 떠나버리고 말았습니다. 연단 뒤쪽에서 촉촉한 봄비를 받으며 꽃봉오리를 한껏 부풀리고 있는 하얀 목련을 저야말로 도저히 도외시할 수 없었기 때문입니다. 이 봄비만 그친다면……

이거 참, ㅈ형이나 저 같은 '뜬표' 들은 이래서 탈인 것 같아요. 논리보다는 이렇듯 생리(生理)를 먼저 좇는 체질들이니까요.

아, 제가 방금 생리라고 그랬나요? 나라의 운명을 결정할 엄중한 정책과 공약, 그리고 정교한 논리가 넘실거리는 장에서 제가 감히 그런 요령부득의 말을 꺼내다니 알다가도 모를 일이군요.

그러나 저 확성기가 깨질 듯 우렁찬 논리의 목소리보다 유세 연설이 끝날 때마다 동원된 청중이 빠져나가 썰렁해진 운동장 한켠에서 이렇듯 소곤거리는 육성을 귀 기울여 포착하는 게 또 저의 숨길 수 없는 생리라 한다면 안 될까요?

"돈 아차같이 고만 벌어."

"빌꼴…… 죽 쑤는 것 안 봬?"

"히히, 커핀 안 타고 웬 죽이야?"

"후보자 면들 보구설랑 기껏 여기꺼정 왔는디 증말…… 쩝쩝."

"소문난 판이 원래 그렇지 뭘……"

인스턴트 커피를 종이컵에 타서 파는 두 아주머니가 스치듯 만나 잠깐 주고받은 푸념입니다.

ㅈ형, 혹시 1982년도 대림시장 끄트머리의 형 자취방 생각납니까? 그땐 형이나 나나 좀더 강한 논리주의자가 못 돼 환장하던 그런 때였죠. 그래서 작고 낡아빠진 밥상 위에는 헤겔의 『논리학』이 펼쳐져 있었고 밥상 아래에는 형이 냄비에 손수 끓여온 인스턴트 자장면이 시커멓게 불어가며 두 논리주의자의 허기진 젓가락을 기다리고 있지 않았던가요? 자꾸 논리와 생리 하다보니깐 왠지 그 광경이 문득 겹쳐서 떠오릅니다.

사람들이 많이 빠져나가서 그런지 막판으로 갈수록 등뒤에서 자꾸 시린 바람이 떠밀어댑니다. 난 안주머니에 고이 간직해두었던 팩소주를 꺼내 송곳니로 귀퉁이를 물어뜯었습니다. 딴 이유는 없었죠. 단지 뱃속이 추웠으니까요. 이것마저도 생리라고 우기진 않으렵니다.

그런데 ㅈ형, 역삼중학교 옥상 너머로 이태 전에 제 첫아이가 태어난 바로 그 병원이 우람하게 버티고 서 있는 것 아세요? 어떡할까요? 우리 애들이 앞으로 좀더 나은 선거를 치르게 하기 위해서라도, 지금은 우리들이 먼저 저 진흙탕 범벅이 된 운동장 한가운데로 저벅저벅 걸어들어가 차선이나마 '뜬표'를 맡길 대상을 골라내야 하지 않을까요.

투표일이 며칠 안 남았다더군요.

(1996. 4)

희망의 기운이 물오를 때까지

죽은 듯 엎드려 혹독한 겨울을 견딘 생명의 싹이 분출해 나오는 봄입니다. 점심때 집이나 사무실 가까운 데 있는 야산의 등성이라도 슬쩍 올라보십시오. 융단처럼 보드랍게 깔린 풀들이 하루가 다르게 짙푸르러만 갑니다. 골목마다 꽃봉오리가 벙그러진 하얀 목련 가지가 담장 밖까지 휘늘어져 길 가는 이의 마음을 괜히 어루만지는군요.

이 싱그러운 봄날에 새삼 영국 시인 T. S. 엘리엇의 「황무지」를 떠올리는 마음이란 도대체 무엇이겠습니까? 우리의 내면 풍경이 바깥 봄 풍경과는 달리 황무지와 같다는 고백인지도 모르지요.

혹 이렇게도 말하는 것은 어떻습니까? 엘리엇이 강조하다시피 생명의 깨어남이란 잔인하고도 혹독한 단련을 거치지 않으면 안 되는 모양입니다. 겨울이 가버린 따스한 봄날을 맞아 땅이 저절로 보드라워지는 바람에 그 속에 묻힌 뿌리가 약동하거나 씨앗들이 힘들이지 않고 지각을 뚫고 나오는 게 아니라는 겁니다. 새싹들이 봄보다 먼저 온몸으로 겨울의 찬 기운이 채 가시지 않은 굳은 지각을 선구적으로 헤치고 나오느라 딱딱한 흙을 부드럽게 만들고, 머뭇거리는 봄을 앞당겨 부르는 것이라고 보는 역전된 상상력 말입니다.

이것이야말로 바로 우리가 기려 마지않는 시인의 시각이 아니겠습니까? 때문에 봄날에 회생하는 생명의 보이지 않는 속살에 난 생채기를 주시하기에 시인은 감히 '사월은 잔인하다' 고 읊지 않을 수 없었을 테지요.

그렇습니다. 봄이 저절로 온 것도 아니며, 봄이 왔다고 해서 다들 화사한 봄빛에 힘 안 들이고 물드는 것은 아닐 겁니다.

며칠 전 오랜만에 베란다에 나가보았습니다. 팔을 앞뒤로 가볍게 흔들며 체조로 몸을 풀다가 문득 구석빼기에 먼지를 뽀얗게 뒤집어쓴 채 버려져 있는 네모난 플라스틱통을 발견했지요. 두 팔을 앞으로 나란히 하듯 앞으로 쭉 뻗은 상태에서 나는 동작을 멈췄습니다. 제 얼굴에는 낭패스런 기색이 역력했습니다. 그것이 무슨 통인지 알았으니까요.

겨우내 민달팽이가 살던 통이었답니다. 지난 가을 우연히 아파트 단지에 민달팽이 추출물을 파는 약장수들이 들러서 견본으로 두 마리씩 분양해준 것이었습니다. 그때는 콩알보다도 더 작은 크기였지요. 아파트 안에서 생물체를 기른다는 게 얼마나 뿌듯하고 고마웠는지 처음에는 정성을 다 기울이게 되었습니다.

플라스틱통 바닥에 고운 모래를 깔고 물을 차란차란하게 뿌린 뒤 마침 가을철이라 지천으로 널려 있는 배추 이파리를 넉넉히 뜯어주고 이따금씩 청소도 빠짐없이 해주었습니다. 날이 추워지자 밤에는 거실 안쪽으로 들여다 놓고 해가 드는 낮이면 베란다 화분 밑 그늘에 내다 놓곤 했습니다. 그러자 겨우내 살찐 그 민달팽이들은 거의 어른 엄지손가락만하게 자라났던 겁니다.

아, 그런데 그게 언제부터일까요? 영하로 떨어진 베란다에 그냥 둔 채 홀로 따스한 밤을 보내고 배추 이파리가 떨어지는지 물이 메마르는지 도통 안중에도 없게 된 때가 도대체 언제부터일까요? 도무지 기억에 없습니다.

빨간색 플라스틱통 뚜껑을 미적거리며 열어젖뜨리자 메마른 모래가 가득 담겨 있는 게 보였습니다. 그리고 그 한구석에 바싹 마른 달팽이가 굴러다니고 있었습니다. 달팽이에게 봄은 죽음이었습니다. 더이상 포근한 그 무엇이 될 수 없는 노릇이었지요.

그러고 보니 제 주변에서 봄과는 상관없이 시들어가는 게 한두 가지가 아니군요. 제 책상 위의 한 뼘짜리 난초는 어떻습니까? 변변하게 물 한번 주거나, 햇볕 한번 쬐어준 적이 없는 것은 고사하고 제 느꺼운 눈길 한번 제대로 받아본 적이 없으니 저렇게 말라비틀어져 빈사 상태에 빠진 것도 무리가 아니겠지요. 그래서 지금 그들에게서 봄을 앗아간 나는 봄을 맞이할 자격이 없다는 말씀을 드리고 있는 겁니다.

아, 저는 이제서야 이 봄이 왠지 모르게 미심쩍게 느껴졌던 까닭을 어렴풋이나마 알아챘습니다. 이 봄의 뒤뜰에는 봄기운을 부르다 못해 죽은 전사자의 잔해가 뒹굴고 부상자의 상처가 도져가고 있었던 게 아니겠습니까?

그 민달팽이는 도대체 언제쯤 숨이 끊어졌을까요? 이런 질문을 대책 없이 던져놓는 저에게 혹 어떤 이는 지금이 어떤 세상인데, 그따위 소년 같은 물컹물컹한 감수성을 주물럭거리느냐, 당장 집어치우라고 못마땅해할지도 모르겠습니다.

맞는 말이지요. 하지만 어쩌겠습니까? 이런 정서라는 것도 알고 보면 우리의 손길이 닿지 않는 등허리께의 가려움 같은 생리적 현상과 비슷해서 한번 긁어놓지 않으면 안 되는 나름대로의 절박함이 있는 것 아닙니까?

푸석푸석 말라버린 플라스틱통 안의 고운 모래밭을 물끄러미 들여다보던 나는 문득 사막을 떠올리고 말았습니다. 기껏 제 손바닥보다 클까 말까 한 그 마른 모래를 보면서 광활한 사막을 연상해내는 제 심리를 사실 저도 잘 모르겠습니다.

하지만 사막이란 무엇일까요? 길 자체가 없는 땅이 바로 사막이 아니던가요? 과거에 난 길이란 아예 흔적도 없는 땅, 지금 처음 걷는 길만이 바로 길로서 나타나는 땅, 그리고 그 현재의 길마저 나타나자마자 바로 과거로 밀려나 흔적도 없이 사라지는 땅, 때문에 발 딛는 모든 곳이 길인 땅, 그렇다면 땅이 아닌 길뿐인 공간, 아니 어쩌면 아예 길이 없는 곳인지도 모르는 땅, 그러니까 바로 사막이지요. 그것이 바로 기껏 서른세 살 먹은 사내의 내면 풍경이라면 정말 문제가 아닐 수 없겠습니다.

이렇게 가엾은 넋두리를 늘어놓다보니 문득 민달팽이가 숨졌을 무렵이 짐작되는 듯도 했습니다. 왜냐하면 제가 아직 추위가 풀리지 않은 우수(雨水) 언저리에서 민달팽이 꿈을 꾸었던 기억이 이제 막 떠올랐으니까요.

그 꿈이…… 그래요, 좀 기이했었네요. 고백건대, 전 아직도 사막이라는 데를 한 번도 가본 적이 없거든요. 그런데 꿈속에서 정말 발바닥에서 누린내가 나도록 이글거리는 광활한 열사의 사막이 펼쳐진 겁니다. 낙타는 물론이고 누구 하나 곁에 없는 황량한 모랫길을 제가 고행하듯 묵묵히 기어가고 있는 꿈이었습니다.

소금땀이 눈앞을 가리고, 물기라고는 한 방울도 없이 갈라진 혓바닥이 타는 목구멍 안으로 말려들어가는 죽음의 모랫길이었습니다. 그러나 제 발걸음은 더디기 한이 없었거든요. 빨리 이 사막을 벗어나야 하는데 하는 애타는 심정에는 아랑곳없이 제 발걸음은 너무도 느려터진 것이었습니다.

그 힘겨운 행보의 까닭을 나중에서야 깨닫게 되었답니다. 저는 문득 제 팔다리가 이상하다는 것을 느꼈습니다. 살갗이 거북 피부처럼 알록달록 흉하게 변해 있었고 제 등짝에는 딱딱한 갑옷 같은 게 얹혀 있는 느낌을 받았습니다. 나는 고개를 위로 길게 뻗어 뒤를 돌아다보았습니다. 어마어마하게 큰 껍데기가 제 등짝을 찍어누르고 있었습니다. 아! 이건 내가 아닌데, 내가 이렇게 생길 순 없는데……

나는 울고 싶었습니다. 울고 싶은 게 아니라 절망 그 자체였습니다. 차라리 죽자, 이렇게 혀를 깨물고 다짐하면서 모래 속으로 머리를 처박는 순간 다행히 몸을 뒤채며 꿈에서 깨어났습니다. 그리곤 너무 끔찍한 악몽인지라 애써서 금세 잊어버리고 말았습니다. 제가 달팽이가 되었던 바로 그 꿈을요.

그런데 아마 그때쯤 제가 키우던 민달팽이가 죽지 않았을까요? 최소한 서서히 죽어가고 있지 않았을까요? 지금 와서 이런 생각이 듭니다.

그래서 오늘은 베란다에 다시 나가 뚜껑을 열고 모래밭 한구석에 널브러진 민달팽이의 잔해를 찬찬히 들여다봅니다. 죽는 순간까지 한 방울의 물을 찾아 촉수를 뻗었을 민달팽이의 촉촉한 희망과 절망을 함께 더듬어봅니다. 그러나 지금 남은 것은 텅 빈 껍데기의 우묵한 어둠뿐입니다.

그 구멍은 지금 제가 바야흐로 누리려는 아늑한 봄이 가짜라는 사실을 말해주는 움직일 수 없는 증거였습니다. 그 어둠은 작았지만 그 안에서 뿜어져나오는 절망의 깊이는 아득했습니다. 그래서 저는 이번 봄의 이런 뒷모습을 잊지 않으렵니다. 함부로 화해하지 않으렵니다. 제 몸 안에서 희망의 기운이 자생적으로 물오를 때까지는 말입니다.

(1996. 5)

악비와 진회

얼마 전 옛 직장의 연으로 맺어진 선배 셋과 어울려 열흘 정도 중국 여행을 떠났다. 장강(長江, 양자강)의 물결을 따라 내려가는 코스였는데 마침 한 선배가 베이징에 유학중이어서 여러모로 큰 낭패를 보지 않고 다닐 수 있었다.

그곳에서 나는 이미 신격화된 관우 다음으로 중국 사람들의(적어도 남중국에서는) 열렬한 칭송을 받는 장수 한 사람을 만났다. 남송시대의 무장 악비(岳飛, 1103~1141)가 바로 그의 이름이다.

곳곳에 꾸며진 동상이나 사당 그리고 공원 등에 설치된 그의 기념비의 규모는 물론이고 끊임없이 그를 찾는 발길로 미루어 짐작건대 악비는 우리의 충무공과 같은 기림을 받는 장수가 틀림없었다. 그의 이름 앞에 반드시 따라붙는 '진충보국(盡忠報國)'이라는 글귀를 보매 더욱 그런 생각이 짙어졌다.

그에 대한 후세인의 평가가 어느 수준인가는 유비와 제갈량을 한

데 모신 무후사(武侯祠)에 가보면 단박에 알 수 있다. '출사표를 읽고 울지 않으면 충신이 아니다' 라는 제갈량의 「출사표(出師表)」가 유일하게도 악비의 헌걸찬 필체로 석판에 새겨져 무후사에 펼쳐져 있는 장관을 나는 목도했다. 삼절문(三絶文, 천하의 삼대 명문)의 하나로 일컬어지는 출사표의 대표적 문장가로 뽑힐 만큼 악비는 문과 무에 걸쳐 완벽한 평가를 받고 있었다.

그러나 이 정도에서 놀라고 말아서는 안 될 이유가 또하나 있다. 무한(武漢)에 있는 악비의 무덤을 추적추적 내리는 빗속에 찾았을 때 나는 묘한 감회에 젖을 수밖에 없었다. 이번에는 앞서 예로 들었던 그의 묘나 기념관의 규모 혹은 사람들의 행렬 때문이 아니었다.

그를 중상 모략해 옥사(獄死)케 했다는 진회(秦檜)와 그의 부인 왕씨가 묘 옆 철창 속에 오랏줄을 받은 채 무릎 꿇고 초라하게 고개를 숙이고 있었다. 악비의 묘를 둘러보는 참배객들이 진회 형상에 어찌나 침을 뱉어대는지 관리소에서 제발 침 좀 뱉지 말라는 공고문을 내걸 정도였다.

악비는 당시 남송을 압박하던 금나라에 맞서 백전백승하던 주인공으로서 비록 처참한 죽음을 맞이했지만 길이 그 이름을 흠모하지 않는 이가 없고, 반대로 진회는 그런 영웅을 간계로써 죽인 만고의 간신으로 찍혀 오늘날 사람들한테서 하루에도 한 되(?)씩은 족히 될 만한 침 세례를 받는 끔찍한 형벌을 감수하는 처지가 됐다.

이번 여름에는 무엇이 이 둘의 운명을 갈라놓았는지 반추하며 더위를 잊고 싶다. 달리 생각해보자. 혹, 악비는 완강한 원칙론자이고 진회야말로 강력한 군사력을 갖춘 금나라와의 국제 정세를 냉철히 꿰뚫어본 노회한 정치가로서 싸움보다는 타협 쪽으로 기운 발빠른 실용주의자였는지도 모른다.

그 보이지 않는 틈새를 편견 없이 들여다보는 게 바로 나의 여름 화두일 터이다. 그런데 우리들은 여전히 원칙보다는 요령과 실용성(재테크, 출세테크 등등 온갖 가지-테크들)만이 중시되는 세상에 살고 있지 않은가! 이런 현실 속에서 진회를 닮기도 싫겠지만 또한 악비의 운명을 받아들이는 게 두려운 것도 사실이다. 악비냐, 진회냐! 이런 화두를 하나 얻은 것만 해도 이번 중국 여행이 헛걸음은 아닌 듯하다.

(1996. 7)

가면을 벗고 하고픈 이야기

예부터 아내 자랑을 하는 사람을 두고 팔불출이라 부르며 손가락질을 했다. 그렇지만 아내를 깎아내리는 얘기라면 더욱 하기 어려운 게 요즘의 세태이지 않은가. 그러기에 아내의 작품세계에 대해 말해 달라는 청탁을 받는 순간 이건 정말 잘해야 본전치기다 싶은 노골적인 곤혹스러움이 몰아쳤다.

그러나 사실 곤혹스러움의 주소는 딴 데 있었다. 아내와는 작품 경향이 서로 몹시 다르기 때문이다. 따라서 최소한 이 글을 쓰는 동안만이라도 감정적인 거리를 엄정하게 유지하기 위해 편의적으로 아내라는 호칭보다는 이 작가라는 호칭을 따를 생각이다.

이 작가보다 일 년 늦게 문단에 발을 들여놓은 나는 한창 소설 습작에 몰두하던 1990년 벽두에 한 일간지 신춘문예란을 장식한 단편 「광장으로 가는 길」을 뒤늦게나마 찾아내 이상한 기분으로 읽어야만 했다. 이상한 기분이었다고 한 것은 그때 리얼리즘 계열의 소설을 주로 읽으며 습작 또한 그런 내용을 담는 쪽으로 하던 나에게 이 소설은 한마디로 이해가 되지 않았기 때문이었다. 왜냐하면 그 속에는 찐빵의 팥소처럼 의당 들어 있어야 할 얘기가 눈에 띄지 않았던 것이다.

얘기가 없이도 하나의 소설이 성립한다? 그건 이해의 문제를 떠나 나의 생리나 체질에 관한 문제일지도 몰랐다. 나는 당시 적어도 소설이라면 어느 인간이 어떠한 상황에서 무슨 행동을 어떤 식으로 했는지를 시간의 흐름에 따라서, 또 인과관계에 그닥 벗어나지 않는 테두리에서 묘사 또는 서술하는 산문 행위로 굳게 믿고 있던 터였으니까. 그런 의미에서 이 작가의 소설은 내게 문제적이었다.

그럼에도 내가 굳이 조사 자료실에서(나는 그때 신문사의 교열부에 근무하고 있어서 야근이 끝날 무렵인 새벽 두세시쯤 자료실에 들러 지나간 신문철을 뒤적거렸다) 그 문제의 소설을 찾아 읽었던 까닭은 다른 데 있지 않았다.

먼저 이 작가가 그 어렵다는 신춘문예를, 그것도 동시에 두 군데나 중복 당선되는 말썽(?)을 피운 끝에 한쪽에서는 당선을 취소당하는 등 화제를 뿌린 사정을 들 수 있다. 그리고 두번째 이유로는 그 작품을 선한 심사위원들의 평이나 이후 평론가들의 얘기가 그럴듯해서였다. 한마디로 90년대적 징후를 선구적으로 드러낸 실험소설이니 어쩌니 하는 평들이 나로 하여금 그 소설에 호기심을 품게 만들었고, 새벽에 굳이 졸린 눈을 비비고 찾아보게끔 만들었던 것이다.

그 소설은 출판사 편집부에 근무하는 한 여자가 모교의 교수에게 원고를 전달하기 위해 길을 가다가 횡단보도 앞에서 파란불이 빨간불로 바뀌기를 기다리는 불과 사오 초간의 뒤죽박죽된 머릿속을 탐구한 내용이었다. 나 같았으면 '파란불이 빨간불로 바뀌는 것을 보고 사람들 틈새에 끼어 적당한 보폭으로 횡단보도를 건넜다' 하는 문장 하나로 끝났을 상황을 이 작가는 무려 원고지 백이십 장 분량의 소설로 꾸며놓고 있는 것이었다.

당시의 내가 무려 사십 년을 건너뛰는 세월 속에 자리잡은 뒤틀린 분단 가족사를 단편으로 구상하고 있던 중이었으니, 그 사십 년 세월의 이야기와 사오 초간의 이야기 사이에서 느꼈을 법한 나의 도저한 현기증을 아는 사람은 안다.

나는 아내, 아니 이 작가의 뒤이은 소설들을 읽을 때마다 그 첫 소설을 읽을 때 느꼈던 현기증을 매번 되풀이했다. 가령 「오래된 항아리」라는 단편의 어느 페이지를 보면 내가 모르는 팝송의 제목이 여섯 곡이나 나온다. 게리 무어의 〈엠프티 룸〉…… 비트가 강한 헤비메탈로 블랙 사바스의 〈헤븐 앤 헬〉…… 밥 딜런의 〈녹킹 온 헤븐즈 도어〉…… 제프 백 〈코즈 위브 엔디드 애즈 러버스〉…… 핑크 플로이드 〈어나더 브릭 인 더 월〉…… 로이 부케넌 〈머사이어 윌 컴 어겐〉…… 가사를 완벽히 알고 있는 곡이래봤자 남진의 '저 푸른 초원 위에 그림 같은 집을 짓고……'가 고작인 나로서는 이 작가가 나와는 문학적 체험이 백팔십도 다른 존재임을 인정하지 않을 수 없었다.

또한 교열부 출신답게 일체의 비문을 허용하지 않는데다 서술형 어미를 생략하는 법이라곤 없는 나에게 이 작가의 문체는 애벌레처럼 너무 몰캉스럽고 미끈덩했다. 한 문장에 쉼표가 열 개고 하이픈이 세 개에다 말없음표가 하나씩이나 몰려다니는, 가령 이런 문장들 앞에서 나는 아득함을 느꼈다.

그 어떤 것, 혹은 그 어떤 존재, 또는 그보다 더 먼, 그보다 더 안쪽에 있는, 이름 붙일 수 없는, 그러나 틀림없이 나와 연-결-되-어 있는 본질…… 그렇기 때문에 내가 그토록 빈틈없이 다져온 무관심이 벽이라 할지라도, 이 땅 위에서 내가 만나 사랑했고, 사랑할 것들이 모두 언젠가는 사라질 존재들의 아름다움이듯이, 그것 역시, 한숨처럼, 단번에 무너질 성질의 것이었죠.

— 함정임, 「다리 위에서」, 『이야기, 떨어지는 가면』, 1992.

솔직히 나는 처음에는 이 쉼표들에서 되레 쉴 수가 없어 숨을 헐떡여야 했다. 게다가 「O라는 젊은 여자의 매혹적인 눈」이라는 단편 제목에서 보듯이 등장인물을 O니 K니 Y니 하는 기호로 대치하는 것을 탐탁치 않게 보았다. 한 인간이 자신의 이름에 걸맞은 자의식과 자존심을 획득하기까지 거쳐온 지난한 삶과 싸움을 알고 있는, 또는 기리는 작가라면 마땅히 개똥이면 개똥이, 소똥이면 소똥이 하는 식으로 제 이름을 찾아 분명히 매겨놔야 한다는 게 내 소박한 생각이었던 것이다.

하지만 이런 불만 속에서도 나는 이 작가가 자신의 은밀한 비밀이 숨어 있는 유년 시절을 탐구해 들어가는 대목은 별미처럼 아주 즐긴다. 특히 「제자리놓기의 방식」에 나오는, 큰집(화자가 작은집 출신으로 나온다)에 맡겨진 막둥오라비와 함께 아궁이에서, 돌아오지 않는 생모를 기다리며 뜨거운 군고구마를 벗겨먹는 대목에서는 콧마루가 시큰해지기도 했다. 나는 이러한 무궁무진한 유년의 기억 창고야말로 이 작가의 소설쓰기가 제자리를 찾아가는 데 도움을 줄 큰곰자리에 해당하는 안내자 구실을 하리라 믿는다.

그래서 이 작가는 언젠가는 '가면' 이라는 제목의 진짜 펍진하고 긴 얘기를 풀어낼지도 모른다는 섣부른 예감을 난 지니고 있다. 미완성 소설 「가면」을 가방 속에 집어넣고 들판을 향해 떠나는 이 작가의 첫 창작집의 표제작 「이야기, 떨어지는 가면」 속의 화자처럼. 이야기야말로 사실은 가면을 쓴 자들의 목소리이고, 또 가면을 써야만 이야기(거짓말)는 이뤄지는 법이지만. 아마 이 작가는 그와는 반대로 가면을 벗고 맨 얼굴로 얘기하고 싶어한다는 걸 난 알기 때문이다.

(1996. 7)

질투의 화살

우리나라에는 예부터 칠거지악(七去之惡)이라 하여 아내를 내쫓을 수 있는 이유로 거론되는 사항이 일곱 가지 있었다. 요즘으로 따지자면 이혼 사유라고 할 만한데 이것의 내용이 비록 봉건적인 가부장제의 유습을 담고 있긴 하지만 일단 음미해볼 사항이 아닐 수 없다.

즉, 시부모에게 순종하지 아니하는 것, 자식을 못 낳는 것, 행실이 음탕한 것, 질투하는 것, 나쁜 병이 있는 것, 말이 많은 것, 도둑질하는 것 등이 그것이다. 여기서 보듯이 질투라는 항목이 메달권에는 못 들지만 무려 4위에 랭크돼 있음을 알 수 있다.

그러나 우리 선조들은 이 칠거지악을 저질렀다 해도 아내를 버리지 못하는 세 경우를 정해놓아 나름대로의 숨통을 틔워놓는 융통성을 발휘하고 있다. 곧, 갈 데가 없거나 부모상을 같이 치렀거나 가난할 때 같이 고생하다가 뒤에 부귀하게 된 조강지처의 경우는 삼불거(三不去)라 하여 버릴 수 없도록 했다.

거두절미하지 못하고 서론이 이렇게 길어진 까닭은, 우리는 전통적으로 질투라는 것을 칠거지악에 포함시킬 정도로 부정적으로 보아왔다는 점을 밝히려는 데 있다. 질투는 어떤 경우에라도 해서는 안 되는 것으로서 그런 마음을 품는 사람은 사람답게 사는 길에서 멀찌감치 떨어진 천박한 부류로 여겨온 것이다.

하지만 고백건대 내가 걸어온 길을 뒤돌아볼 때 내 삶을 떠받치고 온 게 사실 남다른 열정이나 대의 명분만은 아님이 너무도 분명하다. 그러기에는 나라는 인간의 그릇의 용량이 얼마나 협소한가를 나는 잘 알고 있다.

항상 나보다 돋보이는 이, 내가 못 가진 것을 지닌 이, 혹은 나의 뭔가를 나눠가져야 하는 처지가 된 사람 앞에서 나는 함부로 드러내진 못했지만 주체할 수 없이 휘감아오는 샘과 질투로 몸을 떨어왔다. 하지만 성인 군자가 아닌 바에야 이런 감정이란 일개 범인(凡人)에게는 지극히 정상적이라고 본다. 그렇다면 질투의 본질이란 무엇일까? 어디서 오는 것일까? 묻지 않을 수 없다.

그리스 신화에 나오는 신 중에 우리가 잘 알고 있는 이름이 있다. 가장 아름다운 여신인 아프로디테의 사생아로서 사랑의 신으로 널리 알려진 에로스(Eros)가 바로 그다(이 신은 로마 신화에서는 큐피드란 이름으로 나온다). 휘황찬란한 날개를 달고 활과 화살을 거머쥐고 다니면서 사람의 가슴을 향해 활시위를 당긴다. 그에게는 두 가지 종류의 화살이 있다.

하나는 금빛이 찬란한 금화살이고 또다른 하나는 우중충한 납으로 만든 화살이다. 금화살로 가슴을 맞은 사람은 말할 것도 없이 달콤한 사랑의 감정에 빠지고, 납화살에 가슴을 관통당한 사람은 증오심으로 충만하게 된다.

사랑에 빠지지 않으면 증오에 빠지게 된다? 이런 의미에서 에로스의 화살은 사실 질투의 화살이며 따라서 에로스는 질투의 신이라고 불러도 무방하다.

이 대목에서 우리는 질투의 본질을 묻는 질문에 약간의 실마리를 얻을 수 있겠다. 그것은 줄여 말하면 바로 아름다움에의 흠모이다. 자기 자신에게 결핍돼 있다고 느껴지는 그 무엇, 또 자기 마음을 움직이고 있다고 감지되는 그 어떤 대상에 대한 정리되지 않은 초기 감정이 질투가 아니고 무엇이랴!

그렇다면 질투를 단순히 상대방을 시기하고 미워해서 은근히 깎아내리고 일이 잘 안 되기를 바란다는 뜻의 좁은 울타리에 더이상 가둬만 둘 수 없는 노릇 아닌가. 좀더 적극적이고 긍정적으로 바라보아야 할 필요가 생긴 것이다. 곧, 상대와의 교감을 통해 자신이라는 존재의 한계를 초월하려는 본능이 이 질투의 감정 속에 깃들여 있다는 점이다.

생각해보건대 이러한 질투는 내게, 아니 우리에게 얼마나 큰 힘이었던가. 그것 없이 용기가 그리고 헌신적인 인내와 열정이, 특히 어떻게 사랑이 가능했겠는가? 그러고 보면 우리는 가슴마다 질투의 신인 에로스가 쏘아보낸 화살을 무수하게 맞으며 살아온 셈이다.

그런데 우리의 가슴을 꿰뚫은 그 화살이 금화살인가 아니면 납화살인가는 좀더 따져보아야 할 문제인 듯하다.

질투의 참된 힘이 화살에서 나옴은 누구도 부인하기 어려운 사실 아니겠는가. 하지만 언제나 금화살만 맞으며 살아갈 수 없는 게 우리의 현실의 참모습이다.

그 화살들은 골고루 아니 어쩌면 납화살이 더 높은 확률로 우리를 향해 날아왔거나 날아오는 중인지도 모른다. 다만 우리의 할 일이 따로 있다면 그것은 설령 처음에는 납화살에 관통당한 가슴이라 할지라도 가능하면 그것을 금화살로 뒤바꿔놓으려는 노력을 인간의 마음은 할 수 있다는 것이다. 그런 뒤바꿈이야말로 우리가 돈 들이지 않고 얻을 수 있는, 작지만 큰 기쁨을 주는 기적에 해당한다 할 것이다.

(1996. 9)

행복에 대하여

행복이란 말에 대해서조차 생각해본 지가 꽤나 오래된 듯하다. 어떤 상태를 두고 행복이라 일컬을 수 있을 것인가? 돌이켜보건대 내가 행복했다고 느낀 시기들은 대부분 억지일 때가 많았고 심지어는 기억의 게시판에서 빼버리고 싶을 정도로 후회스러운 경우도 있었다.

그러나 시간이 흐르면 흐를수록 조회 횟수가 많아지는 기억의 시절이 있다. 그런 의미에서 나는 내가 최초로 다른 세상을 봤고 안다고 믿었던 여덟 살 무렵의 한때를 떠올리지 않을 수 없다. 원래 유년이란 생애에서 최대의 풍경을 이루는 법이다. 기억의 무궁무진한 보물 창고가 바로 그곳이고 그래서 그곳에 대한 기억은 항상 녹슬지 않는 싱싱한 구릿빛으로 남을 수밖에 없다.

그 시절 나는 고물상에서 우연히 찾아낸 마르코 폴로의 『동방견문록』 제1편 23장에 나오는 구절에 푹 빠져 있었다. 물론 만화였다. 그 중의 한 구절이 이랬다.

……산의 노인은 알로아딘이라고 불리는 사람으로 원래는 마호메트교의 신도였다. 그는 두 높은 산으로 둘러싸인 아름다운 골짜기에 아주 호화로운 정원을 지닌 황금 궁전을 지었다. 궁전 안은 훌륭한 비단으로 둘러싸여 있었고 곳곳에서 술 우유 꿀 맑은 물 등이 흘러나와 마음껏 마실 수 있었다. 궁전 안의 사람들은 모두 나이 젊고 아름다운 여성으로서 항상 노래를 부르고 춤추며 악기를 잘 탔다.

나는 그 만화책을 두고두고 간직하며 그런 지상 낙원이 이 세상 어디쯤엔가 분명히 있으리라 생각하며 가슴 뻐근해했던 것이다. 당시 나는 우리 산동네의 꼬맹이들 왕초였던 광수형을 따라 하천에서 고물을 줍고 있었다. 운이 좋은 날은 신쭈(구리와 아연의 합금) 쪼가리들이 많이 걸려 입에서 단내가 나도록 주전부리를 하고 돈도 어느 정도 챙길 수 있었다. 물론 두 달쯤 뒤에 물이 불어난 하천 바닥을 맨발로 뒤지다가 그만 깨진 유리병에 뒤꿈치를 뭉텅 베어서 탈락하고 말았다.

새로운 세상으로 통하는 문고리를 굳게 잡고 있다는 믿음과 행복감과는 긴밀한 함수 관계가 있다. 내가 또는 우리가 당장 눈앞에 펼쳐진 세상이 모든 것인 양 행세하며 받아들이는 알량한 행복이란 얼마나 곰팡이 슬기 쉬운 것일까?

(1996. 10)

아버지의 미소

빈대떡처럼 둥글고 넉넉한 보름달을 보게 될 추석이 며칠 앞으로 다가왔다. 잘 벼려둔 낫 한 자루를 신문지에 둘둘 말아서 아버지 산소에 벌초라도 다녀와야 할 때이다.

나의 아버지는 평생 외로움에 사무쳐 그것과 싸우다 떠난 사람이었다. 6·25전쟁 때 당신의 잔뼈가 굵은 함경도의 고향 마을과 부모, 처자식(아버지는 월남하기 전 이미 북쪽에 부인과 아들을 두고 있었다)을 뒤로 하고 본의 아니게 혈혈단신으로 밀려내려온 것이다. 그리곤 한 번만이라도 보고 싶어 그토록 애달파하던 고향 산천을 다시는 볼 수 없는 운명이었다. 그래서 지금은 의정부를 지나 북쪽으로 내달리다가 휴전선 근방 어드메쯤에서 끊길 43번 국도가 고즈넉이 내려다보이는 산등성이에 말없이 홀로 잠들어 있다.

어머니의 표현에 따르면 '민들레 씨앗처럼 곤궁하게 바람처럼 날아온' 사람이 바로 아버지였다. 말하자면 원래의 삶터에서 뿌리가 뽑힌 이였다. 서로 도움을 주고받을 일가붙이는 물론이고 일을 함께 의논할 정든 벗들, 이렇다 할 밑천도 변변찮은데다 외돌토리로 만리 타향에 떨어져나왔다는 끝없는 울적함에서 깊어진 의기소침으로 인해 아버지는 평생 벼랑 끝에 몰린 채 현실에 뿌리를 내릴 수 없었다. 때문에 줄곧 가난했고 병고에 시달렸다. 그런 아버지를 모셔야 할 아들인 나의 눈길은 항상 혼란스러웠다.

왜냐하면 아버지란 사람은 아들에게 무조건적으로 신(神)의 권능을 행사하는 존재가 되어야 하는 게 아닐까 믿었기 때문이다. 우선 생물학적으로 볼 때 아들에게 선천적 기질과 체형을 DNA 유전 인자를 통해 고스란히 물려줌으로써 생물학적인 운명을 결정해주는 존재가 바로 아버지이다. 또한 후천적 측면에서도 경제적 혹은 정신적 후원을 통해 아들의 사회적인 운명의 많은 부분을 틀지어주는 존재가 아버지인 것이다.

그래서 강력한 아버지, 자신이 터득한 무궁무진한 세상살이 비법을 전수해주는 아버지, 풍성한 물질적 능력이 있는 아버지를 난…… 그러나 아버지는 그러질 못했다.

이런 까닭에 아버지는 아들인 나에게 사랑(愛)과 미움(憎), 또는 자부심과 콤플렉스라는 두 가지 상반된 정서가 한데 뒤섞인 모순된 감정을 만들어준 장본인이기도 하다. 물어볼 것도 없이 아버지, 그 사람은 한없는 그리움의 대상이면서도 한편으로는 천 길 나락의 끝에 입을 벌리고 있는 깜깜한 지옥이었다.

이런 감정은 자라나면서 순간순간 아버지를 부정해본 경험이 있는 사람이라면 특히 잘 알 만할 것이다. 그리고 자신의 존재를 부정하는 그 현장에서 아들에게 주먹 세례를 먹이는 게 아니라 도리어 엷은 미소로 응답(?)한 아버지의 얼굴을 기억하는 나로서는 그런 모순적 감정이 쉽사리 없어지지 않는다.

모나리자의 미소보다 더 아리송하고 엷지만 한없이 날카로운 기억의 칼이 되어 묵은 상처를 계속 덧내온 아버지의 미소! 그 때문인지 나는 언제부턴가 입가에 희미한 미소를 머금는 사람을 대할 때면 왠지 안절부절못하는 버릇이 생겨났다. 두말할 것도 없이 남들 앞에서 자기 아버지를 부정해본 아들로서의 불안한 체험이 되살아나기 때문이다. 그 진땀 나는 현장을 붙들어 따가운 압정으로 기억의 게시판에 꽂아두는 구실을 하는 게 바로 그 아버지의 희미한 미소였다.

그 첫번째 기억은 초등학교 1학년 때의 흥겨운 가을운동회날에 닿아 있다. 갱지가 아닌 팔랑팔랑한 고급 공책이 경품으로 걸린 달리기가 한창 펼쳐지고 있는데 누군가 나를 찾는다고 일러주어서 후문 쪽으로 가보았다. 거기에는 당시 쓰레기 손수레를 끌던 아버지가 추레한 작업복을 입은 채 교문 너머에 서 있었다. 아버지의 대머리 위에는 몇 올 남지 않은 머리칼이 바람에 헝클어져 있었고 손에는 나에게 줄 빵과 마실 것이 든 흰 종이 봉지가 들려 있었다.

아버지는 어서 다가오라고 말없이 고개를 끄덕였고 나는 쭈뼛쭈뼛 다가가 종이 봉지를 건네 받았다. 그때 담임 선생님의 목소리가 뒤통수를 때렸다.

"소진아, 네가 뛸 차례가 다 됐는데 여기서 뭐 하니?"

나는 예쁜 여선생님과 코밑에 물기가 질척하게 번진 채 야릇한 미소를 띠고 아들을 바라다보는 아버지 사이에 끼어 고개를 푹 꺾었다. 평소에는 맛보기 어려운 빵과 음료수였지만 그 순간에는 왜 그리 땅바닥에 내동댕이치고 싶었는지 모른다. 한참 뒤,

"아버지시니?"

하는 질문에 나는 고개를 힘차게 내저었다.

선생님도 돌아가고 아버지도 돌아간 그 자리에서 나는 물을 먹은 병아리처럼 고개를 바짝 쳐들고 하늘을 쳐다보았다. 쑤욱 빠지려는

눈물을 도로 집어넣기 위해서였다. 그러나 높고 새파란 가을하늘을 보는 순간 참았던 눈물이 도리어 왈칵 넘쳐 뺨 위를 달렸다. 첫 상처는 그렇게 어린 가슴에 골 깊게 팼다.

두번째 상처는 새로 구멍가게를 낸 아버지와 함께 물건을 떼러 간 길음시장통의 한 도매 상회 안에서 그어졌다. 나는 쪼그리고 앉아 누덕누덕 기운 정부미 포대에 아버지가 조금씩 골라내는 소주, 과자, 껌 따위를 주섬주섬 담고 있었다.

"어머 재 소진이다!"

학원으로 가던 우리 학급 반장과 여자애들이 날 내려다보고 있었다. 그들의 가지런하고 올망졸망한 새 운동화와 빛나는 구두들의 행렬.

숫기가 없는 나는 아이들의 얼굴도 제대로 쳐다보지 못한 채 아버지가 내게 다가와 알은체할까봐 그것이 겁났다. 내가 손아귀에 잡힌 과자 봉지들을 너무 세게 움켜쥐는 바람에 그 안의 과자들이 와드득 와드득 아프다는 비명을 지르고 있었다. 나는 아버지가 내 곁에 다가오지도 않았고 아이들이 아무것도 묻지 않았는데도 고개를 푹 꺾은 채 고개를 설레설레 가로저었다. 한참 뒤 누군가 내 목덜미를 어루만져 고개를 드니 아버지가 싱긋 웃고 있었다.

세번째 기억은 고등학교 1학년 말 무렵일 것이다. 학교에서 학생저축 예금이 결산됐으니 길음시장 근처 은행에서 돈을 찾아가라고 했다. 나는 천원이 채 안 되는 돈을 타기 위해 은행 안의 긴 의자에 앉아 친구들과 함께 차례를 기다리고 있었다. 그때 도매상에 물건을 떼러 시장통에 들렀던 아버지가 불쑥 은행 안으로 들어와 내게 알은체를 하였다.

"아직 멀었니? 도매상에서 물건을 떼는데 셈을 해보니 값을 치르기에는 모자라서 말이야."

"……!"

아버지가 내 간절한 눈빛을 알아챘는지 한쪽으로 대여섯 발짝 어정어정 멀어지고 나자 누군가 물었다.

"야, 누구냐?"

"몰라(모기만한 목소리로)……"

그때 아버지의 또 그 알 듯 말 듯한 미소.

이것을 누구 탓으로 돌려야 하나! 또다시 그 순간이 닥친다 해도 나는 정녕 자신이 없으니 말이다. 아무튼 나는 그렇게 아버지를 세 번 부정했다. 듣건대, 최후의 만찬에서 예언한 예수의 말대로 그를 세 번 부정하게 된 베드로는 새벽닭이 우는 소리를 듣고 홀연히 크게 깨달았다고 한다. 그러나 아버지를 세 번 부정한 나는 아직도 그 명쾌한 닭 울음을 듣지 못하고 혼돈과 어리석음 속에서 여전히 헤매고 있다.

1991년 소설가로 데뷔한 이후 내가 해온 글쓰기조차도 그러한 혼돈 속에서의 한 울부짖음에 다름아니다. 너무 일찍 아버지, 곧 나의 신이 무너져버린 자리, 그 폐허 위에 서서 내가 할 수 있는 일은 벌레처럼 쓰러져 절규하고 상스런 언설을 내뱉다 지쳐 흐느끼는 게 아니었을까? 아버지는 없다! 그러므로 나는 저주받은 운명을 타고난 서자(庶子)일 뿐이다! 이런 서자 의식을 자기 글쓰기의 주제로 삼고 버텨온 세월이 아마도 지난 오 년 남짓한 시기인 듯하다.

그러나 어찌 이런 아비 부정의 체험만 있었겠는가? 부정이 있으면 마땅히 긍정이 뒤따르는 게 세상 돌아가는 이치인 법!

어릴 적부터 골골한 약체였던 나는 툭하면 며칠씩 앓아누워야 했다. 초등학교 3학년 때 한번은 지독한 체증에 열병까지 겹쳐 열흘 넘게 누워 있었다. 약국에서 약을 지어나르기에 지친 아버지는 정릉 근처에 용한 한의사가 싼값에 환자를 치료해준다는 소문만 믿고 텅 빈 쌀부대처럼 늘어진 나를 들쳐업었다.

우리 동네에서 정릉까지는 걸어서 거의 한 시간 반 이상이 걸리는 먼 거리였다. 그 거리를 아버지는 한 번도 쉬지 않고 힘들게 걸어서 갔다. 나는 가는 길 내내 등 위에서 잠을 잤다. 침을 맞고 약을 지어오는 길에도 나는 아버지의 등 위에 업혀 있었다. 그런데 거짓말 같게도 조금씩 기운이 나고 기분이 막 좋아지려는 느낌이 들었다. 치료를 받아서 그랬겠지만 답답한 방 안에만 갇혀 있다가 오랜만에 시원한 바람을 쐰 게 병세를 확 돌려놓은 것도 같았다.

"민성아(어릴 적 집안에서 부르던 이름), 이잔(이젠) 안 아프니?"

아버지는 등 위의 나를 추스르며 물었다.

"야……"

내 눈길은 마침 지나치던 가게의 아이스크림 냉장고에 붙박여 있었다.

"먹겠니? 속에서 당기니?"

"저기 쭈쭈바……"

일 년 가도 뭐 하나 사주는 적이 없는 아버지는 주머니에서 선뜻 돈을 꺼내 쭈쭈바를 사주었다. 나는 그것을 빨고 가면서 뒤에서 아버지의 목에 팔 하나를 힘껏 휘감았다. 그러자 아버지는 나를 돌아다보며 벙시레 웃어주었다. 지금도 앓을 때면 나도 모르는 새 아버지를 가만히 부르며 그때를 되씹는 버릇이 있다.

두번째 긍정의 기억은 대학 2학년 때로 거슬러올라간다. 나는 열렬한 운동권 학생은 아니었지만 그렇다고 수수방관만 하는 학생도 아니었다. 그런 와중에서 어느 날 시내에서 벌어진 데모대의 뒤꽁무니에 참가했다가 붙잡혀 경찰서에서 며칠간의 구류를 산 적이 있었다.

구류를 마치던 날 경찰서 정문 앞에는 아버지가 마중 나와 있었다. 아버지와 아들은 서로 말이 없었다. 그때 이미 얼굴에 병색이 완연했던 아버지를 보자 나는 너무도 송구스러운 마음이 들었던 것이다. 아버지는 슬그머니 생두부를 내 코앞에 내밀었다. 간신히 한 입 베어무는 순간 나는 목이 울컥 메었다.

"아버지 죄송……"

"괜찮다……"

아버지는 돌아오는 길에 내 손을 슬그머니 붙잡고 길음시장에 들렀다. 김밥, 떡볶이, 순대, 라면 등을 파는 간이식당으로 들어간 아버지는 순대 한 접시와 소주 한 병을 시켰다. 물론 아버지는 병 때문에 술을 전혀 입에 대지 않았다.

"몸은 어떠냐? 많이 먹어."

"상한 데는 없어요."

"정말 데모했니?"

아버지가 내 앞에 놓인 잔에 술을 한 잔 가득 따라주었다.

"그게…… 죄송합니다."

"젊으니깐 피가 끓는 것도 당연하긴 한데…… 니 에미가 지금 충격 때문에 자리에서 못 일어나고 있단다. 나야 얼마를 더 살겠냐만은 나를 잘못 만나서 니 에미가 평생 어떤 고생을 했는지 너도 잘 알고 있잖니?"

"예에……"

"입때껏 니한테 해준 건 없다만 널 꼭 믿는다 응! 마셔라 너도 이젠 어른이 다 됐는데 술은 한두 잔쯤 마실 줄 알아야지."

아버지는 쓸쓸한 미소를 지으며 내 어깨 위에 팔을 걸쳐놓았다. 나는 눈물이 앞을 가렸다. 그 팔의 무게가, 아니 깊은 삶의 무게가 천근 만근만큼이나 무거웠던 것이다. 나는 소주잔을 뒤집어 단숨에 뜨거운 액체를 목구멍으로 넘겨버렸다. 이 년 뒤 아버지는 세상을 떠났다.

이렇듯 나의 아버지는 결국 위대함과는 거리가 먼 사람이었다. 한 가정조차도 제대로 꾸리지 못해 허덕였던 사람이지만 아버지가 가장 고생을 시켰던 어머니한테서 '그래도 마음 하나만은 법 없어도 살 사람' 이라는 평가를 두고두고 듣는다.

그렇다! 돌이켜보건대 법을 마음대로 주무를 수 있는 권세 있는 아버지보다, 법 없이도 살 수 있었던 아버지를 두었다는 게 사뭇 다행스럽다는 생각도 든다. 나도 이제는 아버지에 관한 한 평범함이 곧 위대함이라는 깨달음을 소중히 간직하고 싶다.

내가 지금까지 덧없이 아버지를 원망하고 눈물 흘리고 욕하고 그리워하며 헐떡이는 사이에, 보라 어떤 일이 일어났는지! 영원히 버려진 아이인 듯싶었던 나를 어느덧 아버지(아빠)라고 부르며 재롱을 떠는 같은 DNA 계열의 존재가 생겨난 것이다.

그렇다면 결국 내가 애타게 찾은 아버지가 바로 나였고, 또 내가 아버지가 아니었을까? 요즘은 아버지의 그 희미한 미소를 거울을 통해서 다시 보게 된다. 아버지와 꼭 닮은꼴로 어리는 내 미소를 말이다.

(1996. 12)

눈사람 속의 항아리

아마 설날에서 며칠 지나지 않은 때였을 것이다. 이른 새벽부터 탱탱해진 오줌보를 감싸쥐고 밖에 나와보니 간밤에 내린 눈이 한 지붕 아홉 가구의 기다란 마당을 곱게 덮어버린 뒤였다. 초등학교 4학년이던 내가 운동화 밑에서 뽀드득 소리가 나도록 힘껏 발걸음을 옮기며 대문간에 바짝 붙은 공동변소에 가서 볼일을 보고 나온 것까지는 좋았다.

바지춤을 추스르며 김장독을 가지런히 묻어둔 곁을 어정어정 걸어 나오다가 발끝으로 뭔가 묵직한 것을 밟았다. 눈을 폭 뒤집어쓰고 벽에 기대고 있던 그 기다란 물체는 고개를 발딱 젖히는가 싶더니 옆으로 쓰러졌다. 공사판에서 쓰는 빠루(노루발못뽑이)라는 연장이었다. 그 쇠뭉치가 쓰러지면서 하필이면 땅속에 묻지 않고 그냥 바깥에 놔둔 조그마한 짠지 단지를 스치자 뚜껑은 두 동강이 나 떨어졌고 몸통에서는 왕금이 좌악 그어졌다. 갈라진 틈새에서는 시금털털한 김치

냄새를 풍기는 국물이 줄줄 새어나오고 있었다.

나는 눈앞이 캄캄해졌다. 꼭 동화 속 같던 온 세상이 한순간에 흰빛 절망감의 구렁텅이로 변하는 것이 아닌가. 하물며 그 단지의 주인이 욕쟁이 함경도 할머니임에 틀림없음에랴! 등뒤에서 올라온 뜨뜻한 열기가 목덜미와 정수리께를 휩싸며 치솟아올라 추운 줄을 몰랐다. 눈을 비비고 또 비볐지만 이미 벌어진 현실이 눈앞에서 사라져줄 리도 만무했다.

집 안팎에서 귀청이 떨어져라 퍼부어질 지청구와 매질을 감수하는 게 상수인 듯싶었다. 일부러 발에 힘을 주어 밟고 오느라 우리집 앞에서 변소 앞까지 깊이 팬 눈 위의 내 발자국은 요즘 말로 도주 및 증거인멸의 가능성을 일찌감치 봉쇄하고 있는 터였다. 이미 아홉 가구의 어느 방 안에서인지 잠에서 깨어난 사람들이 내 행동을 처음부터 끝까지 지켜보기라도 한 양 두런거리는 소리가 들려왔다. 나는 시치미를 떼고 누워 있는 그 시커먼 빠루가 마치 마녀의 주문을 받아 밤새 눈송이를 덮고 위장한 채 기다리다가 내 발길을 잡아채지나 않았는가 하는 엉뚱한 의심도 들었다. 우랑바리나바롱못다라까뿌라냐……

손오공이 부리는 조화를 기대하며 입 속에서 주문을 외던 순간 어떤 생각이 별똥처럼 스치고 지나갔다. 그렇다 눈사람이다! 나는 가슴이 터질 듯이 기뻤다. 그러면 일단 이 아침만큼은 별일 없이 맞이할 수 있겠지. 나는 장갑도 끼지 않은 손으로 서둘러 눈사람을 만들었다. 물론 깨어진 단지를 감쪽같이 그 눈사람 속에 집어넣은 것은 말할 필요가 없었다.

그리고 하루 동안의 가출을 감행했다. 왜냐하면 눈사람 속에 감춰진 비밀이란 영원할 수가 없고 반나절만 지나면 오후의 햇빛 아래 만천하에 드러나게 마련이기 때문이다. 그 하루 동안 나는 주로 더러운 곳만 골라서 돌아다녔다. 눈이 녹아 질척거리는 시장거리, 연탄재가 어지럽게 뒹구는 뒷골목들, 연탄가스 냄새가 눈을 찌르는 낡은 만화가게에서 성인만화 훔쳐보기, 길음천변의 음산한 사창가, 개똥 천지인 돌산길…… 나의 소년기 중의 한 토막은 그렇게 더럽혀져갔다.

그리곤 해질 무렵 시장통에서 겨우 사먹은 떡볶이 서너 토막으로 버티던 주린 배를 이끌고 이미 비밀이 다 까발려졌을 아홉 가구 집으로 돌아갔다. 대문간에서 나는 심호흡을 크게 했다. 그곳 사람들은 평소와 다름없이 왔다갔다하며 문 앞에서 또 수돗가에서 화기애애하게 얘기를 나누고 있었다. 그러나 아무도 나를 보고 알은체하지 않았다. 심지어 수돗가에서 마주친 어머니마저도 '너 점심 굶고 어딜 갔다 왔니' 하고 질책조차 하지 않았다. 나는 얼른 내가 눈사람을 세워두었던 변소통 쪽을 쳐다보았다. 눈사람은 깨끗이 치워져 있었다. 물론 흉측한 몰골을 드러내고 있어야 할 짠지 단지도 보이지 않았다. 도대체 무슨 일이 일어났던 것일까!

나는 나를 둘러싼 세계가 너무도 낯설게 느껴졌다. 내가 짐작하고 생각하는 세계하고 실제 세계 사이에는 이렇듯 머나먼 거리가 놓여 있었던 것이다. 더이상 나를 상대하지도 혼내지도 않는 세계가 너무나 괴물스럽고 슬퍼서 차라리 남몰래 눈물을 흘렸다. 그러나 그 어처구니없는 세계의 한구석을 언뜻 보아버렸기 때문에 이미 그 눈물은 소년의 것이 아니었다. 깨진 항아리를 눈 속에 파묻을 때 그 속으로 내 소년스러움도 따라 파묻혔다는 걸 깨닫는 것은 그후로도 시간이 좀더 걸리는 일이었다.

(1997. 1)

사람들의 마음을 담는 문학
—「이번 호를 내면서」, 『한국문학』

요즘 우리는 물살이 드센 여울목 한가운데 발목을 담그고 서 있는 느낌이 든다. 나라 안팎에서 굵직굵직한 사건들이 연이어 불거지기 때문만은 아니다. 어느 때고 크고 작은 사건이란 늘 만들어지게 마련 아닌가. 그보다는 사람들의 마음이 갈 곳을 잃고 이리저리 휩쓸리는 모습을 지켜보는 안쓰러움 때문인 듯하다. 처음엔 다들 그러듯 놀라움에서 분노로, 또다시 허탈감이나 체념으로 옮겨갔다가 식은땀 흐르는 절망적 몸짓을 은연중 꿈꿔보는 게 바로 우리들의 자화상이다. 오롯한 마음의 거처 하나 제대로 마련할 수 없는 누추함을 감수해야 하는 시대임을 고백하지 않을 수 없겠다.

이러한 시대에 문학인들 온전할 리가 없다. 온전하다면 그게 더 이상한 일일 터이다. 세상의 고름기를 그 어디보다 더 큰 멍울로 깊이 끌어안으려 했던 게 우리 문학 전통의 큰 줄기였음을 돌이켜보고자 한다.

물론 지금 이 자리에서 새삼 문학의 구실을 따져보자는 얘기는 아니다. 그런 따짐이야 두고두고 필요한 일이라는 데는 두말할 나위가 없겠지만, 문제는 당장 사람 냄새가 모락모락 나는 이야기와 글들을 설날 가래떡 모양 정성스레 뽑아내는 데 어떻게 이바지할까 고민하는 게 더 시급하다고 본다.

사람의 냄새를 풍기는 문학이 적어도 무작정 사람의 심금을 울리거나 잠깐의 관념적 도피처를 제공하는 뒤치다꺼리에만 매달릴 수 없음은 분명해 보인다. 그러면 의당 '목마른 것은 싫다' 는 요즘의 추세를 거슬러서 도대체 무엇을 어떻게 하자는 것인지에 대한 반문이나 냉소에 부닥칠 법도 하다.

'목마른 것을 참아 넘기는 게 미덕이다' 는 구태의연한 우답(愚答)으로 어거지를 쓰려는 게 도리에 맞지 않음을 안다. 하지만 목이 마르다고 물이나 달달한 주스 한잔 마시는 것으로 때울 수는 없다는 지극한 상식을 옹호하지 않을 수도 없다.

이 갈급한 시대에 왕도가 있을까. 우리의 목젖을 사막처럼 말라비틀어지게 하는 게 턱없는 욕망인지, 관계의 파탄인지, 시대적 전망의 부재인지 혹은 세기말의 불길한 징후인지 우린 모른다. 다만 그 혼돈 속에서 흩어진 사람의 마음을 읽어서 주섬주섬 담아내는 그릇이 바로 문학이고 그 그릇의 안쪽이 넓어질수록 세상이 조금은 덜 절망스런 곳이 되리라는 믿음에는 변함이 없다.

(1997. 봄)

2부 습작 소설·시

아버지의 슈퍼마켓

어느 날 갑자기 동네가 고막을 울리며 시끄럽게 돌아가는 소리에 소스라치게 되었다. 아닌 밤중에 홍두깨라는 식으로 홀연히 땅 파는 차 한 대가 나타나서는 동네 위, 한길 옆의 마당이 넓은 허름한 기와집을 간단히 무너뜨리고는 땅을 깊숙이 파헤치고 있는 것이었다. 이 사건은 동네 모든 사람들의 흥미를 끌기에 충분한 것이었다. 별 변화 없이 다람쥐 쳇바퀴 돌듯 하는 이런 산동네에서 그 포크레인이라는 놈이 하는 짓거리를 보자면 분명 무슨 큰 변화가 진행되고 있음을 누구나 쉽게 짐작할 수 있었다. 우리 산동네가 별 변화 없다는 말은 가만히 생각해보니 좀 잘못된 것 같다. 얼핏 보면 외관상 그 집이 그 집이요, 그 골목이 그 골목이며 사람들도 매일같이 부딪히는 그 사람들이지만, 가만히 보자면 별의별 일들이 매일같이 일어나고 있는 것이다.

공동 수도에서는 매일같이 밤낮으로 서로 먼저 그리고 조금이라도 더 물을 자기 양동이에 채우려 하는 사람들의 아귀다툼이 끊이지 않고 있었다. 어젯밤에도 나는 친구들이랑 교회 마당서 뛰어놀다가 내려오는 길에 공동 수도 앞에서 수학이엄마랑 갑식이엄마랑 대판으로 싸움박질하고 있는 것을 보았다. 그리고 일 주일에 한 번씩 교회 마당 위 쓰레기 하치장에 청소차라도 오는 날에는 정말 가관이다. 이날은 나도 한몫 거든다. 우리집 쓰레기통은 두 개다. 하나는 헌 고무 다라이인데 보통 연탄재나 혹은 집 안 쓰레기 등을 버리는 통이고, 또다른 하나는 점방에 있는 것인데 보통 점방에서 나오는 쓰레기를 담아두는 사과 궤짝통이다. 이것이 바로 내가 두부 장수 요령 소리만 났다 하면 집어들고 엄마 뒤를 쫓아서 낑낑거리며 달음박질을 쳐야 하는 통이다. 사실 통을 비우고 연탄재 먼지를 뽀얗게 뒤집어쓴 채로 내려왔을 때 엄마가 점방에서 아버지 몰래 집어주는 눈깔사탕만 아니라면 정말 죽어도 하기 싫은 짓이다. 그러나, 좀 치사스럽기는 하지만 그 눈깔사탕이 있어서 그런지 그 일을 그만두겠다고 마음먹은 적은 사실 한 번도 없는 것 같다.

그 밖에도 애기 우는 소리, 월부 장수가 틀어놓은 라디오 소리, 똥개 짖는 소리 등등 지금 당장 열거하기가 뭣해서 그렇지 하루도 조용하게 넘어간 기억이 별로 없는 그런 동네였다. 그런데 이런 자그마한 소리들이 홀연히 등장한 거대한 포크레인 소리에 파묻혀서 뒷전으로 물러나 사람들의 관심 밖의 것이 되고 말았다. 나는 이때서야 비로소 우리 동네가 얼마나 조용했던가를 깨달을 수 있었다.

아무튼 나는 학교를 파하고 집에만 오면 만사를 제쳐두고 한길가 옆에 쭈그리고 앉아 포크레인이라는 어려운 이름의 기계가 놀라운 힘으로 땅을 헤집는 모습을 매우 감탄 어린 눈으로 지켜보았다. 기계의 앞 갈쿠리손이 퍼내는 흙의 양은 적어도 열 삽은 더 됨직하였다. 그런 기계를 턱허니 앉아서 마음대로 부리고 있는 운전석의 텁수룩한 아저씨가 너무도 위대해 보였다. 웃통을 홀랑 벗어붙인 바람에 징그럽게 드러난 어깨 위의 해골 문신이 굼실거리도록 팔뚝에 힘을 주어 핸들을 앞뒤로 움직일 때마다, 앞 갈쿠리손이 흙을 퍼담아 솟구치는 모양이 마치 그 아저씨의 힘 때문인 것으로만 보였다.

그런 구경도 오래가지는 못했다. 이제 땅 고르는 일이 끝나자 본격적인 집 쌓기가 시작되었던 것이다. 나는 곧 다 잊어버리고는 매일 하던 대로 친구들과 어울려 교회 마당과 돌산을 휘저으며 뛰어놀다가 저녁 늦게나 집에 들어가서는 쓰러져 자고, 다음날 아침에는 숙제 못 해가서 선생님한테 손바닥 맞고 벌 설 생각에 징징 짜면서 학교에 가는 것이었다. 그러던 중에서도 나는 문득 아버지의 주위에서 뭔가 심상치 않은 일이 일어났음을 어렴풋이 느끼게 되었다. 우선 보자면 그렇게도 열심이시던 점방 일을 등한시하는 경향이 나타났다. 사실 점방이라야 한 평 남짓한 아주 작은 구멍가게이지만 이 산동네 수준에 있어서는 별로 빠질 게 없도록 자질구레하게 이것저것 구색을 맞추어놓는 아버지가 요새는 구색이 떨어져도 별로 신경도 안 쓰시고, 물건 하러 저 밑으로 내려가지도 않으셨다. 그뿐 아니라 요즘에는 밥도 몇 술 안 뜨셨다. 가만, 이쯤에서 아버지에 대해서 내가 알고 있는 것을 좀 말해야 되겠다. 아버지 나이는 내가 알기로는 쉰두 살이다. 아버지는 형과 나, 이렇게 두 형제를 낳으셨다. 아니, 참 낳기는 엄마가 낳았구나. 아버지가 날 마흔두 살 때 낳았으니까, 나는 열한 살이다. 나는 다섯 살 때 우리 식구 모두랑 나의 고향인 강원도 학포리라는 곳에서 서울로 올라왔다. 그 이후로 지금까지 이 집에서 살고 있는 것이다. 난 잘 모르겠지만 우리 식구가 서울로 올라오게 된 것은 빚이 너무 많았기 때문이라고 한다. 엄마 말에 따르면 원래부터 빚이 많았던 것이 아니라, 아버지가 장사를 해서 남부럽지 않게 모아 갖고 있던 논밭을 새로이 동업으로 딴 일을 하시다가 속임을 당해서 가산이 탕진됐다는 것이다. 때문에 아버지는 그 일로 인하여 화가 나서, 서울 올라온 이듬해에 중풍이라는 화병으로 드러눕게 되었다. 그래서 아버지는 말도 제대로 못 하고 더듬거리며 몸도 많이 쇠약해지셨는데, 그 중에서도 내가 제일 기분 나쁘게 생각하는 것은 아버지가 이가 몇 대 밖에 없기 때문에 — 남들에게는 할아버지처럼 보이는 모양인지 — 나를 처음 보는 사람은 내가 아버지 손잔 줄로만 알고 있으며, 내 친구 또래 놈들은 기분 나쁘게도 아버지를 할아버지라고 부르는 것이다. 그러나 나는 사람들이 아버지가 혈압으로 쓰러진 사람치고는 아주 다행스럽게 된 편이라고 말하는 것을 가끔 들었다.

나는 처음에는 아버지도 고향이 강원도인 줄로만 알고 있었다. 그러나 작년에서야 비로소 아버지의 고향이 나랑 같지 않음을 분명히 느낄 수 있었다. 다름아닌 작년의 일이었다. 뭐 남북대화라나, 아무튼 그런 일이 생겨서 우리나라 사람들이 북한 땅으로 환송을 받으면서 가고 또 북한 사람들도 열렬한 환영 속에 우리나라로 오면서 무슨 무슨 발표도 막 하고 할 그럴 때였다. 나는 그저 그 악랄하다던 북한 사람도 보니깐 우리랑 똑같은 것이 그저 그럴듯해서 신문의 사진만 쳐다보는 것이 고작이었다. 그러나, 아버지는 달랐다. 저녁 어름 때만 되면 신문이 오기만을 초조하게 기다리시다가 신문만 오면 엄마랑 나를 앉혀놓고 사뭇 흥분하셔서 그렇지 않아도 제대로 안 나오는 말을 더욱 더듬거리시며 통일이 곧 될 것처럼 기사의 이 구절 저 구절을 가리키시면서,

"암, 진작에 그랬어야지."

를 연발하시고는 동의라도 구하시는 듯, 신문과 엄마와 나의 얼굴을 번갈아 둘러보시곤 하셨다. 그때 아버지 눈은 유난히 번득이고 있었던 것을 나는 기억하고 있다.

아버지의 고향은 분명 북한 땅이었다. 그러나, 이런 사실은 나에게 충격을 주기는커녕 오히려 아버지를 우러러 보이게 하였다. 그 악랄

하고도 무시무시하다는 공산당의 땅에서 태어나셨음에도 불구하고 그런 나쁜 사람들과 어울리지 않으시고 지금 우리나라로 넘어와서는 나의 아버지가 되었으니 나로서도 얼마나 다행스런 일인가 하는 생각이 들었기 때문이었다. 그러나, 이러한 생각도 며칠 가지 못했다. 나는 곧 아버지에 대한 알지 못할 원망과 실망, 그리고 미움까지 갖게 되었다. 그 씨를 뿌려준 사람은 다름아닌 형이었다. 형은 지금 어딘지는 잘 모르겠지만, 그곳에서 먹고 자고 하면서 공장에 다니고 있었다. 형은 아버지에 대해서 항상 차가운 태도를 지니고 있는 것 같았다. 내가 생각하기에는 그 이유가 아무래도 형이 중학교만 졸업하고 고등학교에 진학하지 못하고는 공장에 다니게 된 데에 있는 것 같았다. 형은 중학교 다닐 때 성적이 좋아서 늘 선생님들의 칭찬을 받았으며 우등상장도 여러 번 타왔었다. 몇 년 전인가 형의 담임 선생님이 가정 방문을 와서는,

"병태는 머리도 좋고 공부도 잘하는데 가정 형편이 이리도 어려우니 참으로 안타깝습니다."

라고 아버지한테 얘기한 적이 있었다. 그런 만큼 어쨌거나 보내보자는 엄마의 주장이 끝내 묵살되고 아버지의 뜻에 따라 형의 진학이 좌절됐을 때에 형의 실망은 결국 일 주일간에 걸친 가출을 초래하였다. 결국 일 주일간의 가출에서 돌아온 형은 초췌한 모습으로 아버지와 엄마 앞에 꿇어앉아 눈물을 줄줄 흘리며,

"아버지 뜻에 따르겠습니다."

라는 말을 남기고는 공장에 취직하여 집을 떠났다. 그때 엄마는 옆으로 돌아앉아서,

"아이고, 이 불쌍한 것……"

을 연발하시며 흐느끼고 계셨고 아버지는 심드렁하게,

"집안 형편이 피거들랑 어떻게 다시……"

라는 말씀만 하셨다. 형은 한 달에 두어 번씩 집에 들렀다. 올 때마다 내가 좋아하는 고구마채 튀김을 한 봉지 들고 오는데, 그때마다 아무 말 없이 또 한 봉투를 엄마에게 내밀었고 엄마는 형이 간 다음에 고스란히 그 봉투를 아버지에게 드리곤 하였다. 나에게 형은 낯선 사람에 불과했다. 내 기억 속에 남아 있는 형의 모습은 오직 책상 앞에만 매달려 있던 그 모습뿐이었다. 형은 나랑 잘 놀아주지 않았다. 나 또한 중학교 제복을 입고 다니던 형이 근엄하고 무서워 보여서 감히 접근하려 하지 않았다. 그런데 지금의 형의 모습은 나에게 또다시 서먹한 감을 주고 있는 것이었다. 빡빡머리에 단정한 제복의 형이 텁수룩한 머리에다 기름때 전 작업 바지를 입고 있는 모습으로 내 앞에 나타나다니, 너무도 달라진 모습이 예전의 형보다 나를 더욱더 형으로부터 멀어지게 만들고 있었다. 나는 그렇게도 말쑥했던 형이 동네에서 흔히 볼 수 있는 공장 형들과 차림새나 말씀씀이 모두가 하나도 다를 게 없다는 생각에 너무도 슬펐었다. 나는 형이 중학교를 다닐 때 엄마가 곧잘,

"병태야, 너는 공부 열심히 해서 검사나 되거라."

라는 말씀을 형한테 하시는 것을 듣곤 하였다. 난 검사가 뭣 하는 사람인 줄은 몰랐지만 사회책 속에서 그림으로 본 하이칼라 머리에 책상 앞에 앉아서 글씨나 쓰는 그런 사람 정도로 생각하고 형한테는 잘 어울릴 것이라고만 생각했었다. 그런데 이제는 엄마도 더이상 형한테 그런 기대를 걸고 있지 않음이 분명하였다. 가끔 파출소에서 순경이 와서는 형 얘기를 하고 엄마를 데리고 내려가곤 했는데, 그때마다 엄마는 눈을 지그시 감으시고는 옷장의 맨 아랫서랍을 열고, 옷가지들 사이를 조심스레 들척이며 한숨과 더불어,

"에유, 그놈의 종자란……"

말을 하시며 아버지 몰래 돈을 감추고는 조용히 따라 나서곤 했다.

그날, 그러니까 아직도 신문에서는 무슨 회담인가에 대한 얘기가 끊이지 않고 저녁때마다 아버지가 보여주는 그 번득이는 눈빛도 전혀 바랠 기색이 보이지 않던 그런 와중의 어느 날에 형은 집에 들러서 봉투를 엄마한테 하나, 나한테 하나 들려주고는 밖으로 훌쩍 나갔다가 저녁 늦게서야 신문 앞에 둘러앉은 우리 세 식구 앞에 술에 취해서는 들어왔다.

"아버지, 세상은 지금 통일이나 될 듯이 들먹거리는데, 참 잘 돌아갑니다. 아버지 용서하세요. 정말 이러고 싶지는 않았습니다만……"

형은 고개를 푹 숙이고는 방바닥을 두 손으로 짚으며 흐느꼈다. 밑으로 더부룩하게 늘어진 기다란 머리카락이 역시 울먹거리려 하던 내 눈망울 속에 꽉 차며 들어왔다. 아버지는 신문을 놓으시고는 방문을 열어젖히시고 점방으로 나가셨다.

"아버지 저 지금 정신 말짱합니다. 아버지 — 아아, 불쌍한 우리 아버지 차라리 여기로 오시지나 마시지요. 이 무슨 비극입니까? 왜 엄마, 나 그리고 이 병호가 아버지의, 왜 아버지의 그 비극을 같이 안고 살아야만 되는 건가요? 아버지는 저 북쪽의 할아버지, 할머니한테 그리고 거기의 어머니와 큰형님한테 그토록 무책임하셨던 책임을 어떻게 지시겠습니까? 지금 아버님이 엄마와 동생 앞에서 보이시는 눈빛은 무슨 또다른 배신입니까? 아버지의 무능력이 모든 것을 정당화시킬 수 있다고 생각하세요? 아버지 때문에 수십 년을 고생하신 어머니가 불쌍하……"

말이 채 끝나기도 전에 엄마는 형의 뺨을 냅다 후려쳤다.

"이놈아, 이 불효 막심한 놈아! 네가 병든 아버지 앞에서 그럴 수가…… 핵교 못 보낸 에미, 애비는 부모도 아니더라냐? 썩 나가거라……"

그러나, 정작 방문을 박차고 나간 사람은 나가라고 호통을 치시던 엄마였다. 나도 머리가 좀 어찔해졌다. 북쪽에 계신 또다른 어머니와 큰형이라니! 그럼 또 한 사람의 아버지의 부인과 우리 엄마의 배에서 태어나지 않은 아버지의 또다른 아들이 있단 말인가? 도저히 나로서는 이해할 수가 없었다. 그럼 형하고 나는 어떻게 되는 것인가? 왜 엄마나 아버지는 내게 그렇다는 말을 정작 해주지 않았는가? 아버지에 대한 나의 믿음이 삽시간에 와르르 무너지는 소리가 내 머릿속을 진동시켰다. 아버지가 너무도 미워 보였다. 그런데 엄마는 왜 아버지랑 결혼했을까? 내가 알기로는 엄마는 분명히 한 번밖엔 시집을 가지 않았다. 엄마가 안타까워졌다. 나는 왜 엄마같이 많이 알고 착하고 경우 바른 사람이 어떻게 그런 불공평한 거래를 허락했는지 도저히 알 도리가 없었다. 더군다나 엄마는 시집가기 전에 선생님이었다는 사실을 들어서 알고 있는 터였다. 나는 암만 생각해도 엄마와 아버지의 만남에 어떤 야바위꾼이 간섭하지 않았다고는 수긍할 수 없었다. 분명 어떤 잘못된 것이 있었을 거라고 억울한 심정으로 확신하고 있었다.

나도 정신없이 문턱을 넘었다. 갑자기 코끝이 찡하면서 눈물이 쑥 나왔다. 눈물을 소매로 닦으면서 돌산 쪽으로 달음박질을 쳤다. 교회 마당을 스쳐가는데 십자가 밑, 등불이 환한 곳에 아이들이 놀고 있었다. 나는 속으로 소리쳤다.

'니들은 좋겠다. 하지만 울 아버지도 좋단 말이야. 형은 나빠.'

풀섶으로 들어섰다. 주위는 조용했다. 벌레 우는 소리만 요란스럽게 들려왔다. 갑자기 무섬증이 몰려왔다. 하늘을 올려다보았다. 별들이 총총히 나를 내려다보고 있었다. 북두칠성을 찾아보았다. 카시오페아 별자리도 찾아보았다. 나는 문득 내가 염라대왕의 아들이었으면 하는 생각을 했다. 지금은 밤이니까 이제 하늘의 왕초는 염라대왕이라고 생각했다. 그렇다면 내가 제일 무서워하는 이 한밤중에 나를 기꺼이 보호해주어 무섬증을 타지 않게 해주리라고 여겼다.

이 돌산에는 군데군데 개 도살터가 있었다. 조금 반반하게 깎인 돌 아래에는 예외 없이 시커멓게 그을린 자국이 남아 있었다. 가끔 가다 개를 잡아다 죽이는 광경을 목도하게 되는데 커다란 구경거리가 아닐 수 없었다. 개 잡아먹는 사람들은 구름같이 몰린 꼬마들 앞에서 보란 듯이 잔인하게 개를 때려죽이곤 하였다. 나는 구경을 갔다가도 그 참혹한 광경을 끝내 다 보지 못하고 내려오곤 하였다. 그런 곳이 돌산에는 서너 군데 있었기 때문에 나는 낮이라도 친구들과가 아니면 혼자 돌산을 휘젓고 다니기가 꺼림칙했던 것이었다. 그러나 나는 아무 주저 없이 저벅저벅 풀숲을 헤쳐 나갔고 내가 어디로 가고 있는가를 스스로 깨닫게 된 것은 조개바위가 내 눈에 들어온 때였다.

약간 피부에 소름이 돋았다. 몸을 한번 부스스 떨고는 무릎을 세우고 두 손을 모아 깍지를 꼈다. 별로 무섭지 않았다. 집안 걱정도 아버지나 엄마에 대한 원망이나 연민도 사라졌다. 한참이나 그렇게 앉아 있다가 그냥 집으로 갈까라고 중얼거리며 밤하늘을 올려다본 순간 진이의 얼굴이 떠올랐다.

진이는 나랑 동갑내기였다. 이사 와서 어렸을 때부터 여보·당신 소꿉놀이를 같이 하면서 자란 쌀가게 백씨아저씨의 딸이었다. 물론 지금도 굉장히 친하게 지낸다. 그런데 그때 갑자기 진이 얼굴이 떠오른 이유는 진이랑 함께, 언젠지 기억은 잘 안 나지만 저녁 늦게 이곳을 왔던 적이 있었기 때문이었다. 진이는 누가 뭐라고 해도 나랑 잘 놀아주었다. 나도 진이가 얼굴도 예쁘고 마음씨도 착해서 같이 놀기가 정말 좋았었다.

어느 날인지 여하튼 진이랑 나랑 둘이서 진이의 잠자리채를 들고 그때 돌산에 두신거리던 고추잠자리를 잡으러 학교 갔다 오고 난 오후에 돌산으로 올라갔다. 고추잠자리는 과연 많았으나 나는 그중에서도 제일 크고 멋진 놈만 골라서 진이에게 잡아주기 위해서 이리 뛰고 저리 뛰며 무진 애를 썼다. 진이도 즐거운 표정으로 날 용케도 쫓아다녔다. 내가 멋진 놈을 잡아줄 때마다 탄성을 지르며 좋아했다. 나도 기분이 흐뭇했다. 나를 따라다니느라고 발갛게 상기된 뺨에 뽀뽀라도 해주고 싶었다. 한참이나 돌아다니는 사이에 아차 하고 해는 지고 나는 부랴부랴 잠자리채를 거두고 진이의 손목을 이끌며 동네로 향했다. 그래서 꽤나 어둑어둑해진 무렵에 고개만 넘으면 동네가 바라보이는 조개바위께까지 오게 되었다. 진이는 다리가 아파서 더 이상은 못 걷겠다면서 조개바위 밑에서 굳이 가자고 하는 나를 이끌어 앉히며 쉬어 가자고 하였다. 나는 주위가 어둑어둑해졌기에 다소 무서웠지만 진이 옆에 주저앉았다. 아니나 다를까, 조금 쉬고 난 진이는 이제는 무섭다고 내 손을 꼭 잡으며 다가앉았다. 나도 좀 무서웠던 터이라 모르는 사이에 진이를 꼭 안았다. 진이에게서는 코스모스 향내가 풍겼다. 아마 코스모스 꽃을 꺾어다가 옷에 꽂고 있었던 모양이었다. 진이도 나를 꼭 안았다. 나는 갑자기 진이의 상기된 예쁜 뺨이 떠올라서 고개를 젖히고는 내 입술을 진이의 뺨에 가만히 갖다 대었다. 우리는 그렇게 한참을 있다가 결국은 내가 진이를 들쳐 업고 동네로 내려왔다.

약간 싸늘한 밤 공기에 떨다가 그만 잠이 들었던 것 같았다. 뭔가 뜨뜻한 물체에 실리어서 흔들거리며 가고 있는 듯한 느낌이 들어 깨었다. 엄마의 잔등이었다. 내가 잠시 어리둥절한 표정을 짓는데 누가 종아리를 꼬집었다. 진이였다. 내가 업힌 엄마의 옆을 손전등을 들고 따라오고 있었다. 생긋이 웃고 있는 듯싶었다. 나는 안도의 한숨과 더불어 엄마의 잔등에 얼굴을 부비며 '엄마' 하며 울음을 터뜨렸다. 엄마는 그래그래 하시면서 내 엉덩이를 몇 번인가 두드려주셨다. 난 진이 보기가 창피했다.

나는 옹달샘 집 앞의 큰 아카시아 나무 옆에 서 있었다. 옹달샘도 거기 있었다. 쪽박으로 샘물을 떠서는 꿀꺽꿀꺽 다 비웠다. 바람이 불자 옹달샘 위로 아카시아 잎이 떨어져서 떠다녔다. 고개를 들어 나무를 올려다보았다. 나무 위는 온통 하얀 아카시아 꽃으로 톡 씌워 있었다. 나는 나무 둥치를 꽉 끌어안으며 올라가고 있었다. 입에선 벌써 군침이 돌고 있었다. 한참을 올라왔는데도 먹음직스러운 아카시아 꽃송이는 보이지 않았다. 문득 밑을 내려다보니 옹달샘이 가마득하게 보였다. 그만 내려가려 했으나 너무도 높이 올라왔음을 알고 아찔해졌다. 순간 나뭇가지가 부러지는 듯싶더니 내 몸은 공중을 날고 있었다. '엄마얏!' 소리를 치는데 아랫도리의 힘이 쭉 빠지는 기분을 느끼며 잠에서 눈이 뜨였다. 방 안의 휘황한 전구에 눈이 부셨다. 아랫배의 오줌보는 탱탱하게 부풀어 있었다. 요강을 생각하며 일어나려는 순간 옆자리에서 엄마와 아버지의 말소리가 들려왔다.

"벌써 양조장 이가가 수속을 다 밟았다는 얘기지."

"누가 어디서 확인을 했나요?"

"연탄가게 최씨가 그러는데 건축 용도가 분명히 거 뭐라든가, 슈퍼마, 마케뜨라던가 하는 거로 신청을 한 사실을 진작에 알아봤대."

이제 거의 완성 단계에 들어간 한길 옆의 건물을 두고 얘기함이 틀림없었다.

"그렇담 정말 큰일이네요. 우리 가게는 물론이고 저기 최씨, 정씨, 김씨네 모두 가게 문 닫을 판이네요."

"그래 말이야. 저번 여름 선거 때 ××당 모 의원이 선거 공약으로 우리 동네로 올라오는 한길을 포장한다고 했다가 당선되니깐 실지 포장을 해줬잖아? 임자도 알다시피 그때 양조장 이가가 그 의원 운동 좀 해준답시고 막걸리 꽤나 풀었었잖소? 그게 다 배달차 들어오도록 한길을 포장시키려 의도한 것이라는 거요. 이나저나 앞으로 어떻게 해야 할지 참 막막하오."

아버지는 한숨을 길게 내뿜으시고는 담뱃대만 빨아대었다. 엄마도 퍽이나 근심스러운 표정으로 입을 열었다.

"지금 동네 사람들은 그놈의 슈퍼가 들어선다니까 모두들 물건 싸게 사게 됐다고들 좋아하지요. 그뿐인가요, 벌써부터 개장 기념이라고 온 동네에 세탁비누를 한 장씩 돌린다는 말이 있으니 이래저래 동네 분위기가 흥청거리나봐요."

"속없는 놈들, 아 지들이 우리 같은 구멍가게라도 없어지고 나면 누가 소소한 외상을 터주며 자잘한 급전은 누가 돌려주나? 그저 비누다 수건이다 돌린다니까, 또 양조장 주인이니 막걸리깨나 풀까봐 홍청대는 꼴이란…… 에잉!"

"그런데 그 옆의 최씨는 어떡한대지요. 가까스로 잡아논 자린데……"

"그게 우리에게 무슨 상관이겠소? 말 듣자 하니 맞서서 슈퍼를 내겠다고 하는 모양인데, 상대가 누구요? 양조장 이가 아니요? 그 돈줄하며 빽줄을 밑천 뻔한 최씨가 어떻게 감당해내겠소? 그냥 속이 뒤틀리니까 해보는 소리겠지."

나는 더이상 참을 수가 없어서 응응 소리를 내며 이불을 걷어찼다.

"저 녀석 오줌이 마려운가보오. 깨워서 오줌 좀 누이구료."

건물이 완성되어 슈퍼의 개장일이 시시각각 다가옴에 따라서 아버지는 더욱더 수척해져서 말도 거의 잊고 지내셨다. 나는 그러한 아버지의 모습을 지켜보기도 또한 안쓰러웠지만 구색이 빠져서 나날이 초라해져가는 우리 조그만 가게의 모습을 보기도 힘들었다. 그 가게는 아버지에게는 돈벌이 이외의 또다른 의미를 지니고 있는 것이었다. 아버지는 병석에서 다소 회복하게 되자 궁리 끝에 점방을 열기로 생각하시고는 집의 일부를 텄다. 아버지는 가게를 꾸미기 전부터 동네방네 목수를 물색한다, 인부를 알아본다 혹은 도매상을 알아본다고 하시면서 이 사람 저 사람을 만나서 은근한 과시를 하셨다. 아버지가 주로 만난 상대는 노인정의 노인분네들이었는데, 그분들은 이미 그때쯤에 노인 축에 끼어 보이는 아버지를 부러운 시선으로 바라보셨다. 노년에 새로운 일거리를 맡는다는 것은 자녀들에게 용돈을 의지하는 노인들에게는 더할 나위 없는 부러움의 대상이었다. 그랬기 때문에 비록 조그마한 구멍가게였지만 아버지의 애착과 자부는 대단한 것이었다.

나는 또한 새로운 상황에 직면해야만 했다. 그 건물이 완성되었을 때, 그 건물은 이층이었는데 일층은 상점으로 꾸밀 것이지만 이층은 양조장 주인이 살림을 할 것이었다. 새로 이사 온 양조장 주인은 이중턱에다 배불뚝이였는데, 금테안경을 쓰고 있는 모습이었다. 그 집에 바로 내 또래의 사내아이가 있었다. 이름은 혁준이였다. 학교에서 많이 본 적이 있는 아인데, 자기 아버지가 우리 학교 육성회장이라서 그런지는 몰라도 항상 뽐내는 태도로 아이들 한 네댓 명은 과자로 슬슬 녹여서 데리고 다녔다. 한눈에 벌써 귀한 부잣집 아들의 티가 물씬 풍기는 그런 아이였다. 그 아이가 그 집 이층으로 이사 온 것이다. 그러자 동네 아이들의 태도가 돌변하였다. 그애가 동네를 돌며 과자 부스러기를 흩뿌린 지 며칠 안 되서 우리 동네 아이들은 그애 뒤를 졸졸 따라다니게 되었다. 하지만 나는 줏대를 지켰다. 나도 우리집에조차 없는 낯선 이름의 과자와 사탕이 먹고 싶었지만 도저히 자존심이 상해서 그럴 수가 없었다. 그 애는 애들에게 과자나 사탕을 곱게 건네주는 적이 없었다. 자기의 말(馬)이 되어주는 아이, 자기의 가랑이 사이로 지나는 아이, 자기를 대신하여 주먹을 휘둘러주는 아이, 자기를 대장이라고 부르며 온갖 아양을 떠는 아이에게만 그애는 과자를 그것도 땅바닥에 던져주었다. 서로 집어먹으려고 대가리 터지게 과자

떨어진 곳으로 엎어져 달려드는 아이들을 비웃는 듯한 그리고 흐뭇한 얼굴 표정으로 바라다보곤 했다. 더 심한 경우는 아이들을 뺑뺑이 돌리고는 저만치에 과자를 놓고 걸어가서는 집어먹게 하는 것인데, 보통 웬만한 아이라면, 코를 싸잡고 고추 먹고 맴맴을 열 번 돌리면 땅이 이리 갸우뚱 저리 갸우뚱하여 도저히 서너 보를 걷지 못하고 쓰러지는 것이었다. 설혹 가까스로 과자 있는 데까지 간다 하더라도 제대로 줍질 못하고 과자를 밟아 으깨는 경우가 태반이었다. 그러나 그런, 밟혀 으깨진 과자일망정 그들 혀엔 감미로운지라 흙 알갱이를 씹든 말든 험비험비 집어먹는 것이다. 이런 모든 것이 나에게는 구역질나는 것이었지만 또 한 가지 나의 기분을 건드린 것은 그애의 말이었다. 애들 말에 따르면 그애가 우리 가게를 빗대어 지네 슈퍼는 우리 가게를 암만 많이 합쳐도 택도 없을 거라고 자랑했다는 것이다. 그 말을 들었을 때는 정말 울고 싶은 심정이었다. 우리집의 생활 터전을 그토록 짓뭉개다니, 죽이고 싶도록 미웠다. 우리집이 그렇게 초라해 보일 수가 없었다.

진이만은 내 편이었다. 내가 점점 또래 아이들로부터 떨어졌지만 그럴수록 진이와의 사이는 오히려 가까워졌다. 진이는 오히려 내가 그애의 과자 부스러기에 녹아날까봐 그것이 걱정이었다. 진이가 너무도 고마웠다. 나의 놀이터는 이제 돌산과 교회 마당에서 진이네 집의 마당으로 바뀌었다. 진이의 아버지 백씨아저씨는 쌀·연탄·석유를 파는 장사를 하고 있었다. 진이네 집은 그래도 동네에서 꽤 나은 편에 속했다. 진이네 마당에는 큰 셰퍼드 한 마리가 있었다. 이름은 메리였다. 나랑도 무척 친했다. 그럴 수밖에 없는 것이 그 메리가 강아지였을 때부터 나랑 친하게 지냈기 때문이다. 그런데 지금은 나보다 몸집이 더 크다. 우리는 같이 놀면서 가끔 메리도 끼어주기도 했다. 어찌나 영리한지 못 알아듣는 말이 없이 양순하게 심부름도 잘했다.

슈퍼 개장이 이틀 앞으로 다가왔다. 이날은 나에게 너무도 충격적인 날이었다. 그 동안 두문불출 앓으시던 아버지가 급기야는 다시 자리에 누우셨고 '어으어으' 하는 소리밖에는 낼 수 없는 최악의 상태에 빠졌다. 그날은 그냥 아버지 곁에 조용히 앉아서 아버지 병간호를 하시는 엄마 시중이나 들었어야 했다. 바깥에 나와 돌산에 갔다가 못 볼 걸 보고야 말았다.

양조장 주인, 국수가게 황씨, 식료상 최씨, 그리고 진이아빠하고 동회의 김서기가 모여서 — 김서기는 형이 중학교 다닐 때 엄마랑 같이 학비를 면제받기 위해서 무슨 보호 대상자 증명을 떼러 동회에 자주 갔었기 때문에 얼굴을 약간 알고 있다 — 개를 잡고 있었다. 다름 아닌 바로 진이네 메리였다. 아마 슈퍼 개장을 축하하기 위해서 양조장 주인이 몇몇 어른을 모아서 개나 한 마리 잡아 술잔치를 거나하게 벌이려는 수작임이 틀림없었다. 그런데 하필 메리라니! 나는 하늘이 뇌래지고 귀가 갑자기 멍해져옴을 느꼈다. 진이는 이 사실을 알고나 있는 것일까? 나는 가슴속에서 뭔가 부글부글 끓고 있음을 느꼈다. 몸뚱이가 허공중에 붕붕 뜨는 듯한 기분을 느끼며 비참하게 죽어가는 메리의 모습을 지켜보기로 작정했다.

찢어질 듯한 메리의 비명은 차츰 잦아들었다. 입에서는 거품이 솟아나오고 있었으나, 황씨 손에 들린 몽둥이는 계속 메리의 몸뚱어리에 내려졌다. 나는 차라리 메리의 숨이 빨리 끊어졌으면 하고 바랐다. 그 옆의 사람들은 솥을 걸고 불 지필 준비를 하고 있었다. 무슨 얘기들을 주고받는지 번질번질한 얼굴들에 징그런 웃음들이 오고갔다. 드디어 메리의 몸은 불더미 속에 던져졌고, 피어오르는 연기 속에 메리는 사라져버리고 시커먼 몸뚱어리만 남았다. 그들이 사람으로 보이지 않았다. 천막 아래서 웃통을 벗어붙이고 땀을 철철 흘리며 술 한 잔 그리고 메리 고기 한 점 먹고 하는 그들이 마치 선생님이 들려주었던 아프리카의 식인종으로만 보였다. 갑자기 심한 헛구역질이 나오면서 땅이 뱅뱅 돌았다.

집에 돌아와서는 골방에 처박혀 가만히 천장만 바라보며 누워 있었다. 양 눈에서 눈물은 철철 흘러 베개를 적시는데 이게 도대체 꿈인가 생신가 하였다. 이 모든 불행의 씨앗은 그 땅 파는 기계가 심어놓은 것 같은 생각이 들었다. 왜 아버지의 가게는 이렇게 쉽게 허물어져 버려야 하는지 몰랐다. 아버지도 그런 슈퍼 하나쯤 지었으면 하고도 생각해봤지만 도저히 그렇게는 안 될 것 같았다. 아버지는 이 가게에 아주 만족하고 있었다. 이 구멍가게 꾸리는 일이야말로 아버지의 힘에는 가장 적당한 것이었다. 어쩌면 아버지에게는 그런 큰 상점보다 이런 구멍가게가 훨씬 잘 어울릴 것이라는 생각도 해보았다. 그렇다, 아버지에게는 이 구멍가게가 혁준이네 슈퍼보다도 더 크고 가치 있고 안락한 것이었다. 이제 아버지의 보람은 깨어지고 아담한 생활의 장은 상실된 것이었다. 그것도 그런 식인종 같은 사람들한테. 나는 결국 내가 아버지를 위해서 할 수 있는 일이 아무것도 없다는 생각에 너무나 죄송하고 슬퍼서 눈을 꼭 감고 고개를 이리저리 흔들었다.

그날 밤은 내내 새까맣게 탄 메리에게 쫓기어 벼랑으로 몰리는 악몽에 시달렸다. 메리는 왜 자기를 구해주지 못했냐는 듯한 원망스러운 눈초리를 하고 날 쫓아다녔다. 난 어쩔 수 없었다고, 그러니 용서해달라고 무수히 빌면서 벼랑으로 몰리곤 했었다. 너무나도 생생한 꿈이었다.

내일이 개장하는 날이었다. 학교에 갔다 오니 아버지께서 많은 차도가 있었는지 일어나 앉아 계셨다. 나는 뛸 듯이 기뻤다. 형도 와 있었다. 형은 나를 보자 공부 잘하고 있느냐고 물으면서 예외 없이 고구마채 튀김 봉투를 건네주었다. 나는 대답 대신 고개를 끄덕이면서 한

번씩 웃어주고는 아버지 앞에 주저앉아서 아버지의 안색을 살폈다. 역시 병세는 호전이 되어 말도 조금씩 하시지만 역시 심정이 어지러우신 모양이었다. 나는 아버질 이해할 만했다. 다만 아버지에게 조금도 보탬이 되지 못하는 내가 미안할 따름이있다. 나는 형을 골방으로 불러내어 사실 이야기를 해주면서 아버지가 얼마나 상심해 계시며 또한 저들이 얼마나 야만적인가를 누누이 강조하여 말했다. 혹시나 형이 무슨 도움이나 될까 해서였다. 그러나 형의 반응은 예상 밖이었다. 형은 코웃음을 치며 그깟 구멍가게야 그렇게 되는 게 당연하다는 말투였다. 난 소름 끼치는 배신감을 느꼈다. 아버지의 슈퍼마켓 — 나는 우리의 구멍가게가 꼭 아버지의 슈퍼마켓으로 생각되었다. 어쩌면 아버지에 있어서는 그 이상의 의미일는지도 모를 일이었다 — 을 다시 일으킬 희망은 영영 사라져버린 듯한 생각이 들었다. 이런 생각이 들면 들수록 나 하나만이라도 아버지의 편이 되어 뭔가 하지 않으면 안 될 것 같은 생각에 사로잡혀 두 주먹을 불끈 쥐곤 하였다.

형이 밖으로 나가고 얼마 안 있어 진이가 찾아왔다. 내일 슈퍼가 개장되는데 오늘 동네 사람들에게 미리 앞서서 슈퍼 구경을 시킨다는 것이었다. 진이는 수정처럼 맑은 눈동자로 나를 응시하고 있었다. 진이는 메리의 운명을 아는지 모르는지. 그 밝은 얼굴로 보아서 모르고 있음이 분명했다. 백씨아저씨가 진이를 속이고 있음에 틀림없었다. 차라리 모르는 게 나을 거라는 생각이 들어서 실토해버리려다가 그냥 두었다. 가지 않겠다고 얘기했더니 한사코 내 손목을 잡아 끌면서 바람이라도 쏘일 겸해서라도 같이 한번 가보자고 사정했다. 난 정말 가고 싶지 않았으나, 진이의 부탁이기도 했고 그리고 그놈의 슈퍼라는 것이 궁금하기도 했기 때문에 따라 나섰다.

상점 안에는 사람들이 콩나물 시루처럼 복작거렸다. 진이가 내 손목을 이끈 곳은 다름아닌 인형과 장난감을 파는 진열대였다. 거기에는 내 또래 혹은 바로 위또래 아이들이 둘러서서 장난감 구경을 하고 있었다. 없는 게 없었다. 처음 보는 로봇, 차, 권총 등등 눈이 어지러웠다. 나는 진이랑 같이 대열을 뚫고 판매대 바로 앞까지 나갈 수 있었다. 판매대 뒤에는 혁준이와 혁준이엄마가 떠밀지 말고 구경만 하라고 소리를 지르며 앉아 있었다. 나는 일부러 그들을 외면한 채 진열대 위의 장난감만 쳐다보았다. 혁준이의 따가운 시선이 내게로 와서 꽂히고 있음을 느꼈다. 장난감 중에 특히 내 맘을 끄는 게 있었다. 택시였는데, 너무도 깜찍하고 튼튼하게 생긴 게 한번 만져보고 싶은 맘이 들어서 나도 모르게 손을 갖다 대었다. 순간 눈앞에서 불똥이 튀었다. 자세를 바로잡고 보니 코가 밍밍한 게 비린 피가 줄줄 쏟아지고 있었다.

"손대지 말랬잖아, 인마."

혁준이였다. 내가 장난감에 손을 대는 순간을 노렸다는 듯이 주먹을 내 코에 날린 것이다. 평소에 제 말을 잘 안 듣고 혼자 노는 나이기에 내심 건방지게 보고 있다는 눈치는 진작에 거두고 있던 터였다. 진이는 울상이 되어 얼른 내 고개를 젖히고는 손수건을 꺼내어 흐른 피를 닦아냈다. 천장의 휘황한 전등이 눈에 들어왔다. 괜히 눈물이 쏟아졌다.

"꺼져, 인마."

"얘야, 상품 위로 피 다 쏟겠다. 얼른 집에 가서 씻거라, 얘."

나는 진이의 부축을 받으며 뒤로 돌아서서 걸음을 옮기면서 혁준이의 얼굴에 떠오른 회심의 미소를 놓치지 않았다. 내가 해야 될 뭔가의 윤곽이 점점 뚜렷해지는 듯싶었다. 그것은 아버지의 슈퍼마켓을 다시 일으키는 길이요, 메리에 대한 복수의 길이요, 무엇보다도 야만적인 사람들에 대한 당연한 심판이었다.

초저녁에 진이를 몰래 불러냈다.

"진이야."

"왜."

"느 집 메리 어디 갔냐?"

"아빠가 그러시는데 잠시 친척집에 맡겨두었다는데, 그건 왜 물어?"

"그걸 진짜 믿니? 이 바보야! 우리 메리는 죽었어."

"죽어? 아니 왜, 어떻게? 누가 죽였는데?"

진이의 얼굴은 파랗게 질렸고 눈은 동그래져서 나의 얼굴에서 떠날 줄 몰랐다. 내가 잠시 가만있자 두 손으로 날 잡아 흔들며 대답하기를 독촉했다.

"진이야, 놀래지 마라. 사실은 나도 말하기 괴로운데, 메리는, 메리는 말이야, 혁준이아부지랑 최씨, 황씨아저씨 같은 사람들이 어제 돌산서 잡아먹어버렸다. 놀래지 좀 마라."

"그게 정말이야? 니가 봤니, 응 봤어?"

"이 두 눈으로 분명히 봤다. 어젯밤 꿈속에서는 메리가 새카맣게 탄 채로 나타나서는 나보구 구해달라 하더라."

진이는 얼굴을 두 손으로 가리고 흐느꼈다. 어깨를 들먹거리며 불쌍한 우리 메리만을 되뇌었다. 진이가 울음을 멈추고 손을 내렸을 때, 나는 진이의 눈에서 뭔가 이글거리고 있음을 느꼈다. 나는 이를 놓치지 않았다.

"그래서, 진아. 내가 메리 죽인 사람들을 혼내주려고 하는데 넌 어찌 생각하니?"

"그럴 수만 있다면야……"

"그럼 됐다. 그럼 네가 좀 도와줄 일이 있는데, 이 통에다 너희 집 석유 좀 가득 담아다 갖고 와."

"석유는 왜?"

불안한 빛이 진이의 눈동자를 스치고 지나갔다.

"암말 말고, 다 혼내주는 데 필요한 거다."

백씨아저씨는 또 양주장 이씨아저씨가 내는 술을 마시러 나갔기 때문에 진이는 이내 통을 채워서 내게 넘겨주었다. 이제 남은 것은 아버지의 허락을 맡는 일뿐이었다.

아버지는 다시 자리에 누워 계셨다. 엄마는 옆에서 바느질을 하시다가 내가 들어가니 다만 쳐다만 보실 뿐이었다. 말이 필요없었다. 아버지와 난 눈으로 대화를 하였다. 아버지의 눈빛은 나에게 고개를 끄덕이고 있었다. 난 다시 한번 굳은 결심의 눈빛을 보내고는 엄마 눈치를 살살 보면서 다시 밖으로 나왔다. 나는 속으로 내일 문을 여는 것은 혁준이네 슈퍼가 아니라 아버지의 슈퍼마켓임을 확신했다. 이제 오늘밤 그 장한 일을 내가 해 보일 것이었다.

(서울대학교 영어영문학과 학회지 『생성』 제8호, 1984)

소외

대천행 시외버스는 천천히 터미널을 빠져나가기 시작했다. 마을 어귀를 떠나올 때부터 험상궂게 보이던 하늘이 버스를 타고 터미널로 오는 동안에 조금씩 비를 뿌리고 있었다. 먹구름으로 흐려진 차창 밖은 왠지 서먹서먹하고 낯설어 보였다. 농활 기간 동안에는 하루쯤은 하고 탈진해서 바라보던 쨍쨍 하늘이 막상 떠나는 날에야 추적추적한 가문비를 내리는 품이 어째 영 처음부터 사람의 자존심을 박박 긁어놓고 있었다.

버스 안은 힘들었던 농활을 지내고 난 가뿐한 심정에서 터져나오는 환성 비슷한 이야기로 온통 시끌벅적했다. 가문비가 소리없이 내리는 차창 밖을 바라보는 나의 가슴은 물이 올라 생생하게 살아나는 들판의 싱그러움으로 서서히 축축하게 젖어오고 있었다. 쾌속으로 질주하는 버스의 속도감은 그 동안 마음 한구석에 체한 듯 떠나지 않고 자리잡고 있는, 지금도 알 수 없는 콤플렉스를 조금이나마 덜어주고 있었다.

긴장이 일시에 풀려서 그런지는 몰라도 졸음이 차츰 머리를 끄덕이게 만들었고 곧이어 고개를 옆으로 떨군 채 잠이 들었다. 자면서 무엇에 놀랐는지 몇 번인가 어깨를 발작적으로 움찔해 보였다가 열린 차창으로 쏟아져들어오는 돌연한 바람에 눈을 번쩍 뜨고 말았다. 한 삼십 분쯤은 족히 잔 듯싶었다.

"영준아, 창문 좀만 닫을래?"

"예, 형 아주 곤히 주무시던데 좀 힘드셨지요?"

"응 뭐, 그럼 넌 임마 안 힘들었다면 깨둥거리고 놀았다는 소리밖엔 더 되냐? 이거 투병생활도 보통 힘든 노동이 아니라고."

"예, 그렇고말고요."

나는 농활 기간 중 반은 일사 증세 때문에 꼼짝없이 누워 있어야만 되었다. 지금도 완전히 회복된 상태는 아니어서 속이 조금은 느글느글한 게 상쾌한 편은 못 되었다. 그것은 나에게 정말 뼈아픈 경험이었다. 그래서 평범한 영준이의 말에도 그리 유쾌한 대답을 할 수 없었다.

영준이녀석은 고개를 끄덕이며 싱거운 웃음을 흘리고는 눈동자를 한번 빙그르 돌리면서 뒤로 젖혔던 고개를 앞으로 돌렸다. 녀석의 뒤통수는 삼사 일 감지 못해서 어지럽게 이삭진 머리카락으로 아주 흉측하게 헝클어져 있었다. 옆에 앉은 진수랑 웃으며 이야기할 때 누렇게 드러나 보이는 치아는 불쾌감보다는 질박한 녀석의 성격을 잘 드러내주고 있었다. 녀석이 열띤 대화를 할 때마다 항상 취하는 특이한 제스처인 두 손으로 만든 삼각형이 전후좌우로 힘차게 이동하는 모습이 친근하게 다가왔다.

비가 좀 그쳤는가 싶더니 그 대신 바람은 더 거칠어져 있었다. 우리가 도착한 날이 나중에 알고 보니 개장 첫날이었는데 날씨가 지독히도 나빠서 개장 대목을 보려고 잔뜩 준비해놓고 기다리던 점포들이 투덜투덜 개점 휴업 상태로 있었다. 그래서 그런지는 몰라도 처음 보는 해수욕장이었건만 생각보다 그토록 시끌벅적하지는 않았다.

일부러 해변로를 따라서 미리 계약해둔 여인숙을 향해 삼삼오오 짝을 지어 걸어갔다. 거세진 바람이 긁어놓는 소리로 귀에는 아무 소리도 들려오지 않았다. 다만 그런 와중 속에서도 망쳐진 개장을 못내 아쉬워하는 젊은 남녀들이 좀 추워 뵈는 옷차림으로 유치한 공놀이를 하고 있었는데 그 속에서 간간이 들려오는 자지러지는 듯한 웃음소리가 바람 소리에 뒤섞여 비명이 되어 저 어슴푸레한 수평선 너머로 사라지고 있었다.

담담한 표정과 뚱한 표정을 번갈아 지어가면서 그리고 시선은 오직 사납게 일기 시작하는 파도 더미 너머 어슴푸레한 수평선 위에 고정시키고 걸어갔다. 내 스스로 고정시켰다기보다는 바다라곤 고등학교 때 수학여행 가서 한 번 보고 이번이 두번째인 나로서는 머릿속을 쾡하니 울리며 다가오는 바다, 그것도 서서히 힘찬 기지개를 펴려 하는 바다 광경에 압도되어 시선을 거둘 수 없었었던 것이다.

가슴을 허탈하게 휩쓸고 지나가는 상실감과 스스로에 대한 무력감 같은 감정이 앙다문 이 사이로 신음이 되어 낮게 새어나오고 있었다. 나는 어찌할 수 없다는 절박감, 아마 이것이었는지도 몰랐다. 그 힘든 농활 기간 동안 뭔가 나 자신에 대한 실증적 정리를 할 수 있는 그 어떤 새로운 깨달음을 얻을 수 있으리라는 막연한 기대 대신에 여태까지 자신이 기준 삼아온 좌표들을 혁명적으로 파기해야 될지도 모른다는 절박감만이 나 자신에 대한 무력감과 증오감마저 동원하여 나를 지배하고 있었다. 바람 소리와 파도 소리가 갑자기 크게 들려와서 더 이상의 생각을 진행시킬 수 없었다.

우리가 하룻밤을 묵을 여인숙에 도착하자마자 바다의 유혹을 못

참겠다는 듯 대부분이 약속이나 한 듯이 짐가방을 한 방에다 아무렇게나 던져두고는 우르르 몰려나갔다. 뒤에 남아 마루 위에 힘없이 앉아 있던 나는 식사 당번으로 지정되어 푸념을 하며 수돗가에 몰려앉아 솥과 냄비 등을 뒤적이는 후배들을 멍하니 바라보다가 혼자 걸어나와 해변과는 반대되는 방향으로 걸어가기 시작했다.

해변가에선 그렇게 거칠게 다가오던 바람도 거리로 들어서니 한결 눅어져서 부담 없이 거닐 수가 있었다. 원래 길눈이 어두운 편이라 되돌아갈 때 애먹지 않으려고 거리 구석구석 표지될 만한 것에 눈을 돌리면서 돌아다니고 있었다. 바람 소리가 다시금 거칠어지려는 걸 보니 해변가에 근접한 곳인 듯싶은데 한 언덕배기 길 위에서 자그마한 목선을 수리하고 있는 사람들이 눈에 띄었다. 마침 적당한 구경거리도 없던 참이라 천천히 다가섰다.

멀리서 볼 땐 자그마해 보이던 목선이 가까이서 보니 생각보다 무척 우람하고 투박한 모습이었다. 그 정도 되니 억센 파도에도 너끈히 견딜 수 있으리라는 것에 수긍이 갔다. 쇠받침대로 받쳐진 목선 위에는 두 사람의 억센 뱃사나이들이 작업을 하고 있었다. 나는 그들의 툭 불거진 눈매, 잘 발달된 이두박근, 까무잡잡한 강인해 뵈는 피부색 그리고 무엇보다도 그 걸걸한 억양에서 단박에 뱃사람이라는 단정을 내리고 있었다. 배수리는 거의 끝난 듯 새참을 먹으면서 이야기를 주고받기 시작했다.

"아, 해수욕장인가 뭔가 하는 날에 날이 이 모냥이니 이번 여름은 하냥 걱정이네유."

"글게 말이유. 개장날 날씨 흉져서 경기 풀린 해가 별루 없구만서두유. 모두 난리드구먼유."

바로 밑에서 새참을 날라온 듯한 아주머니 한 분이 애기를 업고 서서는 말을 받았다. 등뒤에 포대기로 싸여 있는 아기는 고사리인 듯한 나물을 쭉쭉 빨고 있었다. 억척스런 식탐으로 고사리가 잡힌 왼손 주먹을 영악하게 훑고 있는 아기의 눈동자 속에서 난 어릴 적 서울로 막 이주해와서 아버지가 화병으로 속이 곯다가 결국 중풍으로 쓰러지고 엄마의 삯바느질 수입으로 끼니를 이어갈 때 먹곤 하던 밀가루 개떡 생각이 났다. 왜냐하면 그 아기의 눈동자 속에서 병자의 몸임에도 불구하고 자식들 앞에서 허겁지겁 손을 입으로 가져가시던 아버지의 눈동자를 보았기 때문이었다.

"이런 소갈머리 없는 예편네하고는, 아 그래 날이 나쁘지 않으면 그게 다 무슨 소용인 기여. 그렇다고 우리에게 떡이 떨어지나 괴기가 떨어지나. 와서 지랄하고 가는 눔덜 따로 있는 것이지 무어. 그래서 흉흉해진 건 대천 인심이고 흥, 이미 절단난 지 오래지 무어. 결국 우린 밑씻개 노릇으로 내 참 눈꼴만 신단 것을 도대체 알기나 하고 찌껄이는 소린가 자네. 눔덜 눈꼴 신 꼴이 복장 터져 죽지 않으려면 날이 하냥 이래 궂었으면 싶겠지만서도 그나저나 배는 띄워야겠으니……"

등뒤에 업힌 애기가 갑자기 날 보고 생글생글 웃기 시작했다. 그것은 전혀 아기다운 웃음이 아니었다. 난 정말 그렇게 느꼈다. 그 때묻지 않은 그래서 더욱 사람의 정곡을 통렬히 찌르는 비웃음 바로 그것이었다. 문득 주위의 대화가 끊겨 있음을 알았다. 그리고 나에게 집중된 그 뭇 시선들. 나는 그 아기의 왼손 주먹을 약간 부르르 떨면서 우악스레 쥐고 있었다. 아기는 웃고 있던 게 아니고 울고 있었던 것이다. 그것도 자지러지게 앙앙.

도망치듯 여인숙으로 돌아오니 2학년 남학생 악동들이 날 기다리고 있었다. 셋 모두 다 입가에 능글능글한 미소를 짓고 있는 게 뭔가 음모를 꾸미고 있음이 틀림없었다. 농활 기간 내내 굳어 있었던 내 표정이 정리 엠티를 와서까지도 풀리지 않자 기분을 풀어주려는 의도 같아서 순순히 납치에 응하였다. 내가 끌려간 곳은 예상했던 대로 해변가 모래사장이었다.

바람은 다시 거칠어져 있었다. 등을 떠다미는 후배에 밀려가면서 맞바람을 정면으로 얼굴에 받으려니 숨이 막힐 지경이었다. 나는 뭐라고 입을 열려고 했으나 도저히 입을 열 수가 없었다. 미리 나와 있던 아이들의 모습이 눈에 들어왔다. 그들은 모두 손가락으로 나를 가리키며 소리없는 웃음들을 크게 웃고 있었다. 휘청거리나 싶더니 내 몸뚱어리는 사지를 악동들에게 들린 채 파도가 밀려오는 물가 쪽으로 옮겨졌다. 순간 장난으로 받아들이던 나의 여유는 필사의 몸부림을 동반한 외마디 부르짖음의 절박함으로 뒤바뀌었다.

내가 눈을 떠서 제일 처음으로 본 것은 여인숙의 낡고 얼룩져 지저분한 천장이었다. 아무런 상황 판단을 내릴 수 없었다. 마치 집에서 낮잠을 자다가 문득 깨어나 잠이 덜 가신 몽롱한 상태에서 가슴속 깊이 파고드는 고적감 같은 그런 감정만이 힘이 쭉 빠진 온몸을 스쳐 지나가고 있었다. 그런 상태에서 아무 생각도 없이 멍하니 멀리서 아스라이 들려오는 바깥 소리에 귀를 기울이면서 천장만 바라보다가 내가 왜 누워서 천장만 올려다보고 있을까라는 데까지 생각이 미치자 새삼 천장이 낯설어 보였다. 눈을 질끈 감았다가 다시 올려다보았다. 그러자 어렴풋이 기억이 떠오르기 시작했다.

밀려오는 파도 더미에 던져지는 순간 내 육신은 조각조각 분해되어 흩어지고 있었다. 흘낏 눈에 비친 악동들의 태연한 미소가 그 순간에 그렇게 서글플 수가 없었다. 세상은 온통 회색빛이었다. 그리고 자연의 장엄한 오케스트라가 은은히 신비로운 연주음을 내며 귓속에 묵직하게 흘러들어오고 있었다. 그 순간 난 죽음이라는 걸 생각했다. 아주 아름다운 순간이라고 느꼈기 때문인지도 몰랐다. 하늘이 한 번 환하게 밝아지는 것을 얼핏 본 순간 다시 모든 게 눈앞에서 사라짐을 느끼며 끝없는 나락으로 추락하고 있었다. 그리곤 내가 간신히 떠올린 말은 어머니 그 단 한마디였다. 졸린 듯 잠겨드는 목으로 부르짖었다. 그리곤……

몸에는 숨쉴 기력밖엔 남아 있지 않았고 이마에는 미열이 번지고 있었다. 젖은 옷 대신에 교련복 하의와 체육복 상의가 갈아입혀져 있었다. 옆방에선 웃음 섞인 시끌벅적한 소리가 들려오고 있었고 한구석에 담요만 덮고 휑뎅그렁하게 누워 있는 빈방에는 어둠과 밝음의 잘 조화된 희뭏그레한 분위기가 천장 모서리 구석구석 방 모서리 구석구석 진을 치고 있었다. 가슴의 심장이 불규칙한 박동을 시작했다. 심하게 죄어오는 압박감을 느끼기 시작했다. 손으로 가슴을 힘주어 쓸면서 몸을 심하게 좌우로 뒤척였다. 둥둥둥 북치는 소리가 이명이 되어 귀청을 때리고 있었다. 온몸이 따끔따끔한 게 가려워졌다. 아아 이런 빌어먹을.

문 쪽으로 몸을 비틀었을 때 빼꼼히 열려진 문틈으로 웬 두 발이 보였다. 순간 온몸의 동작을 급작히 멈추고 시선을 일으켰다. 저 귀 밑까지 찢어진 소리없는 미소, 영준이녀석이 틀림없었다. 손에는 김이 모락모락 나는 라면 그릇이 들려 있었다. 녀석의 얼굴이 어릿어릿함을 느끼곤 난 안경을 벗고 있음을 느꼈다. 곧이어 그 와중에서 안경을 잃어버렸음도 알았다. 나는 다시 녀석의 발 밑으로 시선을 떨구었다. 마이너스의 시력으로 더이상의 응시는 무리였고 그렇다면 내 얼굴만 빤히 드러내 보여준다는 것이 별로 맘에 드는 일은 아니라는 생각이 들었기 때문이었다.

"형, 많이 불편해요? 얼굴이 별루 안 좋아……"

녀석은 내게로 다가앉아 벗겨진 담요를 씌워주며 말문을 열었다.

"응, 지금은 괜찮다만……"

"방이 좀 찬데요."

"……"

"녀석들 장난을 쳐도…… 아무튼 좀 일어나서 기운 좀 차려야지요."

고마웠다. 내 겨드랑이 사이로 들어온 녀석의 손이 그렇게 따뜻할 수가 없었다. 눈물이 주책없이 찔끔찔끔 나오려 하고 있었다. 마른침을 꿀꺽 삼키며 간신히 참았다.

"형, 한번 들어보세요."

녀석은 들고 들어온 그릇을 내게로 내밀었다. 팅팅 불기 시작한 라면을 보는 순간 그렇지 않아도 느글느글한 속에서 헛구역질이 올라왔다. 진정시키기 위해서 억지로 메마른 입 안을 훑어 침을 모아선 꿀꺽 목울대가 출렁이도록 삼켰다.

"영준아, 고마워. 아무래도 좀더 쉬어야겠어."

"예, 일루 좀 누우세요."

느글거리는 구토감과 눈앞의 현기를 겨우 가라앉히자 탈진한 상태에서 잠이 들기 시작했다. 아주 불안한 잠이었다. 아니 아예 잠이라고 할 수 없는 것이었다. 생시보다 더 생생하게 신경이 팽팽하게 긴장되어 있는 것을 느끼고 있었기 때문이었다.

갑자기 목이 답답함을 느꼈다. 뭔가 소리를 질러보고 싶어 애를 애를 쓰다가 눈을 번쩍 떴다. 그때 순간적으로 섬뜩한 서늘함이 목줄기를 소름 끼치게 스치고 지나감을 동시에 느꼈다. 아주 불쾌한 기분에 사로잡혔다. 천장에 매달린 백열등엔 어느덧 불이 환하게 들어와 있었다. 황급히 몸을 뒤척이는 순간 아, 그것은 바로 고양이였다. 이런 빌어먹을.

그 눈동자, 그 눈동자 다소곳이 내 옆에 앉아서 언제부터인가 나에게 최면을 걸고 있었을 그놈의 고양이 눈동자였던 것이다. 알 수 없는 두려움과 더불어 적개심이 쭈뼛한 머리끝에서 힘줄이 불끈불끈 튀어오른 갈쿠리 같은 두 손 끝에서 범벅이 되어 치밀었다. 이를 앙다물고 그 눈동자를 마주 쏘아보았다. 그녀석 또한 조금도 자세를 흐트리지 않고 나를 응시하고 있었다. 나의 얼굴은 묘하게 일그러지면서 천천히 미소를 짓고 있었다.

긴장된 팽팽한 시선이 교차되는 가운데 아찔한 전류의 흐름이 뒷골을 당기듯 스치며 등줄기를 흘러내리고 있었다. 그것은 일종의 쾌감이었다. 그리고 하나의 조그마한 비극이었다. 결국 고양이와 나는 의미 있는 하나가 될 수 없음을 깨달아야만 되었던 것이다.

얼마 동안을 그런 상태로 있었는지 몰랐다. 나는 숨을 헉헉거리며 몰아쉬고 있었고 등에는 식은땀이 흐르고 있었다. 내가 지고 있다는 패배 의식이 이미 나의 뇌리를 가물거리고 있음을 어렴풋이 감지하기 시작했다. 짐승에게 치졸한 승부 의식을 느끼고 있다라는 것이 갑자기 수치스럽게 다가왔다. 세상에.

고양이의 눈동자를 자세히 들여다본 일이 있는가? 고것의 요상스런 눈빛만 아니었더라면 난 울 필요까진 없었을 텐데. 그놈이 꼼짝도 않는 게 수상쩍었지. 아, 그리고 고것의 눈동자를 안경도 안 쓴 눈으로 째려보자니 눈이 아려서 그득히 고인 시거운 눈물을 고개 돌려 찔끔 짜내고 보니 고놈의 얼굴이 누군가를 닮았다는 생각이 퍼뜩 스쳤던 거지. 바로 사람 말이야. 그러자 무심코 바라봤던 고것의 눈동자가 애처로운 빛을 띠고 있다는 생각이 덩달아 들지 뭐야그래. 이건 뭐 개떡같은 빌어먹을 건지, 사람을 환장하게 만들지 또 뭐야. 엄마의 얼굴을 그때 떠올리다니.

왜 그랬는지는 지금도 잘 모르겠다. 내가 최면에 걸리고 있었다는 말이 맞대니까. 축 처진 눈꺼풀 아래 얼빠져 구르는 엄마의 퉁방울 눈이 어떻게 사람을 호리도록 야무지데다 칼날처럼 곧추 찢어진 그놈의 눈동자와 닮아 보일 수 있었는지 모르겠다. 응, 그러고 보니 콧잔

등은 좀 닮은 듯도 싶었다. 아무리 그렇지만……

이거 하나만은 인정하지. 나는 약골이어서 어렸을 때부터 무진 앓아왔는데 그럴 때마다 제일 안타까워한 사람은 물론 엄마였었지. 그런데 이유가 좀 달라. 삯바느질 수입이 시원찮자 엄마는 노가다 현장으로 비바 닦는 일(시멘트 바닥을 닦아 고르는 일)을 하며 살림을 꾸려가고 있었던 거지. 그러니 내가 하루이틀 아픈 것도 아니고 뗙하면 앓아 누워서 누웠다 하면 몇 주씩은 족히 잡아먹으니 일을 안 나갈 수가 없었던 거지. 힘살 풀린 내 손에 십원짜리 동전을 한 개 쥐어주고서. 그 끝없이 길었던 대낮들. 하루 온종일 듣는 것은 옆방서 틀어논 라디오 소리였지. 그토록 기다리던 저녁이 옆방 부엌에서 딸그락거리는 그릇 소리와 더불어 다가오면 그때 바깥서 들려오는 발걸음 소리는 모두 엄마의 발걸음 소리로 착각을 했었지. 그러다 지치면 달그락 그릇 소리, 덩덩 괘종 소리, 팍팍 발걸음 소리, 애야 부르는 소리 모두는 바로 자장가 소리로 변하는 것이지.

항상 내가 잠이 드는 밤늦게야 노가다판에서 돌아오는 엄마. 먼지가 뽀얗게 앉은 머릿수건을 풀지도 않은 채 어느새 나를 안고 소리죽여 흐느끼던 엄마. 눈물은 째째한 장부나 흘리는 것이기 때문에 난 안 울었지. 그때 눈물을 간신히 참고 바라보았던 엄마의 눈물이 흥건했던 눈동자.

정신이 몽롱한 가운데 그놈의 눈동자에서 엄마의 눈동자를 연상해냈던 것은 인정해야만 되었다. 나는 소름이 온몸으로 퍼져가는 느낌을 전율하면서 받아들이고 있었다.

명희가 그때 들어오지 않았더라면 난 정말 그녀석을 죽여버렸을지도 몰랐다. 난 그때까지도 내가 어떤 짓을 하고 있었는가에 대하여 전혀 아무런 의식을 하지 못하고 있었다.

"아니, 형 뭐 하는 거야? 어맛, 아구 징그러. 웬 고양이가 방 안에까지 다 들어와서 이 난리유?"

"……"

나는 그제서야 얼굴이 눈물 범벅이 되어 두 손을 도사린 채 고양이를 향해 돌진 자세를 취하고 있는 내 모습을 발견하곤 소스라쳤다. 명희는 근심스런 얼굴로 다가와 내 얼굴을 찬찬히 들여다보면서 손수건을 꺼내 닦아주며 숨을 몰아쉬는 날 부축하려 했다.

"울었수?"

"됐어."

"아니 안 되겠어 형, 좀 누워."

"음, 됐는데…… 그리고 지금 몇시쯤 됐니? 어떻게 총평가회는 다 벌써 끝마쳤니?"

"지금 딱 열두신데, 형은 암만해도 쉬어야 되겠어. 이런 꼴을 해가지고 뭘 하겠다고 나서유 나서길?"

"알았어, 고맙다."

일어서서 나갔던 명희는 봉봉오렌지 한 깡통을 갖다 놓고는 다시 나갔다. 따 마시고 나니 좀 정신이 드는 것도 같았다.

마당에는 이제 제법 굵은 비가 내리고 있었다. 예닐곱 명의 과우들이 마루에 나와 앉아 게임도 하고 다른 몇 명은 서로 이야기도 나누고 있었다. 마루에 켜둔 백열등엔 날것 몇 마리가 오락가락하고 있었다. 밖으로 나가고 싶은 충동을 받았다. 될 수 있는 대로 해변가로. 마루 옆에 아무렇게나 구겨져 있는 우장과 마루 밑의 먼지 뽀얀 장화를 들춰내 꿰찼다. 눈치 뵈지 않게 조용히 대문을 나왔다.

대문 밖에 달아놓은 갓 쓴 전등 밑으로 불빛에 반사된 굵은 빗방울들이 아른거리며 다가왔다. 밖은 생각보다 거칠었다. 머리 위로 덮어씌운 우장을 내리치는 빗방울들의 감촉이 가벼운 타격으로 여겨질 정도였다. 길바닥은 수렁으로 변하여 발이 푹푹 빠지고 있었다. 거리에 늘어선 집의 유리창에서 새어나오는 불빛으로 간신히 방향을 잡을 수 있었다. 우장을 때리는 빗소리로 귓전은 온통 요란스러웠다. 몸을 가누기 힘들 정도로 기운이 빠진 상태였지만 오히려 정신은 맑은 듯싶었다.

아, 무서워 숨이 막힐 지경이야. 이곳은 너무 어두운데. 저 찢어지는 듯한 파도 소리 보지 않아도 알 수 있어. 내가 살아서 이 해변을 살아서 죽지 않고 되돌아나갈 수 있을까? 갇힌 거야 이곳에. 추워. 점점 추워지고 있어. 바람은 마치 포승줄처럼 날 감싸는군. 누구 옆에 없나. 나는 쓰러지는 것 같은데. 망각의 지대군. 왜소한 인간은 한없이 점점 더 작아지고 분노에 미쳐 광포해진 자연은 기껏해야 한 인간을 지배할 뿐이야. 이 한줌의 모래알 수는 얼마나 될까? 이 알갱이 하나하나의 역사는 그래도 온 인류의 역사보다도 수십 배 아니 수천 배나 긴 것인데. 후후, 역시 나보다 더 태연하네.

날씨가 개었나. 웬 새소리가 들려오지. 원숭이 똥구녁은 빨게 빨가면 사아과 사아과는 맛있어 맛있으면 바나나아 바나나는 기일어 기이르면 기차 기이차는 빠알러 빠아르면 비행기 비행기는 노오파 노오프면 백두산 백두산 뻗어나가 반도 삼천리 무궁화 이 강산에 역사 반만년 대대로 이어가는 우리의 민족 굳세도다 그 이름 대한이로세. 엄마는 돌아왔나.

그러면 다시 무궁화꽃이 피었습니다. 또다시 열 번. 아, 아니 이제는 그만 일어나야지. 이것만으로도 충분해. 다음에 여기에 올 땐 아무랑도 같이 와야지. 그래서 저 풍랑 소리보다 더 큰 목소리로 서로의 얘기를 외쳐야지. 궁상맞게 혼자서 우는 일은 없어야지.

다음에 우리는 연극의 한 토막을 같이 보시게 되겠습니다. 약간 생소하시더라도 이해하시기 바랍니다. 연극을 대하는 우리의 마음은 가볍습니다. 그것이 어디까지나 연극임을 알기 때문입니다. 우선 심각하지 않습니다. 연극을 보는 우리의 입장은 항상 관객의 입장이기 때문입니다. 물론 배우의 입장이라면 사정은 좀 달라지겠지요. 그 사람들은 실제 인물보다 더 심각합니다. 전 여러분들에게 관객의 입장보다는 배우의 입장이 되어보라고 권하고 싶습니다. 이건 물론 강제가 아닙니다. 그렇다면 그건 꼭두각시놀음밖엔 안 되겠지요. 그래서 전 여러분들에게 아주 폭넓은 선택의 여지를 드리겠습니다. 저는 우선 등장인물로 친구 1과 후배 1 그리고 자신 1을 설정하겠습니다. 여러분은 그중 어느 한 역할을 마음대로 택할 수 있습니다. 물론 다 택하셔도 좋습니다. 부담을 가질 필요가 전혀 없습니다. 왜냐하면 이도 저도 귀찮은 사람은 제가 관중이라는 역을 설정해둘 터이니 그냥 구경 혹은 기분 내킬 때 간섭을 하셔도 좋습니다. 자 그럼 들어갑니다요.

때 : 어느 여름밤 새벽 한시 반경.

곳 : 앞서 말씀드렸듯이 대천 해수욕장의 어느 허름한 여인숙방.

등장 인물 : 자신 1 ○○대학 ○○학과 3학년에 재학중인데 창백하고 겁먹은 얼굴엔 항상 웃을 둥 말 둥 한 야릇한 미소를 띠고 있고 눈동자는 불안한 기색을 감추지 못하고 있다.

친구 1 같은 과 3학년이며 피부가 까무스름하고 광대뼈가 좀 튀어나왔다. 예비군복 하의를 무릎까지 걷어붙인 채이며 가끔씩 누런 이빨을 드러낸 채 소리없이 웃는 버릇이 있다.

후배 1 매우 앎상하게 생긴 타입인데 눈매가 날카롭고 전체적으로 신경질적인 인상을 준다. 심각한 표정으로 줄담배를 피우는 버릇이 있다.

그 외에 관객 한 이십 명가량이 지겨운 듯한 얼굴로 무대를 바라보고 있디.

목소리 1 무대에 서지 않음. 관객 중의 익명의 소리 주인공.

무대 중앙에 총평가회라는 글씨가 씌어진 휘장이 걸려 있다. 방 안으로 꾸며진 무대는 조명이 약간 어두운 편이고 이미 담배연기로 인하여 뽀얗게 흐려져 있다. 바다 소리 음향이 이따금씩 흘러나오고 있으며 등장인물의 딱딱한 얼굴 표정에서 오히려 분위기가 끈적끈적함을 엿볼 수 있다. 후끈한 습기로 뒤덮인 방 안에는 소주병이 몇인가 놓여 있고 안주용 과자 부스러기가 어지러이 널려 있다. 무대 위엔 친구1과 후배1만이 마주 보고 앉아 있는데 아직 관객 뒤쪽이 웅성웅성한 게 정리가 채 되지 않은 상태이다. 그러나 무대 뒤쪽의 문이 살며시 열리면서 잠잠해지더니 머리가 약간 젖은 자신1이 힘없이 들어오면 이제 연극이 시작되는 것이다.

후배1 (등장하는 자신1을 힐끗 쳐다보며) 늦으셨네요. 비가 많이 오나보지요.

자신1 (문 앞에 주저하며 서서 담배연기 자욱한 방 안을 눈이 휘둥그레져서 둘러보고는 갑자기 생각났다는 듯이 후배1을 쳐다보며) 으응, 그래 (혼잣말로) 벌써 시작됐군. (주저앉듯이 방 한구석으로 힘없이 몸을 던진다.)

친구1 (고개를 숙인 채) 어디 아픈가보지…… 이 심한 장대비 속에 어딜……

자신1 (감았던 눈을 뜨며) 그저, 밤바다를 구경하고 싶었을 뿐인데…… 비가 생각보다 많이 와.

후배1 (피우고 있던 담배를 천천히 끄며) 돌아가며 다들 한마디씩 했는데 지금은 형 차례인 것 같아요.

자신1 (다리를 모아 가부좌를 틀며) ……

친구1 부담 갖지 마.

후배1 (팔소매를 걷으며) 형한테 하나 물어봐도 괜찮은지 모르겠네요.

자신1 으응……

후배1 (천천히 일어나 관객석을 향하며) 저는 형을 아주 좋아합니다. 그러기 때문에 다음과 같은 말을 형에게 드리려는 겁니다. 이번 농활 기간에서 다음 두 가지 점은 형의 오류가 아닐까 전 생각합니다.

이쯤 되니까 그 동안 산만하던 관객석이 조용해진다. 무슨 말이 나올까 이목을 집중한다. 후배가 선배를 책하는 상황은 흔한 게 아니니까. 이런 긴장이 주어지지 않으면 관객은 지루해질 것이다. 관객의 묵시적 동의를 등에 업은 배우는 신이 나는 법이다.

첫째로 형의 소시민적 안주. 뜨거운 태양의 저주와 질긴 노동의 두려움은 건강한 우리 농민 민중의 부정. 꿈틀대는 구릿빛 근육의 외면은 매끄럽고 하얀 살결에 의한 역사의 타락에 대한 긍정. 심각을 가장한 위선 관념에 스스로를 방기하면서 자학을 위로로 즐기는 마조히즘적 자기 기만. 자신을 둘러싼 기득권의 철옹성 속에서 드높은 망루에 올라 스스로 역사의 초병임을 자위하는 편견.

둘째는 위의 결과로 인한 형의 배반이 예상되는 점. 모든 사고 의식의 포기. 모든 휴머니즘적 문제 의식의 정지. 물량적 현실 논리에 의한 모든 양심 선언의 폐기. 결국 노예 선언.

(자신1을 돌아보며) 형, 기운 내세요. 형을 너무도 신뢰했기에 감히 이런 충고를 드릴 수 있는 거예요. 형, 전 관계란 맺기보다 풂기가 더 어려운 것이라 생각해요. 우린 결코 남이 될 수가 없어요. 우린 이제 서로서로를 책임져야 하는

입장에 있어요. 그것이 이 시대를 묶는 유일한 방법이라고 생각해요. 그러기 위해서 우린 때로 아파야 하고 또 쓰다듬어주기도 해야지요. (앞에 있는 소주잔을 들어 벌컥벌컥 들이켠다.)

친구1 그 말도 일리가 있는 것 같고…… 모두 한 잔씩 우선 들고 답변도 들었으면 좋겠고……

자신1 (무릎에 깍지를 끼고 앉아서는 허공을 쳐다본다.) 그건 당연해. 암, 당연하고말고. 나도 모르고 있던 걸 벗겨내주니 오히려 속이 시원해. 그리고 모두 다 사실이었던 것 같고. 난 분명히 이번 농활을 실패한 거나 다름없이 보낸 것 같아. 그건 내가 논리주의자였기 때문이야. 여태까지 내가 지녀온 사회과학적 대상의 민중을 난 또 한 번 확인하는 데 실패한 거지. 그런 사실은 나의 머릿속을 일시에 텅 비워낼 수 있는 커다란 문제 제기가 아닐 수 없는 것이지. 이건 아마 나뿐은 아니라고 생각해. 우린 그 동안 확인해보지도 않은 실체를 우리에게 편리하게 머릿속에 가두곤 소위 사회과학적 메스를 들이대고 가상의 리바이어던을 만들어낸 것이지. 우린 보지도 않고 믿어버리고 있었던 거야. 그건 이미 과학이 아니라 신앙이며 종교지. 현대에 있어서의 신화로서 성립하는 거지.

친구1 (소주병을 들어 잔에 부으면서) 그러니까 우리가 민중을 신뢰의 염으로 바라보기엔 너무 가까이 접근했단 말인가? 그러니깐 우리는 언제나 멀찍이서 낭만주의자가 되어 민중을 바라볼 수밖에 없는 것이란 말이지? (고개를 끄덕이며) 그럴 수도 있겠지. 그렇지만 그런 말을 할 수 있으려면 좀더 신중해야 되지 않을까? 즉 자신의 한계일 수도 있다는 말인데.

쉽게 얻은 결론은 그만큼 쉽게 무너지지 않을까. 내가 알기론 넌 앓느라고 남들 반밖에 일을 못 한 걸로 알고 있는데.

자신1 (잠시의 침묵 후에) 그건 인정하지. 그런데 만약 우리들 중 상당수가 자신이 결코 민중의 한 사람이 아니며 또 그렇게 될 수도 없다는 생각에 실망보다는 안도감을 느끼고 있다고 말한다면 너무 지나친 것일까?

후배1 (놀란 표정으로) 아니 형, 어떻게 그런……

친구1 글쎄, 우선 그런 부차적인 감정적 차원을 넘어서 현 시대에 최우선하는 당위가 무엇인가를 정확히 직시하는 가운데 자기 자신의 실천적 위치를 정립하는 것이 올바르지 않을까.

자신1 (손을 내저으며) 잠깐, 그런 식으로 내 목을 죄지 마. 나는 이런 질문에 답변할 자신이 도무지 없어. 과연 누굴 위해서, 즉 남을 위한 삶이 가능하리라고 생각하니? 그건 오만이야. 아무도 남을 위한 삶은 살 수가 없다고 봐. 그것이 바로 낭만적 발상인 거야.

친구1 (가볍게 머리를 좌우로 흔들며) 아니지, 지극히 논리적인 발상이지. 누굴 위한다고 이미 전제를 하게 되면 그건 네 말대로 틀림없이 실패할 수밖에 없는 거지. 왜냐하면 남을 위한 삶 같은 건 사실 존재할 수 없는 거니까. 잘못은 그런 사고방식 자체에 있는 거야. 개인적인 한 삶이 자아 구현의 실천으로서 집단성을 지향한다고 할 때 그런 삶의 방식은 더불어 같이하는 삶의 방식이 돼야지, 누굴 위한다는 식의 오만하고 분열적인 삶의 방식은 분명히 한계가 있는 것이지. 개방된 집단적 삶이 고립된 자아 도취적 삶보다는 윤택하리라는 게 바로 논리적인 근거가 될 수 있다고 생각해.

잠시 무거운 침묵이 흐르고 잔잔한 파도 소리가 음향 효과로 흘러나온다. 파도 소리 점점 크게 고조되고 관객들 술렁이는 소리도 덩달아 커진다. 효과음 멎으면서 일순 조용해진다.

자신1 (일어서서 무대 위를 천천히 거닐면서 독백하는 말투로) 김맬 때마다 얼굴에 훅훅 끼얹어오는 풀내음이 못 견디게 싫었어. 그건 어릴 적에 한여름 땡볕에서 일하다 돌아온 엄마의 등물을 쳐줄 때 후끈 달아오른 등 땀냄새에 다름아니었지. 그 불덩이 같던 엄마의 분홍빛 육신. 팔십 킬로가 넘는 거구였지. 막일하는 여인치곤 아주 흰 속살. (허공을 향한 눈엔 그 무엇인가를 쫓는 듯한 빛이 감돈다.) 옆에서 같이 김을 매던 아주머니들은 다름아닌 또하나의 엄마였지. 그 억척스런 감내. 그 길을 쫄래쫄래 호미를 들고 쫓아가는 사람 바로 나 자신. 무서운 실감으로 정신이 알딸딸했던 그 터전들. 그래서 난 민중 운운하는 여유를 상실하고 말았던 거야. 이것이 나의 한계라면 차라리 감수하고 싶었는데.

친구1 (자신1의 옆으로 다가와 어깨를 잡으며) 오늘은 그 누구도 자유로울 수 없는 상황이야. 우리의 얼굴색은 자, 봐 모두들 누렇게 바랬잖아?
(한 손으로 어슴푸레한 관객석을 가리킨다.)

이때 관객석에선 술렁이는 소리와 함께 아니다 하는 소리가 여기저기서 튀어나온다. 배우들 모든 연기 동작을 멈추고 관객석을 주시한다. 무대와 관객석의 긴장이 발생한다. 수분 후에 관객석 다시 조용해진다.

우리를 그냥 내버려두시길 부탁드립니다. 아직 할말이 끝나지 않았습니다. 여러분들과는 연극이 끝난 후에 만나서 이야기하고 싶습니다. (자신1을 향하여) 자유로울 수 없는 상황이란 뜻은 결국 우리 모두가 인질일 수밖에 없다는 소리야. 현실 속에서의 갈등 관계. 우리 자신에 대한 인질. 가족에 대한 인질. 명예에 대한 인질. 돈에 대한 인질. 사랑에 대한 인질. 사회에 대한 인질. 역사에 대한 인질. 폭력에 대한 인질. 후후, 이 정도 되면 도저히 빠져나갈 구멍이란 없지. (도리질을 하며) 하지만 희망은 있지. 그날, 그날이 오기만 하면 우린 자유로울 수 있겠지……

모두들 (놀라움에 가득 찬 목소리로) 그날?

친구1 (다소 의외라는 표정으로) 놀라지들 마십시오. 골방 구석의 어둠에 지친 우리의 이마 위엔 무거운 십자가의 그림자가 어른거립니다. 영원한 원죄의 인질임을 증거하는 지울 수 없는 징표. 그것은 가고 가고 또 쓰러지며 일어나 가려는 목마른 그날을 향한 끝없는 저항을 짊어진 복된 짐, 후회 없는 우리의 다짐. 바로 이 땅의 한가운데서의 그날. 스스로의 놓여남. 스스로의 맺음.

자신1 그날이 과연 올까?

관객석에서 누군가가 대꾸하기 시작한다.

목소리1 그럼 오지 않을까? (낄낄대는 소리.)

자신1 언제쯤 올까?

목소리1 주기율표에 따라서.

자신1 어디서 지켜볼 수 있을까?

목소리1 황토현 들판의 끝에서 피 말라붙은 죽창이 거꾸로 꽂힌 곳 지나 아우내 장터 찢기운 깃발 바람에 나부끼는 재 넘어 매운 연기 아랑곳없이 설운 양 탐스러운 진달래 멧등 돌아 아아, 오르지 못할 산 그러나 오르려 애쓰는 아스팔트의 군중 속에서. (목소리 다소 떨리기 시작한다.)

자신1 그날의 주인공은?

목소리1 이 시대에 인질로 잡힌 모든 근육들이 아닐까?

자신1 그럼 나도? (관객석에서 나도 나도 하는 소리가 여기저기서 터져나온다. 아무 대답도 나오지 않자 조용해진다.)

목소리1 (앞의 목소리1과 다른 사람이다. 음색이 완연히 다르다.) 틀렸어. 그날에 나라는 거인은 없어, 오직 우리, 우리라는 말뿐이야.

자신1 아무도 울지 않을까?

목소리1 살아 남은 자들만이 마지막으로 서러운 울음을, 통곡을 하지.

자신1 우리들의 이야기는?

목소리1 (목소리 또 바뀌었다.) 그날 새벽 우리는 마지막 비공개 세미나를 큰 소리로 하는 거야. 거기서 우리의 할 얘기는 모두 끝나고 우리들의 이야기는 그날 이후로 잊혀지지 않는 전설이 되는 거지.

자신1 우리의 엄마들은?

목소리1 환장한 아들들의 야윈 가슴을 쓸면서 그 손등을 적시는 굵은 눈물을……

자신 1 노래는?

목소리1 선구자.

자신1 시는?
목소리1 서시.
자신1 소설은?
목소리1 죄와 벌.
자신1 찬송은?
목소리1 우리는 왕이로소이다.
자신1 굿은?
목소리1 대동굿.
자신1 폭력은?
목소리1 뿌린 자에게.
자신1 우리의 공동의 관심사는?
목소리1 온갖 가지 사랑.
자신1 우리의 광장은?
목소리1 푸른 궁전 앞.
자신1 최후의 꼭두각시 인형의 모습은?
목소리1 병정.
자신1 하늘은?
목소리1 오월 하늘.
자신1 음악은?
목소리1 행진곡으로.
자신1 하늘엔?
목소리1 영광.
자신1 땅 위엔?
목소리1 영원한 평화.
자신1 그렇다면 그건?
목소리1 지구의 회전.

자신1　　우리가 잊지 말아야 할 것은?
목소리1　인간적인 너무나 인간적인.
자신1　　연극은?
목소리1　희비극.

무대의 조명이 환하게 밝아지면서 연극은 끝이 납니다. 따라서 이 이야기도 막을 내리게 됩니다. 이 이후의 이야기는 우리 모두 알고 있는 것이기에 그만 줄이겠습니다. 연극도 끝났으니 이제 눈감고 계신 분은 눈을 떠주십시오. 부탁드립니다.

(서울대학교 영어영문학과 학회지 『생성』 제10호, 1984)

조명

오랜 아침 끝에 새가 울었습니다
오금이 얼어붙던 그 산비탈에 엎어져
시린 늑골을 마구 풀어헤치고
질끈 감긴 눈꺼풀에는 시퍼런 죽음의 체념이
행복한 아침햇살처럼 조용히 드리우고
아무도 슬퍼하지 않은 그 아침은
아아 움직일 수 없는 비극이여
그것은 어린 가슴의 영원한 상처
달래지지 않는 설움의 메아리

그토록 울 수 없었던 겨울은
하염없던 분노의 시선 때문에
몸서리치도록 환멸스러웠습니다

마냥 빼앗기면서 꿈에 굶주리면서
그러나 행복한 꿈에 젖어 떠나갔을지도 모르는
그 비탈에 내가 누워
돌을 맞더라도 내가 맞겠습니다

우리 세상의 가장 처절한 낭만이 쓰러진 곳
헐은 전선줄 아래엔
피묻은 귀여운 조약돌의 아우성
그 위로 고문처럼 쏟아지는
앙상하게 갈라진 푸른 하늘 너머의
눈부신 아침햇살
곱게 사라진 그리운 목소리
쓰라린 마지막 연가의 안타까움이여

(서울대학교 영어영문학과 학회지 『생성』 제10호, 1984)

3부 책글

칼립소의 노랫소리

—V. S. 나이폴, 『미겔 스트리트』

누군가 '유년 시절은 생애 최대의 풍경'이라고 말했다. 우리는 기억의 갈피마다 천당과 지옥이 함께 펼쳐지는 그 무궁무진한 유년의 골목들을 오래 전에 지나쳐왔다.

그 골목의 풍경들은 다름아닌 현재적 삶의 거울이다. 물론 유년의 영혼이라 해서 때묻지 말란 법이 어디 있었겠는가? 그러나 그 케케묵은 때 속에 파묻힌 유년이 구릿빛 동경(銅鏡)의 광채로 번쩍일 수 있음은 무엇 때문일까?

그 해답을 오롯이 간직하고 있으면서, 씹으면 씹을수록 레토릭에 누렇게 익숙해진 우리 이빨을 옥시풀처럼 하얗게 닦아주는 소설을 만날 수 있다.

V. S. 나이폴의 『미겔 스트리트』는 서인도제도 남쪽 끝에 있는 트리니다드 섬의 한 빈민촌 거리를 무대로 한 연작 성장소설이다. 트리니다드 섬은 아프리카 노예 출신의 흑인들과 인도 정착민, 라틴계 주

민을 주된 구성원으로 삼고 있는 다인종 식민지 사회이다.

작가 역시 인도계 이주민의 후예였듯이 그 섬이 뿌리뽑힌 자들의 거리로 이뤄진 마을임을 쉽게 눈치챌 수 있다. 때문에 소설은 모두 소외와 광기와 착란의 늪에 빠져 허우적거리는 사람들의 실패담으로 넘치는 듯이 보인다.

그러나 광기니 착란이니 또는 실패담이니 하는 말은 한 인간의 유년 풍경을 다룬 이 소설에 대해서만큼은 잘못된 표현이리라. 이것은 이분법적 합리주의에 물든 타락한 성인의 사회에서나 통용되는 말이지, 두터운 때 속에서도 구릿빛 영혼을 간직하고 있는 유년 시절을 재는 잣대로는 턱없는 함량 미달의 용어가 아닐 수 없다.

예를 들어 나이폴이 가장 공들여 형상화하고 있는 인물인 해트를 보자. 노름을 상습적으로 즐기는 그는 우유에 물을 타는 사기꾼이 아니면, 바람난 아내에게 폭력을 휘두른 상해범으로서 도덕적으로 비난받아 마땅한 사람이다.

그러나 해트가 감옥에 가던 날 어린 화자가 "내 사람됨의 일부가 나를 떠난 셈이었다"라고 적었던 데에 바로 이 이야기의 예사롭지 않음이 깃들여 있다.

즉, 실성한 맨맨에게 성가시게 구는 마을 사람들에게 "우리가 결코 해서는 안 될 일이 있다면 그것은 맨맨을 괴롭히는 것"이라고 잘라말하거나, 자신이 임신시키지도 않은 여인이 낳아서 데려온 여자 아이를 놓고 "순진하게" 고민하는 청소부 에도스가 이미 그 아이를 자기 삶의 일부로 받아들이고 있음을 간파하고 "나는 자네가 잘했다고 생각해. 나도 만약 부주의하여 밖에 나가서 아이들을 배게 한다면 그애들을 모두 집으로 데리고 와서 키우겠어"라고 말하며 격려를 해주는 해트의 깊은 인간적 이해력을 작가는 놓치지 않는 것이다.

또한 일곱 명의 사내에게서 여덟 명의 아이를 낳는 난혼 관계를 맺은 로라의 울음소리에서 소년인 '내' 가 추악함을 느끼기보다는 인생의 범상치 않은 숙명을 느끼며 "나도 또한 로라를 따라 울어버릴 뻔했다" 고 말하는 대목이야말로 우리가 이 소설에서 손갈퀴로 건져올려야 할 사금 덩어리로서 손색이 없는 부분이다.

그들에게는 이런 아름다움도 있었다. 해트마저도 아름다운 새를 수집하는 취미를 갖고 있고, 돈벌이를 초월해 "이름 없는 물건" 을 만드는 데 골몰하는 목공 포포를 비롯해 "세계에서 가장 위대한 시" 를 쓰고 있다는 환상에 빠진 B. 워즈워스 등은 어떤 의미에선 진정한 예술가인 셈이다.

이런 심미적 능력 때문에 그들은 상상력을 발휘해 가난한 일상 속에서 일어나는 아주 평범한 일을 가지고도 아주 환상적인 맛을 더해 위트와 서정이 넘치는 칼립소(트리니다드의 주민이 춤추면서 부르는 아프리카 리듬의 즉흥적인 노래)들을 즐겨 부르고 있지 않은가.

중국인 아이들이 나를 아빠라고 불러요!
나는 이렇게 시커먼 흑인인데요
나의 처도 타르처럼 시커멓고요
그런데도 여전히 —
중국인 아이들이 나를 아빠라고 불러요!
맙소사, 누군가 내 커피에 우유를 타고 있네요

돌아보면 이런 뒤죽박죽이 바로 우리 삶의 본질이었다. 우리들의 유년 시절 또한 이와 무엇이 다를 것인가? 나의 유년 시절 옆집의 겐짱아저씨와 육손이형, 해병대 출신 주정뱅이 권씨 등 갑남을녀가 뒤엉켜 살았던 아무개 골목이야말로 또하나의 국내판 미겔 스트리트가 아니었는지.

그런데 그들은 과연 어떤 칼립소들을 불렀던가? '아리랑' 이던가, '지화자' 였던가? 그 노랫소리를 다시 한번 듣고 싶다.

(『출판저널』 1995년 9월 20일자)

차세대 권력의 기반 '중성적 유혹'

—장 보드리야르, 『섹스의 황도』

한때 모든 길이 로마로 통했었다. 당시 길은 바로 권력 그 자체였고, 따라서 로마는 정치 · 경제 · 군사 · 문화 예술의 각 분야에 걸쳐 확고한 권력의 중심이었다.

그런데 로마 시대의 길이 했던 구실을 요즘처럼 고도화된 소비 사회에서는 섹스가 대신 차지한다. 현대사회와 같이 성이 다방면에 걸쳐 고성능으로 제공되는 시대는 일찍이 없었기 때문이다. 바야흐로 '모든 담론(談論)은 섹스로 통한다'는 명제가 성립하는 시점이다.

그런데 담론이란 도대체 무엇이며, 또 왜 섹스가 문제적인가? 간단히 줄여 말하자면 담론화, 즉 코드화되지 않은 권력은 권력답지가 않으며, 최고의 담론은 바로 섹스를 지향한다는 것이다. 탈권력과 욕망의 문제를 집요하게 천착해온 프랑스의 현대 철학자 장 보드리야르 이론의 출발에 대해 위험을 무릅쓰고 단순 축약하면 이렇게 말할 수도 있지 않을까?

하나, 노파심에서 짚고 넘어갈 것은 이 책의 제목으로 채택된 '섹스의 황도' 중 '황도'는 '왕도(王道)'와는 아무런 관계가 없다는 점이다. 사전적 정의에 따르자면 황도(黃道)는 '지구에서 보아 태양이 지구를 중심으로 운행하는 것처럼 보이는 천구상의 큰 원궤도'일 뿐이다. 전통적으로 인간과 자연의 절대 운명을 상징하던 기호의 제왕이었던 황도의 자리에 섹스를 오버랩시킨 것이다.

결국 섹스의 문제는 보드리야르가 현대사회를 설명하는 데 동원하는 담론적 장치이다. 그가 보기에는 섹스야말로 인류에게 가장 오래된, 그래서 지금은 가장 지배적인 것으로 된 강력한 코드(상징이나 허구)의 하나이다. 이러한 입장에서 보드리야르는 현대사회에서 권력과 경제, 성, 이 모든 것이 굉장한 속임수에 의해 지탱된다고 가혹하면서도 '과격'하게 잘라말한다.

따라서 그는 서구적 합리성을 가장한 남성성/여성성으로 대표되는 기존 질서의 이분법적 코드의 경계선을 뒤집거나 불분명하게 만드는 데 바로 우리의 광기 어린 소비 사회의 파국을 막는 대안이 숨겨져 있다고 믿는다. 그 교란의 핵심이 바로 유혹이라는 것이다.

권력이 실제세계의 지배만을 나타내는 데 반해, 유혹은 상징적인 세계의 지배를 나타낸다. 따라서 갈수록 큰 가치가 부여되고 있는 상징적 세계에서의 유혹이야말로 가장 정당한 차세대 권력의 기반으로 손색이 없다는 얘기이다. 그런데 정작 현실은 어떠한가?

> 욕망은 도처에 있다. 그러나 보편적으로 이루어지는 모사(simulation) 속에 있다. 성 역시 도처에 널려 있지만, 정작 성욕 속에는 없다.

이게 무슨 말인가? 아무리 딱딱하게 발기한 남근 속에도 진정한 성욕은 이젠 없단 말인가? 그 늠름한 남성 중심주의가 이젠 더이상 관심의 대상도 될 수 없고 변화시킬 것 역시 아무것도 없는 허울로 취급되는 시대가 정녕 도래했단 말인가? 무릇 남성이란, 또 남성적 사회란 끊임없이 사소하고도 기계적인 성적 배설에 보람없이 기를 쓰며 매달리도록 규정된 헛것들에 불과하단 얘기다. 이를 두고 무수한 세월 동안 억압과 차가움을 겪은 여성의 역사적 복수로 불러도 할말이 없을 터이다.

그러기에 결국 대안은 기존의 코드를 뒤엎는 중성(양성)적 유혹뿐이라는 것이다. 그리고 그 핵심은 함부로 드러내지 않고 슬쩍 감추기인데, 왜냐하면 욕망이나 진리를 드러낸다는 명목으로 베일을 벗겨버리는 데서는 결코 유혹이 이루어질 수 없기 때문이다. 욕망이나 쾌락은 단지 그 끝을 추구하는 허황된 에너지에 불과해서 그 어떤 전략보다도 열등한 것이라고 그는 평가한다.

그런데 여태껏 압도적 지위를 누려온 '성' 또는 '섹스'에 대하여 과연 '유혹'이 순조롭게 권력 교체를 실현할 수 있을까? 나는 지금 문득 끝장을 보지 않으려는 유혹의 '무기력함'에 생각이 머물고 있다. 그렇다면 너무 속물적인가, 나는?

(『삶과꿈』 1995년 10월호)

법은 진정 정의의 파수꾼인가
—프리드리히 뒤렌마트, 『법』

얼마 전 법으로 밥을 먹고 사는 '법쟁이'들이 "성공한 내란은 처벌할 수 없다"고 말했다. 거기까진 고개가 끄덕여졌는데, 그 말의 보증인으로 법학자 옐리네크나 켈젠 같은 유령들까지 무덤에서 모셔왔을 때 나는 고개를 갸웃거릴 수밖에 없었다.

알고 보면 우리나라에도 비슷한 말을 한 사람이 얼마나 많았던가? 멀리 갈 것도 없이 자유당 시절 어떤 주먹은 "법보다 주먹이 가깝다"고 일찌감치 갈파(?)한 바 있다. 이렇게 쉬운 말을 두고 왜 그리 돌아서 가는지, 법쟁이들은 원래 그런가 싶기도 했다.

그러나 현대사회에서 법, 즉 정의의 위기는 법을 짓밟으려는 주먹보다 법 자체의 허점에 의해 초래된다는 것을 뒤렌마트의 장편소설 『법』은 보여준다.

어느 훈훈한 봄날 저녁 프랑스산 붉은 포도주가 별미인 스위스의 한 레스토랑에서 몇십 명의 손님들이 지켜보는 가운데 살인사건이 일어난다.

주 참의원이기도 한 이자크 콜러 박사가 자신의 절친한 친구 빈터 교수를 권총으로 쏘고 돌아간 것이다. 순순히 체포된 콜러 박사는 정신도 멀쩡한 상태인데다 살해 동기는 찾아보려야 볼 수가 없다.

이 명명백백한 살인범을 심판하는 데 법이 할 역할은 미미해 보였다. 그저 법조항 몇 개만 빌려주면 될 듯싶었다.

그러나 이 재판은 살인 도구인 권총도 못 찾은데다, 증인들의 진술이 얽히고 설키는 바람에 살인범을 무죄 석방한다. 재판 과정에서 오히려 무고한 사람이 살인 혐의로 몰려 자살까지 하고 만다.

뒤렌마트의 『법』은 이런 기발한 착상과 결말의 극적 반전으로 O. J. 심슨만 아니었더라면 두고두고 평가받을 만한 소설이었다.

한데 최첨단 과학이 증거를 대고 몇백만 명이 백주의 도주극을 지켜봤지만 정의를 거뜬히 '사들여' 석방된 심슨 때문에 그 기발함이 바랠지도 모른다.

그렇다면 우리는 어디에서 위안을 받아야 하나. 두말할 나위 없이 사건을 끝까지 추적하면서 개인적 테러를 통해서라도 추락한 정의를 복구하려는 신출내기 변호사 슈패트다. '진실'의 품안에서 진실을 증명할 수 없다는 절망 앞에서 "정의는 오로지 범죄로서만 회복될 수 있다"고 외쳐야 했던 슈패트야말로 한때 우리들의 젊은 초상이 아니던가.

이 소설 내내 술이 아닌 정의에 취했던 슈패트가 알코올 중독자로 생을 마감하는 날까지 애용한 싸구려 과일주 배치를 비롯해 맥주·스트레이트 위스키·스카치·위스키 식스티 나인·버찌 브랜디·화주·사과주 향내가 끊임없이 넘실거리는 것도 책 읽는 재미와 무관하지 않다.

(중앙일보, 1996년 1월 14일자)

의뭉 떨기의 문체적 수준
—성석제, 『왕을 찾아서』

이 책은 아무튼 의뭉 떨기로 가득 차 있다. 가령 아무렇게나 펼친 갈피 속에서 눈감고 짚어도 찍혀나오는 이런 대목들.

> 아래에서 입을 벌리고 있는 아이에게 익은 감이 떨어지듯이 비범은 이따금 주어지는 것인데 나는 감나무 밑에는 뱀이 많다는 미신을 가지고 있어서 근처에도 가지 않았다.

원래 의뭉 떨기는 우리 소설사에서 중요한 전통의 하나였다. 『춘향전』에서 월매한테 암행어사의 신분을 숨긴 채 거지 차림으로 "에구 밥아 너 본 지 오래구나" 하고 달려드는 이도령의 의뭉 떨기도 그 비근한 예일 터이다.

하지만 성석제의 의뭉 떨기는 80년대의 엄숙주의와 90년대의 들뜬 글쓰기가 나래를 접는 옹색한 지점에 소설의 특이한 '생존 공간'을 펼쳐 보이고 있어 이채롭다. 그런데 그 생존 공간은 철저히 입 속을 연상케 한다.

"사병들이 쓰는 변소는 아랫배에 힘을 주고 나서 무심히 입을 벌리면 파리가 저희 내무반인 줄 알고 안으로 들어오는 경우"처럼 입 속에 들어온 파리를 어떻게 대면할 것인가와 『왕을 찾아서』는 긴밀한 관계를 맺고 있다.

즉 파리를 삼킨 표정은 절대로 엄숙해질 수 없고, 존재의 가벼움을 논하며 키들거리거나 슬퍼할 수도 없다. 그럴 때 의뭉 떨기가 제 힘을 발휘할 여지가 생기는 것이며, 이런 점이 자칫 지방 소도시에서 벌어지는 주먹들의 세계를 다룬 단순한 건달소설에 빠질 뻔한 성석제 소설에 감칠맛을 부여하고 있다.

이런 의뭉 떨기 때문에 서양으로부터의 박래품인 합리주의는 마침내 곳곳에서 망신을 당한다.

> 지역의 냇가 방죽에서 은하수가 흐르고 반딧불이 떠다니는 여름밤이면 인간 개구리끼리 먹고 먹히는 소리가 요란했던 시절이 있었다. 그 당시에는 숙박 시설이 변변찮았던 것이 가장 큰 이유다.

이런 걸 두고 의뭉 떨기가 문체적 수준까지 이르렀다고 한다면 과언이 될까?

끝으로 뱀꼬리 같지만 작가는 문단에서 비교적 성실한(?) 건달로 알려져 있다.

(중앙일보, 1996년 2월 18일자)

부르주아 세계 이후에 남는 아픔

—나딘 고디머, 『가버린 부르주아의 세계』

아직도 우리 사회에서 부르주아란 말은 풍문일 뿐이지 않을까. 그 말을 쓰는 사람들마다 서로 정확한 정의나 이해 범주, 원색적 반응 등이 제각각이라는 의미에서 그렇다.

생각해보면 당연한 일이다. 역사적으로 우리 사회는 『프로테스탄티즘과 자본주의 윤리』에 입각한 자본가적 실체를 가져보지 못한 게 사실이다. 그런데 이 소설은 우선 졸부와 부르주아가 어떻게 다른가를 인상적으로 보여주면서 시작한다.

> 반 덴 산트 부인은 풀먹인 흰옷에 빨간색 허리띠를 두른 남자 하인들에게는 코자어(語)로 말했다. 흑백 혼혈의 요리사하고는 그 온갖 달콤한 축소형 접미사가 달리고, 희망봉주의 사투리를 존중하는 말씨가 담긴 남아프리카 공용 네덜란드어로 말했다.

자기가 부리는 하인에게조차 어떤 격식과 위신을 세워주는 이들의 딜레탕트적 성향(가식적이긴 하지만)이야말로 어쨌든 부르주아를 몇 번의 테러로는 결코 붕괴시킬 수 없는 완고한 제도와 문화로 만들고 있다.

이 소설은 아파르트헤이트 정책이 더욱 극성을 떨어가는 60년대 남아프리카공화국의 정치적 상황에 처한 백인 중산층의 고립된 내면을 냉혹하게 검토하고 있다. 변호사 그래함 밀과 새로운 관계를 맺고 있는 서른 살의 리즈 반 덴 산트가 일찍 결혼했다가 헤어진 전남편 맥스의 투신 자살 전보를 받은 날 하루 동안의 삶을 다룬다. 상층 부르주아 출신인 맥스는 백인 이상주의자이며 자유주의자로서 인종 분리 정책에 반대하여 사회주의를 내세우며 반정부 활동을 하다 기소되었다가 동료들을 고발하고 전향함으로써 세계관의 파멸을 겪은 사람이다. 맥스가 아프리카식 사회주의 방법론에 대한 자신의 서류를 뒷자리에 실은 자동차를 몰고 바닷속으로 뛰어들었을 때, 산소통을 맨 한 사나이는 저 멀리 달에서 산책을 즐기고 있었다. 인류의 본격적 우주 개발이 시작된 것이다.

그리고 그날 저녁 리즈는 다시 위험을 무릅써야 하는 흑인 민족주의 운동에 동참할 것을 권유받고는 딜레마에 빠진다. 그러나 그것은 사실 존재론적 딜레마는 아닌 것이다. 부르주아 세계가 가버리면 새로운, 가령 프롤레타리아 세계나 참된 민주주의 세상이 오긴 오나? 작가가 염두에 두고 있는 것도 바로 투쟁 다음에 올 것에 대한 이런 걱정이다. 쇠퇴하는 부르주아 세계를 대체하는 것은 도덕적인 문제에 해당할 것이지만 정작 작가의 딜레마가 아름다움에 윤리적인 것은 없다는, 즉 미(美)에는 선(善)이 없다는 인식에 이르고 나면 그것은 아픔 아닌가? 그런 아픔이 이 소설에는 아련한 것 같다.

(중앙일보, 1996년 3월 17일자)

출구 막힌 젊음의 소리 없는 비명
—볼프강 보르헤르트, 『오월에, 오월에 뻐꾸기가 울었다』

절망을 일컬어 죽음보다 깊은 잠이라 했던가. 스물여섯의 나이로 요절한 독일 작가 보르헤르트 소설에선 이미 죽음이란 낯익은 정도를 넘어서 기다리던 그 무엇일 뿐이다.

"너 죽는구나."
그가 소리질렀다.
"죽는다는 것! 그건 대단한 일이에요."
그녀가 환호성을 질렀다.

보르헤르트에게 희망의 씨가 마른 세대의 젊음이란 이토록 절망스럽고, 또한 절망이란 거꾸로 출구가 막힌 젊음의 소리없는 비명이다. 그도 그럴 것이 15세부터 시를 쓰고 연극에 몰두한 재능 있는 20세의 청년을 기다린 것은 혹한의 러시아 전선이었다. 전선에서의 반나치 언행과 자해로 투옥·입원·재복무를 되풀이하는 과정에서 그를 치명적인 투병 생활로 몰아넣은 병을 얻는 등 그의 짧은 생애는 가혹하기 그지없었다.

그가 죽기 이 년 전부터 활화산처럼 쏟아놓은 서른아홉 편의 자유 단편(삶의 한 단면을 잔잔히 들려주는 독일 특유의 짧은 서사 문학)이란 이렇듯 아물 수 없는 상처를 헤집고 나왔기에 곳곳에서 삶의 진물이 철철 넘쳐흐른다. 그 냄새 때문에 어쩔 땐 코를 감싸고 그의 소설세계를 거닐어야 한다.

> "신부들은 우리 머리카락에서 배어나오는 전사한 형제들의 피냄새, 설탕에 버무린 달콤한 아몬드 사탕 같은 냄새를 맡고 있다구요."
>
> 부엌에서, 방에서, 지하실에서, 냉장 곳간에서, 창고에서 마지막 밀가루 부대들과, 마지막 딸기와, 호박과 버찌주스를 담은 잔들이 썩어갈 것이다. 뒤집힌 식탁과 깨어진 접시에 놓인 빵들은 파랗게 변색되고 기간이 넘은 버터는 연성비누 같은 냄새를 풍기고……

공중에 떠도는 몇만분의 일 입자에도 반응하는 초민감성 기관이 후각일진대 요절을 앞둔 작가가 세상의 절망을 들여다보는 감각의 전면에 후각을 앞세우지 않을 까닭이 없었을 것이다. 그런데 그런 절망의 심연을 보아버리기란 무엇일까. 역설적으로 희망 보아버리기라 하면 안 될까. 고통만이 유일한 쾌감이 되는 감방 안의 한 청년이 교도소 한구석에 남몰래 핀 민들레에 실낱 같은 삶의 희망을 거는 결말(「민들레」)이나 작가 최후의 원고인 「그렇다면 선택은 오로지 하나뿐!」에서 "방구석에 처박힌 시인이여. 그들이 내일 사랑의 노래가 아니라 증오의 노래를 부르도록 명령한다면, 선택은 오로지 하나, 아니오, 라고 말하라"고 절규한 대목이 바로 그 증거다.

(중앙일보, 1996년 4월 14일자)

고통의 지난날 되돌아보는 사진첩

—최민식, 『종이거울 속의 슬픈 얼굴』

기억의 덫으로부터 자유로울 수 있는 사람은 아무도 없다. 사진작가 최민식이 사십여 년간 걸어온 작품세계를 한눈에 보여주는 사진 산문집 『종이거울 속의 슬픈 얼굴』은 우리의 고통스러웠던 지난날을 비춰주는 거울 구실을 하고 있다. 사진을 종이거울에 비유한 저자의 생각은 우리에게 긴 설득을 필요로 하지 않는다.

표지에 나와 있는 사진을 보는 순간 나는 그것이 현재뿐만 아니라 과거와 미래까지 비춰주는 사차원적 거울임을 깨달았다. 거리의 모퉁이에서 '호옥' 숨 한 번 쉬고 국숫발을 빨아올리는 어린 여자애의 모습, 난 그것이 바로 가난했던 내 누이의 초상임을 눈치챘던 것이다.

책갈피를 넘길수록 나는 마치 내 가족사진첩을 보는 듯한 착각에 빠지지 않을 수 없었다. 고된 노동의 틈새에 짬을 내 길거리에서 누이의 등 위에 업힌 아이에게 선 채로 쭈그렁 젖꼭지를 물리는 여인은 누구던가. 집도, 돈도, 그리고 당장 먹을 것도 없이 아이들을 데리고 골목 어귀에 하릴없이 쪼그리고 앉은 무능한 가장의 이름을 난 안다. 이처럼 한 인간의 고통스런 기억의 뿌리를 우악스레 잡아채 흔드는 최민식의 사진과 글의 힘은 어디서 우러나오는 것일까. 그것은 무엇보다 가식 없음에서 찾아질 것 같다. 그는 결코 연출을 하지 않는다고 한다. 작가는 이런 사진 철학이 그가 지금껏 영원한 주제로 삼아온 '인간'의 진실이란 결코 꾸며질 수 없다는 투철한 신념에서 비롯됐다고 밝히고 있어 인상적이다.

물론 사진도 거짓말을 할 수 있다. 사진은 있는 그대로의 현실을 찍기 때문에 거짓이 있을 수 없다는 우리의 선입견으로 말미암아 때로 사진이 저지르는 거짓은 교활하기 짝이 없다. 최민식의 사진은 이 함정을 어떻게 비켜가는가.

"내 사진은 밑바닥 삶에 동정이나 호기심을 보내는 게 아니라 사회의 모순과 부조리에 대한 분노와 고발이다."

이런 타협 없는 분노의 시선이야말로 거짓으로부터 자신을 지키는 방패였다고 고백하는 말로 들린다. 사실 자신이 속한 사회나 세상에 아무런 분노를 지니지 않은 자가 어떻게 인간을 사랑하고 삶의 존엄성을 떠들 수 있을 것인가. 이런 점에서 휴머니즘적 리얼리즘을 추구하는 최민식의 사진은 더욱 빛난다.

(중앙일보, 1996년 5월 12일자)

프로이트 이론의 대중화
—리처드 오즈번, 『만화로 보는 프로이트』

얼마 전 미국에서 커다란 논란거리가 된 의료 개혁안의 주된 쟁점이 정신 분석 치료를 계속 의료보험 대상에 넣어야 하는가에 있었다고 한다. 한마디로 정신 분석 치료를 과학으로 인정하지 못하겠다는 것이다.

그렇다면 지난 일백여 년간 자아 지각과 인간 관계 및 행동 등을 설명하는 데 유력한 패러다임 구실을 해온 프로이트의 이론이 심각한 도전에 직면한 셈이 된다. 하지만 프로이트 이론의 역사가 줄곧 논란의 역사와 겹쳐왔다는 사실을 상기한다면 이러한 도전들은 새삼스러울 게 못 된다. 오히려 프로이트 이론이 20세기 성, 종교, 예술, 문화 등의 사고방식과 쟁점에서 아직도 막강한 영향력을 끼치고 있다는 반증에 가깝다.

그런데 사실 나는 초등학교 때부터 일찌감치 프로이트의 추종자(?)였다. 우연히 집 안에 있는 꿈 해몽서를 달달 외워 주위 사람들의 꿈풀이까지 해주면서 꿈과 현실과의 일정한 상관 관계를 굳게 믿게 되었다.

가령 비를 맞으면 높은 자리로 영전을 하고 남의 배설물을 밟으면 횡재를 한다든지, 또 하늘을 나는 꿈을 꾸면 남과 애민 송사(訟事)를 벌이게 된다든지 하는 것 말이다.

그 정도가 얼마나 심했는지 한번은 길을 걷는 꿈을 꾸다가 비에 대한 꿈풀이가 떠올라 비가 오기를 열렬히 바랐고 급기야는 꿈속에서 이슬비를 몇 방울 맞고서야 깬 일도 있었다. 이 경우 내 무의식이 의식을 지배한 건지 아니면 의식이 무의식을 조종한 건지는 섣불리 판단할 수 없을 터이다.

아무튼 프로이트의 정신 분석이라는 것도 알고 보면 이처럼 실생활과 가까운 것일 수 있지만 그 동안 나를 비롯해 일반인들한테는 왠지 난해하고 종잡을 수 없는 이론으로 여겨져왔다.

『만화로 보는 프로이트』는 바로 이런 비전문가들을 위해서 씌어진 책이다. 프로이트의 생애부터 시작해 꿈과 성, 농담과 무의식, 의식과 콤플렉스 등을 만화를 통해 재미있고 알기 쉽게 살펴보고, 프로이트의 철학적 반대자와 후계자들의 관점을 균형 있게 제시해 프로이트 이론의 앞날까지 짚어보고 있다.

비록 통속적인 개괄서에 머문 단점은 피할 수 없지만 이 책을 읽고난 이라면 적어도 개꿈을 꾸었다는 이유 하나만으로 기분 잡쳐 하지는 않을 듯싶다.

(중앙일보, 1996년 6월 9일자)

막다른 희망의 골목에서 감행한 꿈꾸기

—이희재, 『간판스타』

이희재의 만화 모음집 『간판스타』에 실린 작품들은 한결같이 아담한 서정시를 닮았다. 80년대를 통틀어 변두리 인생들의 속내 깊은 삶의 결을 이렇듯 잔잔한 필치로 쓰다듬은 작품을 떠올리기란 쉽지 않다. 다들 '솜사탕' 속이 아니면 흘러간 역사(혹은 흘러올 역사 : SF) 속으로, 또는 의식 과잉상태로 거처를 옮겼으니까.

그래서 굵은 선이나 점선들이 요란한 파열음이나 야릇한 마찰음의 뒷바라지를 하느라 바쁜 저간의 만화계 사정에 질린 이들에게는, 내용이나 줄거리를 떠나서 이희재식의 가는 선이 인도하는 세계를 구경하는 재미가 남다를 듯하다. 우선 그림이 편하다. 한국적 선의 미학이라고나 할까, 소묘하듯이 몇 줄 안 되는 가는 선으로 등장인물의 풍부하고 깊은 표정과 감정을 그토록 절묘하게 담아내는 솜씨에 감탄을 금할 수 없다.

구석구석 쉼터처럼 자리잡은 하얀 공간이 많은 것도 항상 꽉찬 지면과 긴장된 시선을 요구하는 다른 그림들과 다른 이희재 만화의 뚜렷한 특징으로 보인다. 그 여백은 단지 비어 있는 게 아니라 선과 묘하게 어우러진다. 그걸 보고 있노라면 원근법에 따라 가까운 데에 그려진 주인공보다 언저리에 슬쩍 나타나는 단역 인물의 포즈에 저절로 미소를 베물게 된다.

서정의 본질이라는 게 원래 그런 것 아닐까? 거리를 따지지 않기, 즉 사소한 것에도 골고루 눈길을 나눠주는 것 말이다. 그런데 그것이 굳이 만화 장르를 선택했을 때 그 주조음은 어떻게 드러날까? 『간판스타』가 그 양상을 잘 보여주고 있으니, 다름아닌 멜로이다.

멜로를 감정 과잉이나 허풍 정도의 통속적 수준에서 이해한다면 적어도 이 책에서는 낭패를 볼 것이다. 표제작인 「간판스타」부터가 서울에서 술집 엘레나가 된 사정을 숨기고 추석 귀향길을 밟은 경숙이의 애틋한 고향 체험기이다. 또한 질박한 마음씨의 두 청소원 부부가 끈질긴 악운 속에서도 한 줄기 희망에 가없이 매달리는 운명의 모습을 포착한 「새벽길」도 그러하거니와 건달 시나리오 작가가 새벽의 신문 배달 소년을 관찰한 내용을 바탕으로 현상 모집에 응모하지만 거꾸로 배달 소년이 그 건달을 대상으로 쓴 시나리오가 당선된다는 「운수 좋은 날」의 기본 뼈대 역시 멜로가 아닐 수 없다.

작가는 이러한 멜로야말로 대중적 정서의 두터운 핵임을 본능적으로 알아차린 듯하다. 하지만 그의 멜로는 희망이 봉쇄된 막다른 골목에서 감행되는 꿈꾸기로서의 멜로이기에 병들거나 허황하지 않다. 미운 오리 새끼 모양 천방지축인 끝지가 갖은 구박 속에서도 몰래 모은 돈으로 둘째언니의 대학 등록금을 댄다는 내용의 「김종팔씨 가정소사」는 이러한 서민적(?) 멜로의 절정이면서도, 이런 정서라면 90년대의 삭막함도 어느 정도 견딜 수 있으리라는 예감을 지니게 한다.

각설하고, 저 80년대 후반을 생각해보자. 그 출구 없는 숨막힘 속에 뒤돌아서 울고 싶거나 혹 너털웃음을 짓고 싶지 않았다고 주장한다면 거짓이리라. 나도 그때 이미 글쓰기에 매달리는 작가였었다면 혹, 멜로로 가지 않았을까?

(『창비문화』 1996년 5·6월호)

본격소설의 대중적 묘미

—최인호, 『길 없는 길』

길이라는 말에 갈수록 속도감이 붙어가는 세상이다. 세계화의 길, 초일류의 길, 정보화 고속도로…… 심지어는 느긋하고 더디 가는 게 미덕일 것 같은 장수(長壽)의 길에서도 예외 없이 속전속결식 모색이 인기다.

최인호의 소설 『길 없는 길』은 이런 속도감에 반기를 들고 있는 것처럼 보인다. 추구할 만한 가치가 있는 진리는 길 끝에 고정돼 있어 남들보다 빨리 달려갈 수 있는 사람의 차지가 아니라, 길 위에서 미적미적 뒤를 돌아보다가 한때는 캄캄하게 헤매기도 하는 사람의 몫임을 보여주기 때문이다.

이 소설에서 자꾸 뒤를 돌아보는 화자로 나오는 이는 시국 사건에 말려 잠시 교수직을 떠난 강빈이고, 누구보다도 철저히 헤맴으로써 도저한 깨달음에 이르는 과정을 드러내주는 이는 조선조 말의 대선승 경허(鏡虛)이다.

강빈은 조선조 마지막 왕손이자 풍운아였던 의친왕과 초선이라는 기생 사이에서 태어난 사생아로 설정돼 있다. 그런데 그가 일생에 단 한 번, 그것도 주렴을 사이에 두고 만난 아버지 의친왕이 불쑥 건네준 손 염주는 바로 경허가 법제자 만공에게 전법의 증표로 물려줬지만 우여곡절 끝에 의친왕에게로 흘러간 것이다.

그렇다면 처음 인도에서 부처로부터 흘러내린 불(佛)의 등불이 이천 년 동안 꺼지지 않고 중국을 거쳐 우리나라로 흘러들어와 경허에게서 활활 타오르는 과정을 그의 일대기를 통해 톺아보는 일이란 강빈에게 무엇이었을까? 결국 존엄한 피와 미천한 피가 한데 뒤섞여 흘러 본성(本姓)마저도 떳떳이 물려받지 못한 자신의 저주받은 운명의 뿌리를 더듬는 일에 다름아니었을 터이다.

이러한 절묘한 구성 속에 따분한 구도소설에 머물렀을지도 모를 이 소설에 대중적 흥미와 본격소설의 격을 아울러 갖추도록 한 비밀이 내장돼 있음은 두말할 나위가 없다.

이 소설을 따라가다보면 잠깐씩 샘터처럼 쉬어갈 만한 길목이 많이 나온다. 혹자는 묵언(默言) 수행을 하는 경허가 밤낮없이 면벽한 채 턱밑에 날카로운 송곳을 세우고 앉아 흘러내린 핏자국으로 귀신 형국을 이루는 대목에서 펼쳤던 책갈피를 덮고 잠시 눈을 감을지도 모른다.

아니면 경허의 배 위에 치명적 독사가 꿈틀거리는 광경을 보고 놀라 만공이 소리치자 "쉿, 실컷 놀다 가게 두어라"고 타이르는 장면에서 얼어붙을지 모른다. 또는 곡차(술)와 개고기를 즐기고 눈이 맞은 세속의 여인과 관계까지 맺는 기행과 파계를 밥 먹듯 하다가 말년에는 아예 중 노릇마저 버리고 일개 속인으로 생을 마감하는 선승 경허의 발자취에 취하지 않을까?

내가 쉬어간 곳은 경허가 눈 속에서 구해온 문둥병 여인의 고름이 흘러내리는 몸을 혀로 핥아주고 서로 몸을 맞대며 열흘씩 살을 나누는 대목이었다. 법제자 만공마저도 진저리를 치며 다그치는데 경허는 자못 태연하다.

그 여인이 거렁뱅이가 된 것은 전생에 고대광실의 왕비였기 때문이며, 그 여인이 미쳐버린 것은 전생에 지나치게 총명했기 때문이며, 그 여인이 나병에 걸린 것은 지나친 미모로 뭇 사람을 미혹시켰기 때문이며, 그 여인의 몸에서 풍겨나오는 악취는 전생에 온몸에 바르던 향수에서 풍겨나오던 아름다운 향내였다.

아, 알겠다! 나는 그 순간에 내가 느꼈던 허기가 단지 깜빡 늦어진 점심으로 인한 공복감 때문이 아니라 내 정신적 공허와 관련된 것임을 깨달았다.

끝으로 사족 같지만, 가톨릭 신자인 지은이가 불교에 대해 알면 얼마나 알겠느냐고 푸념하는 것은 분별지(分別智)를 가장 하치로 여기는 불가(佛家)의 전통에 비춰 봐서도 어리석은 일이다.

(경향신문, 1996년 7월 24일자)

어지러운 세상 옛 선비들의 성찰록
—허균, 『숨어 사는 즐거움』

날씨도 무더운데 거두절미하고 시원한 일갈(一喝)부터 듣는 게 좋을 듯하다.

동양에서 왕도 정치를 가장 이상적으로 구현했다고 알려진 중국 요(堯)의 임금이 당대의 현명한 선비인 허유에게 천하를 맡기려 하였다. 그러나 허유는 이를 거절하고 도리어 "별 잡스런 소리를 다 들었다"며 더러워진 귀를 맑은 물에 씻고 기산이라는 데 들어가 평생을 숨어 살았다고 한다.

요즘 우리 귀에 못이 박이도록 들려오는 대권 경쟁, 대권 후보군, 대권 정국 등의 말들이 가리키는 느끼한 상황을 떠올릴 때 허유가 던진 이 한마디가 소나기와 같은 청량감을 흠뻑 끼얹어주는 이유를 설명하는 데는 많은 말이 필요없다.

하지만 이 문제가 비단 정치인에게만 해당하는 일일까 자문해볼 때 옷매무새를 고치게 된다. 추구하는 목표가 대권이 아닐 뿐이지 우리 모두 역시 눈앞에 빤히 보이는 현실적 이득과 허욕에 지나치게 집착하거나 서두르는 바람에 좀더 중요한 낙이나 묘미를 지나치는 함정 앞에 노출돼 있음을 깨닫게 해주는 책이 바로 『숨어 사는 즐거움』이다.

이 책은 『홍길동전』 등을 통해 사회 개혁 의지와 대안을 뚜렷이 내비친 조선 중기의 '개혁파' 선비 허균이 엮은 『한정록(閑情錄)』을 중견 소설가 김원우씨가 우리말로 옮겨놓은 것이다. 모처럼 관직에 오르려 할 때마다 번번이 탄핵 아니면 파직으로 견제를 당해 벼슬길이 가로막히곤 한 정치적 불운 끝에 나이 마흔두 살에 이른 허균이 송나라 여백공의 『와유록(臥遊錄)』, 명나라 도목의 『옥호빙(玉壺氷)』 등 중국 고서들을 두루 벗하면서 어지러운 세상을 벗어나 유유자적하는 옛 선비들의 성찰과 이야기들을 가려 뽑은 글들이다.

따라서 처음부터 정색을 하고 차례차례 읽어나가는 독서법은 이 책엔 맞지 않는다. 되레 책갈피를 아무렇게나 이리저리 펼쳐 들고 책 속을 산책하듯 거닐며 읽는 방식이 더 어울린다.

그러다 보면 이태백이 "청풍명월은 한푼이라도 돈을 들여 사는 것이 아니다"라고 한 말에 쉽게 고개가 끄덕여지고 "어질면서 재물이 많으면 자신의 뜻을 손상하게 되고, 어리석으면서 재물이 많으면 자신의 허물을 더하게 된다"는 말을 만나서는 돌부리에 걸린 듯 주춤할지도 모른다. 또한 은거하며 살기 위한 구체적인 방법과 도가에서 흔히 거론되는 양생술에 관한 희귀한 정보도 얻을 수 있어 관심을 끈다.

물론 반드시 심산유곡에 들어가 박히거나 사람을 멀리해야만 은둔이 되거나 자연과 동화가 되는 건 아니다.

당송팔대가이자 부국 강병책인 '왕안석신법'의 제창자로도 유명한 왕안석이 말년에 재상 자리를 내놓고 세상일을 잊으며 산천 유람으로 지낼 때이다. 그는 "유세객이 찾아올까 두렵고 수레 만날 적마다 문득 놀라고 의심한다네"라고 한탄했다고 한다.

그러나 무릉도원의 시인 도연명은 "사람들 사는 곳에 집 짓고 있지만 수레의 시끄러운 소리 들리지 않네, 마음이 멀면 사는 곳이 절로 외지는 것"이라고 읊음으로써 참다운 은둔이라는 게 결국은 마음의 거리낌을 없애고 평정을 되찾는 데 있음을 강조하고 있다.

바야흐로 본격적인 피서가 시작되는 휴가철이다. 신선한 곳으로 자리를 옮겨 도시의 더위와 번잡함을 피해 활력을 재충전하자는 게 피서의 본뜻이라면, 이것이 어찌 몸뚱어리만 따로 피한다고 될 성부른 일이겠는가. 마땅히 우리의 정신마저도 서늘하게 식혀줄 책 한 권이나마 배낭 한구석에 꽂고 볼 일이 아닌가 싶다.

(경향신문, 1996년 7월 31일자)

문 안의 폭력자들
―볼프강 보르헤르트, 『문 밖에서』

사람들이 골고루 지니고 있는 유서 깊은 편견 중의 하나가 바로 '나' 라는 자신은 영원한 안쪽이고 타자들은 바깥쪽이라는 착각이 아닐까? 자기 중심적 사고에서 멀리 벗어날 수 없는 게 우리들의 엄연한 존재 방식이기 때문이다.

그러나 조금만 생각해보면 안쪽과 바깥쪽을 가르는 문이 번거롭게 많은 사회일수록 좀더 덜 양심적이고 또 닫힌 곳임을 알게 된다. 대충 풋낯을 익힐 만하면 "당신 어디 나왔어?" "어디 출신이지?" 하는 질문 앞에 알게 모르게 맞닥뜨리게 되는 이 땅의 현실 앞에 우리는 숨쉬기조차 거북하다.

요절한 독일의 천재 작가 볼프강 보르헤르트의 대표작이자 유일한 희곡인 「문 밖에서」는 문으로 상징되는 억압적이고 폭력적인 현실 앞에서 철저하게 닳아가는 인간의 운명을 그리고 있다. 그 인간의 이름은 딱히 베크만이 아니라도 좋다. 끊임없이 문 안쪽이라고 생각되는 곳으로 들어가려고 애쓰는 철수나 영희 같은 우리 주변의 평범한 갑남을녀일 수도 있다.

시베리아 전선에 징집되었다가 무릎뼈를 잃은 하사 베크만이 삼년간 사선을 넘나들면서도 귀향의 희망을 버리지 않은 것은 단지 아내에 대한 그리움 때문이었다. 하지만 막상 돌아와보니 이미 낯선 사내와 통정을 한 아내는 그를 문 밖으로 내쫓는다. 병든 육신을 이끌고 어디로 갈 것인가? 축축한 엘베 강 바닥이 그를 기다리고 있을 뿐이었다.

그러나 투신 자살은 미수에 그치고 그를 구해준 젊은 여인을 따라 그녀의 집으로 가보았지만 더 괴로운 상황이 그를 맞이한다. 실종됐다가 나타난 그 젊은 여인의 남편이란 자는 베크만이 이끈 작전으로 외다리가 된 병장 바우만이었다. 그는 책임 추궁을 당하며 두번째로 문 밖으로 쫓겨난다.

결국 베크만은 자신에게 계속 무모한 작전 명령을 내린 대령에게 항의하기 위해 찾아가지만 그는 전쟁을 잘 이용해 지금은 안락한 여유를 누리고 살면서 되레 과거에서 헤어나오지 못하는 베크만의 남루한 몰골을 야유한다. 그 뒤에도 상업적 돈벌이에만 급급한 카바레 단장한테, 가스 자살로 벌써 세상을 뜬 줄도 모르고 찾아간 부모님의 집을 차지한 크라머 부인한테도 그는 잇따라 문 밖으로 쫓겨나고 만다.

여기서 베크만이 쫓겨난 이유를 단순히 풍기가 문란해진 아내나 권력의 화신인 대령, 화폐의 물신성을 숭배하는 카바레 단장, 크라머 부인의 비인간적 행태 등에 두거나 혹은 이 모든 상황을 낳게 한 전쟁에 둘러대고 이를 비난하는 데 그친다면 일면적임을 면치 못할 듯하다.

베크만이 왕년의 부하였던 외다리 병장이 절망을 못 견뎌 자살했다는 소식을 듣고 살인자들을 규탄하던 자신의 처지가 졸지에 살인자의 처지가 된 것을 깨닫는 마지막 장면에 주목해보자.

그러니까 결국 아내가, 대령이, 그리고 카바레 단장이, 또 젊은 여인과 외다리 병장, 크라머 부인과 장의사까지 사실은 베크만 자신임을 깨닫는 일, 따라서 자신이 서 있는 자리가 춥고 배고픈 문 밖일 뿐이라고 생각해온 것은 착각이며 자신이야말로 새로운 문 안에 서 있음을 깨닫는 일이야말로 이 희곡의 참주제라 하지 않을 수 없다.

'공연할 극장도 보려는 관객도 없는 연극' 이라고 보르헤르트 스스로 부제를 붙인 이 희곡은 그러나 작가의 예상과는 달리 그가 죽은 1947년 11월 20일 다음날(21일) 초연된 다음 지금까지 이백오십여 회나 공연되었다. 전 세계적으로 극장의 문턱이 닳도록 관객들이 드나들고 있다.

(경향신문, 1996년 8월 7일자)

기억의 힘이 빚어내는 가공의 시공간

—파트릭 모디아노, 『팔월의 일요일들』

이따금씩 소설의 '소' 자에 대해 새삼스레 생각해볼 때가 있다. 굳이 대설이라 이름 붙이지 않은 것은 아마 소설이 우리의 삶이란 어떤 일사불란한 대의 명분과 명확한 의미의 사슬로 엮인 게 아니라, 사실은 덧없는 파편과 우연의 연속임을 잘 보여주는 장르이기 때문일까?

프랑스 작가 파트릭 모디아노의 소설 『팔월의 일요일들』은 그렇게 파열해버린 인간들의 희미한 삶의 자취를 가감 없이 더듬어보는 게 소설의 몫이자 잔잔한 감동의 원천임을 드러내는 작품이다.

이 소설의 표면적 모티프는 실종이다. 종적 없이 사라진다는 것, 그러나 이 소설에서 실종은 인간 관계의 돌연한 단절을 의미하는 게 아니라 과거 속으로 파묻혔거나 아직 드러나지 않은 사람 사이의 관계망들을 새롭게 들춰보고 또 반추하는 계기가 된다.

칠 년 전 파리의 한 수영장에서 만난 예술사진사 장과 젊은 여인 실비아는 사랑에 빠진다. 밀회를 즐기던 두 사람은 거액의 재산 상속자로서 불한당 노릇을 하던 남편 빌쿠르와 실비아가 심하게 다툰 날 밤 도망을 쳐 파리에서 자취를 감춘다. 그때 실비아는 남편의 패거리들이 빌쿠르의 어머니에게 팔아넘기기 전에 구경시키려고 가져온 '남십자성' 이라는 값비싼 다이아몬드를 훔쳐갖고 나온다.

지중해의 도시 니스에 스며든 두 사람에게 어느 날 닐과 퀴니라는 정체불명의 부부가 나타나 보석을 사겠다며 접근한다. 그 와중에 '남십자성' 을 목에 걸고 있던 실비아는 닐 부부와 함께 자동차에 탄 채 의문의 실종을 당하고 며칠 뒤 불에 탄 주검 두 구를 실은 차가 계곡에 추락했다는 신문기사가 나온다……

줄거리나 구성은 몹시 통속적으로 비치기까지 한다. 그러나 이 소설은 철저히 기억의 힘에 의존해 빚어졌다는 점에서 비통속적이다. 왜냐하면 기억이란 너무나 배타적이며 개인적이어서 타자의 섣부른 개입을 허용하지 않기 때문이다.

실비아를 잃고 난 뒤 니스에서 차고 관리인 노릇으로 입에 풀칠을 하는 장이 칠 년 만에 역시 빈털터리로 전락해 떠도는 빌쿠르를 우연히 만나 과거를 회상하면서 시작하는 이 작품은 이러한 기억이야말로 소설의 육체임을 끝까지 환기시킨다.

그런 기억의 덫에 걸린 장은 빌쿠르에게 "우리가 말하고 있는 대상이 같은 사람이 아니다"라고 말해버린다. 현실이야말로 가장 현실성이 없다는 작가의 의도는 장의 목소리를 빌린 다음과 같은 독백에서 절정에 이른다.

> 내 삶의 여러 가지 사건들이 점점 더 안개에 뒤덮이면서 결국 녹아버리는 것이었다. 남은 것은 오직 그 순간들, 식사하는 사람들, 큼직한 벽난로, 벽에 걸린 가짜 구아르디 그림, 그리고 나직하게 두런거리는 목소리…… 오직 그 순간들밖에 남은 것이 없다.

결국 인생의 한 찰나를 겨우 붙들고 있는 기억의 쪼가리만이 현실적이라는 것이다. 이렇게 되면 장과 실비아가 파리에서 막 도망쳐나온 직후 라 볼의 해변에 도착해 태양의 향기에 흠뻑 젖은 사람들 속에서 뒤섞여 보낸 짤막한 '팔월의 일요일들' 도 그것이 생생한 현실이었는지 한낱 굴절된 기억에 속하는 것인지 뚜렷이 분간하기 어려워진다.

왜냐하면 기억이란 사실에 대한 것이 아니고 이미 흘러가버린 어떤 막연한 느낌이나 인상에 대한 집착이어서, 장이 유일하게 행복감에 젖어 추억하는 팔월의 일요일들이란 어쩌면 가공의 시공간에 불과할지도 모른다는 생각이 책을 덮으면서 막 떠오른다.

(경향신문, 1996년 8월 14일자)

거울 삼아 뒤돌아보는 우리의 사상사

—천관우 외, 『조선 실학의 개척자 10인』

이 땅에도 과연 사상사라 불릴 만한 게 있을까? 이른바 근대 이후로 이 물음 앞에 마주 설 때만큼 우리에게 가없는 좌절감과 열패감을 끼얹어준 경우란 달리 없을 듯하다.

사상이라는 말을 입 밖에 꺼낼라치면 어느새 이데올로기라는 단순한 어휘에서 자유롭지 못하게 되거나 지레 어떤 색깔부터 떠올리는 게 아직까지 우리의 일반적 내면 풍경이다. 이런 빈약한 지적 풍토의 역사는 뜻밖에도 유구하여, 조선조 오백 년에 걸친 '중화 콤플렉스'나 일제 시대의 '현해탄 콤플렉스', 지난 연대까지의 '태평양 콤플렉스'를 거쳐 지금은 사상 유례 없는(파리가 본고장인 것처럼 보이는) '포스트모던 콤플렉스'에 시달리고 있다.

우리가 정녕 거울 삼아 뒤돌아볼 길은 없는 것인가?

『조선 실학의 개척자 10인』은 임란 이후 싹을 틔워서 조선 후기 이백여 년간 유형원, 박지원, 정약용 등에 의해 활짝 꽃을 피운 실학이야말로 우리 사상사의 녹슬지 않는 청동거울임을 보여준다.

사회 현실과 동떨어져 기득권층의 한갓진 공리공론에 빠진 주자학을 넘어서 경세치용과 이용후생의 정신을 바탕으로 우리 정치, 경제, 군사 등 각종 제도를 구명했고, 나아가 경세학(經世學), 지리, 자연과학, 농학 등 여러 방면에 걸쳐 철저한 연구와 실천을 아우름으로써 실증적 학문의 르네상스기를 텄다는 점에서 실학은 진정한 사상사의 이름에 걸맞다는 것이다.

평생 농촌에 묻혀 산 유형원은 『반계수록』에서 과감한 토지 재분배를 담은 균전법과 삼정 문란의 핵심인 균역법의 개혁 등 사회 개혁안을 내놓았다. 또한 실학의 체계를 세운 성호 이익과 다산 정약용 등은 서구의 '백과전서파'를 능가하는 넓은 식견과 명확한 고증으로 지어낸 수많은 역저를 통해 농촌을 중심으로 한 사회 각 부문의 제도적 개혁을 주창했다.

이러한 목소리에 "백성이 임금을 위해 있는 게 아니라, 임금이 백성을 위해 존재한다"는 당시로서는 엄청난 민본주의 사상이 배어 있음은 물론이다.

한편 박제가, 홍대용 등으로 대표되는 북학파(北學派)는 청나라와의 적극적 교류에 의한 상공업 진흥과 생산 기구의 발전이 피폐한 국부의 확충과 새 사회 건설의 디딤돌이라고 표명했다. 그들의 주장이 청나라의 발달한 문물을 예찬하는 데 있는 게 아니라 사농공상의 틀에 얽매인 고루한 현실을 타파하는 돌파구로 청이라는 창구를 활용하려는 강한 의욕에서 나왔음은 두말할 나위가 없다.

동서고금을 막론하고 사상사에 문장이 따르지 않을 수 없는 일이다. 『열하일기』를 통해 생기 잃은 고문(古文) 흉내투에서 허우적거리던 지식인층에 일대 충격을 준 당시의 신세대 문장가 박지원은 비록 한문이긴 했지만, 우리 민중의 현실 감각에 맞는 호쾌한 문체로 쓴

『양반전』『허생전』 등으로 사회 모순을 후련하게 통박했다.

이와 함께 우리 눈으로 우리 역사를 보려고 시도한 최초의 역사서 『동사강목』을 저술한 안정복이나, 바다와 같이 웅혼하면서도 호랑이가 뛰어오르는 듯한 우리 민족의 기상을 표현한 추사체를 개발한 김정희의 성과 역시 실사구시적 추구와 연마에서 비롯됐음을 지켜보는 일은 자못 흥미롭다.

그러나 한때 학계, 사상계를 풍미한 이 새로운 학풍은 실학파 학자들이 모두 권력 실세에서 벗어나 있어 현실적 정책으로 채택될 기회를 거의 얻지 못하고 스러질 뻔했다. 하지만 이 학풍과 정신이 구한말의 초기 개화파와 해방 뒤의 국학 연구에서 그나마 끊이지 않고 계승돼온 점을 우리가 귀하게 여긴다면 수입된 서구 지성들의 변설 앞에 그렇게 주눅까지 들어할 필요는 없지 않을까?

(경향신문, 1996년 8월 21일자)

아름다운 공동체 라다크

—헬레나 노르베리-호지, 『오래된 미래』

"새 노래부터 이틀 밭에 갈 겁니다."

정신나간 사람이 횡설수설하는 말이 아니다. 그렇다고 "새 노랫소리를 들으며 이틀 동안 밭을 갈겠다"는 말을 잘못 꺼낸 것도 아니다.

라다크 사람들은 해뜨기 전 깨어난 새들이 노래하는 아침 시간대를 가리킬 때 '치페-치리트'(새 노래)라는 말을 쓴다. 또 땅을 가는 데 걸리는 시간으로 땅을 재어 경지의 크기를 '하루' '이틀' 하는 식으로 표현한다(여기엔 경작할 수 없는 땅을 소유한다는 것은 의미가 없다는 생각이 깃들여 있다).

그렇다면 첫머리에 예를 든 문장은 헛소리거나 비문이 아니다. 우리식으로 한다면 "이른 아침부터 재 너머 오백 평짜리 밭에 일하러 가겠다"는 정확한 의사 표현일 따름이다. 이런 말에 비춰 보더라도 라다크 사람들이 얼마나 땅과 자연과 가깝게 밀착돼 호흡하며 사는지가 여실히 드러난다.

스웨덴 출신 여성학자 헬레나 노르베리-호지가 쓴 『오래된 미래 ─ 라다크로부터 배운다』는 서부 히말라야 고원에 자리잡은 황량하지만 아름다운 공동체 라다크에 대한 이십여 년에 걸친 감동 깊은 현장 보고서이다.

'고갯길이 있는 땅' 이라는 뜻의 라다크는 겨우 넉 달 간 곡식이 자랄 뿐 나머지 여덟 달은 영하 사십 도 이하의 혹한이 불어닥치는 땅이다. 그러나 그들은 파종기에는 너나없이 어울려 하루 종일 노래와 웃음 소리를 터뜨리며 야크를 몰아 밭을 간다. 일이 놀이고 놀이가 일이다.

> 오, 너희 두 마리 거대한 짐승아, 야생 야크 아들들아!
> 너희 어미는 소일지 모르나 너희들은 호랑이, 사자와 같다!……

밭갈이하는 땅에 발목을 파묻고 서서 부르는 이 노래처럼 땅과 생명체에 대한 친밀감과 외경심이 절정에 이른 경우를 과문한 탓인지 아직까지 난 알지 못한다. 파종기가 끝나면 '태양의 풀밭' 이라고 일컫는 니이말링의 '푸' 에서 야영 수준의 목축을 하며 즐긴다.

혹한이 닥치는 여덟 달 동안은 물 긷는 일을 빼면 거의 축제와 요리를 하며 이웃과 대화하고 한가로운 명상으로 보낸다. 물질적으로 풍족하진 않지만 아무도 가난하다고 느끼지 않고, 긴밀한 가족적 · 공동체적, 그리고 자연과 일치된 삶의 그물망 속에서 평화롭고 충만한 생의 기쁨을 얻는다. 그래서 그들은 묻는다.

"모든 사람이 우리처럼 행복하지 않단 말입니까?"

책 후반부에는 최근 라다크에 불기 시작한 서구식 '개발' 의 광풍을 소개하고 있다. 별을 헤며 신의 은총을 기리는 노래 속에 맨발로 걷던 길에 시멘트가 깔리고, 공해가 뭔지도 모르는 곳에 살충제와 화학비

료로 토양과 관계없이 부풀려놓은 채소를 권장하고 히말라야 산록에서 녹아 흐르는 맑은 얼음물 대신 콜라를 끼얹는다. 또 라다크의 아이들은 할머니의 삶의 지혜가 담긴 구수한 얘기 대신 라다크에 발을 들여놓은 일도 없고 일만이천 피트 고도에서 보리를 키우는 일이나 햇볕에 말린 벽돌로 집을 짓는 일에 관해 아무것도 모르는 사람들이 쓴 책으로 공부를 한다.

이게 근대화고 발전이고 진보라는 것인가! 마치 8·15 해방 때보다 소득은 백오십 배가 늘었지만 환경 파괴와 인간 소외, 범죄 증가 등으로 삶의 질은 되레 떨어진 우리처럼……

그런 관점에서 『오래된 미래』는 자신의 생존의 바탕을 무너뜨리면서 그것이 재앙이 아니라 진보라고 착각해온 과학 기술 시대의 인간들의 교만심을 아프게 지적한다. 그리고 그 대안으로 탈중심화와 적정 기술 활용 등을 내세운 '반(反)개발'의 개념을 검토하면서 "진정한 미래는 이미 오랜 옛 지혜 속에 있다"는 평범한 진리를 새삼 일깨워준다. 한 가지 아쉬운 것은 이 책을 주문 생산으로 찍어 서점에서 찾기 힘들다는 점이다.

(경향신문, 1996년 8월 27일자)

우주 소년 아톰을 아는가?
—사이토 지로, 『아톰의 철학』

70년대 초 나는 먼지만 풀풀 오르는 호주머니에 어쩌다 십원이나 이십원쯤 걸리면 (약간의 망설임 끝에) 주전부리를 하기보다는 서울 이발소 건너편 돌산만화가게로 달려갈 만큼 지독한 '미아리 만화방 키드' 였다. 한때는 피와 살로 된 사람이 아니라도 좋으니 만화 속의 아톰이 되고 싶었다. 그래서 꿈속에서조차 아톰인지 깡통로봇인지 하는 것을 따라 엉거주춤 날다 떨어져 사타구니에 오줌 방울을 찔끔거린 아이였다.

그 시절 이렇게 내 정신적 허기를 꺼주는 구실을 한 아톰이 일본의 국민적 만화가 데스카 오사무가 만든 캐릭터임을 안 것은 아주 최근의 일이다. 아톰뿐 아니라 '흰 사자 레오' 와 '사파이어 왕자' 등 낯익은 이들 역시 그의 붓끝에서 빚어진 캐릭터였다니……

일본의 아동문화 연구가 사이토 지로가 데스카 오사무의 작품 세계를 분석한 『아톰의 철학』을 읽는 일은 이렇듯 맥빠짐과 부러움의 감정을 교차시키는 데서부터 시작한다.

사십여 년 동안 십오만 장의 만화를 그려낸 데스카의 작품세계는 「굶주린 자의 블루스」「종이요새」「대부의 아들」 등에서 도드라지듯 전쟁 부정으로부터 출발한다. 허약 체질의 아이로 태어나 무자비한 폭력과 광기가 난무하는 전쟁기를 혹독하게 겪어낸 그로서는 사뭇 자연스런 일이다.

이런 반전 사상이 밑거름이 되어 인간성과 기계의 통일(「우주 소년 아톰」), 인간성과 자연의 조화(「밀림의 왕자 레오」), 남성과 여성의 양성 공유(「사파이어 왕자」)를 강조하는 초기의 독특한 휴머니즘적 색채가 형성된 듯하다.

그 이후로 펼쳐진 데즈카의 작품세계를 이해하는 중요한 열쇠는 단연코 생명에 대한 애착으로 요약됨직하다. 데스카 'SF 삼부작' 으로 일컬어지는 「로스트 월드」「메트로폴리스」「넥스트 월드」 등에서 주요한 관점은 막강한 로봇 군단의 위용이나 인간을 지배하는 컴퓨터 따위가 아니라 '착한 사람(생명 중시)과 나쁜 사람(생명 경시) 쪽이 얽히고 설키는 줄거리' 에 놓여 있을 뿐이다.

이런 생명 중심 사상은 변신 모티프를 통해 인간 내면을 탐구한 전기(傳奇) 작품들(「뱀파이어」「제삼의 눈」「도로로」)을 비롯해 실제 의학박사 학위까지 받았지만 의사의 길을 포기한 체험이 바탕에 깔린 의학만화 「블랙 잭」에서도 일관되게 나타나며, 삶과 죽음의 문제를 주제로 한 데스카 만화의 총결산 「불새」와 「붓다」에서 절정에 이른다.

이래도 데스카의 만화에 철학이 없다고 말할 수 있을까? 또 시간 죽이기용 싸구려 철학이거나 황당무계한 철학이라고 험구할 수 있을까? 그러나 한 가지, 일본 막부 시대를 밑으로부터 재해석했다는 「양지녘의 나무」나 나치즘의 광기에 휩쓸린 인간들의 운명을 그린 「아돌

프에게 고한다」는 거의 사족에 해당하거나, 피압박 민족의 경험이 없는 지식인 데스카의 심각히 훼손된 역사 의식을 드러낸 것이 아닌가 싶어 아쉽다.

일본의 이른바 사무라이 정신과 그 맥락으로서의 황군(皇軍) 의식으로 말미암아 심대한 고통을 당한 우리로서는 단지 정의감과 열정이 넘치고 임무에 성실한 개화기의 일본 젊은이들을 등장시키거나, 일본 스스로의 전범 행위가 아니라 머나먼 나치즘을 도마 위에 올림으로써 반전주의와 휴머니즘을 얘기하려는 작가의 의도가 왠지 한가롭다는 느낌이 들 수밖에 없다.

(『출판저널』 1996년 9월 20일자)

70년대 민중의 마지막 꿈

—황석영, 「돼지꿈」

1970년에 발표된 황석영의 소설 「돼지꿈」에는 이상하게도 뜻밖의 재물을 얻을 횡재수로 풀이되는 길몽인 돼지꿈이 묘사되거나 거론되는 대목이 한 군데도 없다. 오히려 돼지가 나와야 할 자리를 살집이 좋은 개가 대신 나와서 줄기차게 차지하고 있어 인상적이다.

고물장수 강씨가 차에 치여 죽은 송아지만한 셰퍼드를 횡재해서 리어카의 엿목판 아래 집어넣고 가뿐한 발걸음으로 돌아오는 데서부터 이 소설은 시작한다. 길에서 만난 재건대 왕초와 나이 든 양아치에게 강씨가 "어이 뭐 좀 잡았나?" 하고 묻자 "잡기는 젠장…… 아씨 가운뎃다리나 잡으까" 하는 농지거리가 돌아온다.

작품 속에 시종일관하는 이런 말투는 교양 없음이나 모독도 아니고, 더군다나 외설과는 거리가 더욱 멀었다. 그것은 산업 드라이브 정책으로 인해 도시 변두리로 내몰린 밑바닥 인생들이 일용할 양식에 대한 간절한 그리움과 고단한 노동에 대한 회한을 다독거리려는 너스레에 다름아니기 때문이었다.

어느 대학의 기본 열람실 개가식 서가에서 이 책을 뽑아 읽는 순간 한 미아리 산동네 출신의 문청은 이렇게 탄성을 베물지 않을 수 없었다. 아, 이렇게 후줄근한 사람의 땀냄새와 구린내 나는 듯한 목소리 그리고 숨기고 싶은 속내들이 모여 감히 소설을 이루는구나! 그 순간 소설은 형이상학의 권좌에서 내 어깨 위로 내려와 소년기에 묻어둔 산동네의 기억을 흔들어 깨우는 손길로 변했다. 아마 이 소설이 아니었다면 난 끝내 글쓰기의 길로 나서지 못했을지도 모른다.

「돼지꿈」이 첫머리에서 묘사하고 있는 "벌거숭이 붉은 언덕"과 "언덕 아래로 빈터의 곳곳에 간이 주택과 낮은 움막집"이 웅크리고 있던 동네가 바로 내가 뛰놀던 산동네의 한 자락이었다. 그 산자락 허름한 블록집과 낮은 움막집에서 만난 날품팔이들과 성격이 드센 여인네들, 양아치 형들의 모습과 그 말투들이 바로 이 작품 속에 고스란히 등장한다.

그런 동네일수록 개를 '꼬실리는' 날이야말로 얼굴에 버짐꽃이 필 정도로 소증(素症)에 시달리는 이들에게는 단백질을 보충할 최대의 호기였다. 그 잔치판을 위하여 눈앞의 시름을 잠시 덮고 또 그 와중에서 망가진 삶을 부축할 기운을 다시 여퉈내는 게 이 소설의 진정한 미학이었다. 그전까지만 해도 속으로 울분을 삭이다 스러져가는 식물성 민중만이 드문드문 등장하던 우리 문학에서 화톳불에 패거리로 둘러앉아 기름기가 자글자글 흐르는 육질을 씹으며 뭔가 일을 낼 것 같은 동물성 활력이 넘치는 본격 민중문학의 단초를 이 작품이 호기롭게 열어젖히는 모티프를 여기서 찾게 된다.

그 한여름 밤의 잔치판이 주는 묘한 활력이 있기에 내년으로 철거가 연기됐다는 근거 없는 풍문을 동네 사람들은 쉽게 믿고 개고기를 둘러싸고 앉아 막걸리를 퍼먹고, 고물장수 강씨의 처도 일숫돈을 챙겨 달아났다가 씨도 모르는 애를 배가지고 돌아온 전남편의 딸 미순이를 받아들여 선뜻 재건대 왕초한테 내준다. 게다가 강씨 처는 때마침 공장의 전기톱에 손가락이 날아간 아들 근호가 속아서 합의 도장을 찍고 받아온 것인 줄도 모르고 삼만원을 받아들자 딸의 예를 치를 수 있다는 기쁨에 휩싸여 어쩔 줄 모른다.

이 미칠 것 같은 운수 좋음과 부푼 꿈이 사실은 돼지꿈이 아니라 개꿈이라는 것, 이것이 바로 당시 밑바닥 인생들이 꾸었던 돼지꿈의 참모습이었다. 하지만 돼지꿈은 바로 누추한 현실 속에서 살아남기 위해 70년대 민중이 마지막으로 붙들고 있던 보루였다. 작가는 그 사실을 누구보다 잘 알고 있었지만 결국 아무한테도 돼지꿈을 화끈하게 꾸도록 배려해주지 않았다. 그건 개꿈보다 더 나쁜 가짜이니까. 이런 작가의 투철한 시선과 현실 사이의 긴장이야말로 70년대를 풍미한 황석영의 리얼리즘에 어거지가 없었음을 증명하는 것이었다.

(한국일보, 1997년 1월 6일자)

동화 뒤집기, 혹은 낯선 동화 이야기

—제임스 핀 가너, 『정치적으로 올바른 홀리데이 스토리』

많은 사람들이 혹 이렇게 생각할지도 모른다. 동화라는 건 결말이 뻔하거나 황당한 내용 일색이어서 현실(어른의 세계)로 돌아오는 즉시 머릿속에서 증발해버리는 세계라고. 과연 그러할까?

한 예를 들어 가장 고전적인 동화 속의 인물 산타클로스를 우리들이 알고 있는 꿈과 희망의 전도사에서 갑자기 주거 침입자, 동물의 노동 착취자, 소비 지향적이고 파괴적인 장난감의 보급자로 전락시켜 비판한다면 남녀노소 할 것 없이 우리의 당혹감은 얼마나 클 것인가. 그 당혹감에서 보듯 우리가 '백지상태'의 어린 영혼이었을 때 일단 받아들인 동화적 이미지란 개인적이든 사회적이든 대단히 집요하고 오래 간다는 사실을 새삼 깨달을 수 있다.

『정치적으로 올바른 홀리데이 스토리』는 그렇게 광범위하고도 단단하게 굳어져온 동화 속의 등장인물(혹은 의인화된 대상)들과 내용을 뒤집고 낯설게 함으로써 우리 주변의 당면 문제와 현상들을 돌아보게 한다. 주거 침입자 산타클로스뿐 아니라 근로 조건을 개선하고자 노동운동가로 변신한 루돌프, 호두까기 인형의 초대를 거절하며 페미니스트의 목소리를 내는 클라라, 유령 관료의 무능을 되레 비웃는 스크루지의 이야기에 이르면 작가가 기존의 동화를 얼마나 신랄하고 기발하게 뒤집는가 알게 된다. 그러나 뒤집는 데에만 그쳤다면 이 책은 그저 제법 읽을 만한 재담(才談)거리에 불과했을 것이다.

돌이켜보건대 사슴 썰매를 타고 굴뚝을 통해 산타클로스가 선물을 가득 갖다 주리라고 믿는 아이가 아직 있을 것인가? 그건 누구나 알고 있는 거짓말이다. 하지만 '그럼에도 불구하고' 성탄 전야에 부모한테 미심쩍은 질문을 던지고 예상된 답을 듣고, 또 푸근한 꿈에 대한 기대를 걸어보는 게 또한 동화의 본질이기도 하다. 그 뻔하고 황당한 동화가 없으면 어린 나그네들은 막막한 어른의 강을 건널 수 없기 때문이다.

작가가 이 점을 도통 모르는 것 같지는 않다. 그가 뒤집어 보이는 이야기 자체도 황당하기는 원래 동화와 하등 다르지 않기 때문이다. 그렇다면 그가 뒤집고 공격하려는 것은 동화 자체가 아니라 바로 제도에 길들여진 우리의 사고방식이라고 봐야 할 듯하다. 즉 각질화된 우리의 사고방식을 통렬히 까발리는 수단으로 동화의 내용을 패러디한 것으로 보는 게 온당하다.

이는 그가 머리글에서 밝힌 대로 "백인-남성-파워 엘리트 중심의 편견"에 도전하는 일이며, 노동 운동, 환경 운동, 기업의 맹목적 이윤 추구, 페미니즘, 관료주의 등의 사회 문제 등에 대해 "여러분의 가족이나 가정, 그 밖의 사회적 또는 비사회적 집단의 구성원과 이야기를 나누는 것"을 바라는 정치적인 동기에서 출발하고 있다. 이러한 사회적 목적과 자유로운 상상력이 합쳐지자 비로소 이 책은 한갓진 재담거리에서 당당히 벗어날 수 있었다.

그러한 의미에서 이 책은 “문화는 격렬한 계급 투쟁의 장”이라는 프랑스 사회학자 부르디외의 말을 떠올리게 한다. 현실과 동떨어진 듯이 보이는 동화 역시 사회 갈등과 지배 전략 및 저항이 에누리없이 펼쳐지는 엄혹한 정치적 밀림이라는 것을 잘 보여주기 때문이다.

덧붙이자면 이 책을 읽는 동안 나는 내 머릿속에 물든 ‘정치’라는 이미지가 얼마나 퍼석퍼석한가를 절감했다. 정치 하면 여의도, 날치기, 불끈 쥔 주먹, 발가벗은 권력, 공안 기관 등으로 점철된 이 원생(原生)적 옹색함을 넘어서 이 책은 정치적이라는 말이 얼마나 함의가 풍부하고 또 활달한 상상력의 원천인지를 아낌없이 가르쳐주었다.

(『새책소식』 1997년 1월 10일자)

사회적 통념에 도전하는 제2의 사춘기
—짐 콘웨이, 『흔들리는 중년기』

한때 '당신의 자녀가 흔들리고 있다'는 말 한마디에 많은 부모들이 혼비백산해서 책방으로 몰려가 그 책을 집어들었다. 그 바람에 낙양의 종잇값이 치솟는 현상을 낳았는데 정작 자녀보다도 스스로가 흔들리고 있음을 눈치챈 어른들이 많지는 않았던 듯하다.

그럴 수밖에 없는 게, 우리 사회의 고정관념상 중년이라면 철사 같은 신경을 지닌 사람들로 치부되어온 전통이 강하기 때문이다. 남자, 특히 중년의 남자는 강해야 하며 절대로 눈물을 보여서는 안 된다! 설령 문제가 있어도 혼자서 해결해야지 다른 사람에게 드러내서는 안 된다!는 철칙이 그 동안 우리의 관념을 지배해왔다 해도 과언이 아니다.

그러나 『흔들리는 중년기』는 그런 사회적 통념에 도전한다. 중년기가 비교적 안정적이고 변화가 심하지 않은 시기라는 이해 방식이야말로 유서 깊은 편견임을 지적한다. 중년기란 일과 결혼생활이라는 가장 중요한 두 영역에서 재평가를 받는 시기이므로 그 과정에서 심리적으로 많은 갈등과 정체성의 혼돈을 경험하게 되며, 따라서 청소년기처럼 요란하지는 않지만 조용하면서도 뜨겁게 자신의 삶을 되돌아보게 되는 제2의 사춘기로 봐야 한다는 것이다.

이 책은 우선 이런 중년의 위기를 빚어내는 진원지가 우리 사회의 특성에 있다고 보고 이렇게 분석한다.

> 정력적이고 성공 지향적이고 미래 지향적인 가치를 선호하는 산업 사회일수록 젊음과 실용주의와 생산성을 높게 평가한다. 따라서 의식적이든 무의식적이든 중년과 노인에게는 모욕을 준다.

최근 우리 사회를 강타한 명예 퇴직과 실업 바람으로 거리로 밀려났거나 그럴 위기에 부닥친 중년의 아버지들이 집단적인 심리상 장애를 겪는 사태를 바라볼 때 이런 진단은 커다란 설득력을 지닌다. 목회와 상담을 겸하고 있는 목사이기도 한 저자는 이 책을 통해 우울, 외로움, 성생활, 음주, 외도에의 유혹 등 자신이 겪은 중년의 심리적 혼란과 위기를 진솔하게 드러내면서 그 위기를 해결해나가는 과정, 그리고 그 과정에서 얻은 유용한 교훈들을 자세하면서도 쉽게 풀어썼다.

예를 들어 위태로운 중년의 위치를 지키기 위해 뒤돌아서서 눈물을 흘리는 많은 남자들에게 『흔들리는 중년기』는 '일찍 일에서 은퇴하는 즐거움'을 놓치지 말 것을 권한다. 승진을 미끼로 삼은 과중한 업무의 악순환의 끝은 결국 해고일 뿐이다. 그런 악순환의 고리를 먼저 끊지 않으면 타의에 의해 인생에서 은퇴당하며, 되레 잘 준비된 은퇴는 새로운 인생의 장을 열어준다는 것이다.

남성이 위기이면 여성도 위기이다. 남성들보다 뒤처지는 사회 활동과 자기 개발 기회의 부족, 자녀들이 성장해 곁을 떠나고 없는 '빈 둥지'를 지키는 적막감 때문에 여자가 겪는 중년의 위기는 남자보다 훨씬 심각할 수 있다. 하지만 때때로 이런 위기의 시기에 부인이 지도력의 공백을 세심하게 메우고 남편과 가정을 주도적으로 이끌게 되면 부부 모두에게 위기를 타개할 돌파구를 마련할 수 있으며 전보다 더 안정된 부부 관계를 수립할 기회도 되는 셈이라고 밝혀놓은 대목은 이 책의 온당한 균형 감각에 해당한다.

예부터 우리는 마흔 살이 넘으면 불혹(不惑, 어떤 유혹에도 홀리거나 헷갈리지 않음)이라 했고 쉰 살을 가리켜 지천명(知天命, 세상 돌아가는 물리를 환히 꿰뚫음)이라고 했다. 가히 요지부동의 철인이 바로 우리가 기려온 중년의 모습이었다면, 앞으로는 흔들리는 중년의 위기를 자연스레 받아들이면서 홀가분하게 주위로부터 도움을 청하는 이야말로 현명한 중년의 남자로 대하는 인식의 전환이 이루어질 듯하다.

(『새책소식』 1997년 1월 25일자)

소설의 파국, 파국의 소설
—하창수, 『원룸』

우리에게 방이란 한낱 집에 딸린 부속물이지 않았을까. 방을 여럿 거느린 집은 가부장의 문패 아래 그의 권위를 앞세워 각 방에 거처하는 이들을 통제하는 일종의 음험한 제도일 수도 있었다. 따라서 자유에의 모험을 감행하려는 세대는 진정 독립된 방을 쟁취하기 위해 몸부림치지 않을 수 없었다. 그것은 금기를 깨는 일이긴 했지만 거스를 수 없는 운명에 해당하는 일이기도 했다.

이 책은 그 운명의 거미줄에 부나비처럼 걸려든 젊은 남녀 두 명이 북한강의 푸른 물줄기가 내려다보이는 '원룸 오피스텔'에서 505호 여자, 506호 남자로 만나 자멸해가는 이야기다. 사랑의 자멸파에 대한 계보는 이미 우리에게 낯설지 않다. 왜냐하면 사랑의 속성 중 하나가 바로 현실 초월적 본능이고 그것의 끝은, 아니 절정은 바로 파멸이기 때문이다.

이야기의 줄거리는 간단하다. 여자는 '한 돈 많고 멋있게 생긴 중년 남자'의 정부(情婦)가 되는 조건으로, 그리고 남자는 '한 돈 많고 시간 많은 여자'의 정부(情夫)가 되어준 덕택에 겨우 자신들의 원룸을 얻을 수 있었다. 그들은 처음부터 상대방의 직업이 뭔지 알고 있었다. 원룸의 대가로 한 달에 두어 번씩 들르는 섹스 파트너에게 섹스를 제공하는 일이 바로 그것.

그러나 그 수동적 쾌락은 공포를 낳는다. 난생 처음으로 갖게 된 자기만의 방, 세상 모두를 껴안을 수 있는 진정한 사랑을 꿈꾸는 둥지가 될 듯했던 그 방이 실제로는 아가리를 딱 벌리고 있는 욕망의 블랙홀이자 정신적 허기를 도지게 하는 텅 빈 위장이라는 사실을 깨닫는 순간 그들은 공포를 느낀다. 아이러니컬하게도 그 공포를 잊는 방법은 가속도가 붙은 섹스를 되풀이하는 것밖에 달리 없다. 그래서 서로가 문을 두드리는 방이 바로 그들의 육체에 다름아니고 육체는 또하나의 방이 된다. 서로 그 방에서 합쳐지고 머물고 잠을 잘 때만 공포는 잊혀진다.

이러한 사랑에 대한 공포, 세상에 대한 공포 때문에 그들은 어디론가를 향해 질주한다. 그 질주는 시인 이상의 상상력을 빌리자면 「오감도」에 나오는 '아해'들의 공포에 찬 모습을 연상시킨다.

> ……제1의 아해가 무섭다고 그리오. 제2의 아해도 무섭다고 그리오. …… 제13의 아해도 무섭다고 그리오……

그러나 이들의 공포는 사실 작가 자신의 공포가 아닐까 하는 짙은 혐의를 낳는다. 작가는 "사랑은 죽음과 같다. 죽음처럼 두렵고, 두려운 만큼 그 쾌락은 깊고 절절하다. 목숨을 걸고 사랑한다는 말이 가능한 이유도 여기에 있다"고 말하고 있다. 하지만 사랑조차도 길고 쓰디쓴 노동 끝에 비로소 맺히는 것임을 모르는 이가 그렇게도 많을까?

'목숨을 거는' 맹목(盲目)적이고 절망적인 몸짓이란 공포에 대한 즉흥적 반응이거나 단순한 현실 인식에 기반하고 있을 수 있음을 우리는 종종 목격해왔다.

뒤늦게 두 남녀가 원룸을 버리고 누추한 아파트의 방을 함께 쓰게 되면서 "남 앞에 가랑이를 벌려서" 돈을 버는 게 아니라, "남들처럼 이마에 땀을 흘리며 하루를 열심히 일하고 정당하게 그 대가를 받아" 살아갈 때 그들이 진정으로 원한 사랑이 이뤄질 수 있다는 희미한 깨달음을 얻는 파국적 결말은 소설의 파국하고도 일치하고 있다. 시인으로 갓 등단한 여자가 또다시 일 년간의 원룸 체험을 소설책으로 엮으면서 자기 정체성을 찾고 옛 남자의 청혼을 받는 장면은 그 파국의 극치로 읽힌다.

(『새책소식』 1997년 2월 25일자)

한때의 귀여운 악마들
—J. M. 데 바스콘셀로스, 『나의 라임오렌지나무』

'낡은 껍질을 깨는 아픔이 없으면 참된 성장을 이룰 수 없다'는 말이 있습니다. 무슨 뜻일까요? 새롭고 성숙한 세계로 한 걸음 더 나아가기 위해선 지금까지 우리가 고수해온 생각이나 행동, 인간 관계 등을 한 번쯤 버리고 부정해봐야 한다는 얘기겠지요.

세월이 흘러 우리의 몸피가 불어나고 키가 자랐다고 해서 그것만으로 성장을 했노라 할 수 없기 때문입니다. 그런 육체적 성장에 걸맞은 정신적 성숙이 뒤따라야 명실공히 참되고 균형 잡힌 성장을 한 게 아닐까요? 그러면 여태껏 우리를 둘러싸온 껍질에 대해서 생각해봅시다.

그건 너무나 견고해서 그 안에 안주하려 들면 더할 나위 없이 편할 테지만, 쉼 없는 새로움과 성장을 좇는 사람한테는 너무나 거추장스럽고 답답할 뿐입니다. 하지만 이미 단단해져 있는 껍질을 깨자면 아마 어지간한 고통이 아니고는 불가능할 겁니다.

여리디여린 생살이 쓰라린 생채기투성이가 될 것은 불을 보듯 자명한 일입니다. 하지만 웅덩이에 고인 물이 쉬이 썩어버리듯 껍질 속에 머무른다는 것은 성장의 멈춤 곧 죽음을 의미합니다. 어떻게 해서든 부수고 나가야 우리는 애벌레가 나비가 되듯 자유스러움과 삶의 보람을 제대로 느끼게 될 겁니다.

이때 우리는 『나의 라임오렌지나무』에 나오는 감수성이 뛰어난 소년 주인공 '제제'를 통해 어떻게 애벌레가 상처를 이기고 각질을 벗으며 또 한 마리 나비가 되는가 하는 과정을 감명 깊게 지켜볼 수 있어 다행입니다. 도대체 제제가 집 안에서 어떻게 불리는지 압니까? '개자식' '말썽꾸러기' '억센 털 달린 러시아 고양이'가 그의 별명입니다. 어떤 꼬마인지 충분히 알고도 남음이 있겠지요. 제제 자신도 그런 자신을 잘 알고 인정하고 있습니다.

어느 크리스마스날 제제는 형인 또또까한테서 "너는 악질은 아냐. 문제는 네 피 속에 악마가 들어 있다는 거야"라는 말을 듣고 "일생에 딱 한 번이라도 예전의 악마 소년 대신 착한 아기 예수가 태어났으면 해" 하는 염원을 해보기도 합니다.

물론 제제의 악마성은 해악적이거나 혐오스러운 것과는 거리가 먼 '귀여운' 악마성이라고 불러야 마땅합니다. 크리스마스날 선물 하나 변변히 해주지 못하는 가난뱅이 아빠를 원망하다가도 국경일에 구두통을 메고 아르바이트를 하여 아빠에게 드릴 담배를 삽니다. 또 아이들이 얼굴이 못난 사팔뜨기 세실리아 선생님을 꺼려해 그녀의 책상 꽃병이 항상 비어 있는 것을 안쓰러워해 꽃을 구해 꽂아드려 감격의 눈물을 흘리게 하는 그이기 때문입니다.

제제의 이런 '황금의 마음씨'는 '타의 모범이 되려는' 선행에서 비롯된 게 아니라 한편으로 악마성을 향한 유혹(구두를 닦고 집으로 돌아오는 길에 여자 스타킹을 훔치고, 세실리아 선생님한테 드린 꽃은 어느 부잣집에서 새벽에 훔친 것이다)과의 아슬아슬한 줄다리기 끝에 형성된 것이어서 더욱 실감나는 것이라고 생각합니다. 돌이켜보건대 나라는 '꼬마' 역시 제제 못지않게 얼마나 악마적이었을까요?

내 어린 시절만 해도 집집마다 수도가 없었기 때문에 공동 수도에서 물값을 치르고 물지게에 초롱을 달고 지어 날라야 했습니다. 그런 일은 주로 집안 여자들의 힘겨운 노동이었던 겁니다. 그런데 허약한 몸으로 물지게를 져야 했던 두 집 건너 누나의 발 밑에 조그마한 함정을 파놓고 넘어지게 해서 길가에 물을 흠뻑 쏟게 하기도 했지요. 또 여러 집이 함께 쓰는 공동 화장실 뒤에서 종이 뭉치나 지푸라기 뭉친 것 따위를 집어던져 '볼일'에 열중하던 사람(특히 내 또래나 바로 위의 누나들)을 놀라게 했습니다.

게다가 노래를 부르며 악보를 파는 아리오발도 씨를 좇아다니기 위해 화요일이면 학교를 빼먹는 제제처럼 학교에 가기 싫어 땡땡이를 치면서 시장통 골목길이나 돌산 등지를 쏘다니다 들켜 학교에서 벌을 서고 집에서도 오달지게 얻어터진 적이 몇 번 있었답니다.

그 정도는 약과지요. 초등학교 삼사학년 시절 어른들이나 보는 야한 '성인만화'를 한두 권도 아니고 백 권도 더 넘게 탐독했던 일이 떠오릅니다. 내가 어린 시절을 보낸 미아리라는 곳은 가난한 산동네였거든요. 그래서 동네에는 약간 불량한 '끼'가 있는 형들(사람들은 그 형들을 양아치라고 불렀지만 나한테는 전혀 해롭지가 않았다)이 수두룩했고 그들과 어울리다보면 그런 만화를 얼마든지 몰래 숨어서 볼 자리가 있었습니다.

그렇다고 내가 어릴 때 구제 불능으로 타락했다고는 생각지 마세요. 나는 그런 것조차도 내가 철이 들어 어른이 되려면 꼭 거쳐가야 하는 길목이라고 믿었습니다. 말하자면 내 마음속에 있는 악마성을 숨기는 게 아니라 겉으로 드러내어 햇볕을 쪼이고 소독을 하는 과정에 다름아니었습니다.

그런 깨달음을 내게 감동적 이야기로 다시 확인시켜준 책이 바로 이 『나의 라임오렌지나무』였으며 주인공 제제였던 겁니다. 고지식한 '순진함' 만으로는 크게 성장할 수 없으며 되레 자기 자신 속에 깃들인 악마성을 똑바로 꿰뚫어보고 치열한 승부를 걸어 이기는 데서 더 큰 성장을 얻을 수 있다는 깨달음이지요.

그러고 났을 때 비로소 여러분도 제제가 다음과 같이 했던 말이야말로 한낱 허튼소리가 아니라 갈수록 메말라가는 우리들 삶에서 사랑의 문제를 그 어떤 철학적 명제보다 더 깊이 꿰뚫고 있다는 점을 인정할 수 있을 겁니다.

> 사람을 죽인다고 꼭 벅 존스의 권총을 빌려 빵 쏘아 죽이는 게 아네요. 그게 아니란 말예요. 제 생각 속에서 죽이는 거예요. 사랑하기를 그만두는 거죠. 그렇게 되면 언젠가 완전히 죽게 되는 거예요.

그래서 마음속으로 양심의 대화를 하며 슈르르카라고 이름까지 붙여 우정을 나누었던 뒤뜰의 조그만 라임오렌지나무가 어느덧 어른나무가 되어 꽃을 피우고 열매를 맺을 때가 닥쳐와 현실 속의 오렌지나무가 됐을 때, 동심 속의 세계와 작별하는 아픔을 느끼며 제제가 흘린 눈물의 의미를 우리는 새삼 눈치챌지도 모릅니다. 지난날 한때 귀여운 악마들이었던 우리에게 철이 든다는 것의 의미를……

(『봄봄주니어』 1997년 3월호)

4부 인물글

무기질 청년의 시장기 문학
―중견 작가 김원우씨

한 작가를 안다는 것은 결국 그 작가의 작품을 제대로 읽어내는 일에 다름아닐 것이다. 꼼꼼한 독자라면, 그리고 진을 빼는 작가라면 작품을 매개로 그들이 주고받는 교신에 터럭만큼의 오해나 허황됨이 있어선 안 된다. 독자와 작가의 이런 행복한 만남을 어울러주는 작품이야말로 고전으로 갈 가능성이 큰 것이며 작가를 대가로 이끄는 것이기도 하다.

그러나 우린 불행하게도 이렇듯 푸근한 시대에 살고 있진 못하다. 미덥잖음, 속단, 얼치기 편견, 딜레탕티슴 등과 같은 걸림돌이 늘편히 깔린 마당에서 독자와 작가는 서먹서먹한 표정으로 맞서야 한다. 왜 그런가 하는 물음은 여기서 당장 다룰 만한 성질의 것이 아니다. 다만 앞으로도 그 두 사람의 틈새가 지금보다 더 좁혀지리란 전망을 선뜻 내세우긴 어려울 것이란 점만 지적해두자.

아, 그래서 우리는 이렇게 작품 밖으로까지 뛰쳐나와 작가를 찾게 되는가보다. 그렇게 해서라도 그들과 한 발짝이라도 더 가까이 당겨 두지 않으면 허전한 그런 눈물겨운 시대인가보다. 물론 그가 펜대를 굴리는 작가실이나 빈집 또는 밥줄을 매단 일터를 쫓아가본들, 그래서 그의 까칠한 입술에서 새나오는 생각이나 얘기, 기억들을 주섬주섬 추린다 한들 그게 무슨 소용에 닿을쏜가. 그가 작가라는 허울을 여전히 뒤집어쓰고 있고, 그리고 우리가 독자라는 익명에 웅크리고 있는 한. '작가를 찾아서' 란 제목 아래 씌어진 글은 모두 이런 한계가 있을 것이다. 하지만 우리는 '작가를 찾아서' 를 감행할 수밖에 없다. 왜냐하면 그것은 새로운 길트기의 시작이기 때문이다.

김원우를 찾아가는 길목에는 일곱 개의 관문이 있었다. 다섯 권의 소설집과 두 권의 장편소설이 그것이다. 그 관문을 어정쩡하게 열고 닫은 뒤에야 그의 집필실 문고리를 잡았다. 그의 집필실이 강남의 뿌연 신시가지가 내려다보이는 사층 건물 옥상에 자리잡고 있다는 사실을 알 만한 사람은 다 안다. 반은 판유리로 나머지 반은 벽돌로 지은 가건물이다.

'옥상옥(屋上屋).'

옥상은 인간이 밀어올린 욕망의 계단이 끝나는 곳이며 그 지붕 아래 칸칸이 꿈틀대는 욕망의 율동이 새벽녘에 찬서리를 맞는 곳이기도 하다.

> 기다림에 지친 사람들은
> 산으로 갔어요.
> 그리움은 회올려
> 하늘에 불붙도록.
>
> —신동엽, 「진달래 산천」 중에서

기다림, 그리움 이런 게 많은 사람들은 가끔씩 높은 데로 가는 모양이다. 그는 문 두드리는 소리를 못 듣고 내가 문짝을 열어젖히자 비로소 책상 앞에 파묻었던 고개를 돌리며 뿔테안경 너머로 긴가민가하는 눈길을 던졌다. 김원우 책을 한두 권쯤 사본 사람은 표지 다음 장에 박힌 작가의 흑백사진에서 십 초 정도는 눈을 떼기 어려운 경험이 있었을 것이다. 몇 마디 말로는 이루 꾸며대기 어려운 강렬한 느낌 끝에 그는 쉽사리 부접 못 할 위인으로 다가온다(『짐승의 시간』을 들춰보라?). 그러나 그 흑백사진은 인물 전문 사진작가 강운구씨와 김원우씨의 합작품일 뿐이다. 그는 자신의 표현에 따르면 "돈도 되지 않을 일"로 시달림을 주려고 찾아온 이에게 일부러 전기 난로를 켜고 녹차 달인 물을 한 컵씩이나 따라주며 먼저 입을 뗄 줄 아는 사람이다.

책상 위에는 사백자 원고지가 파지 하나 없이 정갈한 매무새로 앉아 있다. 오전에 이미 대구매일신문에 사 년째 연재중인 「우국의 바다」의 하루치 원고 여섯 장을 마무리하고 지금은 자신의 특집에 실릴 신작 원고를 메운다고 했다. 그는 책상 오른쪽에 쌓아둔 「우국의 바다」 신문 연재물 스크랩 더미를 무슨 징그런 짐승처럼 흘끗 쳐다보더니 심호흡을 한 번 들썩거렸다.

"「미궁뒤지기」에도 나오지만, 고영근이라고, 구한말 민비 시해 사건의 일본측 하수인인 우범선을 찌른 눈썰미 있는 자객 이야기입니다. 올 사월께는 끝을 낼까 합니다. 원고지로 모두 팔천오백 장 정도 되는데 단행본으로 묶을 땐 이천오백 장 정도는 걷어내고 세 권짜리로 내야지요(이때 그는 채식주의자가 고깃국 위에 둥둥 뜬 기름기를 걷어내는 듯한 느끼한 표정을 내비쳤다)."

대하소설류를 독립적인 문학 장르로 인정하지 않기에 기왕에 해버린 이야기까지 전지(剪枝)하겠단들 그를 '축소 지향적 인물'로 몰아

붙일 순 없다. 우리는 암만해도 그런 제살깎이를 안 해본 사람들이잖은가.

나는 고개를 주억거리며 책상 윗벽에 걸린 괘종시계를 바라보았다. 시침과 분침이 대략 열시 사십분을 가리킨 채 요지부동으로 죽은 시계였다. 그 시침과 분침이 이루는 예각의 크기는 우연하게도 김원우의 첫 장편소설 『짐승의 시간』 겉장에 눌어붙은 '휘어진 시곗바늘'의 각도와 몹시 비슷했다. 거기서는 시침과 분침이 바뀌어 얼추 여섯시 오십분쯤을 가리키고 있었지만. 그것을 흐르는 시간을 자신의 글쓰기 행위가 절정에 오르는 그 시각에 붙들어매고자 한 김원우 욕망의 흔적으로 보고 싶다면 나의 지나친 감상일까. 그가 숙성·발효시킨 얘기를 풀어내는 때가 바로 오전중이다. 이 점에서도 그가 평소 위대한 산문 정신의 구현자로 기려 마지않는 토마스 만의 그림자를 엿볼 수 있다. 철저한 규칙성과 자기 관리로 이름 떨친 토마스 만은 어떤 일이 있어도 오전 세 시간만큼은 넥타이를 시퍼렇게 맨 자세로 책상 앞을 지켰다고 한다.

곧바로 나는 그의 책상 위에서 그의 미시적(微視的) 문학을 증명해줄 움직일 수 없는 물증을 잡았다. 바로 그의 초고였다.

"무슨 먼지 알갱이 쏟아논 듯하죠?"

나는 작고 가느다란 실거머리떼가 꼬불탕거리며 푸른 자국을 내고 지나간 자취를 해독해보려고 눈살에 힘을 주었지만 허사였다. 고대 로제타석인가 하고 속으로 '씨월거리고' 말았다. 본인은 자신의 문학 앞에 미시적이란 딱지를 붙이는 데 동의하지 않을지도 모른다. 미시적이란 말이 그 동안 '좀스럽다' '전망이 없다'는 비난의 둔사(遁辭)로 많이 채용돼온 것도 사실이지만 말 그대로 — 사회 현상을 개별적으로 포착하여 미세하게 분석하는 태도 — 풀어보면 음미할 부분이 없진 않을 것이다.

그는 글쓰기조차도 일련의 체험으로 이해한다. 그가 탁월한 상상력을 별로 믿지 않는다고 흘린 말이 떠올라 슬쩍 물어봤더니,

"상상력이 필요없다는 얘기는 결코 아니었을 겁니다. 보다시피 이 조그만 건물 옥상에 갇혀서 꿍얼대는 사람이 무슨 경험과 체험을 크게 하겠어요? 그저 상상력으로다 버무리는 거지."

하면서 일반적으로 작가가 빠지기 쉬운, 자신의 현실 기록만이 보편성과 객관성을 얻고 있다는 '납작한 환상'의 맹점과 관련된 것 아니겠냐고 한다. 김원우 소설관의 일단을 보여주는 대목이다. 좀더 거들자면 『짐승의 시간』 후기에서 그가 다음과 같이 실토한 말들.

> 소설이란 천부적으로 어떤 명징성을(사건이나 인물이나 사물에 대한 작가의 인식 말이다) 드러내야만 하는 장르일 터인데, 언어의 애매성 또는 무의미성, 나아가서 무류성(無謬性)에 다다를 수 없는 근본적인 한계 같은 것을 이번 기회에 체득한 것은 뜻밖의 소득이었다. 뿐만 아니라 나의 능력, 상상력, 체력의 벽을 속속들이 간파할 수 있었던 것도 유익한 체험이었다(강조는 인용자). (……) 소설이란 어느 개인의 독창적인 산물이 아니라 한 시대의 소산물임을 확인시켜주었다.

중산층 소설론을 비켜가서는 김원우 소설의 본령에 착륙할 수 없다. 그에 대해서 또는 그의 소설에 대해 언급한 모든 평자들은 긍정적이든 부정적이든 빠짐없이 이 중산층 소설론 위에 말뚝을 박고 약간 색다른 경계선을 그었다. 그도 이런 지적에 별다른 이의를 달지 않았다.

"많은 비평가들이 중산층 소설이라고 평가하고 있습니다. 그리 달갑잖은 평인 듯도 합니다만……"

"달갑지 않기는 뭐…… 일견 맞긴 맞는 소린데…… 그런데 내가 보기엔 이래요. 소설의 근본 주제랄까 하는 게 있다면 그게 뭐겠습니까? '욕망과 갈등의 변증법' 이 핵심 아녜요? 그렇다면 소설 이론적으로나 창작에 있어서나 이 중간층 인물이나 상황 설정이 가장 다양하고 복합적인 데가 있기 때문에 딱 들어맞는 겁니다. 사회를 피라미드 구조로 파악해본다면 위는 얼마 되지도 않을뿐더러 타락의 진원지이고, 아래층은 더 아래로 내려다볼 게 없으니깐 들입다 욕망을 치받아 올리기만 합니다. 보면, 없는 사람의 아글타글한 욕망이라는 게 따분하고 단순합니다. 그런데 중간층이라는 게 위에 대한 적대감과 아래에 대한 부채 의식이랄까 이렇게 이중 의식을 갖고 있습니다. 그래서 김윤식 같은 평론가는 나더러 평형 감각이라고 하는지도 모르죠."

김원우는 물론 중산층 예찬론자는 아니다. 중산층의 속물적 사고와 실체를 반성적으로 폭로하고 그들의 삶의 세계에 깃들인 나태와 부도덕을 작품 곳곳에서 드러내 보여준다. 좀 장황하지만 인용해보기로 하자.

> 요컨대 우리네 사람들의 절대 다수가 사고는 진보적으로 생활은 보수적으로 한다는 이율 배반적인 가치체계에 익숙해 있지나 않을까?
>
> ―「무기질 청년」

> 나는 이 거대한 조직 사회의 일원이 되어 가족과, 그리고 주위 사람들의 기대치와 관행에 순응하기 위해 악어의 이빨이나 열심히 후벼대주는 눈치 빠른 악어새 신세가 된 셈이다.
>
> ―「진흙구덩이」

사랑이 밥 먹여줍니까? 서로가 의무감이나 책임감 때문에 할 수 없이 살아가는 겁니다.

—「임지로 가는 길」

아, 정말 뭐가 뭔지 모르겠어요. 내가 매일 무얼 하고 있는지, 어떻게 살아가고 있는지, 내가 도대체 누군지도 모르겠어요.

—「그림 밖의 풍경」

사실상 오늘날의 중산층 안주인들은 (……) 월급 봉투의 부피에만 자별한 관심을 쏟지 남편 직업의 대사회적 역할이나 중요성 따위에는 오불관언인 것이다.

—「아득한 나날」

"한치 앞을 알 수 없는데 그까짓 아파트 분양 받아서 뭣 해. 누구 뫼터 볼려고? 또 지금 니 돈 내 돈 따지게 생겼어. 시건머리하고서는……"

"흥, 뭣 한 사람이 성낸다더니. 누가 아픈데 누구 통장을 헐으래. 말도 같잖은 소리 다 하고 있네." (……)

"저런 염통머리 없는 여편네하고서는…… 저게 순 개쌍년 아냐!"

—「방황하는 내국인」

평론가 임우기가 지적했듯이 김원우는 중산층적 시각에서 일상의 부황함과 무의미함을 경멸하고 거기에 비판적인 자세를 견지하는 데 개성적이고도 인상적인 성공을 거두고 있음에 틀림없다. 그러나 김원우의 유일한 실패작(왜냐하면 그는 그런 작품을 하나밖엔 쓰지 않았다)으로 들 수 있는 「지친 인생」을 보자. 이 작품은 작가가 밝혀놓았듯이, 언젠가 '근로자 복지 회관'에서 행한 강연회의 앞자리에서 그의 얘기를 경청하던 나이 어린 여공원들의 모습이 귀갓길 내내 잊히지 않아서, 이 시대의 제일 큰 문제임에 틀림없을 소득의 분배와 교육의 기회 균등 따위를 우격다짐식으로 강변해본 것이다.

작품의 초반은 임신 사 개월로 타박상을 입은 채 변사체로 발견된 나이 어린 여공 임경미에 대한 사복 근무자 장(張)의 초동 수사 기록이고, 중반은 임경미의 주변에 대한 보고서로 돼 있다. 그 과정에서 임경미의 복잡한 집안 내력이 제시되고 그녀는 집안에서 비교적 경제적 기반을 닦고 거들먹거리는 둘째오빠, 올케와 대거리를 하다 분을 삭이지 못하고 음독한다는 줄거리를 취하고 있다. 문제 인물 임경미의 필연성 없는 죽음 자체가 작가의 애초 작의와 맞지 않을뿐더러 끝까지 자기 발가락 살의 무좀에만 매달리는 장형사가 임씨 집안의 딱한 처지를 걱정해준다는 결말은 당혹스럽기까지 하다. 이런 당혹감은 『짐승의 시간』 후반, YH 노동자들의 야당 당사 농성 사태를 다루면서 "한 사람의 여공이 낙엽처럼 떨어져 죽었다"는 문투에 부딪혔을 때 되풀이됐다.

"아마 그럴 겁니다. 독자들의 손에 이렇다 하고 쥐어주는 게 없지요. 하지만 딱히 이래야 한다며 틀을 잡고 그 안에 현실을 짜부라뜨려서 제시하는 것도 우습잖아요? 비현실적입니다. 이 시대의 삶을 나름대로 살아가는 사람들이 있고, 그들의 삶에 새겨진 곡진함과 옳고 그름을 진지하게 따지고, 거기서 크고 작은 의미를 캐내는 게 필요하다고 봅니다."

그렇다면 그에게 세상이란 어떤 것인가?

무기질은 그 자체가 하나의 살아 있는 생명체는 아니다. 그러나

> 그것들은 꼭 있어야 한다. 유기물질 중에는 이 세상에서 없어도 좋은 게 많다. (……) 어떤 악과 선도 이해는 한다. 공존공영을 위해서. (……) 해악을 끼치는 유기물질들도 무기물질과 함께 살아가야 한다.
>
> —「무기질 청년」

이런 의식의 실종 뒤에 따라오는 것은 '짐승의 시간' 일 뿐이라고 그는 선언한다.

> 나는 견고하게 버티고 있는 이 시대가 어떤 흉물처럼 뒤틀어지고 있음을, 온 사방에서 해일이 일 때처럼 부서지는 소리가 마구 내게로 달려오고 있음을, 강진이 내습할 때처럼 깊고 빠른 균열이 온 사방으로 쭉쭉 뻗어가고 있음을 보았다. 뒤이어 부드럽고 동적인 몽우리들이 사회 구석구석에서 어떤 길항력 아래 맞서 있어야 할 텐데, 내 눈에는 아무런 견인력도 없이 뻘뻘이 딱딱하게 굳어가고 있는 것으로 비쳤으며, 그런 정황 아래의 한 유기물인 행인들도 하나같이 어떤 짐승의 무리로 부각되기 시작했다.
>
> —『짐승의 시간』

그는 「이름의 멍에」에서 세상살이가 '이름 짓기' 이듯이 소설은 '인물 만들기' 라고 잘라말했다. 그렇다면 입때껏 그가 만들어온 인물 가운데 가장 인상적인 인물을 물어봄직하다.

"그 얘기는 내가 새롭게 한 건 아니고 벌써 아놀드 하우저가 『문학과 예술의 사회사』에서 밝혀논 거죠. 당연합니다. 인물이 살아 있어야 소설이 됩니다. 문장도 따라주고요. 기억에 남는 인물이라면 「무기질 청년」의 이만집(李萬集)을 들 수 있습니다. 이름도 특이하고……"

나는 이만집이라는 이름을 혀끝으로 굴리면서 집필실 한 귀퉁이에 '無盡藏' 이라고 돋을새김돼 걸린 팻말을 떠올렸다.

민음사에서 낸 『무기질 청년』은 십여 년이 지난 지금도 절판이 되질 않고 작가에게 일 년에 두 번씩 꼬박꼬박 이천 권 분량의 인세를 물어다 주는 화수분 노릇을 톡톡히 하고 있다고 한다.

작가의 소설관에 대한 질문이 아무래도 미진한 듯싶었다. 그래서 우선 '엄숙주의' 의 잣대를 그에게 들이대기로 했다.

일찍이 평론가 김윤식은 작가의 역사에의 소명 의식을 문제 삼는 엄숙주의를 거론하면서, 우리 소설사에서 이 엄숙주의는 하도 정통성으로서 완강한 것이어서 작가는 물론 독자도 숨조차 쉴 수 없는 상태로 몰아넣을 경우가 많다고 지적했다. 나는 김원우 소설이 이 엄숙주의의 범주에서는 명백히 벗어나 있음을 말하면서 그가 편집주간으로 있는(또 여러 정황으로 미루어 그가 고안해낸 듯한 말인) 계간지 『현대소설』의 모토 '소설의 진정성' 과 그의 최근작에 자주 언급되는 '격조' 란 용어의 상관성에 대해 물었다.

"나는 엄숙주의 하면 우선 『광장』의 작가 최인훈을 떠올립니다. 특히 삶의 체취를 다 제거하고 오직 사상만을 남긴 「총독의 소리」 연작은 가히 그 극단이라 할 만합니다. 글쎄요. 너무 높은 첨탑에 올라가면 아득히 멀리 보일는지는 몰라도 결국은 지상으로 내려와야 한다고 봅니다. 작가란 이웃과 친할수록 좋습니다. 그리고 진정성이나 격조 의식 같은 건, 글쎄 이러저러한 것을 떠나서 우선 '작품' 이 돼야 한다는 뜻이겠지요. 소설이 한 자락 풋풋한 이야기만은 아니잖습니까? 작가의 강렬한 메시지를 시대적 분위기와 모순 구조의 통찰 속에서 전달해주는 장치 아닙니까? 최근 이문열의 『황제를 위하여』를 둘러싸고 벌어지고 있는 논쟁도 그런 맥락에서 이해합니다."

"선생님 작품을 읽어나가다보면 도대체 이 작가가 독자를 의식하는 건지 안 하는 건지……"

"독자요? 전혀 의식하지 않습니다. 누구는 그래서 내 소설이 안 팔린다고 하지만. 우리 사회 독자들의 어설픈 딜레탕트적 수준에 실망할 때가 많고요. 내 소설을 읽는 독자가 한 사천 명쯤은 되는 것 같습니다. 어쩔 땐 내가 이 작품을 평론가를 의식해서 쓰는 건 아닌가 하는 생각이 들 때도 있습니다."

"그래서 혹자는 (정통) 소설의 위기를 말하기도 하는데요……"

"위기긴 위깁니다. 비디오를 비롯한 각종 매스컴과 매체의 파고에 밀려 소설의 설자리가 갈수록 좁아집니다. 그렇지만 소설 고유의 기능과 역할이 엄연한 만큼 지레 호들갑을 떠는 것도 꼴불견입니다. 하재봉씨를 비롯한 몇몇 신진 작가들이 새로운 기법을 실험하고 있는데 좀더 지켜볼 일이고요. 요즘 대부분의 신인들이 그렇지만 끝이 물러터진 것을 빼면 그럴듯하기는 한데……"

그는 자신의 만연체 문체에 대해서 채만식과 염상섭의 영향을 받았노라고 했다. 그리고는 황현의 『매천야록』을 침이 마르도록 칭찬했는데 촌철 살인하는 적확한 묘사력 위에 얹힌 그 진득한 기록의 궤적이야말로 우리나라 최고의 산문 정신으로 모자람이 없다는 것이다. 그러나 내가 혀를 내두른 건 그가 사 년째 연재중이라는 「우국의 바다」를, 자객 고영근이 이 『매천야록』에 딱 한 줄 나오는 걸 보고 착상했다는 믿기 어려운 대목에서였다.

「우국의 바다」 연재가 끝나면 퇴고 작업을 벌인 뒤 당분간 '돈벌이가 될 만한' 중·장편을 몇 편 쓰는 "휴지기(?)"를 가질 생각을 먹고 있다고 밝히면서 그는 그 휴지기의 끝에 '선비 정신의 화신' 인 퇴계 이황을 오롯이 그려내는 일에 매달리게 될 것이라고 말했다.

"조선 사회를 만만히 볼 게 아닙니다. 난 우리 한민족의 전성기를 실학이 일어날 무렵인 19세기 초로 봅니다. 각 고을마다 국사(國師)

에 버금가는 선비들이 틀잡고 앉았던 사회였죠. 중국에서까지 배우러 왔습니다."

그리고 나자 주인과 방문객 사이엔 침묵이 흘렀다. 거진 할말은 다 했다는 듯. 꾸물꾸물 몸을 책상 옆으로 돌린 그는 서가의 빈 틈바구니에 놓인 푸르죽죽한 비닐 봉지에서 뭔가를 꺼내 내게 건네며 자신도 하나를 거머쥐었다. 몰캉몰캉한 식빵이었다. 순간 뇌리에는 평론가 김현도 적절히 지적했던 대목이지만 「무기질 청년」의 끝장면이 스쳤다.

썰렁한 초가을이기도 하고 늦여름이기도 한 날씨인데 홍시가 좌판 위에 빨갛게 널려 있었다. 홍시를 보는 순간 나는 왈칵 가슴 밑바닥에서 뜨거운 것이 솟구쳤고, 곧장 콧등이 시큰해지며 눈앞이 어른거렸다. 세 사람의 노동자가 좌판 둘레에 옹기중기 쪼그리고 앉아서 한 입 가득히 홍시를 베물고 있는 광경을 보자 나는 나도 모르는 사이에 눈물을 흘리고 만 것이었다.

"나는 배고픈 건 못 참아요. 일곱시에 퇴근하면 곧장 술집으로 가든지 집으로 갑니다."

'시장기의 문학.'

김원우에게는 그의 맏형 김원일씨와는 정반대로 성장소설이 전혀 없다. 다 그렇고 그런 얘기로 치부해버리는 그이지만 아직도 어릴 적의 '아귀 같은' 시장기가 그를 집요하게 붙드는 건 아닐까. 나중에 그의 책을 다시 한 권 한 권 들고는 정말 아무렇게나 펼쳐보았다. 예사롭지 않은 흔적을 찾을 수 있었다.

서로가 애증(愛憎)을 시시각각으로 적당히 감췄다가 노골적으로 드러내기도 하는 이 커다란 먹이사슬 세계 속에서 꾸려가는 우리네 삶 자체에도 너무 싫증을 내지 말며 살아보자……

—「인생공부」

'부정과 비리를 눈감아주고 긁어모았고, 또 모으고 있는' 그런 재산에 수치를 느낀다면 한국 사람도 아니겠……

—「탐험가」

그럼 뭘 먹고 사나? 뻔한 통박 굴리고 있네. 가진 것 없는 놈이 몸으로나 때워야지. 몸 안 깨지고 먹고사는 길은 딱 하나밖에 없어.

—「그림 밖의 풍경」

송선생과 민수와 나는 각기 다른 대중 목욕탕에서 목욕을 하고, 다들 뱃속이 텅 빈 채로 '시그널' 앞의 길거리에서 만났다. (……) 그리고 억지로라도 먹을 것을 입 속으로 집어넣어두어야 한다고 합의했다.

—『짐승의 시간』

그 단골 손님들을 그녀는 하나같이 '봉'으로 생각했고 매일같이 팁이라는 우유를 많이 짜내야 하는 듬직한 젖소쯤으로……

—『가슴 없는 세상』

월급 없이 일 년을 살아라, 가난의 한 해가 닥쳐온다…… 얼마나 좋은 제도야. 다들 긴장할 테고, 돈의 가치를 제대로 알고, 각자가 하고 싶은 일을 미리미리 준비할 테고……

—「아득한 나날」

“참, 김형 레비-스트로스의 『슬픈 열대』 읽어봤어요? 문장 연습을 하려면 사회과학 서적을 많이 읽어야 해요. 마르크스의 『자본론』은 두고두고 문장만큼은 남을 거예요. 대문장가입니다. 그리고 이 『슬픈 열대』는 프랑스인의 그 언제 읽어도 섬세하고 감칠맛 나는, 그러면서도 정확한 문장으로 가득합니다. 아, 좋은 문장. 어딘가 똥누는 대목이 나오는데 아주 압권이야요.”

그는 아, 좋은 문장을 연발하며 똥누는 대목을 찾기 위해 한 손으론 뿔테안경을 치키며 『슬픈 열대』의 이곳저곳을 거닐었다. 그의 손에 들렸던 식빵은 벌써 간 곳이 없었다.

(『작가세계』 1992년 봄호)

보릿고개 막내 세대의 자화상

—샐러리맨 장승화씨

우리 사회에서 삼십대 중반 남성들의 자화상을 그린다면 어떻게 될까?

어느 곳을 가든지 구세대와 신세대를 잇는 허리 구실을 떠맡고 있는 그들은 결국 샌드위치 세대이다. 비디오나 컴퓨터와 함께 자란 세대인 이십대와 납활자 문화 세대인 사십대 사이에 끼어서 부대끼는 세대가 바로 삼십대이기 때문이다. 군대 조직으로 따지자면 고달픈 상병 삼호봉쯤이나 될까. LG증권 강남 지점의 사년차 과장 장승화씨(36)는 자기 품 팔아서 먹고사는 삼십대의 평균치 직장인이다.

그는 1960년 4 · 19 함성의 여운 속에서 태어나 감수성이 예민한 청소년기를 5 · 16 총성으로 시작된 개발 독재 시대의 구호와 더불어 보냈다. 그리고 10 · 26과 5 · 17의 총성과 함께 전개된 80년대에 힘겨운 대학생활을 꾸려갔다.

그리고 바야흐로 90년대 중반. 공화국이 다섯 번씩이나 바뀌는 동안 그는 어느새 '자본주의의 꽃' 이라고도 불리는 증권업종에, 그것도 십 년간 줄곧 영업 분야에서만 뛰어온 베테랑이 돼 있었다.

"남이 맡긴 돈을 최대한으로 불려주는 게 제 업무 아닙니까? 그 일에만 십 년 동안 매달리다보니 나름대로의 돈 다루기 철학이자 삶의 철학 같은 것도 생기더군요. 이 사회와 사람 사이의 관계를 궁극적으로 움직여가는 '보이지 않는 손' 을 조금씩 볼 수 있게 된 거죠."

그가 표현한 '보이지 않는 손' 이란 용어는 물론 좁게 말하자면 19세기의 유명한 자유주의 경제학자 애덤 스미스가 주창한 수요와 공급에 의한 시장성의 균형을 가리키는 것이다. 그러나 그는 그보다는 넓은 의미로서, 주가의 등락폭처럼 들고나고 오르막과 내리막을 번갈아 타는 세상일을 덤덤히 바라보게 된 자신의 안목을 가리키고 있었다.

세상 살아가는 이치나 물리가 억지 쓰기나 혹은 증권계 용어인 '작전' 을 쓴다고 해서 되는 게 아니라는 평범한 깨달음에 그가 이르는데 삼십대 중반의 나이가 필요했다면 인생을 너무 낭비한 셈일까? 해답은 우리 주변을 둘러보면 금세 나온다. 아직도 우리는 합리성의 부족 때문에 너무 많은 피곤함에 시달리고 있기 때문이다.

"제가 가이드를 해주는 고객이 단타성 위주의 운영을 주문할 때 난처하죠. 우리 사회에선 증권을 아직까지 한탕주의식으로 바라보는 시각이 남아 있어요. 당장의 시세와 수익만 보고 우르르 몰려다니는 성향이 있는데 저는 철저히 오솔길로 가는 스타일입니다."

이미 사람들이 들락거려 닳아버린 문지방은 넘어가봤자 뒷설거지밖에 할 게 없다는 것이 그의 얘기다. 물론 그 짭짤한 오솔길을 찾는 게 쉬운 일은 아니다. 그 길을 찾기 위해 그는 항상 '상장 기업 정보' 같은 최근의 정보서를 꿰뚫어야 하고 컴퓨터를 이용한 각종 첨단 정보 수집도 빼놓을 수 없는 일이다.

하지만 출근길만은 나 홀로만의 오솔길을 고집하지 않는다. 물론 차가 한 대 있긴 하지만 홍제동에서 강남구청 옆의 사무실까지 지하철 3호선을 애용한다. 그렇다고 그의 차가 집 앞에서 낮잠만 자는 것은 아니다. 육 년 전에 사내에서 만나 '자전 거래'(사내 결혼을 했다는 말)를 한 부인이 출퇴근길에 그를 홍제역까지 배웅하고 마중하는 일을 거르지 않는다.

출근길 정체나 만만찮은 주차 문제 그리고 기름값 아끼기 등을 고려해볼 때 그의 대중교통 선호가 현명한 일임에는 틀림없지만 3호선하면 지하철 노선 중에서 냉방 장치의 파워가 으뜸으로 꼽히는 길이 아닌가.

그에게 출근길은 모자라는 아침잠을 벌충하는 길이 아니다. 하루하루의 장세에 운명을 걸어야 하는 '하루살이' 신세인 그로서는 당일 자신이 가이드를 하는 고객에게 자신 있게 권할 만한 '오늘의 주식'을 결정해야 하는 시간이 되는 길이기도 하다.

"가령 예를 들어, 오늘도 그랬지만 요즘 제가 권하는 주식은 모 제과 주식입니다. 그 주가 재미있어요. 왠지 아세요?"

그 회사의 내부 상황에 대한 무슨 중요한 정보를 입수해서가 아니란다. 이 대목은 듣고 보면 너무나 상식적이어서 그저 웃고 지나칠 수도 있으나, 일상적 생활 감각까지 중요한 판단 정보로 활용하는 그의 철저한 프로 의식이 엿보이는 대목이다.

"요즘 무더운 여름철 아닙니까? 그러면 사람들은 의당 에어컨이나 냉장고 등 가전 제품을 다루는 회사로 눈길을 돌리든지 아니면 안전빵으로 통신 분야의 주식에 관심을 갖기 쉬울 겁니다. 그런데 주위를 가만히 살펴보면 여름철일수록 우리집 아이도 그렇고 아무튼 사람들이 시원한 것을 많이 찾잖습니까? 그래서 최소한 복더위 기간에는 음식료업 주식이 장사가 되겠구나 하는 생각이 들었고, 그렇게 고객들에게 어드바이스한 게 지금은 꽤나 맞아들어가는 중입니다. 증권쟁이들은 이런 보람이 없으면 해먹기 어려운 직업이죠."

그의 말에 따르면 며칠 전만 해도 구만원대를 오르내리던 그 회사의 주식이 그날은 십일만팔천원에 마감됐다고 한다. 그리고 이 글을 쓰고 있는 이틀 후(7월 24일)에는 연일 상종가를 쳐서 십이만오천오백원에 거래되었음을 신문 주식 시게표에서 어렵지 않게 확인할 수 있었다(여담인지 모르지만 나도 여윳돈이 있다면 복날이 다 가기 전에 다문 오십 주쯤이라도 사놓으면 어떨까 하는 생각이 간절했으나 결국 실행에 옮기지는 못했다).

오솔길 얘기가 나왔으니 꺼내는 말이지만, 그는 여섯 살배기 딸내미가 다니는 유치원으로 가는 길은 아직 한 번도 밟아본 적이 없다고 멋쩍은 미소를 지으며 실토한다. 삼녀 사남의 복닥거리는 집안에서 남자 형제 중에서는 맏이로 태어난 그는 당시 남들이 다 그러했듯이 넉넉지 않은 환경에서 자랐다. 결국 보릿고개의 막내 세대로 커온 탓인지 가정에 충실한 가장도 중요하지만 직장에서 능력을 인정받고 안정된 자리에 오르는 게 더 급선무처럼 생각하는 듯했다.

"어디까지 승진할 것 같냐구요? 글쎄요…… 부장 선까지 되면 좋은 거구……"

아직까지는 자신이 입사 동기 중에서 비교적 승진 선두 그룹에 속한다고 말하는 그는 내년쯤 '진짜' 차장으로의 승진을 바라보고 있다. 진짜라는 단어에 홑따옴표를 붙인 이유는 내부적으로 과장인 그에게 명함상으로는 차장이라는 직책이 부여돼 있기 때문이다. 영업점포의 속성상 보통 한 직급씩 올려서 명함을 박는 게 증권계의 관습이다.

그가 삼 년 전에 끊은 담배를 최근 다시 입에 대기 시작한 것도 사실은 승진을 염두에 둔 인사고과를 의식했기 때문이란다. 증권계에서는 직원의 능력을 평가하는 데 약정고 항목이 큰 비중을 차지한다.

즉 고객으로부터 얼마만한 돈을 위탁받아 수익을 올려주는가 하는 데 따라 부장이고 갓 입사한 사원이고 가리지 않고 능력의 크기가 판가름난다.

이런 사정 때문인지 그는 대화 곳곳에서 "나는 프리랜서나 마찬가지입니다"라는 표현을 던져넣었다. 그 말에서 단기필마(單騎匹馬)로 전쟁터를 헤집고 다니는 중세 유럽의 자유 기사 이미지를 떠올리기 십상인데, 여기에는 부산 해동고를 졸업하고 대학생활을 위해 서울로 올라온 뒤 십 년간의 직장생활로 단련된 그가 서울살이를 어떻게 바라보는가 하는 관점이 은밀히 깃들여 있다. 즉 적자생존이나 약육강식 같은 정글의 법칙이 철저히 관철되는 터가 바로 서울이라는 인식이다.

"운동 좋아하세요?"

너무 업무에 대한 얘기만 나누다보니 팍팍해서 그런지 불쑥 스포츠 얘기가 나왔다. 사실 그와 대화를 나누는 동안 프로 야구 얘기가 나오지 않은 것은 필자에겐 다행스러운 일이었다. 부산 출신 갈매기들이 얼마나 프로 야구에 열광하는지 잘 알려진 바가 아닌가. 그도 야구 얘기가 나오자 얼굴에 화기가 도는 걸로 봐서는 예외 없이 롯데 응원파인 모양이었다. 하지만 강원도 출신인 나는 지역 연고팀도 없을 뿐더러 프로 야구에는 완전 젬병이다. 그래서 나는 일부러 시들하게 대꾸한다.

"가끔 보는 편이죠."

그래 미래의 고객이 스포츠에 별 관심이 없는 줄 눈치채자 더이상 얘기를 진전시키지 않았다.

"용돈은 얼마나 돼요?"

용돈 얘기 끝에 딸려 나와서 이걸 공개적으로 말해도 될지 모르겠는데, 그의 '보이지 않는 돈' 인 비자금 수준에 관한 내용이다. 하지만 듣고 보니 비밀이랄 것도 없겠다 싶다. 왜냐하면 그의 비자금 수준이라는 게 결국 한국 남성의 '꼬불치는' 표준 조사에서 밝혀진 삼십만 원 선을 기껏 한 장(?) 정도 웃돌기 때문이었다.

그는 주로 긴급한 상황이 있으면 삐삐를 통해서 고객들과 연락을 한다고 했다. 그런데 오후 다섯시부터 저녁 열시까지 무려 다섯 시간 동안 함께 술을 마시는데 삐삐가 딱 한 번 왔을 뿐이다.

"집에서 왔어요!"

그는 아무래도 고객한테 오는 삐삐보다 아내가 쳐주는 그것이 더 반가운지 원래 작아 보이는 눈을 더 가늘게 뜨며 겸연쩍게 웃는다. 그 동안 둘이서 마신 맥주가 열네 병이었다.

(『월간서울』 1996년 8월호)

밀알 한 톨에 거는 희망

—우리밀살리기운동본부 정성헌씨

"어린이 여러분, 우리 밀은 매연으로 가득 찬 서울 하늘을 맑게 해 주는데 잡초들이 그 밀의 영양분을 다 빼앗아갑니다. 그러니까 잡초를 많이 뽑으면 제가 좋은 선물을 드릴게요."

따가운 초여름 햇살이 내리쬐는 5월 26일 오전 열시 삼십분 여의도 국회의사당 뒤 한강 둔치에 있는 푸릇푸릇한 우리 밀 재배 현장. '96 우리 밀밭 그리기, 글쓰기 가족 나들이 행사에 앞서 스스로도 밭매기를 할 준비가 돼 있는 한 반백의 중년 사내가 참가 어린이들에게 식전 행사로 밀밭 매기를 제안하고 있었다.

그가 바로 우리 밀알 한 톨에서 우리 미래의 희망을 건져올리려 하는 우리밀살리기운동본부의 정성헌(51) 본부장이다. 우리 밀을 살리고 보급하는 게 단지 농업 문제를 해결하는 데 머무는 문제가 아니라 길게 볼 때 어린이와 청소년들을 위한 미래를 준비하는 운동이라고 그는 강조한다.

"온갖 방부제와 농약에 뒤범벅이 된 수입 농산물과 밀가루를 주재료로 해서 만드는 각종 인스턴트 식품, 패스트푸드들 때문에 우리도 모르는 사이에 병들어가는 아이들이 부지기수입니다."

맞는 말이다. 요즘 주위를 둘러보면 특히 청소년층한테는 밀가루 음식이 쌀을 제치고 제일의 주식이 된 듯한 느낌을 지울 수 없다. 하지만 그런 모습을 바라보는 어른들의 눈길은 착잡하다. 왜냐하면 6·25 전쟁을 치른 그들에게 밀가루는 피난민 수용소의 배급식과 전후 구호 물자의 주품목을 차지한 음식으로서 가난한 시절에 대한 아련한 향수를 상기시키는 대상이기 때문이다.

강원도 강촌에서 농부의 아들로 태어난 그 역시 소년 시절에 직접 밀농사를 지었다. 춘천고를 나와 고려대학교를 다니면서 서울과 첫 인연을 맺었지만 주민등록지를 노원구 상계동으로 옮기고 본격 서울살이를 시작한 것은 오 년 전 우리밀운동본부 일을 주관하기 시작한 때부터이다.

대학 졸업 후에는 농민 운동에 뛰어들어 가톨릭농민회 사무처장을 지냈고 환경운동연합 창설에 지도위원으로 참여하기도 한 그는 초등학교 교사를 하는 부인 이신원씨와 1976년에 결혼해 슬하에 평(平), 화(和) 두 아들을 두었다. 두 아들의 이름을 합치면 말 그대로 평화! 삶에 대한 그의 가치관이 어디에 둥지를 틀고 있는지 단적으로 보여주는 대목이다.

이토록 짧은 서울생활이지만 서울에 대한 그의 애정은 대단하다. 우선 자신이 펼치고 있는 운동의 목표가 기본적으로는 농업 살리기에 있지만 궁극적으로는 농촌과 도시, 특히 서울을 다함께 살리는 데 있다는 것이다. 그 근거는 이러하다.

농약을 치지 않는 무공해 농법으로 기른 우리 밀을 먹음으로써 서울 시민들의 병든 밥상을 생명력이 넘치는 살아 있는 밥상으로 살려

낼 수 있다는 게 그의 사고방식이다. 게다가 우리 밀은 서울 같은 대도시의 혼탁해진 대기를 정화하는 데 큰 일꾼 노릇을 한다고 한다.

"우리 밀밭 한 평을 갈아서 부치면 거기서만도 산소 2.5킬로그램을 배출하고 탄산가스 3.5킬로그램을 흡수·고정시켜 공기를 밝게 해주니까요."

그는 현재의 서울생활이 좀더 나아질 수 있는가 없는가는 전적으로 '이산화탄소와의 전쟁'을 어떻게 잘 수행하는지에 달려 있다고 보는 사람이다. 아직 명확한 개념이 서 있다고 보기 어려운 이산화탄소와의 전쟁은 한마디로 공해와 환경 훼손의 적극적 저지와 일치한다.

수많은 자동차와 공장 굴뚝 그리고 각 가정에서 엄청난 에너지를 소비할 때 대기중에서 사라지는 것은 산소이고 새로 배출되는 것이 바로 이산화탄소이다. 가능한 한 그런 에너지와 물자의 과잉 소비를 줄여나갈 때만이 서울 같은 대도시에 사는 사람들이 그만큼 건강하고 쾌적한 생활을 누릴 공간과 시간을 늘릴 수 있다는 것이 그의 지론이다.

여의도 한강 둔치에서 열린 우리 밀밭 그리기, 글쓰기 가족 나들이에서도 그는 어린이들에게 대중교통 수단을 많이 이용하자는 당부를 잊지 않았다. 마포구 서교동에 있는 우리밀살리기운동본부 사무실로 출퇴근할 때 꼭 지하철이나 버스 등을 이용하는 그는 서울로 집을 옮기면서 가족 회의를 열어 아예 승용차를 없애기로 결의했다. 말 타면 견마 잡히고 싶은 게 사람의 심정인지라 아예 그런 생심이 고개를 쳐들지 않도록 굴리던 자동차마저도 처분한 것이다.

그런데 지금껏 우리 밀을 외쳐왔는데 그게 도대체 어떤 것을 가리키는 것일까? 단순히 우리 농가에서 우리 땅에 심어 키우는 밀은 모두 우리 밀로 치는 것인지, 아니면 우리의 전통적인 고유 종자가 따로 있는 것인지에 대해 궁금증이 이는 사람도 많을 듯하다.

그의 말에 따르면 우리 밀이란 우리 조상들이 대대로 재배해온 종자를 우리 땅에 심어서 수확한 밀을 가리킨다. 그러니까 종자 개념인 셈인데, 그 종자 속에는 물론 우리밀이라는 품종도 들어 있다고 한다.

"우리 밀은 내한성, 내습성이 뛰어난데다 우리나라 토양의 바탕이 되는 화강암 또는 화강편마암 등의 척박한 지질에서도 잘 자랍니다. 특히 바람에 쓰러지지 않으며, 병충해에도 강한 특성이 있어요."

덧붙이자면 현재 우리밀운동본부가 재배하고 있는 대표적인 밀 품종들에는 그루밀, 탑동밀, 우리밀, 은파밀 등이 있다. 이 가운데 그루밀은 면류를 만드는 데 좋고 탑동밀은 제빵용으로 널리 쓰인다고 한다.

그의 사무실 한쪽 벽에는 우리 밀을 널리 알리는 광고 포스터가 붙어 있다. 중견 연극인 손숙씨가 환하게 웃으며 "우리 가족은 우리 밀을 먹습니다" 하고 알리는 모습이었다. 그 포스터의 분위기가 서울, 그중에서도 중산층의 느낌을 물씬 풍겨서 정본부장에게 한번 우리 밀의 비교 경제학에 대해서 물어보았다. 한마디로 서민들이 사 먹기에는 좀 비싸지 않느냐는 질문이었다. 그러나 이 질문에 대한 그의 대답은 의외로 단호했다.

"밀을 재료로 한 가공품의 경우 미국과 우리의 가격 경쟁력은 1 : 2.5~3으로 우리가 불리합니다. 하지만 값싸다고 해서 수입 농산물만 들입다 먹어서 우리 농업이 다 죽고 나면 그러고 나서도 계속해서 수입 농산물이 쌀 것 같아요?"

그리고 그가 제시한 통계에 따르면 농약이 검출되지 않은 무공해 밀의 경우는 되레 우리 밀이 미국이나 일본에 비해 싸다고 한다. 올해 도쿄의 유명한 미야코 슈퍼 식품 코너에서 무공해 밀 일 킬로그램이 오백오십 엔(우리 돈 약 사천여 원)이고 미국 보스턴에서도 그와 비슷한 시세로 거래되는 데 반해 우리의 무공해 밀은 현재 일 킬로그램당 이천 내지 이천사백원 선에 거래되고 있다는 것이다.

“그리고 상품에 품질 경쟁력도 있고 가격 경쟁력 등 여러 가지 경쟁력이 있지만 무엇보다 중요한 것은 사람들의 의식이 깨인 정신 경쟁력이라고 봅니다.”

이런 측면에서 그가 가장 흐뭇해하는 것은 우리밀운동이 단순히 공해 없는 우리 밀을 많이 먹어주는 차원에 그치는 것이 아니라 각 방면의 생활 실천 운동으로 번져가고 있는 모습이다.

우리콩살리기, 우리약초살리기, 우리술살리기, 우리농촌살리기운동 등 우리밀살리기운동에 영향을 받은 ‘사촌’ 격의 운동들이 활력을 얻어가고 있는 것이다. 사실 그가 우리밀운동을 하면서 진정 바랐던 게 바로 이런 ‘~ 살리기’ 운동의 활성화였다. 밀 한 알을 화두로 삼아 모두를 살리고 함께 살기 위한 운동이 용솟음치는 사회야말로 우리 밀이 그리는 참된 사회였다.

그리고 그의 이런 희망은 우리 밀밭 글쓰기 행사에서 푸른밀밭상을 받은 정현구(11, 주안남초등학교 4학년) 어린이의 다음과 같은 생각이 자라고 있는 한 그리 요원한 것만은 아닌 것 같다.

“오늘 아침 우리 밀 빵에 곰팡이가 피어 있었다. 곰팡이는 검은색이었고 까만 점 같았다. 곰팡이를 떼어내도 냄새가 계속 났다. 징그러웠다. 그런데 보통 식빵은 열흘이 지나도 아무런 변화도 없었다. 정말 보통 식빵에는 우리가 먹어선 안 될 방부제가 많은가보다. 지금까지는 하얀 보통 식빵이 누렇고 약간 푸석푸석한 우리 밀 식빵보다 더 좋았는데 지금은 아니다.”

(『월간서울』 1996년 9월호)

자기 땅에서 유배당한 사람
—서울토박이회 김동석씨

"타향도 정이 들면/정이 들면 고향이라고/그 누가 말했던가 말을 했던가 바보처럼~ 아니야 아니야 그것은 거짓말/향수를 달래려고/술에 취해 하던 말이야~ 아아아아~"

수출 드라이브 정책을 등에 업은 산업화 추세가 가속도를 더해가던 70년대는 또한 탈향자(脫鄕者)의 양산 시대이기도 했다. 자신들의 아늑한 정서적 태반이었던 고향을 등지고 남부여대하여 도시로 밀려온 그들은 위의 유행가에서도 알 수 있듯이 타향살이에서 오는 절박한 향수를 싸구려 술로 달래며 버텼다.

어느덧 국민소득 만 달러 시대를 쟁취하는 대가로 우리는 기꺼이 고향을 포기한 것이다. 그 결과 명절이면 전체 국민의 절반 이상인 이천오백만 명 이상의 '실향민' 들이 힘겨운 귀성길에 오르는 세계적으로 유례가 없는 현상을 빚어내고 있다.

그 가운데서도 서울은 탈향자들의 신기루이자 메카였다. 그곳은 외롭고 힘겨울지라도 적어도 배고픔은 없는 곳이었기 때문에 그들은 서울을 온통 '점령'하다시피 하며 몰려들었던 것이다. 그러나 서울을 고향이라고 부르지 않으면 안 되는 사람들이 있다. 바로 서울토박이라고 불리는 이들이다.

"토박이라는 용어가 좀 주변머린 없고 고집은 센 사람 같은 인상을 풍겨서 다르게 불러줬으면 하지만 적당한 말이 없어요."

서울토박이회 회장직을 맡고 있는 김동석씨(61)는 사대 백이십 년에 걸쳐 효자동에 터잡고 살아온 서울토박이 출신이다. 어릴 적 어머니가 얄밉도록 깜찍하거나 성질이 다부진 알깍쟁이를 가리켜 '경기 까투리' 같다고 험구하는 걸 들은 나는 서울토박이면 얼마나 더 카랑카랑하고 되알질까 하고 지레짐작했다. 하지만 홍익대학교 사범대에서 통계학을 강의하면서 도서관장직도 겸하고 있는 그는 서울토박이의 성질이 깍쟁이하고는 거리가 있다고 말한다.

"깍쟁이라기보다는 경우가 바르고 염치와 예의를 잘 차려 남한테 짐이 되는 일은 안 하려는 경향이 있어요. 한데 요즘 같아서는 이런 정신자세 갖고는 깡통차기 쉽다니까요. 더러 남한테 싫은 소리도 하고 겉으로 비위 맞추는 낯빛도 짓고 그래야 하는 건데……"

그런 기질을 가진 토박이들이 서울에서 배겨내기가 어려워서는 아니었을 테지만 아무튼 현재 서울에 사는 토박이는 전체 인구의 0.2퍼센트를 넘지 못한다고 한다. 서울 인구를 줄잡아 천만 명으로 볼 때 약 이만 명 안짝인 것이다. 물론 이때 토박이를 가르는 기준은 '삼대에 걸쳐서 사대문 안이거나 사대문 밖 십리 안쪽에 거주해온 사람'으로 매우 엄격히 제한된다.

이 기준이 세워지고 첫 적용된 경우가 1994년도이다. 서울 정도(定都) 육백 년을 맞아 기념 행사의 하나로 성균관에서 알성과(조선조 때 임금이 성균관에 거둥하여 치르던 과거)를 재현할 자원봉사자로

서울토박이 현황을 조사해 그중 백이십 명을 가려냈다. 이때 밝혀진 토박이는 총 삼천육백오 가구에 일만삼천칠백오십삼 명. 삼 내지 구대 거주자가 삼천이십이 가구, 십 내지 십구대가 사백팔십육 가구, 이십 내지 이십구대가 팔십칠 가구, 삼십대 이상이 열 가구였다.

그가 증조부 때부터 살기 시작했다는 효자동은 가끔 우리의 우스개에 등장한다. 효자가 가장 많이 사는 동네는? 효자동! 그런데 이 우스개는 꾸며낸 것이 아니라 동네 연원과 정확히 일치한다. 서울 각 지명의 연원만 살펴봐도 사실 서울의 역사는 웬만큼 꿰뚫게 되는데 우선 효자동의 연원부터 슬쩍 들여다보자.

> 이 이름은 애초 조선 시대부터 동리 효곡(孝谷)이라 불린 데서 연유한다. 효곡이란 선조 때 학자 조원의 아들 희정과 희철 형제가 효자로 이름이 나자 나라에서 내린 홍전문(紅箭門)이 지금의 효자동 100번지에 자리하고 있었기 때문에 지어졌다. 효자동은 조선 초기에는 한성부 북부 순화방(順化坊)에 속해 있다가 고종 31년(1894) 갑오개혁 때 한성부 순화방 밑의 신교·온정동·동곡·백구동·장동 등과 두루 묶여서 비로소 하나의 행정 구역으로 탄생했다. 일제 시대 때는 잠시 효자정으로 불리다가 1943년 정식으로 효자동으로 명칭이 굳어졌다.

김교수와 『서울지명사전』을 펼쳐보다 우연히 내가 오랫동안 살던 미아리 길음동(吉音洞)의 연원을 알게 된 것도 가외의 소득이었다. 내 주변의 어떤 친구들은 '기름'이 많이 나서 동네 이름이 그러냐, 혹은 제법 아는 체를 하는 이들은 그곳이 원래 공동묘지를 쓴 터여서 상엿소리가 끊이지 않았는데 그래서 동네 이름을 반대로 '길한 소리가 나는 동네'로 지었다고 강변하기도 했다.

그러나 『서울지명사전』에는 그와는 달리 내가 자긍심을 지녀도 될 만한 명쾌한 설명이 붙어 있었다.

원래는 '기리묵골' '기레미골' 이라고 불리는 곳이었다. 의정부에서 도성 쪽으로 넘어오는 길목에 자리한 이 고개 주변의 터는 경사가 완만하고 정릉천이 흘러가서 물소리가 맑고 곱게 들리는 곳이다. 따라서 주변에서 맑은 물소리를 들으면 기분도 맑아지고 개운해진다 하여 길음동이라고 부르게 되었다.

세상에 이렇게 좋은 뜻을 가지고 그 동안 '기름 덩어리' 니 '상엿소리' 니 하는 말들을 해댔으니 답답한 노릇이었다. 물론 길음동은 사대문 십리 밖에 훨씬 더 나앉은 곳이라 토박이 운운하는 자리에 끼일 수도 없는 터이지만 김교수의 잔뼈가 굵은 효자동은 경우가 다르다. 효자동은 동쪽으로는 효자로를 경계로 세종로(경복궁)와, 서쪽으로는 자하문 길을 경계로 옥인동을, 남쪽으로는 창성동, 북쪽으로는 궁정동과 이웃한 요지이다.

말하자면 조선조의 권부인 대궐과 가장 가까운 거리에 있어 쩌렁쩌렁한 양반 세도가들의 밀집촌을 형성하지 않을 수 없었다. 김교수의 집안도 권문 세도가까지는 안 돼도 할아버지가 고을 원을 지낼 정도는 되었다고 한다. 그리고 개화한 부친은 신식 교육을 받고 토목 관계 공무원을 지냈는데 현재 뚝섬을 가로지르는 광나루다리(광진교)가 그의 부친의 손에서 설계된 것이다.

"남산골 밑에 사는 딸깍발이(가난한 백면서생을 가리킴)들하고도 또 갈래가 달랐다고 볼 수 있죠. 정통 양반의 후예들이라고 할까요? 같은 종로구 안에서도 통인동이라고 곁에 있어요. 통인은 결국 벼슬아치 밑에서 뒷바라지하던 이들이니깐 그 내력을 알 만하죠."

그런데 서울토박이회를 이 년 전에 결성해놓고 보니 토박이들 중에 의외로 '잘 나가는 사람' 들이 없단다.

"그럼 토박이 후손들이 요즘 시대에선 쇠락했다고 볼 수도 있겠네요?"

"쇠락했다기보다는 분수껏 산다고 봐야 하겠어요."

양반 계층이 주가 된 서울토박이의 의식의 한 단면을 엿볼 수 있는 대목이다.

"인왕산 호랑이도 보셨나요?"

어릴 적 인왕산 부근의 풍경 좀 얘기해달라는 주문이었다. 그도 눈치를 챘는지 눈길을 허공중에 던지며 아스라한 기억을 더듬는다.

"그땐 이미 사라졌을 테고…… 인왕산에서 흘러내리던 개울물이 생각나요. 어머니를 따라서 양잿물 덩어리를 챙겨서 빨래터엘 가곤 했었지. 그 빨래터라는 게 예나제나 우리한테는 목욕터이자 아낙네들의 스트레스 푸는 장소였던 것 같아요. 시어머니 흉에서 시작해 빨랫방망이로 후련하게 두들기지, 각종 정보 교환 같은 거로 해 지는 줄 몰랐으니깐."

지금의 누각동에 대해서는 몹시 새로운 듯한 풍속학적 증언을 해주었다.

"원래 전각이 있어서 그런 이름이 붙었을 터이지만 당시 고관 대작들이 풍류를 즐기던 곳이 바로 누각동이었어요."

지난날 그 근처에 한때 고급 요릿집이 밀집했던 역사가 아무 근거가 없지는 않았다고나 할까. 그는 당시 풍속에 대한 얘기가 나오자 끝이 없을 성싶다. 그중에도 역시 음식 문화에 대한 얘기가 절대적이다.

"서울 음식은 맵고 짜고 텁텁한 게 없어요. 맛깔스럽고 슴슴한 것을 선호하는 편이었어요. 요즘 매운탕들 좋아하지만 그때 보면 육개장조차도 짜고 매운 맛이 거의 없었지요."

그러고 보면 요즘 우리들이 즐기는 음식들은 자극의 강도를 따져 볼 때 과거에 비해 전반적으로 비교할 수 없을 만큼 '독해진' 게 사실이다. 이것을 어느 요리 연구가는 세고 된 발음이 도드라지는 언어생활과 연결지어 사회 전반에 걸쳐 세태가 그만큼 각박해진 현상을 반영한다고 했다.

"추어탕하고 고기를 다져서 쑥과 버무려 끓인 애탕, 준치·민어찜이 특별했고, 특히 매운 김치를 피하다보니깐 간장으로 담그는 장김치, 백김치 등이 널리 퍼졌더랬습니다."

내가 좋아하는 떡 종류도 나왔다.

"술로 푹 익혀서 만드는 증편이 생각나고 그 밖에 백설기, 계피떡, 절편이 있고 국수로는 요즘 많이들 먹는 잔치국수가 있었지요."

젓갈류에 이르러서는 듣는 이의 입 안에 침이 고이지 않을 수 없었다.

"밴댕이젓, 곤쟁이젓, 새우젓, 조개젓…… 그리고 특히 한가위 때는 토란국을 차례상에도 올리고 많이들 즐긴 것 같아요. 토란국은 요즘 알칼리성 식품이라고 각광도 받고 그러는 모양인데 고구마·감자보다도 더 좋아했으니까요."

토란국 하니깐 생각난다. 중학교 처음 입학해서 가정 환경서를 작성하는데 빈칸을 형이 직접 메워주었다. 그중의 하나가 좋아하는 음식란이었는데 형이 대뜸 '토란국'이라고 적어넣은 것이었다. 난 사실 그때 토란국을 구경해본 적도 없었다. 내가 "형 토란국이 뭐야?" 하고 묻자 형은 "내가 우리 학급에서 제일 부자인 아이 집에 놀러 가서 그것을 맛본 적이 있는데 말이야, 그게 부잣집들이 잘 먹는 음식이래." "난 한 번도 먹어본 적이 없는데 선생님이 물어보면 어떡해?" "미끈덩해서 좋아합니다, 이렇게 대답하면 끝나."

그는 어릴 적에 보았던 남사당패 놀이도 회상했고 양은그릇 장수의 원조인 독장수에 대해서도 말해주었다. 그러나 그런 것은 이미 오래 전에 하나도 남김없이 사라진 것들이다.

"예전에는 참 공기도 맑고 물도 깨끗하고 살 만했는데 지금은 맨땅보다 시멘트 면적이 더 넓으니…… 토박이도 한 세대만 더 지나면 맥이 사라질지도 모릅니다. 그래서 요즘은 젊은 토박이들을 어떻게든 묶어볼까 노력하는데……"

오랜만에 자신이 관장으로 있는 홍익대 도서관의 옥상에 올라 너무 엄청나게 변해버려 낯설기까지 한 서울 시내를 굽어보는 늙은 토박이의 눈매는 쓸쓸했다. 굴러온 돌에게 고향의 자리를 내준 이, 그래서 그는 어떤 의미에서는 '자기 땅에서 유배당한 사람'인지도 모른다.

(『월간서울』 1996년 10월호)

무표정한 도시에 느낌을 불어넣는다
—도시의 코디네이터 김현선씨

"우리의 거리는 살아 있으며 늘 성장하고 변화하고 에너지를 내뿜고 있습니다. 그곳을 사람과 인정이 보이는 거리로 만드는 게 말하자면 환경디자이너의 할 일인 셈입니다."

김현선환경디자인연구소 대표인 김현선씨(39)는 스스로 도시의 코디네이터라고 자임한다. 그 말 속에는 자신이 어떤 것을 새로 만들어내는 사람이 아니라 뭔가를 새롭게 보이도록 꾸미는 사람이라는 뜻이 깃들여 있다.

그런 의미에서 그는 일차 생산자는 아니다. 이미 거리에 나서면 가로등이 있고 각종 표지판이 있고 휴지통이나 벤치, 건물 등이 무표정한 얼굴로 따로따로 웅크리고 서 있다. 다만 그는 그 개별적인 대상들에게 색채를 입히고 모양새를 바꾸어 생생한 느낌을 불어넣음으로써 도시의 총체적인 이미지를 창출해내는 지휘자일 뿐이다

"여태까지 기능 위주로 편성돼온 도시 공간에서 무엇보다 감성의

회복이 먼저 이뤄져야 합니다."

환경디자인이라는 말조차 그를 만나기 직전에야 겨우 얻어들을 만큼 이 분야에 문외한인 나에게도 왠지 모르게 '감성의 회복'이라는 말은 커다란 울림을 안겨준다. 우리가 마음 편하게 눈길을 맡기고 걸을 수 있는 거리가 이 서울 바닥에 얼마나 될까. 아무리 바쁜 길이지만 한 번쯤 엉덩이를 붙이고 쉬어가고픈 생각을 불러일으킨 벤치나 화단이 얼마나 있었던가?

그렇다면 좀 늦기는 했지만 지금이나마 우리는 주변 환경과 또 이 도시 공간 전체가 우리한테 얼마나 인간적인가를 물어야 할 때가 된 것도 같다. 바둑판식으로 펼쳐진 획일적인 도시 계획과 경제성·효율성만을 고려한 그 동안의 공간 배치로 말미암아 그 안에 갇힌 우리의 감성은 피로를 거듭해오지 않았을까? 그렇다. 거만하게 도열한 기둥과 표지판, 그리고 무겁게 짓누르는 지붕과 하늘을 찌를 듯한 마천루의 거리에서 우리의 모습은 더욱 왜소해지고 숨죽일 수밖에 없었다.

바로 이러한 저간의 사정이 있기에 아무리 장엄하고 편한 것일지라도 그것이 보기에 아름답다는 느낌을 주지 못한다면 그 가치를 '인정'할 수 없다는 주장에 우리는 섣불리 저항하지 못하게 된다.

그러고 보니 환경디자인이 얼마나 중요한가에 대한 체험이 내게도 있었던 듯하다. 초등학교 일이학년 무렵이었을까. 내가 살던 동네에서 제일 크고 낡은 기와집이 있었다. 끝이 보이지 않는 무성한 오동나무가 서 있어 오동나무집이라고 불린 그 집의 마당은 조무래기들이 공을 차도 될 만큼 넓었지만 괴이쩍게도 늙은 할아버지, 할머니 내외만 살았다. 그래서 우리는 그 집이 귀신 나오는 흉가인 줄 알고 감히 범접할 생각도 먹지 못하고 대문간을 지날 때도 후닥닥 달음박질을 치곤 했다.

그런데 어느 날이었다. 그 오동나무집 담장이 페인트칠이 되어 말끔히 단장을 했는데 담장을 따라 십장생도(十長生圖)가 멋지게 펼쳐진 것이었다. 막 날개를 편 듯한 날씬한 학, 보기만 해도 시원한 그늘이 진 낙락장송, 그리고 몸에 눈송이를 맞은 듯한 어여쁜 꽃사슴과 거북, 뭉게구름 등…… 그 집은 더이상 우리가 기피해야 할 흉가가 아니었다. 우리는 어디서 용기가 났는지 그 집 마당으로 덥석 들어서서 정말 신나는 축구를 한판 벌였고 두 노친네는 토방마루에 쭈그리고 앉아 우리를 기꺼운 눈길로 바라보았었다. 쉽게 말하자면 이런 게 아마 환경디자인이 우리 삶에 끼치는 영향의 좋은 본보기가 아닐까 싶다.

우리나라에선 이런 환경디자인의 개념이 도시적 차원에서 본격 도입된 지는 아직 얼마 되지 않는다. 서울시가 공사비의 일 퍼센트를 환경 조형물 설치에 돌리도록 규정한 시점에 비춰 볼 때 대략 십여 년쯤으로 소급해볼 수 있다는 것이다.

"이제는 도시 계획의 기본 틀을 짜는 행정 기관과 자본 동원력이 있는 기업을 비롯해 일반 시민들의 마음 자세가 삼박자로 맞아떨어져야 내실 있는 환경디자인 작업이 성공합니다."

이러한 삼위 일체 속에서 종합적 작업이 이뤄질 때 비로소 제대로 된 환경디자인이 가능하다. 하지만 겉으로만 예쁘장하게 보이는 게 환경디자인의 목표는 결코 아니다. 실용성과 미(美)의 이상적인 조화야말로 환경디자인이 추구하는 궁극적 가치이다.

"앞으로는 아름다운 것이 편하고 좋은 것이라는 생각이 더욱 보편적인 추세로 굳어질 겁니다. 그러나 옥내에 있어야 할 조각품이나 조형물을 무조건 바깥으로 꺼내놓으면 심미적 느낌이 확보될 것이라는 생각은 곤란합니다. 환경디자인이란 이런 순수 조형물의 단순한 배치보다는 기능을 아울러 갖춘 실용적 조형물에 중점을 두는 방향으로 나아갈 게 분명합니다."

김현선 대표가 주관하고 있는 '96 서울 디자인 퍼블릭전은 아름다움과 실용성이 어떻게 행복한 조화를 이룰 수 있는지 가늠하는 계기가 될 듯하다. 오는 11월 22일부터 12월 1일까지 열흘간 서울 육백 년 기념관에서 열리는 이 퍼블릭 아트전은 '감성의 거리를 위한 도시 장치물전' 이란 부제를 달았다.

'기업전' '공모전' '기획전' '테마전' 등 네 개 부문으로 나누어 열리는 이 전시회는 기업에서 제작해 실제 사용하고 있는 도시 가로(街路) 장치물과 도시 경관을 구성하는 주요 장치물의 다양한 모형 및 디자인안을 전시함으로써 공공 공간의 디자인에 대한 사회적 관심을 높이고, 도시 환경이 나아가야 할 방향을 모색하는 데 주안점을 두고 있다.

"퍼블릭 아트하고 환경디자인하고는 어떻게 다릅니까?"

퍼블릭 아트라는 어려운 듯한 개념이 나오자 당황스럽지 않을 수 없다. 이럴 땐 무턱대고 물어보는 게 상수다.

"퍼블릭 아트라면 쉽게 말해 도시의 심미적 기능을 높이도록 공공 공간에 놓인 환경 조형물이라고 할 수 있어요."

그런데 아직도 쉽지가 않다.

"거리의 휴지통이나 가로등부터 시작해서 토목 시설인 다리도 퍼블릭 아트의 범주에 넣을 수 있다고 봅니다."

"아, 예. 그러면 예를 들어서 그런 퍼블릭 아트가 어떨 때 우리에게 감동을 줄 수 있겠습니까?"

"거리에서 흔히 보는 휴지통이 하나 있다고 칩시다. 그것을 하나의 범상한 물건으로 보아 넘기지 않고 거기에 전체 거리의 분위기를 좌우할 수 있는 커다란 힘과 우주가 있다는 암시와 깨달음을 주도록 꾸며줄 때라고 할 수 있겠죠."

그럴 때만이 우리의 잿빛투성이 도시 환경에 새로운 문화와 생활

방식이 열릴 것이라고 그는 믿는 듯하다.

우리는 주변에서 흔히 자신의 전문 분야에서 성취감뿐 아니라 경영적으로도 성공한 억척 여사장의 이야기를 많이 듣는다. 그도 1992년에 설립해 벌써 열한 명의 디자이너를 거느린 김현선환경디자인연구소의 어엿한 대표인 만큼 그런 얘기를 들음직도 하다. 하지만 그는 사업 얘기가 나오자 할말이 없다는 듯 웃고 만다.

"적자는 아닌 줄로 알고 있어요. 회계 부문은 담당자가 잘 알아서 하고요. 우리 디자이너들은 일만 열심히 하면 되죠. 이 영역이 보람도 있고 할 일도 무궁무진하기 때문에 저는 후배들, 특히 여성 후배들한테 입문을 적극 권유하고 싶습니다."

회사 분위기가 창의력을 요구하는 디자이너들답게 자유 분방해서 그런지 대표인 그의 자리를 함께 일하는 후배 디자이너가 거리낌없이 차지하고 앉아 일하는 경우라도 그는 한마디 불평도 없이 당연하게 받아들이고 양보한다. 이렇듯 분방한 자세와 상상력을 옹호하는 그이지만 너무 튀는 개성은 자제해야 한다고 주문한다. 퍼블릭 아티스트는 대중과 교감을 하는 디자인을 해야지 자기 자신만을 너무 드러내고 강조하는 작가는 아니라는 생각 때문이란다.

"물론 소재도 자유롭게 따오고 분방한 표현도 꺼리지 말아야 하지만 어디까지나 이걸 내가 했다고 표나게 내세우는 것보다는 대중들과 함께 작업한다는 의식을 갖는 게 중요합니다."

이와 함께 전통과 현대의 조화를 이루는 작업도 그가 크게 관심을 기울이는 부분이다. 그러나 팔각정 지붕을 그대로 옮겨놓는 식의 노골적인 재현은 사양한다. 겉으로는 눈에 띄지 않지만 한국인이라면 누구나 느낌으로 자연스레 받아들일 수 있는 우리 공간의 조형적 특성을 현대적으로 재해석해서 슬그머니 녹여넣을 때만이 전통이라는 게 오늘날에도 생명력을 가질 수 있다는 것이다.

"우리의 문화나 전통적 특성의 뿌리는 긴 역사 속에서 길러져왔으며 개인 생활 속에 깊숙이 침투하여 일종의 정신(마인드 아이덴티티)으로서 모두의 의식 속에 들어 있다고 봅니다."

그는 환경디자이너답게 언제 어느 거리를 지나든지 간에 허투로 스쳐가는 경우가 없다. 한번 손대보고 싶고 다듬어보고 싶은 구석이 너무 많이 띄어 그것이 다 일거리로 보이는 바람에 괜히 신나하는 경우도 많다. 그는 그것을 '플러스 알파(+α) 찾기'라고 부른다. 눈에 보이지 않는 새로운 부가가치를 덤으로 더 발견해내는 것이기 때문이다.

따라서 서울은 그에게 무한한 가능성을 가진 도시이기도 하다. 우리가 의식을 못 해서 그렇지 가끔 북한산이나 남산 같은 데 올라서 내려다볼 때마다 그 아름다움에 감탄하지 않을 수 없다고 한다. 자연적 요소와 인공적 요소가 가장 이상적으로 어울릴 수 있는 조건을 갖춘 도시가 바로 서울이라는 칭찬을 곁들인다.

외국에 자주 나가본 이들은 가령 프랑스나 영국 같은 선진국에선 일찌감치 자연 보호 하나는 잘돼 있고 규모가 풍부하다고 지적한다. 하지만 그들의 산과 들과 천(川)이 다들 따로따로 놀아 산은 들을 거느리지 못하고, 물은 산을 감싸안지 못하며, 또 들은 넓지만 물은 흔치 않고 탁하다. 그에 비해 우리나라는 천혜의 조건인 자연과 잘 조화를 이루기만 하면 외국 도시와는 다른 환경미를 빚어낼 가능성이 높다고 김대표는 말한다.

"그래서 앞으로는 무엇보다 우리 서울의 젖줄인 한강으로 가는 길을 꾸미는 일을 해보고 싶습니다. 한강 같은 푸근한 강이 서울 같은 대도시를 감싸 흐르는 건 정말 세계적으로 보기 드문 일입니다. 그런데 그 가까운 한강으로 가는 길이 이상하게도 너무 멀게 느껴지는 까닭이 무엇일까요?"

그 이유를 그는 사람들의 편하고 자유로운 접근을 훼방놓는 위압적 건축·토목물에서 찾는다. 돌이켜보건대, 거대한 시민 공원을 조성한다는 미명 아래 한강변을 에둘러가며 쌓은 고수부지의 콘크리트 둑방이 얼마나 생태계를 흔들고 정작 시민들의 발길을 주저하게 만들었는가. 또 숱한 강변도로들은 길이기에 앞서 한강으로 가는 길을 막는 장애물 구실을 하기도 했다.

"고층 건물이나 둑방 위 같은 높은 곳에서 바라볼 때와 자연스런 눈높이에서 바라볼 때의 사물의 느낌은 하늘과 땅 차이예요."

이 대목에서 우리는 환경 디자이너 김현선의 디자인 철학을 엿보지 않으면 안 된다. 곧 아름다운 느낌이란 그 대상을 향해 미시적인 접근을 해나갈 때 가능하다는 것인데, 한마디로 '눈높이 디자인 철학' 이라고 요약됨직하다.

마흔 살을 앞둔 그는 디자인 일에 '미쳐' 아직 노처녀이지만 십 년 안에는 결혼할 '디자인' 이 되어 있다고 당당하게 밝히는 걸로 봐서 독신주의자는 아닌 듯하다.

(『월간서울』 1996년 11월호)

무교동 낙지골목은 왜 사라졌을까
—개그의 원조 전유성씨

그는 어릿광대처럼 얼굴에 우스꽝스런 표정을 짓지 않는다. 일부러 실수를 한 척 넘어지지도 또 엉덩이를 별나게 흔드는 일도 없다. 게다가 남 앞에서 활짝 웃는 얼굴을 보일 줄도 모르는 뚱한 표정의 사내이다.

언제나 남 즐거운 일만 벌일 궁리를 한다는 개그맨 전유성씨(48)의 모습이 이와 같다. 한마디로 겉보기에는 '하나도 우습게 생기지 않은' 사내인 것이다. 그러나 그가 아무렇게나 던진 듯한 몇 마디를 주섬주섬 담아두고 돌아서는 순간 우리의 뒤통수를 슬그머니 때리는 웃음이 있다. 아하, 그 소리였구나…… 낄낄.

"한번은 서너 명의 출연자가 어울려 진행하는 프로에서 사회자가 나한테 라면의 길이를 물어봤어요. 그런데 누가 길이 재어보면서 라면을 먹나요? 아무튼 대충 백 미터라고 둘러댔죠. 그런데 정답은 오십 미터로 나왔어요. 그럴 때 바로 대답하지 않고 십 분쯤 지나서 한

창 다른 얘기가 오고가는 코너에서 내가 뜬금 없이 이렇게 말하는 거예요. 근데 말이죠, 전 라면을 꼭 두 개씩 먹거든요. 물론 그 자리에서 바로 말을 해 웃길 순 있지만 그건 내 스타일이 아니죠."

이렇게 '한 템포 늦은' 자기 스타일을 고집하기 때문에 쉰 살의 문턱을 바라보는 그이지만 아직도 그의 웃음을 찾는 고정팬들을 넉넉히 확보하고 있다. 팬들만 사로잡는 게 아니라 냄비 속의 팥죽처럼 변덕이 심한 대중의 기호를 상대하느라 연기자 수명이 들쭉날쭉인 개그계의 후배들한테도 현역 개그맨 중 최고참으로서 좋은 본보기이다. 매너리즘에 빠지지 않기 위해 하루 십오 분 이상은 웃기는 소재 찾기에 골몰하면서 아이디어 회의 때에는 젊은 후배들보다 더 기발한 아이디어를 많이 내어 '웃음의 아이디어 뱅크'로 불리고, 후배들도 "개그맨의 정년은 유성이형이 그만둘 때"라고 말하며 따른다.

그는 자타가 공인하는 개그맨의 원조이다. 배삼룡, 이기동, 서영춘, 구봉서 등 〈웃으면 복이 와요〉로 대표되던 선배 코미디언이 풍미하던 희극계에 개그맨이라는 말을 처음으로 도입하고 성격이 다른 연기를 펼쳐 보인 제1세대가 바로 그이다.

"어떻게 하면 남들에게 튀게 보일까, 그래서 주연 자리 하나 꿰차볼까 하는 심정에서 개그맨이란 말을 처음 써봤어요. 웃음을 창조한다는 점에서는 큰 차이가 없지만, 코미디가 무대 위에서 일정한 동작선을 따라 움직이면서 연기를 위주로 웃기는 거라면 개그는 주로 방송에 출연해서 신체의 움직임보다는 말과 가벼운 몸짓으로 웃깁니다."

그가 처음 쓴 개그맨이라는 말은 1979년 TBC에서 개그 콘테스트를 열어 서세원(1회), 이성미(2회), 김형곤(3회) 씨를 비롯해, 1981년부터 문화방송에서 개그 콘테스트를 열어 최양락, 이경규, 엄용수 씨 등을 발굴해내는 과정을 통해 시청자들의 취향을 등에 업고 희극 연기자를 통칭하는 대표 용어로 자리잡았다.

"하지만 개그를 오롯한 대중예술의 하나로 보는 시각이 우리 사회에는 없어요. 도대체 일제 시대부터 춥고 배고픈 서민들을 웃고 울리고 해온 사람들에 대한 인식이 아직 턱없이 부족한 것이죠. 우리 사회를 둘러보면 성질나게 하는 사람도 수두룩한 판에 그나마 웃겨주겠다고 나선 사람들에 대한 평가가 어떤지 아세요? 이제부터라도 '저질' 운운하는 '고질적' 잣대를 들이대기보다는 대중문화 자체의 시각에서 바라보는 자세가 필요합니다."

물론 웃음을 낮게 평가하는 기준은 동서양을 막론하고 유래가 깊다. 아리스토텔레스가 『시학』에서 희극을 '보통인 이하의 악인을 모방' 한 것으로 평가 절하한 이래 희극, 즉 개그 계열은 보통 이하의 예술로 취급당해온 게 저간의 사정이다. 감동이나 눈물보다 웃음이란 한 차원 낮은 것으로 간주돼왔다.

그래서 그런지는 몰라도 문학의 해인 올해 서울시가 주관해 각 분야에서 가장 문학적인 인사에게 주는 상에서 하필이면 개그맨 부문이 빠졌다고 한다. '가장 문학적인 건축가' 도 '가장 문학적인 음악가' 도 또 '가장 문학적인 영화인' 도 있는 판에 왜 '가장 문학적인 개그맨' 이 나오면 안 되느냐는 게 바로 그가 서운해하는 대목이다.

"그런데 우리나라에서만 유별나게 웃음에 대한 평가가 낮은 것 같아요. 혹시 민족성하고 관련된 것은 아닌지요?"

내 질문에 그는 뜻밖에도 단호하게 잘라말한다.

"그것은 편견일 뿐이지 우리 민족은 원래부터 절대 그렇지 않았어요. 예를 한번 들어볼까요. 옛날에 봉이 김선달 같은 백수 중에 정수동이라고 있었대요. 그 사람이 하루는 보신탕집에 들어가서 제일 끝내주는 부위 있잖아요? 그 개불알을 먹고는 그냥 가려 했단 말입니다. 그러니 식당 주인이 기가 막혀서 붙잡고 물을 수밖에요. 아, 당신 왜 그냥 가려 하오, 돈이 없으면 무릎 꿇고 빌기라도 해야 것 아뇨? 그러니깐 그 정수동이란 사람이 뭐라고 했는지 알아요?"

"글쎄요……"(이 정도가 내 한심한 유머 수준이다.)

"여보쇼 주인양반, 그저 암캐 한 마리 잡은 셈 치쇼 했다는 거예요. 딴 나라 같으면 육두문자가 튀고 야 이놈아 제일 비싼 것 먹고 뭔 헛소리냐고 난리가 아니었겠지만 우리네는 주인양반이고 주워 손님이며 허허 웃고 넘겼다는 거 아녜요. 이게 바로 우리 민족의 유머 기질이에요. 웃음이라는 것을 이렇게 우리식으로 들여다봐야지 결코 서양식의 잣대로 잴 수는 없는 노릇입니다. 그리고 외국인들은 방어 본능 때문에 싫어도 억지로 웃지 않을 수가 없었어요."

"방어 본능이라뇨?"

"우린 칼쌈 하던 민족이었지만 저쪽은 총쌈 하던 전통이 있어서요. 먼 거리에서부터 항상 웃지 않으면 위협감을 느껴서 바로 총알이 날아갈 수밖에 없었거든요. 웃고 싶어 웃은 게 아니에요."

그가 이렇듯 동서양의 유머관에 대해 언성을 높이고 있는 곳은 여의도에 새로 차린 그의 오피스텔이다. 밤섬이 내려다보이는 이 열 평이 채 안 되는 오피스텔은 그가 동료 연예인들에게 무료로 컴퓨터를 가르치고 또 자신의 개인적 취미인 사진 촬영의 암실로도 쓰기 위해 한 달 전쯤 마련한 것이다. 『컴퓨터, 일 주일만 하면 전유성만큼 한다』는 컴퓨터 길라잡이책을 써 베스트셀러로 만들 정도로 그의 컴퓨터 실력은 정평이 나 있으며 이 오피스텔도 그 책의 인세로 마련했다. 독학으로 다진 컴퓨터 실력을 바탕으로 그는 신선한 개그의 소재를 찾는 데 PC통신을 적절히 이용한다. PC통신 나우누리가 개설한 스타마을 코너에 '개그마당'을 열어 주로 십대 팬들과 밤늦도록까지 전자미팅을 하며 변덕스런 대중의 입맛을 맞출 소재를 찾는다는 것이다.

이렇듯 사람들에게 웃음을 선사하고자 하는 노력은 갈수록 시들어가는 서울의 모습에 볼거리를 만들어놓고픈 마음으로 이어졌다. 그는 영화배우 김명곤, 작곡가 강준혁 씨 등과 함께 하는 '서울의 문화를 생각하는 모임' 을 통해 이런 마음을 실천에 옮기고자 여러 가지 아이디어를 내놓았다.

"이 모임은 각 문화 부문에서 활동하는 중견 예술인들이 모여서 서울 사람들이 자신이 사는 서울을 자랑스레 생각하고 재미있게 느끼도록 만들어주자는 취지에서 결성되었습니다. 서울같이 복잡한 데서도 좀 신나해하며 살아보자 이겁니다."

이를 위해 그가 이 모임에서 내놓은 '꺼리' 들을 들어보면 그의 개그맨적 기질이 유감없이 발휘되어 신선하기도 하지만 한편으로는 큰돈이 들거나 일회적인 기발함에서 나온 게 아니어서 더욱 미덥다.

"종로3가의 탑골공원 있잖아요. 거기서 날마다 낮 열두시에 각계각층의 시민들이 아무나 나와서 3·1운동 때의 「독립선언서」를 낭독하는 거예요. 일본 애들이 요즘 독도가 자꾸 자기네 땅이라고 우기는데 우리 국민, 특히 애들한테 애국심을 따로 교육할 필요가 없잖아요? 관광거리도 되고."

우리가 고정관념을 버리면 이러한 꺼리들을 서울 곳곳에서 무궁무진하게 캐낼 수 있다고 한다. 가령, 압구정동의 오렌지 거리라고 알려진 곳도 얼마든지 개발할 수 있다. 그 거리를 향락의 거리로 몰아붙이면서 나쁜 쪽만 강조할 게 아니라, 일정한 블록을 정해서 그 거리 안의 모든 사람에게 오렌지색 유니폼을 입힌다는 것이다. 경찰관, 동사무소 서기를 비롯해 우체부, 의사, 주방장, 점원 등에게 오렌지색 옷을 입히면 충분히 외국인의 시선도 끌고 나쁜 이미지의 거리를 밝은 이미지의 거리로 전환시킬 수 있다는 논리였다. 문제는 도시의 열악한 주변 조건이 아니라 상상력의 결핍이 더 심각하다는 그의 주장을 듣노라면 제기할 반론이 딱히 떠오르지 않는다.

"그리고 대한문에서는 매일 전통 수문장 교대식을 벌이는 겁니다. 유럽에 가보면 버킹검궁 같은 데서 그걸로 외화벌이를 톡톡히 하는데 우리라고 못할 게 무에 있답니까? 또 덕수궁 안의 잔디밭에도 사람을 들여보내는 겁니다. 잔디가 죽기 때문에 안 된다고요? 그게 바로 고정관념이에요. 죽는 잔디가 있으면 되살리는 한이 있더라도 사람들의 접근이 용이한 곳으로 만드는 게 훨씬 수입도 좋고 이미지도 개선된다 이 말입니다."

아울러 외국으로부터 수입된 풍조인 발렌타인데이나 화이트데이 같은 것 대신 우리의 정서에 잘 맞고 속뜻도 깊은 칠월칠석날을 시정(市政) 차원에서 장려해 우리 고유의 떡을 주고받자고 하는 일, 또 어버이날이면 일 년에 한 번 외국 꽃인 카네이션만 달아주고 그간의 불효에 대한 면죄부를 발부받는 것 대신 모든 서울 시민이 남녀노소를 불문하고 그날만이라도 어버이의 발을 정성껏 씻어주는 풍조를 진작시키자는 등의 주장에 이르러서는 그가 단순히 별난 아이디어를 지닌 개그맨이 아니라 생활과 웃음을 실제적으로 연결할 줄 아는 안목을 지닌 사람이라는 생각이 든다.

한편 그는 살맛나는 서울을 가꾸기 위해서는 시민들의 자발적인 협조가 필수적인데 그러자면 지금처럼 규제나 벌 위주의 행정보다는 상(賞) 위주의 행정을 펴야 한다는 지론을 펼쳤다.

"명절 때 귀향하는 이들한테 일 년간 고생했으니 고향길 잘 다녀오라고 고속도로 무료 통행증을 끊어주는 거예요. 또 바야흐로 민선 시장 시대니깐 어디 외국에라도 나갈 때 말이죠 공식 수행원만 잔뜩 데리고 나갈 게 아니라 서울시에서 구두를 제일 잘 닦는 이, 때를 제일 잘 미는 이, 또 해장국 제일 잘 끓이는 이…… 이런 사람들을 데리고 나가는 거예요. 그런 때 가령 하이델베르크 시청을 방문했다 칩시다 그 자리에서 구두 닦는 이가 그쪽 시장의 구두에 광 내는 시범을 보여줘서 야코를 콱 죽여놓는 거예요. 우리 서울시에선 이런 사람이 대우받는다 이거죠. 얼마나 해학적이고 또 인간적이면서도 우리 시의 이미지를 높여줄 겁니까? 생각만 해도 통쾌하지 않아요?"

이것을 누가 단지 개그에 불과하다고 몰아칠 수 있을 것인가? 평소 일상 속에서 웃음을 빚어내면서 풍성해진 그의 상상력이 생활과 그리고 우리의 문화와 어쩌면 행복하게 만날 수 있는 가능성을 보여주는 게 아닐까? 이의 첫 결실로 우리는 아마 내년 삼일절 이후로 그가 '서울의 문화를 생각하는 모임' 에서 제안한 대로 매일 평범한 시민들이 정오 무렵이면 탑골공원 팔각정 주위에 모여 「독립선언서」를 낭랑한 목소리로 읽어내리며 3·1운동의 감격과 민족 주체성을 되새기는 광경을 목격하게 될지도 모른다.

(『월간 서울』 1996년 12월호)

서울의 참모습을 올곧이 알리고 싶다

—『서울 육백 년』 저자 김영상씨

"우리 민족사의 중심 무대였던 서울에 얽힌 역사, 문화적 내용을 쉽고 재미나게 풀어써서 일반인들에게 서울의 참모습을 올곧이 알리도록 엮었습니다."

최고의 서울 역사 연구가로 정평이 난 서울시문화재위원 김영상씨(80)가 지난 사십여 년간 발로 뛰며 갈무리해온 성과를 집대성해 『서울 육백 년』을 다섯 권의 책으로 완간했다. 이 책은 지난 1959년 한국일보의 '서울 600년' 이란 고정 칼럼에 연재했던 이백사십 회의 글을 뼈대로 해서, 삼십 년이 지난 1992년 같은 신문에 속편으로 실은 글을 보탠 것이다.

제1권 '북악·인왕·무악 기슭', 제2권 '남산 기슭', 제3권 '응봉 기슭', 제4권 '낙산 기슭과 청계천변' 에서는 사직단과 종묘, 궁궐의 배치와 도성의 축성 등을 통해 한양 서울의 지정학적 이득과 수도로서의 면모 등을 주로 밝혔다. 또한 사십 리 도성 울 한가운데에 종루(鐘

樓)를 앉히고 그 종소리에 맞춰 사대문, 사소문을 여닫으며 백성들을 일하고 쉬게 하던 제도와 남산, 인왕산, 북악, 무악 기슭에 흩어져 있는 크고 작은 사적지들에 얽힌 이야기들을 펼쳐놨다. 마지막 제5권 '한강 · 한강 유역' 에서는 한민족의 전통적 정서의 모태가 된 한강 유역의 사적들과 그에 깃들인 사연을 감칠맛 나게 풀어냈다.

"도서관이나 전시회 그리고 자료 소장가 등 서울과 관련된 문헌이 있는 곳이면 어디든 마다하지 않았고, 그것으로도 안 되는 부분은 일일이 현장 답사를 다녔지요. 그러다보니 그 내용들을 고증할 만한 그림이나 글씨, 사진, 문헌 등을 당대 풍속과 함께 곁들여 많이 실었기 때문에 이 책은 단순한 읽을거리에 그치는 게 아니라 종합적인 학술서 구실도 하고 있다고 자부합니다."

책상 앞에 앉아서만은 도저히 씌어질 수 없는 이 책을 엮는 데는 물론 그의 오랜 언론사 경력에서 빚어진 기자적 감각이 큰 도움이 됐다고 한다. 1917년 충남 아산에서 태어난 그는 열다섯 살 때 서울로 옮겨왔다가 일본에 유학해 릿교(立教) 대학 영문과를 졸업하고 귀국해 1942년 매일신보 사회부 기자로 언론계에 첫발을 내디뎠다. 해방 뒤에는 서울신문 정치부장을 거쳐 한국일보와 동아일보 등에서 논설위원 및 편집국장을 지내는 등 모두 이십사 년간을 언론인으로 활동했다.

"역사 편찬 작업은 정치, 경제, 문학, 지리, 건축 등에 폭넓게 걸쳐 있기 때문에 전문적 지식보다는 광범위한 상식을 쌓은 사람에게 적합하지요. 신문기자라는 직업이 이에 걸맞을 뿐 아니라 언론인으로서의 정보, 대인 관계, 취재 경력과 추진력 등이 큰 힘이 됐어요."

그가 서울의 역사에 대해 갖고 있던 평소의 관심을 본격적으로 실천하게 되는 계기는 기자 생활 십 년째를 넘어서던 1953년 가을에 찾아왔다. 정치부 부장을 끝으로 서울신문에서 나온 그는 '서울의 유구한 역사를 밝힐 공식 기관이 없는 데 대한 부끄러운 반성' 끝에 서울시와 협의해 이듬해 서울시사편찬위원회를 탄생시키는 산파역을 맡았다. 이후 1960년까지 여섯 해 동안 이곳에서 상임위원으로 일하며 서울의 역사 속에 파묻혀 그 세월의 장구함에서 오는 향기를 맡고, 그 바탕의 깊이에 침잠하며, 질리지 않는 다채로운 모양새에 매료돼 쉼 없이 다리품을 팔았다.

이 위원회에서 나오고 있는 기관지 『향토서울』은 현재 통권 57호를 넘기면서 관 소속의 기관지로서는 보기 드물게 형식적 출간에 그치지 않고 내용면에서도 의료, 경제, 국문학 등 각계의 전문적 필진들을 두루 참여시켜 알찬 성과를 일궈낸다는 평가를 받고 있다. 그 과정에서 줄곧 어둠 속에 묻혔던 세종대왕과 이순신 장군이 탄생한 집터를 고증하여 밝혔고, 경무대를 청와대로 고쳐 부르도록 의견을 내었으며, 지금 서울 관내 곳곳에 있는 사적지 백여 군데에 표지석을 세우도록 한 작업에도 그의 손길이 깊이 관여돼 있다고 한다.

"안타까운 장면도 많이 보아왔습니다. 우선 20세기 초에 들어서면서 일본 제국주의의 마수에 의해 서울의 문화유산들이 의도적으로 많이 훼손당한 것은 널리 알려진 사실이지요. 대표적으로 경복궁이 그렇고 원구단을 헐고 지은 조선호텔, 전각이 축소된 덕수궁, 동물원으로 전락한 창경궁 등을 들 수 있어요."

이와 아울러 우리의 무관심과 그릇된 인식 때문에 사라지는 것들도 헤아릴 수 없다고 지적했다. 그가 한번은 서울시 은평구 갈현동에 있는 어느 허름한 옛집을 지나가다 그 집 처마 밑에 드리워져 있는 낡은 현판을 발견하게 되었다. 가까이 가서 살펴보니 고종 때 하사받은 효자 정려문이었다. 집주인을 만나 그 내력을 확인한 다음 돌아와서 얼마 뒤 서둘러 절차를 밟아 문화재로 지정하러 갔더니 그 자리에는 어느덧 새 건물이 들어서는 중이어서 자취가 온데간데없이 사라지고 말았다. 어이없어하는 그에게 집주인이 태연하게 '우리집 우리가 없애는데 뭔 상관이냐' 는 투로 나오는 바람에 재산 굴리기에 열중하느라 문화적 소중함과 자랑거리는 아랑곳없이 생각하는 요즘 사람들의 사고방식에 너무 놀랍고 서운했다고 털어놓는다.

『서울 육백 년』 다섯 권 중 그의 땀냄새와 입담이 가장 농후하게 배어나오는 게 바로 제5권 '한강 · 한강 유역' 이다. 서울의 수려한 문화를 탄생시키고 보듬어 키워온 젖줄이 바로 한강이기에 그 물줄기에 의지해 살아온 사람들의 삶의 애환과 발자취가 그의 붓끝을 빌려 고스란히 숨쉬고 있는 것이다. 특히 그가 책갈피마다 안배해놓은 옛사람들의 시가(詩歌)와 노래에는 이러한 정서가 절절이 녹아 흐른다.

> 한강수라 깊고 맑은 물에 / 수상선 타고서 에루화 뱃놀이 가잔다 / 아아하 에헤요 에헤요 에헤야 / 얼싸 함마 둥게 디여라 내 사랑아…… / 노들의 버들은 해마다 푸르른데 / 한강을 지키던 님 지금은 어디 계신가……
>
> —〈한강수 타령〉 중에서

한강의 발원이 오대산 기슭의 우통샘물에서 흐르는 남한강 수계와 금강산 만폭동 계곡의 샘물이 근원이 되는 북한강 수계로 구성돼 팔백 리의 물길을 이룬다는 사실도 재미있다. 또한 한강 유역의 변천사를 들여다보는 일은 더욱 흥미롭다. 한 예를 들자면 지금 송파라고 불리는 데는 원래 송파나루가 번창하던 곳이었다. 육로와 수로가 잘 연결된 지정학적 조건뿐 아니라 중앙의 육주비전 상인들이 휘두르던 금난전권의 간섭을 받지 않는 등의 사회적 호조건 때문에 송파나루는 17세기 이래로 전국의 온갖 물산이 쌓이는 상설 시장으로서 흥청거릴 수 있었다. 장터의 분위기가 뜨지 않는다 싶으면 상인들은 그때 그때 추렴하여 줄타기놀이의 줄을 걸기도 했고 씨름판을 벌이기도 하면서 으레 송파산대놀이의 기원이 된 산대놀이를 벌였다고 한다.

그렇게 흥청거리던 송파벌이었지만 개발 공사로 인해 물길이 바뀌고 지형이 달라지면서 온통 도시의 모습으로 변해 옛 자취는 찾아볼 길이 없어졌다. 하지만 현대식 경기장 시설을 갖춘 종합운동장을 거느리고 지난 1988년 세계인의 이목을 한데 받으며 제24회 서울올림픽을 손색 없이 치러내 감회를 새롭게 해주고 있다.

"그뿐 아니라 실학자 이수광(1563~1628)이 '허술한 주막 풀언덕에 있고 고기잡이 양 치는 목동들도 마을 노래 부르네' 라고 한갓지고 낭만적으로 묘사한 여의도는 상전벽해를 이루어 국회의사당이 들어서고 국내 삼대 방송국과 굵직굵직한 금융 기관, 학교, 아파트 등이 빌딩숲을 이루고 있지요."

일제 시대인 1935년 봉은사 전경을 찍은 것을 시발로 하여 각종 현장을 쫓아다니며 웬만한 유적지는 손수 사진으로 담아두다보니 어느새 아마추어 수준은 넘어서는 촬영 전문가가 되었다.

"아마 우리나라 백과사전에 실린 사진을 개인별로 볼 때 가장 많이 제공한 사람이 바로 나일 겁니다. 그중에서도 사적 제288호로 지정된 서울 북한산 비봉 위의 신라 진흥왕 순수비는 1956년도에 내가 직접 찍은 거예요. 지금은 그 비석이 국립중앙박물관에 가 있어서 원래 모습을 다시 찍으려야 찍을 수가 없지요."

이 정도 식견이라면 그가 바라보는 서울의 상징적 대표적 명물이 없을 수 없을 것 같아 넌지시 물어보았다. 그러자 그는 기다렸다는 듯이 자신이 평소 정해둔 '서울 팔영(詠, 칭송하고 기림)' 을 줄줄이 풀어놓았다.

"우선 첫째는 북한연봉(北漢連峰)입니다. 서울을 병풍처럼 에워싼 북한산 봉우리들이야말로 서울의 기상입니다. 둘째는 한수장강(漢水

長江), 즉 굽이치는 한강이며 셋째는 남산조망(南山眺望, 남산에 올라 바라보는 광활한 서울 풍경)이며 넷째는 남문창고(南門彰古, 남대문의 고색 창연한 모습)입니다. 거기다가 옛모습을 비교적 온전히 보존하고 있다는 측면에서 창덕고궁(昌德古宮)을 꼽을 만하며, 그 밖에 동문성시(東文盛市, 동대문 주위의 활발한 모습), 여의환도(汝矣換都, 여의도가 번화한 시가지가 됨), 몽촌신장(夢村新粧, 몽촌토성이 있던 잠실벌 주위의 변한 모습) 등을 합해 현대판 서울 팔영이라고 부름직합니다."

여든의 나이지만 아직도 서울시문화재위원과 한국박물관회 이사 등 공식 직함만 여섯이며 십여 년 전에 출범시킨 서울문화사학회의 회장으로서 삼백 명 회원과 더불어 매월 넷째 일요일이면 서울시 관내 사적 현장을 찾아다닐 정도로 왕성한 활동을 계속하고 있다. 건강의 비결을 묻는 질문에 별다른 것은 없고 가벼운 아침 체조를 즐긴다고 했지만 아무래도 그의 호(號)인 인재(忍齋)에서 알 수 있듯이 세상만사에서 조급함이나 성냄 없이 매끄럽게 넘어가는 성품이 그의 건강에 일조를 하는 듯했다.

(『월간서울』 1997년 1월호)

사랑방 이야기 붓으로 들려줍니다
—민화의 대가 김만희씨

"이빨 빠진 호랑이가 곰방대를 물고 까막까치가 사람처럼 말도 하던 시절……" 하며 사랑방 이야기꾼인 할아버지 할머니들이 운을 떼는 순간 귀가 솔깃하여 무릎걸음으로 바짝 달라붙던 시절을 기억하는 사람이 아직도 많을 것이다. 그 구수한 옛이야기를 문자로 기록해놓으면 설화요 민담이며, 가락으로 풀어내면 민요나 판소리가 되듯 그림으로 묘사해놓은 게 바로 민화이다.

역사적으로 비록 대다수 기층 민중에게 큰 위안을 주고 사랑을 받아왔지만 품격이 모자란다 하여 예술적으로는 백안시돼온 민화 부문에서 최초로 무형문화재로 인정받은 이가 나왔다. 지난해가 저물기 직전인 12월 서울시 무형문화재 제18호 민화장(民畵匠)으로 지정된 고안(古岸) 김만희씨(66)가 바로 그 주인공이다.

"중요한 우리 전통 문화의 자산 중 하나인 민화에 대한 인식이 그동안 무척이나 모자랐었지요. 미술 하면 대부분 서양화나 중국의 영향이 뚜렷한 한국화(동양화) 일색 아니었습니까? 이번에 서울시에서 민화를 무형문화재로 지정한 것을 계기로 근대화 과정 속에서 단절됐던 우리 정신사적 맥락의 한 줄기가 다시 복구되길 바랍니다."

지난 삼십여 년간 남들이 다 꺼리던 길에 들어서 오로지 장인 정신 하나로 버티며 외곬으로 걸어온 끝에 민화장으로까지 지정받게 돼 나름대로의 결실과 보람을 거둔 김씨의 목소리에는 남다른 감회가 짙게 서려 있다.

"요즘도 민화라고 하면 허풍스러운 만화 수준의 그림이거나 무당식의 부적, 호랑이 그림, 심지어는 일본식의 조잡한 그림인 화투 정도로 여기는 편견이 말끔히 가시지 않은 게 사실입니다. 하지만 60년대 중반 민화의 세계에 눈을 뜨면서 저는 따스한 해학과 익살 그리고 인간 중심적인 우리 민족의 의식과 기질을 이렇게 잘 표현하는 독특한 서민 미술이 있다는 사실에 놀랐습니다."

그의 지적대로 민화는 조선 시대에는 중국 회화만을 숭상하는 사대주의적 화풍에 눌려 멸시와 천대를 받고, 일제 시대에는 민족 문화 말살 정책에 밀리고, 또 요즘엔 외래 문화의 홍수에 잠겨 숨소리조차 제대로 내지 못하던 음지 속의 예술이었다. 그래서 당당한 화폭에 자리를 잡지 못하고 낡은 벽장문이나 다락문뿐 아니라 벽지 대신 벽면에 도배돼 있다가 철 따라 사라지는 운명을 기꺼이 감수해왔었다. 그러나 민화가 이렇듯 왕실이나 사대부 양반 등 상류층에서 고상한 미술품으로 기려지지 않았다는 사실은 거꾸로 그만큼 하층 백성들의 희로애락과 운명을 같이했다는 반증이기도 하다.

"민화란 민중 속에서 태어나고 또 그리는 사람도 그들을 위해서 그리는 것이며 그 그림을 사는 사람들도 바로 민중이었거든요. 그 많은 민화를 그려준 이들도 모두 길거리에 자리잡고 즉석에서 그리거나 떠돌아다니며 그려주는 이름 없는 방랑 화가가 대부분이었습니다.

정처 없이 떠돌다 혹 밥 한 그릇, 술 한 잔 얻어먹고 잠자리를 제공해 준 대가로 그려준 경우도 허다했지 않을까요?"

옛 민화에 한결같이 제작자의 낙관(落款)이 없는 이유도 이런 사정에서 찾아볼 수 있다고 한다. 작가 개인의 개성적 역량이나 독창성보다는 공동체의 미의식이 강조되고 도식적 기법에 충실한 화풍이 중시된다. 그러나 이제 서른일곱번째 개인 전시회가 되는 〈김만희 민화 초대전—격동의 1940년대 회상전〉(1. 28~2. 16 현대아트갤러리)에 내걸린 그의 오십 점의 민화 한구석에는 낙관이 선명하게 찍혀 있다. 낙관이 없는 그림을 하나의 작품이나 상품으로서 인정해주지 않는 요즘 미술계의 풍토를 수용한다는 의미도 있지만, 이번에 전시되는 민화 대부분이 해방을 전후한 40년대의 시대상을 담은 풍속화들로서 전통 민화에 비해 개인의 창작성이 두드러지기 때문이다.

"우리 전통 민화는 바위나 소나무 등 십장생류의 자연물이나 용, 호랑이, 십이지신상 등에 치우쳐 정적인 한계를 드러냈습니다. 물론 이런 전통적 화법을 소중히 계승해야겠지만 현재의 사회 변화에 맞춰 인간의 체취를 느낄 수 있는 풍속화 부문도 새롭게 발전시킬 필요가 있지요."

이런 의미에서 40년대를 회상하는 작품이 주류를 이루는 이번 민화전은 조선 후기에 빼어난 풍속도를 남겼던 김홍도, 신윤복, 정선의 계보를 오늘날에 되살리는 한편, 특히 철저한 기록성이 돋보이는 자리가 될 듯하다. 전차와 자동차 그리고 우마차가 뒤섞여 다니는 해방 전후의 동대문 주변을 묘사한 〈오간수교(五間水橋)〉 앞에 서면 청계천이 복개되어 지금은 볼 수 없는 오간수교를 구경할 수 있다. 낙산을 등지고 선 야트막한 기와집 몇 채가 바로 이화여대병원이고 청계천을 가로지른 오간수교 위로 전차길과 차도가 놓여 있는데, 지금 동대문시장 터에서 종로 쪽과 을지로 쪽 전차가 나가고 오른쪽으로는 청량리로 가는 전차가 뜬다. 민화장 김씨는 이 그림 한 귀퉁이에 박힌 '충신상회' '동대문철물점' 등 상가 이름이나 일제 시대의 목탄 버스 몸체에 써 있는 '충남자동차여객주식회사' 등 하나하나가 실존했던 것인 만큼 사실적 기록에 신경을 썼다고 한다. 이렇듯 그가 민화를 통해 시대상의 재현에 집착하는 이유는 무엇일까.

"문화의 흐름에 빈자리가 있어서는 안 되는데 이상하게 우리 역사에서 40년대의 시대상을 보여줄 자료가 부족한 점에 대해 평소 안타깝게 생각했어요. 차라리 구한말이나 일제 시대 때는 선교사나 일본 연구가들이 남긴 자료 사진이 그럭저럭 남아 있긴 한데 40년대는 대동아전쟁에 이어 해방 정국의 혼란이 뒤따라서 그런지 다들 경황이 없었나봐요. 그래서 내가 비록 그림이긴 하지만 족자의 화폭에 갇힌 민화로서가 아니라 기록으로서도 제구실을 하도록 붓을 놀렸습니다."

앞서 거론한 오간수교와 목탄차 끄는 풍경말고도 일제 시대의 공습 대피 및 미군기 저공 정찰 장면을 비롯해 해방 직후의 엿장수, 새우젓장수의 모습, 그리고 유력한 교통 수단이었던 자전거 수리점, 싸전, 옛 대전역 광경 등을 사진보다 더 푸근한 느낌으로 감상할 수 있다.

그러다보니 문득 궁금한 점이 하나 생겼다. 어떻게 오십여 년 전을 이토록 생생하고 자세하게 떠올릴 수 있을까 하는 점이었다.

"기억이라는 게 참으로 묘해요. 나이를 먹다보면 오히려 가까운 시점의 일은 잘 안 떠오르고 깜빡하지만 까마득히 먼 과거는 더 새록새록 떠오른답니다. 특히 40년대는 내가 감수성이 예민한 청소년 시절을 보낸 시기여서 더욱 그런가봐요."

1931년 부산에서 출생한 그는 1950년 대전사범을 졸업한 이후 1957년 국제대학(현 서원대학) 법정학부 정경과 졸업, 1959년 경희대 대학원 정치학과 수료에 이르기까지 대전사범에서 미술부 회장을 지낸 것을 빼곤 사실 정통 미술계와는 별 관계가 없는 길을 걸어왔다. 1950년 서울 창신초등학교에서 첫 교편을 잡다가 1961년 사표를 내고 약 이 년간 고등고시 준비를 했으나 실패한 경험이 그로 하여금 인생의 진로를 다시 생각게 만들었고 결국 평소 소질이 있던 미술의 영역을 엿보게 만들었다. 때마침 60년대 개발 독재의 붐 속에서 무조건 잘살아보자는 식의 열기가 온 국토를 뒤덮으며 초가집이 없어지고 곳곳의 성황당도 자취를 감추는 등 우리의 본모습과 혼을 담은 것들이 사라지는 광경을 지켜보며 품게 된 안타까운 심정이 민화의 세계로 그의 등을 세차게 떼밀었다. 그래서 사진기와 스케치북을 든 채 현장 답사를 위해 전국을 헤매고 박물관과 사찰들, 개인 소장가들 그리고 이름 모를 벽촌의 초가집이나 외양간까지 뒤지며 민속품, 유물, 민화 등을 삼십 년 내내 모아온 것이다.

"서울서 교사 생활을 할 때 같은 교사 신분으로 만나 결혼까지 한 집사람의 내조가 없었다면 궁핍한 '환쟁이' 생활을 삼십여 년씩이나 끌어오진 못했을 겁니다. 삼 년 전 명예 은퇴할 때까지 묵묵히 뒷배를 봐준 아내에게 고마움을 표합니다."

칠순이 다 돼가는 나이에 무형문화재 기능 보유자인 민화장으로 처음 지정되고 보니 기쁘기도 하지만 한편으로 걱정스럽기도 한 게 그의 심정이다. 요약하자면 대권(?)을 받아줄 후계자 문제이다. 민화라는 게 속성상 고정된 양식과 스타일이 전해져내려오는 게 아니고 애초부터 자유 분방하고 격식을 따지지 않는 장르라는 데 그의 고민이 깃들여 있다. 민화장인 자신도 누구한테 따로 가르침을 받은 바 없고 그 역시 양성 기관을 세워 제자를 기르지 못해 스승도 제자도 없는 처지라는 것이다. 그러나 그가 그 동안 애써서 펴낸 『민속 도록』(전20권), 『한국 민속 도감 슬라이드』(전2권), 『한국 민속 칼라 북스(전17권) 등 수십 권의 방대한 저서들이 있기에 민화를 하려는 이들이 충분히 사숙

(私淑, 직접 가르침을 받을 순 없지만 책이나 작품 등을 통해 간접적으로 배움)할 수 있는 길잡이를 만나는 데는 별 어려움이 없을 듯싶다.

한편 주위에서 자꾸 다른 무형문화재 부문에는 일반적으로 무슨 파라든지, 아무개류라든지 하는 구분이 있는데 당신은 어떻게 되느냐고 묻는단다. 그러면 그는 "나는 오직 내 식이 있을 뿐"이라고 잘라 말한다. 그래서 자신의 뒤를 이을 민화장을 선정할 때도 자신의 화풍만 잘 따르는 것을 잣대로 삼을 게 아니라 얼마나 자기 식대로 역량을 발휘하는가를 참고하겠다고 밝힌다.

언제쯤 붓을 놓을 거냐는 외람된 질문에 백발의 민화장은 고개를 단호히 내저으며 이번 전시회가 끝난 뒤 이삼 년 작업을 더 해 '고난의 50년대 회고전'을 펼치겠다는 의욕을 보였다. 다만 작업실도 따로 없이 아틀리에를 겸하고 있는 안방에 교자상을 펼쳐놓고 삼십여 년간 그림에 몰두한 끝에 최근 실명 단계에 이른 왼쪽 눈이 걱정된다고 털어놓았다. 그 얘기를 들으며 집을 나설 때 새삼 그의 철저한 장인정신에 머리를 조아리지 않을 수 없었다.

(『월간서울』 1997년 2월호)

5부 대담글

지식인 · 권력 · 진실
—김소진의 「처용단장」

김소진 · 우찬제

김소진은 아직 형성 도정에 있는 신예 작가이다. 그는 1991년에 등단해 이 년 동안 열한 편의 소설을 썼다. 대부분 자기의 독특한 스타일을 바탕으로 고르게 소설적 긴장력을 확보해온 것으로 평가받았다. 독특한 자기 스타일이란 무엇인가. 작가 김소진에게 있어서 그것은 무엇보다 모국어에 대한 가열한 애정과 모국어 문장 다듬기와 관련된 절차탁마가 아닐까 싶다. 그는 젊은 신예 작가 중에서는 거의 유일하게 모국어에 대한 강한 자의식을 지니고 있는 소설가이다. 그래서 그의 소설을 읽다보면 홍명희의 『임꺽정(林巨正)』에나 나옴직한 걸쭉한 모국어들이 살아 움직이는 행렬을 발견하게 된다. 그것은 적잖은 놀라움을 동반하는 것이다. 화석화된 모국어들을 떼어내어 문학적 숨결을 불어넣는 작업이란, '변화'와 '속도'에 지배되고 있는 이 90년대에 얼마나 고단한 작업이 될 것인가. 물론 그의 텍스트 안에 들어와 있는 민족의 화석어들이 모두 생기를 되찾은 것은 아니다. 때로는 독자들을 따분하게 만들기도 하고, 정서적인 저항감을 형성하기도 한다. 그럼에도 불구하고 요즘같이 글이 쉽게 씌어지는 시대에 그의 소설은 여러모로 생각거리를 제공하는 것만은 분명하다. 실제로 그의 작품집에서 한 대목을 가려 뽑아 읽어보기로 하자.

> 그 다음날 살그머니 광수형네 대문 틈새로 들여다본 장면이 지금도 눈에 선하게 잡힌다. 하늘색 페인트가 가뭄에 갈라진 논바닥의 엉그름처럼 쩍쩍 벌어진 대문짝 너머에는 고요한 적막만이 꽉 닫힌 방문 앞을 서성댔다. 휑뎅그렁한 마당에는 숨죽인 햇발만 그득히 쌓이는데 한켠에는 멜빵이 끊어진 채 담벼락에 기댄 똥지게가 한쪽 팔이 부러진 상이용사처럼 갈고리팔을 맥없이 늘어뜨리고 있었고 그 옆에는 형편없이 짜부라진 똥장군이 굴러다녔다. 그리고 모잽이로 벌렁 드러누운 광수애비의 찢어진 흰 고무신 한 짝. 이제 신쭈를 같이 주우러 다니던 광수형도, 살결이 희디흰 인형 같은 폐병쟁이의 딸 명희누나도 다시는 못 보게 되겠구나.
>
> —「그리운 동방」

산동네에 사는 어린아이의 시선으로 포착한 고즈넉한 묘사 대목이다. 어느 날 골목대장 격인 이웃의 '광수형'이 '명희누나'를 꿰어차고 도망간다. 이 사실을 안 어린 주인공이 '광수형'의 집 앞에 와 살짝 벌어진 대문틈 사이로 집 안을 들여다보며, 도망간 두 사람의 사연을 훔쳐보듯 조금은 신비스럽게 응축된 묘사의 빛을 발하고 있다. 그 가운데 얼른 보기에도 '엉그름처럼'이라든지 '모잽이로'라든지 하는 어휘들은 매우 낯선 것들이 아닐 수 없다. 그래도 이 부분은 그같은 화석어들이 비교적 적은 편이다. 등단작인「쥐잡기」를 보면 그 빈도가 사뭇 현저하다.

이렇게 김소진이 민족의 화석어를 현대적으로 되살리며 오늘의 이야기를 하는 것은 그 나름대로 당대의 위기에 대응하는 방식이 될 것이다. 파행적인 이질혼성으로 점철되는 과정에서 야기된 자기 정체성의 위기라는 말로 요약될 당대의 위기 상황에서 그가 기본적으로 민족어에 관심을 두었다는 것은 매우 중요하게 보인다. 그의 관심이 언어 혹은 어휘 차원에서 그치는 것은 아니다. 민족적 소재, 혹은 테마의 차원으로 넓혀가고 있는 것을 알 수 있는데, 가령 『문예중앙』 봄호에 발표한 「처용단장(處容斷章)」이 그 대표적인 예라 할 수 있다.

괜한 허두가 길어진 느낌이다. 이제 그를 만나 들은 이야기를 직접 전하기로 한다. 내가 작가 김소진을 만난 것은 5월 말일이었다. 그가 동료 작가 함정임과 결혼한 게 6월 6일이었으니, 그즈음 그는 약간은 상기된 예비 신랑이었으리라. 이야기가 진행되는 두 시간여 동안 그는 매우 진솔했고 진지했으며 순수했다. 그래서 나는 그가 '아름다운 영혼' 을 지닌 작가일지도 모른다는 감상에 젖어보기도 했다.

—어휘를 가꾸고 모국어를 되살리려는 노력을 하게 된 특별한 계기가 있다면?

어머니의 영향 때문이다. 나는 창작집 서문에서 어머니께 드리는 헌사를 어쭙잖게나마 붙여놓았다. '어머니, 내 소설의 팔 할은 당신께서 키운 겁니다' 라고 쓴 것은 진심이다. 나는 이남 이녀 중 막내였다. 막내이다보니까 어머니 곁에 있는 시간이 더 많았던 것 같다. 어머니는 어려운 집안 살림 때문에 무척 고생하신 분이었다. 어렸을 때 아버지가 중풍으로 쓰러지신 이후 집안을 혼자 도맡아 꾸려야 했으니 오죽했겠는가. 그러다보니 어머니는 넋두리나 하소연 같은 걸 많이 하셨다. 그런데 놀랍게도 그 이야기는 매우 풍요로운 것이었다. 속담이나 향토어들이 풍성했을 뿐만 아니라 이야기성도 넉넉했다. 이같은 어머니의 이야기가 내 인생 최초의 혹은 원초적인 어휘 교육이었고, 또 그 자체로 문학 교육이었다. 다시 말하지만 내 소설의 팔할은 어머니 덕택에 씌어진 것이다.

—그렇지만 유년기의 기억만으로는 힘들었을 것이다. 특별한 수련 과정이 있었을 텐데……

특별하달 건 없겠지만, 있긴 있었다. 군복무 시절이었다. 1986년 1월부터 군복무를 했는데, 그 시절 틈틈이 신기철·신용철의 『새우리말 큰사전』을 베껴가며 어휘 공부를 했다. 거기서 '어머니의 말'을 되찾으려 했고, 유년기의 어휘를 회복하고자 했다. 어감이 좋은 말, 의미 있는 속담이나 한자어들을 가려 노트에 정리하기도 했다. 아마 서너 권 분량은 될 것이다.

—그때 정리한 어휘 수는?

사오천쯤 될 것이다. 물론 많이 잊긴 했지만……

—자신이 사용하는 어휘들이 자신의 감정 안에는 완전히 무르녹아 있다고 생각하는가?

글쎄다. 작품에서처럼 일상에서 많이 쓰고 있지는 않지만, 매우 친밀감을 가지고 있는 것은 사실이다. 우리말에 관심을 가지다보면, 하나의 어휘에 함축되어 있는 많은 의미를 포착해낼 수 있음은 물론 소설적 상상력으로 접목시켜낼 수도 있다. 가령 「그리운 동방」 같은 소설은 '동방'이란 어휘 하나에서 출발한 것이다. 내게 있어서 동방이란 유년기부터 어떤 신비한 그리움의 대상이었다. 물론 그 동방이란 구체적인 장소에 가볼 수 있었던 것은 아니지만…… 이 때문에 더더욱 '동방'을 제목으로 내세운 소설을 쓰고 싶었다.

—소설을 쓰게 하는 원천적 힘의 팔 할이 어머니라는 고백은 매우 인상적이다. 어머니에 대한 유년기의 기억이나 풍경을 좀더 구체적으로 얘기한다면? 그리고 그 어머니상은 소설에서 어떻게 변형되어 나타났고, 또 아직 소설로 못다 쓴 어머니의 이야기가 있다면 무엇인가?

어머니는 구철원(휴전선 이북)의 중농 집안 출신이었다. 사년제 철원고녀를 다녔고 한때는 교편을 잡기도 했으나, 6·25 이후 몰락의 길을 걸은 것 같다. 어머니에겐 육체적·내면적인 상처가 많았다. 당신의 유년 시절에 얼굴 화상을 입은 것부터 시작해 상처는 축적되고 콤플렉스로 이어졌는지도 모른다. 그 콤플렉스를 어머니는 말로 풀어내려고 했다. 일종의 자기 진술증이랄까. 어쨌든 어머니는 입심이 센 분이었다. 힘들고 어려울 때마다 당신의 행복했던 시절을 회고하며 아버지와 자식들과의 인연을 탄식하기도 했다. 요컨대 어머니의 말과 넋두리는 그 자체로 한풀이의 방식이었다. 고단한 생활을 그런 식으로 이겨내셨다. 이같은 어머니의 말과 눈물과 삶이 내 소설 안에 많이 녹아 있다. 어머니를 너무 많이 팔아먹는 게 아니냐고 하는 이들도 있지만, 신출내기로서 주위의 인물들을 팔아먹는 것은 어느 정도 불가피한 일이 아닌가 한다. 문제는 얼마만큼 진정성 있는 문학적 표현을 얻고 있는가 하는 것일 게다. 단편적으로 몇 편 어머니의 이야기를 썼을 뿐, 아직 전체적으로는 그리지 못해 아쉽다. 인생에 있어서나 소설에 있어서나 어머니에게 늘 많은 빚을 지고 살아간다.

—어머니나 가정 문제와 관련된 가정 소설 계보의 소설들이 김소진 소설의 제1유형이라면, 「수습일기」나 「열린 사회와 그 적들」 같은 취재형 혹은 기자형 소설들이 제2유형이 된 것으로 본다. 이 두번째 유형에 대해서도 이야기해달라.

가정 소설 계보의 경우 남들의 생각과는 달리, 직접 보고 듣고 겪은 이야기이기 때문에 쉽게 풀어낼 수 있었다. 반면 취재형 소설들은 상대적으로 구성에 신경을 많이 써야 했다. 「수습일기」의 경우 수습 때 경찰서 출입을 하면서 얻은 소재를 가지고 쓴 것이다(교열부 기자로 입사했지만, 수습 기간 중 한 달간 경찰서 출입을 했다). 취재 중 얻은 소재에다 개인적인 분위기를 가미해 쓴 것인데, 아쉽게도 본격적인 취재형도, 그렇다고 가정형도 아닌 어정쩡한 것이 되고 말았다. 「열린 사회와 그 적들」은 비교적 거의 취재에 의탁한 소설이다. 「수습일기」에 비해 어정쩡한 상태에서 벗어난 것은 보람스럽게 생각한다.

―기자라는 직업과 소설 쓰는 작업 사이의 상관 관계는?

기자가 소재를 찾는 데 유리한 직업이 될 수도 있을 것이다. 그러나 내가 보기에 더 중요한 것은 기자 정신과 문학혼과의 관계가 아닐까 한다. 언론의 영향력 때문에 많은 이들이 기자를 지식인이라고 생각하는데, 사실 현상적으로 볼 때 지식인의 본령과는 좀 거리가 있는 것 같다. 그럼에도 불구하고 기자의 엄연한 위상은 있는 법이고, 가령 '진실의 소통' 을 위한 기자 정신은 그대로 문학혼과도 맞닿을 수 있다고 여기는 편이다. 내가 취재형 소설을 쓴 것도, 깜짝 놀랄 만한 소재를 다루려고 한 것이 아니라, 바로 이같은 문제를 고민하기 위한 것이었다.

―지식인의 문제를 거론했는데, 어찌 보면 「처용단장」도 직·간접적으로 지식인의 문제를 다룬 것 아닌가?

그럴 수 있다.

―「처용단장」을 보면 본래 주가(呪歌) 성격의 처용 이야기를 지식인과 권력의

역학 관계라는 사회성 짙은 이야기로 패러디한 느낌을 갖게 된다. 물론 불륜 모티프를 바탕으로 하고 있지만…… 「처용단장」을 쓰게 된 구체적인 계기가 있다면 무엇인가?

몇 가지 있다. 첫째로 지식인의 전향과 변절에 대한 관심을 들 수 있다. 대학을 졸업한 이후에도 학교 근처인 신림동 쪽으로 술 마시러 자주 가는 편이다. 그런데 90년대 들어 그전과는 달리 고시원이 많이 늘어났음을 알게 되었다. 게다가 운동권 전력이 있던 이들도 대거 고시 공부에 몰입하고 있거나 이미 합격했다는 이야기를 듣기도 했다. 어느 날 나는 고시촌을 물끄러미 바라보다가 운동권에서 제도권으로 전환한 이들의 내면적 갈등 내지 자기 합리화에 관한 이야기가 중요한 '거리'가 될 수 있을 거라는 믿음을 갖게 되었다. '거리'를 위한 끝에 처용을 발견하게 되었다. 내가 보기에 처용은 '오쟁이를 탄 남편'이었다. 역신을 물리쳤다는 처용 설화와는 달리, 당시 문란했던 성 풍속과 개방적인 분위기에서 나온 인물일 것이며, 또한 권력과도 매우 긴밀한 인물일 것이라고 추정했다. 대학 도서관에서 관계 문헌들을 뒤져보니 과연 그런 연구도 나와 있었다. 어쨌거나 처용이 마누라한테 바람맞았다는 게 대단한 매력으로 다가왔던 게 사실이다.

— 현실 권력 쪽으로 전향한 지식인들에 대한 일종의 복수심인가? 혹은 사회적 불륜에 대한 성적 불륜의 응징의 형태인가?

의도는 쉽게 읽혔을 것이다. 나는 실제로 불륜 콤플렉스가 강한 편이다. 이것이 두번째 계기이다. 내가 주로 살았던 산동네 풍경이란 말 그대로 바람잘 날 없는 그런 것이었다. 옆집 처녀가 뒷집 총각이랑 눈맞아 도망가고, 어느 집 남편이 술집 여자와 바람이 나는가 하면, 아내들도 예외는 아니었다. 온통 바람, 바람, 바람이었다. 그래서 나는 어렸을 때부터 남녀 관계에 대한 신뢰를 갖기가 어려웠다.

또 한 가지, 집안 이야기도 해야겠다. 아버지가 북한에 처자를 두고 월남해 어머니와 재혼했다는 사실을 알게 된 건 초등학교 5학년 무렵이었다. 매우 충격적이었다. 그렇다면 나는 영락없는 서자 계열인 셈이었다. 극단적으로 나의 정체성이 흔들리는 경험이었다. 또 아까도 말했지만, 어머니는 어려울 때면 도망가겠다고 푸념을 하셨다. 어린 나는 실제로 어머니가 도망갈 수도 있다는 강박 관념에 사로잡혔다. 이런 것들이 복합적으로 얽히고 설켜 불륜에 대한 강한 콤플렉스를 형성했다. 그것은 일종의 굴레였다.

나는 그 굴레를 전향자 혹은 변절자에게 씌우고 싶었다. 운동을 하다가 고시를 하는 이들을 곱게 볼 수 없었기 때문이다. 아내의 불륜 때문에 심적 갈등을 겪고 고생하는 운명으로 몰아가고 싶었다. 변절한 사람이 남의 변절에 의해 막바로 배신당하는 이야기를 통해, 배신한 출세주의자들을 야유하고 싶었던 것이다.

—변절과 불륜 모티프는 확실히 「처용단장」을 지탱하는 중요한 두 기둥인 것처럼 보인다. 가령, 나는 텍스트의 다음과 같은 부분에서 이를 직접 확인할 수 있었다.

그게 아니고 요즘 돌아가는 분위기가 한번 거시키해본 친구들이 전향하고 나서는 더한다는 거 아녀. 무얼 더해? 각설하면, 예전에는 죽일 눔 살릴 눔으로 싸잡아 매도하며 타도의 대상으로 넘겨짚던 축들의 사타구니에 코를 쑤셔박곤 그곳이 조청이라도 처바른 절편인 양 알랑알랑 핥고 빨 기세라는 거 아냐. 에잉 그런감. 저쪽도 그런 저간의 사정을 아니깐 여보란듯이 생색을 내며 좀 천한 표현으루다 개씹에 보리알 끼듯 구색 맞춰 방을 붙이는 것 아니겠어?

(……) 물론 그들에게는 나의 고시 합격이 권력의 곁불을 쬐러 들어가는 행위쯤으로 비치는 게 어쩌면 당연한 일일 터였다.

이뿐만 아니라 작품 곳곳에 불륜에 관한 암시가 많이 나타나 있다. 친구인 권희조의 등장 이후 아내 라윤미와의 불륜에 대한 예조는 무척 두드러진다. 아내는 블렌딩하는 날이면 늦게 들어오고, 희조는 자기의 불륜 관계를 고백하면서(구체적인 대상은 말하지 않지만) 그 암호가 '블렌딩합시다' 라고 말한다. 게다가 친절하게도 영어의 블렌딩이란 말의 속의(俗意)에 '흘레붙는다' 라는 뜻도 있음을 해설해주기도 한다. 이에 주인공 서영태는 곧바로 '칙칙한 예감' 을 갖는다. 소설의 이야기는 주로 이런 예감의 확인 과정이기도 하다. 그러므로 보기에 따라서는 너무 작위적인 구성을 취한 게 아닌가 하는 느낌도 드는데……

그 점을 껄끄럽게 인식하긴 했지만, 나의 의도가 워낙 강했던 모양이다. 김윤식 선생께서 해설에서 '지적 허무주의' 라고 지적한 것도 이 때문이 아닐까 한다. 그러나 「처용단장」은 적어도 내게는 서사성과 가독성(可讀性)의 결합이란 측면에서 중요한 의미를 지니는 작품이라 할 수 있다. 유년기의 기억이나 현장 취재에 의존하지 않고도 이야기를 풀어낼 수 있으며, 나아가 소설적 재미도 덧붙일 수 있다는 가능성을 시험해본 소설인 것이다.

—다소 작위적인 구성이란 말을 다른 쪽으로 돌려서 해보겠다. 이 소설에서 주인공 서영태는 친구인 희조와의 접촉을 거듭해가면서 아내의 불륜을 확인하게 된다. 그런데 그 과정에서 서영태의 일탈 행각이나 고민스런 내면 풍경 같은 것은 그다지 풍성하게 다루어진 것 같지 않다. 즉 서영태의 내면이 지나치게 단순화된 감이 없지 않다는 것이다. 무엇 때문일까? 인간에 대한 작가의 순정한 믿음 때문인가, 아니면 범접자에 대한 복수의 순수 열정 때문인가?

아까도 말했지만, 서영태에 대한 나의 차가운 시선 때문일 것이다.

나는 그 변절자를 결코 곱게 보아줄 수 없었으므로, 그에 대한 나의 시선은 철저하게 도덕주의자의 그것으로 일관했다. 말하자면, 그의 불행을 은근히 즐긴 셈인데, 그러다보니 그의 내면 풍경에 대한 사려 깊은 배려와 묘사를 하지 않았던 것 같다. 사실 나는 인간의 선심에 대한 순정한 믿음 같은 건 가지고 있지 않다. 이해 관계에 민감하게 반응하는 존재가 바로 인간이라 보고, 따라서 인간의 도덕적 선심이란 이해 관계 앞에서 오래 버티지 못할 것으로 파악하고 있다. 인간은 참으로 나약한 존재 아닌가? 내가 전망의 형식에서 비켜나 있는 것도 이런 이유 때문인지도 모른다.

—하지만 서영태의 내면 풍경을 제대로 웅숭깊게 드러낸 쪽이 더 좋았을 것이다. 그랬다면 처용 이야기가 전경화되고, 서영태란 인물이 배경화되는 사태를 막을 수 있었을 것 아닌가. 이로 인해 서영태란 인물의 성격이 효과적으로 부각되지 못한 측면도 있다. 인물에 대한 도덕적 판단 이전에 인물의 성격화에 좀더 신경 썼더라면 하는 아쉬움이 남는다.

짧은 단편에 너무 많은 것을 담으려다보니 미진한 것이 많다. 자꾸 이야기가 반복되는 느낌인데, 인물에 대한 선입견이 너무 강했던 탓에, 공평한 시선을 두지 못했음은 유감이다. 지금이라도 그런 생각이 들었으니 다행이다.

—이야기를 바꿔보자. 글쎄, 말이 될는지 모르겠지만, 「처용단장」의 서영태, 이상의 「날개」의 '나', 「처용가」의 처용, 이 세 인물의 성격을 비교한다면 어떻게 되겠는가?

각각 시대적 분위기가 달라서 일직선상에 놓고 비교하기는 어려울 것이다. 내가 보기엔 처용이 제일 긍정적이다. 권력에 적극적으로 진입해들어갔던 인물이기도 하거니와, 자기 운명에 대해 끝까지 책임을 질 수도 없고 지지도 않는 인물이다. 아마 우리 시대의 분위기와 유사할 것이다. 이상의 「날개」에 나오는 주인공의 경우는 따로 논해야 할 것 같다.

—이 소설을 쓰기 위해서 공부를 많이 한 것 같은데……

「처용가」뿐만 아니라 다른 향가나 설화에 대해서도 관련 문헌을 대여섯 편씩 통독했다. 그 시대의 분위기를 살리는 데 도움이 될 수 있을 것 같아서였다. 그 과정에서 나는 우리의 향가에서 많은 문학적 소재를 얻을 수 있으리라는 믿음을 가지게 되었다.

—삽입되어 있는 향가는 직접 만든 것인가?

그렇다. 짜깁기했다. 그렇지만 향찰 표기는 거의 정확할 것이다.

—만약, 만약이란 있을 수 없지만, 혹시 이 작품을 다시 쓴다면……

아무래도 서영태의 내면 풍경을 정밀하게 탐색하는 작업에 좀더 몰입할 것 같다. 또 아내를 통해서 폭넓게 서영태를 거꾸로 비춰 보는 일도 가능할 것으로 본다. 중편으로 늘려보고 싶은 생각도 있다. 애당초 삼백 장 정도의 중편으로 계획했던 것인데, 청탁 마감 시간에 쫓기다보니…… 당장은 아니라도 서영태의 이야기는 다른 구조를 취해서라도 다시 써보고 싶다.

—나는 앞에서 「쥐잡기」로 대표되는 가정소설 유형, 「열린 사회와 그 적들」을 중심으로 한 취재형 소설을 제1, 2유형이라고 했었다. 그렇다면 이제 「처용단장」은 제3유형이 될 것이다. 제3유형이란 무엇인가. 유년기의 기억이나 가족사의 풍경 내지 사회사적 풍속화를 넘어선 것, 그래서 상상력은 순수하게 깊어지고 높아지는 것, 그것이 제3유형이 아닐 터인가. 일찍이 금세기 초에 서구의 모더니

스트들은 전망 부재의 상황을 타개하기 위한 문학적 전략의 하나로 신화나 설화적 상상력을 도입한 바 있다. 그것은 일종의 상상력 고양과 관련된 실험에 다름아니었다. 이제 「처용단장」이 그런 실험의 일환으로 볼 수 없을 것인지 곰곰이 생각해보아야 하겠다. 기억의 소진을 넘어서는 상상력의 지대, 작가의 지적 탐색과 열정으로 끊임없이 새로 개발되는 상상력의 교섭, 거기에 우리 소설의 새로운 미래가 있으리라 생각한다. 앞으로의 창작 계획은?

특별한 계획은 없다. 우선 아직 채 쓰지 못한 내 유년기와 가족사의 이야기를 긴 호흡을 가지고 정리하고 싶다. 물론 거기에 파묻히지는 않겠지만, 그 작업은 적어도 내게는 통과의례적인 성격을 지닌다고 볼 수 있다. 그러나 유년기의 기억은 순수 상상력의 틈입 공간이 적을 뿐만 아니라, 곧 소진되게 마련일 터이다. 그러므로 여러 가지 실험을 해야 할 것이다. 아마 「처용단장」류의 탐색도 많이 하게 될 것 같다. 아무려나 한 군데 고여 있지 않고 참신하게 흐르면서 내 세계를 진정성 있게 가꾸어나갈 수 있도록 할 작정이다. 또하나 언어를 통해 인물의 개성을 살려나가는 나의 담론 방식을 좀더 정교하게 다듬어 나갈 것이다.

김소진의 작가적인 특성과 가능성을 이렇게 세 가지로 요약한다면 어떨까. 첫째, 이북에 처자를 남겨놓고 홀홀단신 월남한 아버지의 서자라는 자기 인식, 곧 이데올로기의 서자이기에 직접 이데올로기와는 상관없고 어머니의 매개를 통해서야 비로소 절실하게 문제가 되는 상황. 그것은 전통적으로 월북한 아버지로 인한 이데올로기적인 수난 이대와는 본질적으로 다른 것이다. 둘째, 소설의 인물이 속한 계층에 맞는 언어로 인물의 개성을 살려내면서 문학 언어의 위기 상황을 구하고자 한다는 것. 셋째, 중요한 민족 실상의 줄기를 당대의 사회적 문제 의식으로 재해석해 새로운 의미 지평을 열어가는 상상력의 실험을 하고 있다는 것. 이 세 가지 발견적 믿음을 근거로 하여 우리가 작가 김소진의 향후 소설 작업을 기대해본다면 어떨까.

(『오늘의소설』 1993년 상반기)

우찬제 문학평론가. 서강대 국문과 교수. 평론집으로 『상처와 상징』 『타자의 목소리』가 있다.

'헛것'과 보낸 하룻밤

김소진 · 서영채

김소진은 1991년 경향신문 신춘문예로 등단하여, 지난해 봄 첫 창작집 『열린 사회와 그 적들』을 간행한 바 있는 신진 소설가이다. 그럼에도 불구하고 그를 향한 문단의 관심과 반응은 지대하다는 표현을 써도 좋을 만큼 큰 것이었다. 아마도 그의 소설이 보여주고 있는, 사회와 언어에 관한 깊은 시선 때문일 것이다. 이러한 사정에 어울리게 그는 이미 지난해, 문예지를 통해 두 번의 대담을 가진 바 있고, 이를 통해 그가 겪어야 했던 작가로서의 수업 과정이나, 그의 첫 소설집에 실려 있는 작품에 관한 뒷이야기들을 속속들이 털어놓았다. 그렇다면 세번째 대담의 심문자이자 대표 독자인 나는 그에게서 무슨 말을 들을 것인가. 약간은 사적이고 능청스러워도 괜찮지 않을까.

먼저 간단히 그의 이력을 살펴보자. 자신이 마련해둔 기록에 따르면, 그는 1963년 강원도 철원에서, 아버지 김응수와 어머니 김영혜 사이에서 이남 이녀 중 막내로 태어났다. 흥미로운 것은 아버지의 이력이다. 아버지는 함경남도 성진이 고향으로, 6·25 당시 원산의 한 병원에서 서무원으로 일하다가, 남쪽 군대가 올라오자 치안대에 가입했다. 김소진에 따르면, 그것은 순전히 배급을 위해서였다고 한다. 이로 인해 1·4 후퇴 때는 갑작스럽게 남하하지 않을 수 없었고, 북에 있던 처자식과의 이산이라는 아픔을 겪어야 했다. 그의 어머니 철원댁과는 남에서 만나 결혼했다. 그러니까 그의 아버지뿐 아니라 김소진 자신도 이복형제를 북에 두고 있는 이산가족인 셈이다. 김소진이 다섯 살 되던 해 그의 가족은 서울의 산동네로 이주한다. 그의 많은 소설 속에서 배경으로 등장하는 이 미아리 산동네에서 김소진은 중·고교 시절을 보냈다. 고교 시절 그는 그 흔한 백일장 한번 경험해 보지 못할 만큼 문학과는 거리가 먼, 그저 착실하고 온순한 모범생이었고, 대학에 들어와서도 사정은 크게 달라지지 않았다. 그런 그가 왜 소설가가 되었는가. 여기에서부터는 직접 그의 육성을 들어보자.

처음부터 작가의 길을 가야겠다는 마음은 없었어요. 등단하고 처음으로 『문학사상』에서 청탁이 들어왔을 때에도, 내가 과연 두번째 작품을 쓸 수 있을까, 의문스러웠어요. 그만큼 정신 무장이 덜 되어 있었다고나 할까요. 결국, 이야기꾼으로서의 자기 위치를 자각하고 있지 못했었다고 할 수 있겠죠. 「쥐잡기」라는 것도 소설이라고 생각하고 쓰지는 못했어요. 아버지가 살아온 삶의 한 단면, 그 맞은편에 있는 어머니의 삶의 한 단면, 그 둘이 부딪치면서 나오는 소리나 울림 같은 것을 붙잡아두고 싶은 마음, 어떤 형식이건 간에, 그런 마음이 컸었죠. 그게 왜 하필 소설이냐고 묻는다면, 그건 제가 어떤 식으로든 문학부에 발을 딛고 있었고, 그래서 소설이라는 게 익숙한 양식으로 다가오고…… 소설에 픽션이 개입해 오는 부분이 있잖아요, 픽션이라는 게 현실을 진짜 현실보다 더 그럴듯하게 만드는 측면, 그런 장

점이 눈에 띄게 되었고, 또 책에서 배우고…… 소설에 대한 제반 이론들은 나중에 들었어요. 이를테면 소설이란 악마와 거래하는 것이라든지 하는 등…… 나중에 들어보니 그럴듯하더라구요. 말하자면 소설에 대한 자의식은 크지 못했던 셈이죠.

우리가 대화를 나누었던 곳은 그의 집이다. 양재 사거리에서 성남 가는 길로 내려가다보면, 성남 대로변에 은곡마을이라는 곳이 있다. 군데군데 비닐하우스도 있고, 도시도 아니고 농촌도 아닌 어중간한 곳, 거기에 사나운 개 두 마리가 지키는 이층 양옥집이 있고, 그 집 이층, 방 한 칸 부엌 한 칸이 그의 살림집이다. 그는 작년 6월 6일 동업자인 젊은 소설가 함정임씨와 결혼했다. 문갑에 놓인 그들의 결혼사진 가운데에는 비평가 김윤식 교수가 엄숙한 표정으로 서 있다. 신랑과 신부는 소설가, 주례는 비평가, 어울리는 풍경이다. 김소진의 아내 함정임씨는 지금 구 개월의 만삭이다. 만삭의 아내가 있는 신접살림 집에서, 그것도 밤늦은 시각에 대담이라니. 여기에는 당연히도 사연이 있다.

그와 내가 이번 대담을 위해 처음 만난 것은 1월 27일의 일이었다. 함께 한국문학사에 들러 사진을 찍고 녹음기를 빌려 밖으로 나왔다. 한적한 다방에 앉아 이야기를 시작했는데, 녹음기가 말썽을 부렸다. 이건 순전히 김소진의 책임이다. 녹음기의 사용법을 듣고 고개를 끄덕였던 사람이 바로 그이기 때문이다. 왜 녹음기가 이 모양인가. 우리 둘은 고개를 갸웃거리며 작고 맵시 있는 일제 워크맨을 이리저리 만져보았다. 우리들의 무지함이여. 마이크가 없는 녹음기에게 어떻게 녹음하라고 추궁할 수 있겠는가. 우리가 다시 만난 것은 2월 1일 그의 집에서였다. 덩치 큰 오디오와 마이크가 구비되어 있다고 했다. 그러나 이번에도 여지없는 실패였다. 그가 가지고 있는, 덩치 크고 모양 좋은 마이크는 집음력이 형편없어서, 두 사람의 속닥거리는 목소리를 잡아내기에 역부족이었다. 다시 세번째로 시도된 2월 4일의 대담. 이번에 그는 다시 첫번째의 워크맨 녹음기에 작은 크기의 집약형 마이크를 준비했다. 비로소 대담이 시작되었다. 21세기를 앞두고 있는 마당에 녹음기 때문에 쩔쩔맸던 우리들을 두고, 갈 데 없는 먹물들이라고 한심해한들 어쩔 도리가 없다. 게다가 김소진은 신춘문예에 두 번이나 떨어진 경력이 있다.

—신춘문예에 두 번 떨어졌던 것으로 알고 있는데, 그때도 계속 「쥐잡기」였나?

「쥐잡기」가 한 번, 또 두번째 작품인 「키작은 쑥부쟁이」가 한 번이었어요. 두번째 것은 이모 얘기예요. 월남이나 이란 등지로 돌아다니느라 살림을 챙기지 못하는 남편 때문에 자식들을 혼자 챙겨야 하는…… 가만히 보니까 어머니나 이모나 그런 점에서 비슷하네요. 혼자 고생하면서 자식들 키우고, 남편은 무능하거나 가정을 돌보지 않고……

두 사람의 말투가 다르다. 그는 나에게 형이라고 부른다. 이쯤에서 우리 둘 사이를 밝혀두는 것이 좋을 듯싶다. 그와 나는 학교 선후배지간이다. 그는 1982년에 서울대 인문대에 입학해서 이듬해 영문과를 택했고, 나는 국문과 출신이다. 그러나 이 정도로는 충분치 않다. 과도 다른 대학 선후배라는 게 그리 대단할 것이 있겠는가. 사실을 말하자면 그와 나는 같은 고등학교 출신이다. 나는 1982년 고교 동문회 자리에서 순진한 신입생인 그를 처음 보았다. 그의 회상에 따르면, 2학년에 올라가며 학과 선택을 해야 되는 시점에서, 내가 그에게 국문과에 오는 것을 적극 만류했다고 한다. 여하튼 그는 영문과를 택했고, 십팔 개월 방위생활을 했다. 그 동안 그는 '국어대사전'을 베껴가며 어휘력을 길렀고, 소설가가 되었다. 대학 시절, 영문과 학회지에 소설을 발표하기도 했는데, 그의 데뷔작 「쥐잡기」와 동일한 소재의 이야기이다. 그렇다면 그는 최소한 대학 시절부터는 소설가를 꿈꾸었고, 그 시발점이 아버지였던 것인가.

그러나 소설을 쓰겠다는 자의식이나, 소설 그 자체에 대한 열망보다는, 내 주변에 있는 사람들의 이야기를 다른 사람들에게 들려주고 싶다는 욕망이 더 컸던 셈이죠. 저는 소설이 무엇인지 몰랐어요. 최소한 등단 당시까지만 하더라도……

그의 이런 말은 일종의 겸사일 것이다. 그의 인간 됨됨이로 말하자면, 매우 겸손하고, 수줍음을 잘 타고, 한마디로 순진 무구하다. 물론 이 경우 순진하다는 말은 찬사이다.

어떻든 저도 이야기를 하고 싶은 욕망은 있었어요. 왜 그랬던가. 나는 왜 아버지 얘기를 하고 싶었던 것일까. 결국 아버지 얘기를 하고 싶어했다는 것은 아버지에 대한 집착, 좋은 것이건 그렇지 않은 것이건 간에 기억에 대한 집착을 가지고 있었던 것은 아닐까 싶은데, 물론 안 좋은 기억이 더 많긴 하지만…… 저는 아무튼 제 모습이 아버지를 많이 닮아 있는 게 아닌가 하는 강박 관념이 있었던 듯싶어요. 그때 저는 삶이 잘 풀리지 않고 있었고, 전망도 없었고, 현실적으로 또 생각 속에서도 그랬지요. 그때는 운동을 열심히 하는 것도, 해보겠다는 것도 아니었고, 그렇다고 운동권적인 사고방식에서 자유로울 수도 없었고, 그렇다고 현실적으로, 이를테면 고시 준비 같은 것을 했던 것도 아니었고, 의식주가 풍족한 것도 아니었고, 혼자 즐길 수 있는 것이 있었던 것도 아니었고, 뭔가 출구가 없다시피 꽉 막힌 상황이었어요. 이런 상황이 결국 아버지에게서 연원한 것이 아니냐는 생각이 있었지요. 한국 사회에서는 아버지라는 존재가 아들에 대한 규정력을 강하게 행사하는 것이 아닌가요. 잘되면 잘된 대로 못 되면 못 된 대로, 저는 물론 후자였지만. 그게 좀 견디기 힘들었던 듯싶어요. 말하자면 내 삶이 잘 안 풀리는 것은 아버지 때문이라는 생각이 짙었고, 그렇다면 이 얘기를 좀 해야겠다, 그게 나를 알 수 있는 통로가 되는 것이 아니겠는가, 하는 생각이 들었지요.

말하자면 그는 아버지에 대한 기억이 그의 소설의 시발점이라는 이야기를 하고 있는 셈이다. 진지하게 말하는 그에게 나는 짐짓 이렇게 덧붙여보았다. 아버지 이야기는 다 했으니까 그럼 이제 그만 해야겠네?

음…… 이제는 그만 하는 게 아니라 이제까지 해왔던 식으로는 하지 말아야겠죠. 이제까지 제가 했던 것은 결국 아버지 까발리기, 아버지 헐뜯기였던 셈인데, 계속 제가 주장한 것은 아버지는 무능력했다, 아버지는 건달이다, 아버지는 내숭쟁이였다, 아버지는 자식에게 상처를 주었다는 식인데, 그게 다인 것 같지는 않아요. 지금까지 해왔던 식의 얘기는 지양하면서, 다른 식의 이야기는 가능하지 않을까요. 아버지가 북쪽 출신이니까 아버지를 끈으로 삼아서 북쪽에 관한 어떤 이야기를, 가령 휴전선이 터졌다고 했을 때 아버지의 고향에 가는 이야기, 귀향 모티프와는 다른 어떤 이야기가 가능하지 않겠는가 하는 생각도 있어요. 물론 구체화된 것은 아니지만…… 저도 이젠 다음달이면 아버지가 되잖아요. 저는 이제까지 자식의 입장에서 아버지에 대한 여러 가지 이야기를 했는데, 아버지의 역할을 못한 원망 어린 시선 속에서 허우적거리고…… 이젠 제가 제삼의 존재에게 그런 위치가 되었다, 그런 게 어떻게 보면 두렵고…… 아버지는 건달이다, 라는 명제들이 일종의 통과 의례 같은 것이 아닌가 싶기도 해요. 아버지를 헐뜯으면서 나름대로 아버지 콤플렉스로부터 벗어나고 넘어서려는 잠재된 측면이 있었던 것이 아닌가 하는 생각…… 노골적으로 이야기하자면 아버지를 팔아먹기 위해 그렇게 한 측면도 있죠.

지금 그는 '아버지는 건달이었다'는 명제를 말하고 있다. 식민지 치하의 서정주는 '아비는 종이었다'고 했고 칠팔십년대 소설가들, 즉 김원일이나 이문열, 임철우 등은 '아버지는 남로당이었다'고 했다. 아버지를 사상의 전위였다고 말하는 사람들에게 아버지는 거인일 수밖에 없다. 그들의 아버지는 역사의 지평 너머로 아스라이 사라져버린, 비극적인 영웅의 풍모를 가지고 있는 것이다. 아버지가 종이었다고 말하는 사람의 경우도 이와 유사할 것이다. 아버지는 비록 종이지만, 그러므로 나의 신분은 보잘것없이 미천할 뿐이지만, 그 비천한 혈통을 만천하에 공개하는 나는 이렇게 당당할 수 있다는 자부심이 그러한 선언과 나란히 놓여 있는 것이다. 게다가 종이란 개인의 의지와 무관한 신분적 굴레이며, 그러므로 이내 원죄와 유사한 운명적 개념으로, 나아가 풍요로운 예술적 토양을 제공할 수 있는 비극적 색채로 변형될 수도 있다. 그러나 아버지를 건달이라고 하는 김소진은 어떠한가. 건달인 아버지는 역사의 한가운데를 가로질러갔던 영웅일 수도 없고, 예술을 잉태시키는 비극적 토양을 제공할 수도 없다. 아버지를 거인이라고 말하는 사람들의 시선이 동경으로 가득하고, 아버지를 종이라고 말하는 사람들이 예술에 대한 불타는 의지로 충일하다면, 그러나 아버지를 건달이라고 '고백'하는(이것은 선언이 아니라 고백이다) 그는 어떠할까. 그에게 그 고백의 방식인 소설은 또 무엇일까. 나는 그에게 매우 추상적인 질문을 던져보았다. 당신에게 소설이란 무엇인가.

글쎄요…… 기억의 몸뚱어리라고나 할까, 뭐 그런 측면이 있는 것 같아요. 제가 아직 신출내기이기 때문이겠지만, 소설이라는 게 주로 기억에 많이 의존하는 것 같아요. 뒤집어 말하자면 상상력의 개입이 상대적으로 적었다는 말이기도 한데, 어떤, 아주 절절한 기억의 한 대목 같은 거 말이에요. 가령 「춘하 돌아오다」 같은 경우, 동네의 바람기 많은 한 여인네가 있었고, 저는 초등학생으로 아주 어렸던 셈이죠. 춘하는 동네에서 가장 패셔너블하고 얼굴이 가장 활짝 피어 있는 이미지로 다가왔는데, 반대로 얼굴이 가장 침침하고 어두웠던 아버지에 대한 인상이 이것과 교차했고…… 그런 이미지들이 계속 머리에 남아 있는 한은, 갑자기 이야기하고 싶은 욕망에 유혹을 받기 쉽다고 생각해요. 등단작 「쥐잡기」에는 아버지 사진에 대한 묘사가 있는데…… 아버지 사진은 아직도 걸려 있어요. 그 사진이 계속 저를 자극해요, 아버지에 대한 기억을 회상하도록. 물론 일부러 걸어놓았지요. 그런 기억이 있고, 그 기억이 안 지워져 남아 있고, 어떤 때는 잠재되어 있다가 떠오르기도 하고, 그런 것이 소설을 쓰고 싶다는 욕망을 부추기는 측면이 있어요. 제 단편들을 보면 하나하나가, 어느 갈피엔가는 제가 이것 때문에 소설을 쓴다는 장면들이 있거든요. 「쥐잡기」도 그랬고. 정말 쥐가 한 마리 들어와서 아버지가 고민하시는 거예요. 구멍가게인데 얼마나 먹을 게 많겠어요. 그 춥던 날 아버지가 내복 바람으로 연탄집게를 들고, 이루 말할 수 없을 만큼 처참한 표정으로 하릴없이 서 있던 장면, 아 저런 양반이 내 아버지다는 그런 기억이 남아 있어요. 「춘하 돌아오다」 같은 경우에는 춘하의 하얀 허벅다리 같은 것, 사진 한 컷처럼 남아 있는…… 아무튼 단편 하나하나마다 이 장면 때문에 소설을 썼다는 기억의 갈피들이 남아 있어요. 지금 제 수준에서 소설이 뭐냐고 물어보면, 기억에다 살을 붙인 몸뚱어리가 아닌가 하는, 좀 추상적이기는 하지만, 그런 엉뚱한 이야기가 가능할 것 같아요…… 소설을 만드는 고전적인 틀이야 대학 시절에 자연스럽게 익혀나간 것일 테고, 제 고유한 부분이 조금이라도 있다면, 글쎄 그게 뭘까요…… 그냥 뭐 기억의 줄을 슬슬 당겨보는 거죠. 하나가 나오면 다른 각도에서 비춰 보기도 하는 거고, 슬쩍 거둬내보면 그 빈자리를 순간적으로 채우고 지나가는 것들이 보일 수도 있으니까. 비유적으로 말하자면 고구마나 감자 덩굴을 잡아당기면 밑에서 슬금슬금 따라오는 것들인 셈이죠. 기억만 파먹고 사는 꼴이에요.

기억만 파먹으며 사는 소설가라니. 지금은 90년대가 아닌가. 독서시장의 규모가 엄청나게 확대되어 성공한 전업작가들이 속속 출현하고, 또 작가가 스타가 되고 하는 형국인데, 그는 도대체 어느 자리에 있고 싶어하는 것인가. 그가 소설쟁이라면, 혹은 쟁이가 되어야 한다면.

저뿐 아니라 앞서가는 선배들도 많이 고민하고, 또 문학판 사람들도 고민들을 하고 있고…… 저는 기본적으로 전통적인 의미에서 리얼리즘이라고 할 수 있는 분위기에서 크게 벗어나기 어렵지 않을까 하는 생각이 들어요. 제가 의존하는 것의 속성상 그럴 수밖에 없을 듯 싶어요. 엄숙주의의 아류에 속한다고 볼 수도 있을 텐데요, 물론 엄숙주의와 상업주의가 손잡지 말라는 법은 없겠지만…… 그런데…… 아직은 제가 그런 의미에서는 아마추어인 것 같아요. 일단 밥벌이를 다른 데서 해결하고 있으니까요. 원고료 가지고 생활비를 댄다든지 하지는 않거든요. 그러다보니 아무래도 제 사고방식이 아마추어적인 것이 아닌가 싶어요. 제가 쉽게 리얼리즘이라는 말을 입에 올릴 수 있는 것도 사실 생활비를 다른 데서 해결하니까 가능한 것이 아닌가 하는 생각, 당장의 생활고를 해결하기 위해서라면, 쓰라는 대로 쓴다든지 할 수밖에 없을 것 같기도 해요. 어떤 사람들은 등단하기 전부터 쓸 수 있는 소설의 가짓수를 다 정해놓고 제목도 정해놓고 한다지만, 제가 쓸 수 있는 소설의 가짓수는 많을 것 같지 않아요. 유년의 기억에 의존하는 것들, 분단적인 냄새를 풍기는 것들, 지금부터 쓴다면…… 제가 소시민이 되어버렸잖아요. 앞으로의 삶도 그럴 테고, 저도 어차피 중산층의 소설로 가게 되지 않을까 하는 생각이 들어요. 그런데 아직 제 생각에는 양아치나 밥풀때기 같은 영역을 본격적으로 손을 대보지 못한 것 같아서, 기왕에 그런 이야기를 가지고 문단에 들어온 이상, 한번 잘 만들어보고 싶은데 어떨지 모르겠어요.

아버지가 한 축이라면, 다른 극단에는 어머니가 있고, 밥풀때기나 산동네 양아치들은 그중간에 놓여 있는 존재일 것이다. 아버지이면서 어머니이고, 어머니이면서 아버지인 이중성의 화신이 곧 육손이이자 밥풀때기들이 아니겠는가. 미워할 수는 없으되 마냥 받아들이기도 어렵고, 그렇다고 마구 배척할 수는 없는, 그에게는 매우 소중한 부분이었던 것일 터이다. 지금 『소설과사상』에 분재하고 있는 그의 첫 장편 『장석조네 사람들』은 말하자면 그 결정판일 것이다.

밥풀때기들의 성향은 대충 알잖아요. 나태하기도 하고 규칙성과는 거리가 먼 사람들. 사회를 바라보는 눈도 삐딱하고, 어떨 땐 이기주의적이기도 하고 온정주의적인 사람들도 많고. 그렇다고 해서 그들이 사회에 해악을 끼치는 사람들은 또 아니잖아요. 끼친다 하더라도 너무 미약하기 때문에 있어도 그만 없어도 그만인 수준, 우리 사회에 진짜로 해악을 끼치는 사람들에 비하면, 밥풀때기는 전체를 다 합해도 그 한 사람 분량도 안 될 거예요. 다소 비약이 있기는 하지만…… 『장석조네 사람들』은 각 편마다 주인공이 있는 연작식이고 해서, 각 편마다 완결성이 있어야 되니까 너무 끝마무리를 서두르게 되고, 또 한 편마다 기승전결이 있어야 되니까, 좀 어려워요. 그러나 어렸을 때 모두 지켜보았던 이야기들이라 특별히 줄거리를 마련해야 하는 어려움은 없어요. 물론 반은 픽션이지만. 아까 말한 대로 인상적인 기억들의 한 장면을 건져내면, 뒤따라 나오는 이야기들이 있어요. 그러다보면 헛것도 딸려나와요. 남의 소설도 읽다보면, 여기까지는 사실이고 여기서부터는 허구일 듯싶다는 느낌이 들잖아요. 그런데 사람들은 제 소설을 읽으면서 별로 허구라는 느낌을 받지 않는다고들 하더군요. 제가 워낙 어깨에 힘을 주어서 그런지…… 물론 기본적으로는 체험에서 우러나오는 이야기들이기 때문이겠지요.

김소진의 아내 자리를 고수하고 있던 함정임씨가 술상을 봐왔다. 동업자 부부의 삶. 두 개의 책상이 나란히 놓여 있고, 또 두 대의 검은색 워드프로세서가 놓여 있는 풍경이다. 함정임씨를 바라보며 넌지시 질문을 던져보았다. "초고일 때 서로 검토해주는지 모르겠어요?" 먼저 대답하는 쪽은 남편이었다.

어림도 없어요. 누가 제 소설 중에서 가장 마음에 드는 장면을 골라보라고 그러더라구요. 책을 넘기다가 뜻없이 한 대목을 골라보았는데, 아무도 없는 광수형네 문틈으로 빈집을 훔쳐보는 대목이에요.

그 다음날 살그머니 광수형네 대문 틈새로 들여다본 장면이 지금도 눈에 선하게 잡힌다. 하늘색 페인트가 가뭄에 갈라진 논바닥의 엉그름처럼 쩍쩍 벌어진 대문짝 너머에는 고요한 적막만이 꽉 닫힌 방문 앞을 서성댔다. 휑뎅그렁한 마당에는 숨죽인 햇발만 그득히 쌓이는데 한켠에는 멜빵이 끊어진 채 담벼락에 기댄 똥지게가 한쪽 팔이 부러진 상이용사처럼 갈고리팔을 맥없이 늘어뜨리고 있었고 그 옆에는 형편없이 짜부라진 똥장군이 굴러다녔다. 그리고 모잽이로 벌렁 드러누운 광수애비의 찢어진 흰 고무신 한 짝. 이제 신쭈를 같이 주우러 다니던 광수형도, 살결이 희디흰 인형 같은 폐병쟁이의 딸 명희누나도 다시는 못 보게 되겠구나.

—「그리운 동방」 중에서

말하자면 관음증 비슷한 것이지요. 제가 세상을 이런 식으로 바라보고 있는 거예요. 소설이라는 게 이런 방식을 통해서 살이 많이 붙잖아요. 그림 그리듯이 원근법으로 바라보는 것이 아니라 문틈으로 바라보는…… 그런데 제가 초고를 보여주겠어요? 제가 관음을 당하는 것인데 어떻게 보여줄 수 있겠어요? 자기 검열을 통해서 빼고 더하는 대목도 있는데……

함여사 왈, "저도 절대 안 보여줘요. 또 저는 옆에 누가 있으면 글을 못 쓰거든요. 그런데 저 사람은 옆에 내가 있어도 잘만 써요."

김소진이 말을 받았다. "그럼 내가 언제부터 혼자 살았다고 글을 못 쓰나. 단칸방에서 한 식구가 옥작거리면서 자랐는데……"

두 사람이 티격태격하는 모양은 신혼 부부의 모습을 한치도 벗어나지 않았다. 그들의 모습을 고교 선배다운 마음가짐으로 지켜보고 있을 때 갑작스런 역습이 있었다. "그런데 형은 헛것이란 말을 어떻게 생각해요?" 심문의 관계가 역전되는 순간이다. 당연히 이러한 상황을 용납해서는 안 된다. 나는 대표 독자일 뿐이고 작가는 그이다. 심문자의 최고의 미덕은 침묵이다. "왜 그런 질문을 하시는가?"

헛것을 보는 사람은 허무주의자 아니에요? 김윤식 교수는 제 소설을 보고 양아치 소설이 아니라 지식인 소설이라고 하는데…… 헛것에 대해서 비판하는 사람들이 있더라구요. 민족문학작가회의 합평회에 나갔었는데 김항숙, 유시춘, 정수리, 이종환 씨들이 있었어요. 양아치들을 다루면서 헛것의 잣대로 바라보는 것이 허무주의적인 것이 아니냐는 거예요. 무슨 말인지 알긴 하겠는데…… 잘 모르겠더라구요. 제 입장은…… 헛것 반대편에 있는 게 이데올로기일 수가 있는데, 결국 이데올로기라는 것이 잡힐 듯하면서도 잡히지 않는 것이잖아요. 그리고 또 헛것과 이데올로기를 완전히 가르는 입장이라기보다는, 비이데올로기적인 시각에서 이데올로기를 바라볼 때 그 이데올로기라는 것의 실체가, 이데올로기가 좋은 것이라거나 나쁜 것이라는 가치 판단을 떠나서, 좀더 어떤 측면에서 새롭게 들여다볼 수 있는 여지가 생기는 것이 아닌가 하는 생각, 가령 아버지 같은 사람은 사상이라는 것이 전혀 없는 사람이잖아요. 그런 사람을 통해서 이데올로기를 바라보게 함으로써 이데올로기의 새로운 모습을 더듬어본다든지 그런 측면도 있는 것 아니에요. 그런데 합평회에서는 헛것이라는 말이 안 좋다고 그러더라구요.

—그런데 왜 헛것이 이데올로기의 반대편에 서 있다는 것인가?

이데올로기라는 것은 분명하잖아요. 이것이다 아니다. 적이다 우군이다. 그럴 때 쓰는 것 아니에요? 그리고 현실을 어떻든 간에 이데올로기로 다 포괄하려고 하잖아요. 그러다보면 어떤 헛것들이 틈입해들어오는 것을 막아내려 하고, 그런 의미에서 그렇다는 거죠. 보통 일반적으로 이야기할 때, 그 사람 이데올로기적이야, 라고 하면, 현실에 대해 어떤 확고한 신념을 가지고 있는 사람을 가리키고, 그런데 그 사람 헛것만 보는 사람이야, 라고 하면, 뭔가 비현실적이고 그런 사람을 가리키잖아요…… 밥풀때기 같은 사람들이 무슨 이데올로기가 있어서 과격 폭력 시위한 것은 아닐 테지요. 물론 독재 정권이라든지 부패 정권이라든지, 자기네를 괴롭히는 정권이라는 그런 의식은 있겠죠. 그렇지만 대안도 없고. 그러다보니까 세련된 시민의 눈으로 볼 때는 적이고 열린 사회로 나가는 걸림돌로 보일 텐데, 그 사람들의 세련되지 못한 분노나 정서나 행동거지 같은 것들이 과연 아무 의미 없는 것들인가 하는 생각을 했던 것인데……

자정이 가까워질 무렵 우리는 자리를 옮겼다. 그것은 순전히 함정임씨가 틀어놓은 음악 때문이었다. 카르멘의 〈하바네라〉가 울려나오고 있었는데, 그것을 빌미로 나는 만삭의 주부 함정임 씨를 유혹했다. 내 집엔 소설가 주인석의 방에서 압수해온 카르멘 LD가 있었고, 함정임씨는 너무나 쉽게 카르멘의 유혹에 넘어갔다. 그러니 내일 신문사로 출근해야 하는 김소진인들 별수 있겠는가. 그는 뭐라 해도 아직 신혼이 아닌가. 우리는 술을 충전하여 차에 싣고 카르멘 역의 아그네스 발차가 부르는 노래, 사랑은 야생의 새, 집시의 아들, 붙잡으려해도 붙잡을 수 없는 것이라는, 헛것이라는, 바로 그 '세련된' 노래를 향해 떠났다. 그러나 카르멘의 고혹적인 노래를 들으면서도 김소진은 내내 졸고 있었다. 기자와 소설가를 겸업해야 하는 김소진의 피로도, 그러나 술의 유혹은 당해낼 수 없었다. 우리는 카르멘과 함정임씨를 남겨두고 술잔과 자리를 옮겼다. 그리고 그의 취기가 도도해질 무렵 소설의 위기라는 화두를 꺼내보았다.

위기, 침체 이런 비슷한 말들을 하는데, 일단 그렇게 되어가고 있잖아요. 오페라를 보니까 느껴지네요. 소설이 상대가 되겠어요?

— 소설은 코드가 또 다르잖아?

소설만의 고유한 코드가 있겠지요. 말맛이라든지 보여주는 것이 아닌 어떤 것. 그런 것의 영역이 축소되어가는 것이라 생각은 하는데, 그래도 그것은 상당히 생명력이 있는 것이라고 생각해요. 일종의 자기 위안일 수도 있겠지만. 소설은 상당히 포괄적인 장르이고 또 탄력성이 있고. 소설의 개념도 변하잖아요.

— 소설가 김소진에게 맡겨진 것도…… 가족사말고도 또다른 부분이 있지 않을까. 「임존성 가는 길」이나 「처용단장」 같은 것은 일종의 지적인 코드에서 나올 수 있는 것일 텐데, 양아치들이 한켠으로 물러서고 나면 남는 것은 그런 것밖에 없지 않겠는가 싶은데……

기억에 의존하지 않고 쓸 수 있는 소설의 시도였던 셈인데요. 별로 탐탁지는 않지만, 나름대로 위안이 돼요. 어떤 사람들은 괜찮다고 하고, 또 어떤 사람들은 안 좋다고 그러더라구요. 지적 유희라고 하기도 하고 아주 상반된 얘기를 많이 들었어요.

— 지가 유희라면 그럴 텐데, 지의 영역도 탐구의 대상일 수 있지 않을까 하는, 오히려 어떤 의미에서는 그거야말로 김소진의 몫이 아니겠는가 하는 생각이 들어. 밥풀때기들의 이야기는 나로서는 매우 정겨운 이야기들인데, 김소진이 발가벗고 독자들과 대면했을 때 어떻게 될 것인가, 아마도 그런 쪽이 아니겠는가 하는…… 물론 장편을 염두에 두고 하는 말이지만.

『장석조네 사람들』 같은 경우도 어쩔 수 없이 쓰게 된 것인데, 도움은 되더라구요. 연작 형식의 호흡을 익힐 수 있다는 것, 단편과는 다른 리듬을 느낄 수 있어요. 단편만 써왔던 셈인데, 이제는 조금 긴 호흡의 소설을 쓸 수 있지도 않을까 하는 생각이 들어요. 제가 워낙 둔

하고 해서…… 저는 워낙 지적이지 못하거든요. 하여튼 그쪽 부분과는 워낙 거리가 먼 것 같아서…… 신세대 작가들의 현란함을 보면 굉장히 부러운 면도 있어요. 재기발랄함이라든지, 재치 등이. 공부를 나름대로 해나가는 사람들도 많이들 보이고…… 지적인 소설에 관한 한 저는 별로 자신이 없어요. 지금 생각 같아서는, 가족사나 양아치 부분들을 벗어나는 일…… 위태롭기는 하더라도 당분간 그쪽에서 제 나름의 발판을 굳히는 일이 더 중요한 것이 아닌가 싶어요. 물론 제가 충분히 지적이지 못하다는 콤플렉스가 있어서 그런지…… 공부도 하고 새롭게 모색하다보면 대안이 나올 수도 있을 텐데. 지금으로서는 암중모색이에요. 앞으로 한 이삼 년은 더 버틸 수 있을 것 같아요.

—말이 나왔으니까 하는 말인데, 본인에게 이른바 신세대 작가라는 표현이 어울린다고 생각하는지……

신세대 작가들과는 많이 다른 것 같아요. 문체나 소재도 다르고, 사고방식만 하더라도 제가 좀 덜 깬 것 같구요. 또 그들은 애초부터, 출발점부터 문학에 대해 저보다 훨씬 더 많이 알고 시작했던 것 같아요. 그래서 발빠를 수 있고…… 아까 저는 본받을 게 많다고 그랬는데, 그게 제가 궁극적으로 지향해야 할 것이라는 의미는 아니었던 듯싶어요. 일종의 과도기적인 단계로서 그런 경쾌함을 나름대로 흡수하기는 해야 하겠지만…… 역사나 문학사에서 볼 때 신세대란 어느 시대나 있었잖아요. 이를테면 소크라테스 시대에도 요즘 신세대는 되바라졌다는 말이 있었고…… 물론 극단적으로 비약한 것이지만…… 기존의 신세대와 요즘 신세대는 질적으로 다른 측면이 있는 것 같아요. 그런데 저는 약간은 다른 것 같지요? 컴퓨터도 잘 다루지 못하고, 사고방식만 하더라도 저는 좀 정통적인 데 다가가 있는 것 같아요. 의

외로 말이죠. 또 저는 사실 굉장히 비정치적이에요. '열린 사회와 그 적들' 이라는 다소 정치적인 제목을 달아놓았지만…… 신세대 쪽 사람들은 정치 애기는 거의 안 하는 것 같지만, 대단히 정치적인 냄새가 많이 나요.

—어떤 의미에서인가?

정치라는 게 사상적인 측면도 있겠지만…… 어떤, 인간적인 관계 속에서 날렵함을 보여준다는 의미에서의 정치성이라고나 할까요. 세력 판도를 잘 읽어내고, 또 세력을 규합하고 조직하고 밀어붙이고 하는 세련된 기술, 이런 것들을 작품 내적인 측면이나 외적인 측면에서 잘 구사할 수 있는 안목이나 하는 것들이 있는 것 같아요.

—문단 정치를 말하는 것인가?

꼭 그런 것은 아니구요…… 그러니까…… 문학을 일종의 비즈니스 개념으로 볼 수 있는 안목이겠지요. 상업주의하고 연관 지을 수도 있겠고, 물론 정치적인 것이 원래 상업적이잖아요. 그런 맥락에서 정치적이기도 하고…… 글쎄 정치적이란 것은 좀더 따져보아야겠지만, 아무튼 저는 다소 좀 고루하지요. 소설만 해도 그렇고. 제 책을 사보는 사람들이 주로 대학생들이라고 하던데요. 무슨 '춘하' 라고 하면 성적인 매력을 느낄 수 있는 인물도 아니고, 그런데도 그런 인물들에게 매달리고, 매달려야 한다고 말하는 제가 매우 비정치적이라는 것이죠. 어쩌면 이런 것이 또 고도의 정치적인 것일 수도 있겠지만……

가령 이인화씨 같은 경우는 자기가 중세의 이야기꾼을 지향한다고 그랬거든요. 그런데 얼마 전에 주인석씨도 어떤 자리에서 말했지만, 이야기라는 것은 주인이 없는 것이거든요. 이야기라는 게 떠돌아다니고 누군가 얘기했던 것을 슬쩍 자기가 전하는 역할이기도 하고. 그런 것을 공공연하게 말한다는 것이죠. 그런데 칠팔십년대 문학했던 사람들이 어디 그런 생각을 가졌어요? 문학이라는 게 얼마나 엄숙했던 것이었어요? 열정 없이는 뛰어들기 힘든 것이었구요. 그런데 이야기꾼을 자처한다는 것, 그것도 중세적인 개념의 이야기꾼, 남의 이야기를 옮기고 하는 것을 지향한다고 자처했을 때, 그런 지향은 분명한 것이겠지요.

—그런데 이렇게 생각할 수도 있지 않나. 문학의 위기라는 것을 생각해보면, 거기에 대처하는 한 방법으로서…… 소설이라는 게 애초부터 대중성과는 불가분의 관계를 가지고 있었던 것이 아닌가. 소설이 영향력을 행사할 수 있었던 것도 그런 대중적인 기반과 연관되었던 것이고, 또 어떤 의미에서 칠팔십년대 소설이라는 것이 특정한 지식인 독자들만을 대상으로 하면서, 대중으로부터 유리되어 나왔던 것이라고도 할 수 있을 텐데, 그런 의미에서라면 이인화씨의 발언은 나름의 의미를 가진 것이라고도 할 수 있지 않을까?

그건 참 무게가 있는 얘기긴 한데…… 글쎄요.

—소설가가 아마추어라면 문제가 안 될 수도 있는데, 전업작가라고 생각한다면 상업성이라는 문제를 무시할 수는 없잖아.

그렇다면 전업작가이어야만 하는 이유에 대해서는 어떻게 생각해요?

—나도 잘 모르겠는데, 나는 여하튼 아마추어 작가들이 좋아. 이건 취향의 문제이기 때문에 이렇게 말할 수 있는 것이 아닌가? 김소진은 전업작가 할 건가?

글쎄 잘 모르겠어요. 전업작가라는 게 언제 생겨난 개념인가요? 우리나라에서는 최근에 생겨난 것이겠지요.

—전업작가라는 게, 소설이 잘 팔리다보니까 그렇게 된 경우가 있다면, 반대로 처음부터 전업작가를 염두에 두고 소설만 써서 먹고살겠다는 경우도 있을 텐데, 후자의 경우는 비교적 최근의 일이라고 생각할 수 있지 않을까. 물론 오로지 소설에 목숨을 걸겠다는 생각으로, 생활의 문제는 도외시한 채 고독한 예술가의 길을 걸어가는 사람들도 있을 수 있겠지. 그런 사람들도 일종의 전업작가이겠지만.

전업작가적인 프로 근성 같은 것은 필요하긴 할 텐데……

—전업작가라는 개념 자체가 이중성을 지니고 있을 텐데, 그것이 소설에 목숨을 걸겠다는 단호함의 표현일 수도 있겠고, 또 안 좋은 의미에서는 소설을 써서 먹고살아야 하니까 어쩔 수 없이 대중적인 요구나 상업적인 요구에 따를 수밖에 없는 경우일 수도 있을 것이고…… 전업작가 그 자체만으로는 좋다 나쁘다를 따질 수 없는 것 아닌가?

늦깎이들 중에서 전업작가 하겠다고, 좋은 직장 때려치우고, 복합상가 건물 한 귀퉁이 얻어가지고 작업실을 차려서, 또 살아온 내력이 있으니까 장편소설을 쓰고 하는데, 저는 사실 그런 부분에 대해서는 상당히 불만을 가지고 있어요. 생활인의 자세로 말이지요. 물론 다른 식으로 생활을 꾸릴 수 있는 도리가 있으니까 그러겠지만, 저는 그런 태도에 대해서는 상당히 경직되어 있어요. 남자가 가정을 꾸려야지. 대관절 문학이란 게 무엇이라고 마흔이 넘어서 저럴 수 있는 것인가 하는 생각, 마흔이 넘어서도 문학에 대한 열정을 불태울 수 있다는 것이 한편으로 부럽기도 하구요. 물론 문학에 깊이 들어가지도 못한 제가 문학이 별것이겠는가 하는 생각을 가진다면 상당히 건방진 이야기겠지만…… 저는 대학에 들어가서 학생 운동을 볼 때, 좋은 사회는 오지 않는 것이 아닌가, 그런 것은 존재하지 않고, 저런 몸부림들이야 어떤 양심적인 흔적을 남기기 위한 것으로 보아야 하지 않겠는가 하는 생각을 했었거든요. 물론 다른 사람들은 다르게 생각하고 운동을 했겠지만. 그와 마찬가지로 마흔이 넘어서도 문학에 불나비처럼 뛰어들고 하는 사람들을 어떻게 보아야 할 것인가, 오히려 위험한 것이 아닌가 하는 생각을 할 때가 있어요.

—그러니까 직업 운동가라는 것이 있을 수 없듯이 직업 소설가도 있을 수 없다는 말인가?

정리한다면 그렇게 말할 수 있겠지요. 저는 이런 세상을 원하는 겁니다. 월급받는 소설가라든지, 아니면 좀 덜 일하고, 이를테면 일 주일에 사흘 정도만 일하고 나머지는 창작을 하는…… 지금 전업만으로 생활하는 작가들이 얼마나 됩니까. 전업이 참 위험스러워 보여요.

심문자인 내가 말을 많이 했던 것은 순전히 그놈의 취기 때문이었다. 옆방에서는 세 시간짜리 카르멘이 마지막 장에 도달해 있었다. 그는 또다시 정치성과 신세대 작가들에 대해 이야기를 했다. 그러나 나는 끝까지 그 신세대 작가들이 누구를 염두에 두고 하는 말인지는 묻지 않았다. 묻지 않는 편이 나으리라고 생각했기 때문이다. 신세대로 말하자면 김소진 역시 마찬가지 아니겠는가.

「쥐잡기」가 좀 암울하잖아요. 대학생 독자들과 직접 이야기를 해봤어요. 안양에 있는 지역 단체에 갔었는데 십여 명이 있었어요. 민자(民字) 돌림 단체였는데, 오라고 해서 혼자 갔었죠. 「쥐잡기」 끝장면 같은 것, 맨발로 뛰어나가 연탄집게를 잡는 장면이 말하자면 답답한 상황을 뚫고 새로운 차원의, 뭔가 자기 갱신을 향해 나아가는 것이 아니냐고 물어보더라구요.

—그래서 뭐라고 했는가.

그냥 그렇다고 그랬죠. 역시 정치적으로 말이에요. 그런데 사실 그건 제가 의식을 한 것이기도 했어요. 소설을 쓸 때 항상 결말을 어떻게 지을까가 고민스럽거든요. 처음도 물론 고민스럽지만. 저는 이미 쓸 때 결말을 대충 잡고 써요. 특히 「춘하 돌아오다」 같은 경우는 『민중문예』에서 청탁을 받아서, 잡지 속성이라든지 그런 걸 의식해서 이건 하늘이 두 쪽 나더라도 해피엔딩이다라고 생각했었죠. 그런데 이런 정치성은 하나도 소용이 없잖아요. 팔리지도 않고, 알려지지도 않고. 정치성이긴 한데 순진한 정치성이죠. 보다 교묘한 정치성은 그런 것보다는 까발리는 것 같으면서도 까발리는 것 하나도 없고, 자기 속 내보이는 것 같으면서도 보여주는 것 하나도 없고, 독자들을 낯설게 하는 것 같으면서도 따지고 보면 가장 익숙한 것에 기대고 있는 것, 그런 것이죠. 의식적이든 무의식적이든 간에 말이에요.

저를 보고 뭐 형도 신세대 작가라고 하는데요, 나이 서른에 알면 얼마나 알겠어요.

마지막으로 우리는 그의 빈약한 월급과 십 년 동안 요지부동인 원고료 이야기를 했다. 그리고 그는 얼마 안 있으면 일산 스물세 평짜리 아파트에 들어간다는 말을 자랑스럽게 했다. 국민주택 한 채를 분양받았다는 것이다. 잔금은 장기 저리로 융자받고, 중도금은 여섯 번에 나눠 내는데 이번 달이 마지막이고…… 자랑거리를 시시콜콜 늘어놓는 김소진을 향해, 함정임씨는 핀잔을 보내면서도 그런 그가 싫지 않은 표정이었다. 이 순진무구한 가장, 아마추어 소설가 김소진을 싫어할 수 있는 사람이 어디에 있겠는가. 옆방에서는 아직도 헛것들의 노래가 들려오고 있었다. 그는 이제 무슨 헛것을 찾아 나설 것인가? 그의 육손이들, 밥풀때기들은 또 무슨 헛것의 종자가 될 것인가? 우리에게 남은 것은 그 순수함의 행보를 지켜보는 일일 것이다.

(『한국문학』 1994년 3·4월 합본호)

서영채 문학평론가. 한신대 문예창작과 교수. 평론집으로 『소설의 운명』이 있다. 제1회 고석규 비평문학상을 수상했다.

원체험, 현실 그리고 독자

김소진 · 김형경 · 박상우

박상우 제게 왜 소설을 쓰게 됐느냐, 하고 묻는다면 아무래도 제가 살아온 시대의 정치적 상황 때문이라고 말해야 할 것 같습니다. 고등학교 시절부터 시를 쓰기 시작해서 대학 시절에도 사 년 내내 시를 전공했는데, 그때까지만 해도 문학에 대해 제가 지니고 있던 꿈은 상당히 소박하고 고전적인 것이었습니다. 당시 제가 즐겨 읽던 시집 중에 이기철 시인의 『청산행』이라는 시집이 있었는데, 거기에 실린 시 하나를 인용하면 제가 지니고 있던 문학적 소망이 어떤 것이었는지를 금방 이해할 수 있을 겁니다.

제대를 하고 대학을 졸업하면
나는 개나리꽃이 한 닷새 마을의 봄을 앞당기는
山蘭草 뿌리 풀리는 조그만 시골에서
시나 쓰는 가난한 서생이 되어 살려고 생각했다.

고급장교가 되어 있는 국민학교 동창과
개인회사 중역이 되어 있는 어릴 적 친구들이 모두 마을을 떠날 때
나는 혼자 다시 이 마을로 돌아와 탱자나무 울타리를 손질하는
樵夫가 되어 살려고 생각했다.
눈 속에서 지난해 지워진 쓴냉이 잎새가 새로 돋고
물레방앗간 뒤쪽에 비비새가 와서 울면
간호원을 하러 독일로 떠난 여자 친구의 항공엽서나 기다리며
느린 하학종을 울리는 낙엽송 교정에서
잠처럼 조용한 풍금 소리를 듣는 2급 정교사가 되어 살려고 생각했다.

—이기철, 「離鄕」 중에서

결국 1980년 광주민주항쟁이 있고 난 직후, 그렇게 소박했던 꿈은 고스란히 시대에 대한 죄책감과 상대적인 책무감으로 뒤바뀌고 말았습니다. 시로는 아무래도 나 자신을 견디기가 힘들 것 같다는 생각이 들어 조심스럽게 소설을 꿈꾸기 시작했는데, 당시에 내가 특히 안타깝게 생각하고 또한 언젠가 소설을 쓰게 되면 반드시 관철시키리라고 생각했던 건 역사의 행간에 흔적도 없이 파묻혀버리는 무명씨들의 희생, 다시 말해 시대의 흙바람에 쉽사리 날려가버리는 사람들에 대한 보다 정밀한 조명 욕구 같은 것이었습니다.

이것이 뒷날 제 소설에 드러나는 정치와 개인 간의 선명한 갈등 구조를 형성한 배경이 된 것 같은데, 작가로 등단한 이후 지금까지 그와 같은 동기 때문에 정치적 주제 의식을 지닌 소설을 주로 써왔고, 금년에 두번째 창작집인 『독산동 천사의 시』와 중편 연작 소설집인 『호텔 캘리포니아』가 출간되면 애초에 구상했던 작품들은 완전히 정리가 됩니다. 결국 지난 칠 년 동안 두 권의 창작집과 세 권의 장편소설로

80년대를 정리한 셈인데, 모든 일이 그렇다시피 부족하고 아쉬운 느낌은 여전합니다.

김형경　소설쓰기를 시작하게 된 동기에 대해서는 나중에, 소설을 쓰게 된 이후에야 생각해보았을 정도로, 제게는 소설쓰기가 거의 삶의 일부분이었습니다. 아니, 처음에는 소설쓰기가 아니라 소설 읽기였지요. 성장기 때, 소설을 읽으면서, 막연히 소설에 대한 애정과 갈망을 키웠던 것 같습니다. 최초의 습작은 고등학교 3학년 때, 입시 공부를 제쳐두고 했던 걸로 기억됩니다. 지금 기억나는 것이란, 제가 사용하던 방의 벽 한쪽에 신문지로 도배한 부분이 있었는데, 그 벽에 붙은 신문지에 대해 지리하도록 묘사했던 글이었다는 것뿐입니다. 제 소설쓰기는 그렇게 시작되었던 것 같습니다. 그때는 어떤 작품을 쓰고 싶다거나, 소설을 써서 어떻게 하겠다거나 하는 생각이 없었지요. 나중에 대학에 들어가서 소설에 대해 이론적인 공부를 하다 보니, 이런저런 주제 의식도 갖게 되고, 소설을 위한 장치가 필요하다는 것도 알게 되었습니다.

데뷔 초기의 작품들에서는, 인간 개인이 이 사회나 집단 속에서 겪는 갈등 같은 것, 그 갈등의 끝에서 찾아낼 수 있는 인간의 사회적 속성 같은 것, 혹은 집단에서의 자리매김 같은 것, 그런 것들에 대해 말하고 싶었습니다. 그때가 제가 막 사회에 나와 사회생활이라는 것을 시작하면서 여러 가지 문화적인 갈등을 많이 겪던 시기여서 그랬을 겁니다. 또 문학이란 사회적, 공동체적 삶을 반영하는, 그 삶의 산물이라는 배움의 영향 탓도 있었겠구요. 십 년간의 직장생활 동안 열몇 편의 단편을 썼는데, 그것들이 대체로 그런 주제들을 담고 있었습니다. 그 동안 제가 처해 있던 상황과 제가 쓰고자 하는 소설의 방향이 맞아떨어져주었지요.

김소진 두 분이 80년대와 90년대 양 시대를 섭렵하면서 소설쓰기를 해왔다면 저는 90년대 들어와서부터 시작해 이제 사 년 남짓 됐습니다. 처음에는 그저 단순하게 아버지와 어머니의 삶, 즉 우리 가족의 이야기를 한번 써봐야겠다는 생각에서 출발했어요. 기록으로 남겨보고 싶었거든요. 이야기되고 기록되는 삶이란 그것이 아무리 비참한 것이라 해도 이미 바라볼 만한 대상이 된다는 생각이 있었던 것 같습니다.

출발이 이렇다 보니까 정치적 상황에 대처하는 글쓰기보다는 가족에 관한 짧은 얘기들에 국한되었고, 편수로도 삼십여 편을 써오긴 했는데 여전히 미진하다는 느낌을 떨칠 수가 없습니다. 그렇다고 하더라도 앞으로도 가족에 관한 이야기는 계속 써보려 합니다.

이제껏 어머니와 아버지가 북쪽에 고향을 둔 월남 가족이기 때문에 일단 월남자 가족으로서의 삶을 조명해본 셈이 되는데, 이런 작업이 대충 끝나면 부모들의 월남 이전이 될 북쪽에서의 삶을 그려보고 싶고, 결국에는 남쪽과 북쪽이 결합된 이야기도 써보고 싶어요. 거기까지는 당분간 어렵겠지요. 하지만 머지않아 기회가 오리라고 봅니다.

글쓰기 공부에 어떤 체계가 있는지 어떤지는 잘 모르겠지만 저는 소설쓰기를 위해 대학 때나 졸업해서 등단 전까지 특별히 작정해놓고 진행시킨 것은 없습니다. 그렇다고 남들보다 작품을 유달리 많이 읽은 것도 아닌 듯해요. 다만 한 일 년 반쯤 방위생활을 할 때 소설쓰기에 도움이 될 것 같아서 우리말과 속담, 비유어 등을 한번 정리해봐야겠다는 생각에서 실행에 옮긴 적은 있습니다. 신기철·신용철 씨의 두 권짜리 『새우리말큰사전』을 일일이 뒤져가며 대학 노트 두 권 분량으로 정리한 다음, 무식하게 다 외웠죠. 단어 하나하나가 어떤 상상력의 실마리를 제공해주는 경우가 가끔 있거든요. 그럴 때 도움이 되기도 했어요.

김형경　저는 문학평론을 읽으면서 소설쓰기를 배웠습니다. 제게 문학이 무엇인가를 가르쳐준 최초의 평론서는 김현 선생님의 『상상력과 인간』이었지요. 그 책을 읽으면서 문학이란 이런 것이구나, 어렴풋이 짐작했습니다. 그후 오래도록 국내외 문학평론서를 읽으면서 문학에 대한 방법론을 모색하고, 제 나름의 길을 잡아나갔습니다. 문학평론을 읽는 한편으로는 작품도 읽었지요. 제 경우는 어떤 시기마다 특정 작가나 특별한 경향의 작품에 빠져들었다가 나오는 독서 편력을 가지고 있습니다. 문학을 시작하던 초기에는 전후 일본의 탐미주의적인 소설들을 주로 읽었습니다. 그후에는 카뮈나 사르트르 등 실존주의적인 작품에, 그 다음에는 러시아 문학에, 그 다음에는 프랑스 현대문학에, 그렇게 독서 궤적을 그려왔습니다. 특히, 한 작가를 좋아하면 그의 작품을 모조리 구해서 읽어보곤 하는 습관이 있습니다.

특별히 영향이나 사사를 받은 사람은 없지만, 그래도 제가, 제 문학 인생에 스승으로 삼고 있는 작가가 있다면 프랑스의 작가 유르스나르를 들 수 있을 것 같습니다. 국내에 번역된 작품이 일곱 편쯤 있는데, 특히 「어둠 속의 작업」이나 「하드리아누스 황제의 회상록」을 여러 차례 읽곤 했습니다. 그가 가지고 있는 사유의 깊이나, 인간에 대한 이해, 그리고 삶의 내면을 깊이 있게 바라보는 통찰력을 좋아합니다. 유르스나르는 「하드리아누스 황제의 회상록」을 이십오 년이나 준비해서 썼다고 합니다. 제가 배우고 싶은 건 바로 그런 자세지요.

박상우　시를 포기하고 소설을 꿈꾸기 시작한 게 스물넷이던 1980년이었고, 그때가 대학 졸업반이었기 때문에 사회생활의 시작과 소설에 대한 열망이 다행인지 불행인지 맞물리게 되었습니다. 첫 습작은 대학을 졸업하고 군에 가서 해봤고, 제대를 하고 나서는 광산촌에서 오년 정도 교사생활을 하기도 했는데, 어쨌거나 소설이란 게 살아온 만큼밖에 쓸 수 없는 거구나, 하는 일종의 깨달음도 그때 얻게 된 겁니다. 그러니까 소설을 꿈꾸기 시작한 때로부터 꼬박 구 년이 지난 뒤에 작가가 된 건데, 그 구 년 동안엔 철저하게 혼자 독학을 하듯이 습작을 했고, 특별히 사사받은 사람은 없습니다.

문학적인 영향에 관해 말하자면, 십대 후반부터 이십대 초반의 독서가 민감한 영향을 발휘한 때문인지 아니면 그것이 기질에 잘 맞아서인지는 모르겠으나, 헤르만 헤세와 도스토예프스키가 적절하게 혼재된 상태로 영향을 받은 것 같다는 생각이 듭니다.

김소진 저는 가족사에 얽힌 이야기를 주로 쓰다보니까 아무래도 어휘에서부터 시작해 어투, 인물 파악, 서술 방식이나 소설적 장치 등에서 어머니의 영향을 많이 받은 것 같습니다. 당신의 성격은 내성적이면서도 외성적인 데가 있는, 뭐라고 딱 꼬집어 말하기 어려운 성격이었어요. 대개 산동네 아주머니들이 술, 담배, 소리를 잘들 하는데 어머닌 그런 걸 못하셔서 그런지 자연히 삶에서 부대끼는 억울한 일, 기분좋은 일 등 자잘한 얘기들을 막내인 저를 앞에 앉혀놓고 입심으로 풀어낸 것 같습니다. 어머니는 기억력이 참 좋으셨어요. 지금도 소학교 1학년 때의 출석부 명단을 줄줄 외울 정도입니다. 어휘에 대한 기억력도 마찬가지였어요. 제 문체에서 두드러지는 구어체적인 면이나 강원도식의 토속어, 속담, 비유 등과 이야기 서술 방식 등을 어머니는 저에게 물어다주었고 저는 그것을 자양으로 받아먹은 것 같습니다. 말하자면 제 최초의, 그리고 가장 장수하고 있는 문학 교사인 셈입니다.

김형경 전업을 선언하셨다면서요.

김소진 실업자가 된 거죠. (일동 웃음) 이 주일밖에 되지 않아 아직 얼떨떨한 기분입니다. 직장생활과 글쓰기를 함께 해나가는 게 사실 좀 벅찼습니다. 소설적 제재도 고갈돼가는 상태에서 새로운 각오로 글을 써야 할 것 같아 일단 저지르고 본 것인데, 아직 이렇다 할 구체적인 집필 계획은 세우지 못했습니다. 밥벌이도 생각하지 않을 수 없고, 이젠 그 동안 아마추어라고 주위에서 한몫 접어주기를 바라기도 어려울 듯해 여러 가지로 걱정이 앞섭니다.

다만 지금껏 단편 위주로 써온 흐름을 바꿀 수밖에 없다는 판단은 섰습니다. 장편을 써봐야겠다고 생각하고 있습니다. 70년대와 가족 주변에 관한 이야기를 주로 쓰다보니 상대적으로 앞으로 탐색해야 할 소재는 다소 열려 있어서 그나마 다행이라고 생각합니다.

박상우 소설을 인생과 분리해서 말할 수 없다는 점에서, 작가는 어느 상태에서도 자기 만족을 가져서는 안 된다는 생각입니다. 자신의 완성도 만족도 영원히 부정하려는 자기와의 싸움에서 언제나 새로운 창의력이 생겨날 수 있다고 믿기 때문입니다. 특정한 시기, 특정한 상태에 만족하거나 자족하는 그 순간이 바로 정체성으로 매몰되는 순간이기 때문에, 작가에게는 생명이 끝나는 순간이라는 생각과 별로 다르지 않습니다.

결국 자기 자신과의 싸움이 작가에게 가장 중요한 것인 동시에 가장 어려운 것이라는 얘기가 되겠는데, 실제로 저 같은 경우는 한 작품을 끝내고 다음 작품을 꿈꾸게 되는 정신적 추진력이 완성한 작품에 대한 견딜 수 없는 불만 때문입니다. 평론가나 독자의 반응과는 아무런 상관도 없이 거의 본능적으로 완성한 작품에 대해 불만을 느끼게 되는데, 그것이 저만의 경우인지 다른 작가들도 그런지는 잘 모르겠습니다. 아무튼 불만스러우니까 곧바로 다음 작품을 시작하고 싶어지고, 그 과정을 통해 자신의 결점을 보완하고 싶어지는 거죠. 그런 도전 심리가 창작 행위의 추진력 역할을 하는 게 아닌가, 그런 생각이 드는군요.

김소진 1990년 초에 입사해 사 년 남짓 교열부에 있는 동안은 가능했는데 그 이후 건강도 안 좋아진 것 같고 정신도 황폐해진 것 같았습니다. 그만두지 말라고 주위에서 말리더군요. 당신은 또는 당신 소설을 볼 때 절대 원고지만 메워서는 살 수 없다는 거죠. 일 년에 봄 여름 가을 겨울 따라 중단편으로 네 편 정도만 쓰면 되지 않느냐면서요. 물론 소설 나부랭이를 쓴네 하는 은근한 자부심과 직장이 보장해주는 생활의 안정성을 다 누리고 싶은 심정이 왜 제게 없었겠습니까. 그런데 제게는 언젠가 보고야 말 것 같은 조직의 쓴맛과 그리고 무엇인가와 경쟁을 벌여야 한다는 것에 대한 그야말로 원초적 공포감이 있습니다. 이런 점도 직장을 그만두는 데 적지 않은 요소로 작용했을 겁니다. 물론 글쓰기도 경쟁의 측면이 있겠지만 그건 자기 자신과의 경쟁이라는 점에서 힘들고 안 들고의 차이를 떠나서 받아들일 수 있다고 봅니다.

그리고 신념이라는 말이 나왔으니까 한번 해보는 말인데, 저는 아직까지 이렇다 할 신념 같은 것을 깔고 작품을 썼다고 하기는 어려울 것 같아요. 투철한 신념이나 의식 같은 거야말로 탄탄한 산문 정신의 기둥일 텐데 아쉽게도 그런 부분이 제게는 약한 것 같아요. 그저 세월이 흐르면서 보고 느끼고 그런 다음에 그것이 이끼처럼 자연스레 입혀지는 작품이 좋은 것이라는 소설관에서 크게 벗어나 있지 않고 있거든요. 그런 맥락에서 박상우씨가 지난 칠 년간의 글쓰기가 그 동안 맺혀왔던 것들을 풀어내온 시간이었다고 했는데 그 말에 공감이 갑니다. 풀어내지 않고서는 못 배기는 것이 소설이 갖는 주요한 속성이자 원천적 매력이라고 생각합니다.

김형경 제가 소설을 쓰면서 나름대로 잃지 않아야 한다고 생각하는 신념은, 작가도 일종의 노동자이고, 소설쓰기도 하나의 노동이라는 점입니다. 이 자본주의 사회에 만연한 여러 직업 중 하나일 뿐이라는 점이죠. 이런 생각을 말하다가, 문학이 신성하고 대단한 기능을 가진 것으로 여기는 사람들로부터 반발을 들은 일이 있습니다. 그렇지만 문학 행위도 일종의 노동이라는 제 생각에는 변함이 없습니다. 모든 노동이 신성하듯이, 문학도 그것과 같은 차원에서 신성할 뿐입니다. 그 이상도 그 이하도 아니죠. 문학을 한다는 행위가 바다에 나가 맨손으로 꽁치를 잡는 일이나 비닐하우스에서 수박을 키우는 행위보다 더 나은 무엇이라는 생각에는 동의할 수 없습니다. 다만, 직업마다 직업 윤리가 있고, 그 일에 종사하는 노동자로서 지켜야 하는 서로 다른 가치관이나 도덕률이 있을 뿐이죠. 아마, 작가가 지켜야 하는 직업 윤리가 꽁치잡이 어부가 지켜야 하는 직업 윤리보다 관념적이고, 복잡하고, 예민하다는 차이는 있을 겁니다. 그 직업 윤리의 차이 때문에 문학이 더 진지한 자세를 필요로 한다고 설명한다면 거기에는 동의할 수 있습니다.

그러나 글을 쓰는 행위가 대단히 신성하고, 유독 가치 있는 일이라는 식의 태도는 지양해야 한다고 생각합니다. 우리 문학이 가지고 있는 맹점 중의 하나가, 그 선비 의식에서 비롯된 쓸데없는 권위주의라는 점을 늘 생각하곤 했습니다. 가장 중요한 것은 노동자의 성실성을 견지하는 것, 직업인으로서의 직업 윤리에 충실하는 것, 그런 점이지요.

박상우　원체험이 어떻게 반영되는지는 구체적으로 적시할 수 없지만, 소설의 내적 구조에서 그것이 상당히 영향을 미친다는 사실은 분명히 인정합니다. 원체험이 무의식적으로 소설의 내적 긴장감을 조성하고 그것이 궁극적으로 작가세계와도 긴밀하게 연결된다는 생각인데, 그런 점에서 원체험은 종합력을 지닌 일종의 투사 장치 같은 게 아닐까 하는 생각입니다. 체험을 투사하고, 그것을 분류, 분석, 종합하는 일종의 그물망 같은 거라고나 할까요.

저의 경우 원체험이라는 게 의식한다고 해서 구축되고, 의식하지 않는다고 해서 소멸되는 게 아니라는 생각 쪽입니다. 그것이 소설에 미칠 수 있는 영향력을 작가가 의식적으로 혹은 이성적으로 통제한다는 것도 결코 쉬운 일이 아니라는 거죠. 소설 작업 과정에도, 거의 동물적인 감각이나 본능적인 감각에 의존해야 하는 경우가 많은데, 원체험이란 것도 바로 그런 순간에 자신도 모르게 발현되는 것이라고 믿고 있습니다.

제 작품 중에 원체험과 결부시켜 말할 수 있는 대표적인 작품을 말하라면 가장 최근에 발표됐고, 두번째 창작집 『독산동 천사의 시』에 포함된 「깊고 푸른 방」을 꼽을 수 있을 겁니다. 소설이 허구의 산물이라지만, 거기에도 현실적인 체험이 분명 내재될 터인데, 참으로 현실에서의 거짓과 소설에서의 허구는 어떤 점에서 다를 수 있고, 그것의 미묘한 경계는 어떻게 가름해야 할 것인가 하는 걸 다룬 작품입니다. 소설을 쓰기 시작한 이후, 특히 소설을 구성할 때 그런 문제를 많이 생각하게 되는데, 최근에 와서 드는 생각은 '소설은 현실이면서 현실이 아니고, 현실이 아니면서 또한 현실이다' 하는 것입니다. 그런 점에서 소설에 미치는 원형, 무의식이 분명히 있다고 믿는 편인데, 소설을 기업의 개발 프로젝트 정도로 생각하지 않고, 그것이 삶에서 얻어지는 정신 작용의 결과물이라고 생각한다면 그것은 오히려 당연한 일이라고 저는 생각합니다.

김형경 저는 원체험에 대해 그리 깊이 생각하기보다는, 늘 그때그때 현재의 의식 상태를 점검하는 일에 더 유의했던 것 같습니다. 그런데 이즈음 생각해보면, 제 의식 중에서 원체험이라 부를 만한 부분이 있다면 그게 고아 의식이 아니었는가 싶습니다. 딱히 고아는 아니었지만, 가정형편상 부모와 떨어져 살게 되었고, 그 과정에서도 고아라는 생각은 없이 지냈는데, 그런데도 예민한 독자들은 제 단편들 주인공의 의식 속에서 고아 의식을 읽어내는 모양입니다. 대부분의 등장인물들에게서 혼자 세상을 살아나가는 자의 고단함을 읽게 된다고 하더군요. 자신도 의식하지 못하는 사이에, 작중 인물의 의식 속에 투영되는 어떤 의식, 그게 작가의 원체험이겠지요. 그것을 염두에 두면, 제가 가지고 있는 원체험의 부정적인 측면도 없지 않은 것 같습니다. 저는 하나의 온전한 가정, 부모와 자식으로 구성된 가족의 모습을 작품 속에 등장시킨 일이 드뭅니다. 그것도 의식적으로 그렇게 한 게 아닌데, 나중에 돌이켜보니, 제 작품 속에 가정이라는 조건이 취약하더군요. 그것 역시 저의 원체험이 작품에 반영되는 한 형태겠지요.

저는 문학을 공부할 때, 문학이란 사사로운 개인적인 경험을 기록하는 일이 아니라고 배웠습니다. 자신의 경험을 토대로 하되, 그것이 이 사회와 그리고 동시대를 살아가는 자들과 호흡하고 공감할 수 있는 보다 큰 의미망을 가진 이야기여야 한다는 생각을 갖고 있었습니다. 그 동안 저는 제 체험을 소설 속에 그리 많이 풀어내지 않았습니다. 대부분의 경우, 소설의 모티프나 주제가 될 만한 한두 가지 체험에 상상력을 가미하여 소설을 써왔지요. 모든 작품 속에, 제 체험은 오 내지 십 퍼센트 수준밖에 되지 않았습니다. 단 한 편, 가장 최근에 쓴 『세월』만이 체험과 허구의 비율이 그 동안 해왔던 작업과 좀 다른 편이지요. 그렇지만 그것 역시, 허구가 가미된 소설일 뿐입니다.

작품을 쓸 때, 그것이 얼마만한 체험을 바탕으로 하는가, 어느 정도의 허구에 의존하는가 하는 점은 중요하지 않다고 생각합니다. 베르나르 베르베르의 『개미』나 움베르토 에코의 『장미의 이름』은 일백 퍼센트 허구적 상상력으로 이루어진 소설이죠. 반면, 에밀 아자르의 『새벽의 약속』이나 고리키의 『나의 유년』을 비롯한 자전소설 시리즈는 전적으로 체험을 바탕으로 해서 씌어진 작품입니다. 그 두 유형의 소설이, 그것이 어느 정도의 체험을 바탕으로 하느냐에 의해 평가되는 건 아닙니다. 무엇을 어떤 방식으로 썼든 간에, 중요한 것은 그 작품이 얼마나 문학적으로 완성되어 있으며, 얼마나 독자에게 진실성 있게 다가가느냐 하는 점이라고 생각합니다.

김소진 저의 경우는 가난이라는 문제가 원체험 구실을 했던 것 같습니다. 한 방에서 아버지, 어머니, 형, 누나가 다함께 공동생활을 했습니다. 그렇기 때문에 누구나 생각할 수 있는 푸근하고 편안한 누나상이 있을 텐데 저한테는 그런 부분이 맺어지지 않아요. 사춘기 때 누나와 한 방을 썼기 때문에 느꼈던 당혹스런 상황들도 소설을 쓰는 데 직·간접적으로 원체험으로 작용한 것 같기도 하고요. 소설에서 여자를 다루는 장면이 나오면 지레 당황을 하고 그럴 때가 많습니다.

가난과 연관되는 문제로 또 한 가지는 먹는 것에 대한 집착과 경원이 강하다는 점입니다. 지금도 밥을 먹을 때 남기는 법이 없어요. 메뉴에 대해 걱정을 해본 적이 없어요. 예를 들어 아침에 자장면을 먹어도 점심때나 저녁때 또 자장면을 먹어도 별로 부담스럽지 않게 받아들이게 되거든요. 이러한 것들이 작품에 반영되고 있어요. 칠십 내지 팔십 퍼센트까지 체험을 집어넣은 작품도 있는데 적어도 삼십 내지 사십 퍼센트는 체험이 반영되는 것 같아요. 그렇기 때문에 때로는 소설 속에서 기형적 상황이 벌어지기도 한 것 같구요. 예를 들어 「자전거 도둑」에서 보이는 아버지에 대한 처리 문제입니다. 한 평 남짓한 구멍가게를 운영하는 아버지의 삶 속에서 전혀 찾아볼 수 없는 권위에 대한 그리움이 거기엔 배어 있거든요. 물건을 떼오고 셈을 치르다 실수하며 실랑이를 벌이고, 아들 앞에서 주눅이 들고 마는 아버지 곁에서 가게일을 돕다보니 아버지에 대한 권위는 찾아볼 수 없고 오히려 가련함이나 비참함만을 목도하게 됩니다. 당연히 상처로 남는 것이고요.

이러한 것들이 원체험이라면 원체험인 셈인데 한편으로는 한계로 작용하는 것 같기도 해요. 긍정적이라면 아마 간접 체험이나 상상력을 위주로 하는 작품에서보다 아무래도 삶의 무게를 싣는 데 유리한 게 있다고 봅니다. 그러한 원체험에만 너무 매달리다보면 가령 연애소설을 꼭 써보고 싶은데 체험이 메우지 못할 부분은 어떻게 처리할까 걱정이에요.

박상우 지난 칠팔십년대를 거쳐오면서, 바로 그런 문제 때문에 많은 작가들이 정신적인 중압감을 느꼈다고 생각합니다. 시대적인 문제가 있긴 했지만, 궁극적으로 작가는 소설에 대한 복무를 위해, 적어도 소설 안에서 심판자나 응징자가 되어서는 안 된다는 생각입니다. 작가가 어느 한쪽으로 자신의 신념을 경도시킬 때, 그것 이상으로 그의 작품이 경직될 위험성이 따르기 때문입니다. 요컨대 작가란 오른쪽 어깨 위에 천사를 올려두고 왼쪽 어깨 위에 악마를 올려둔 존재, 다시 말해 천사와 악마의 경계 지대에다 자신의 머리를 위치시킨 균형적인 존재이어야 한다는 게 제 생각입니다.

김형경 박상우씨의 말에 저도 동감하는 편입니다. 저는 그 동안, 어느 쪽으로 시선이 치우치지 않는 객관적인 시각을 견지하는 게 중요하다고 생각해왔습니다. 처음 문학을 공부할 때, 어느 문학평론서에서 그런 구절을 읽은 이후, 늘 염두에 두어온 말입니다. 객관적인 시각을 견지하는 것, 그리고 사물이나 대상과 일정한 거리를 유지하는 것, 그것이 제가 현실을 바라볼 때 늘 염두에 두는 덕목입니다. 물론 부정적인 면도 없지 않습니다. 자칫 양비론의 입장을 취하게 되기도 하고, 때로는 우유부단한 중간자의 자리에 서 있는 자신을 발견하기도 합니다. 그러한 갈등을 껴안고 극복하는 과정까지가 제 문학 수업의 한 부분이었을 겁니다.

물론 요즈음에는 약간의 반성도 없지 않습니다. 늘 바라보기만 하는 구경꾼의 입장에서 살아오지 않았는가. 그리하여 내 몫의 진정한 삶이란 없었던 게 아닌가 하는 거죠. 앞으로도 여전히 구경꾼의 태도로 살아가게 되겠지만, 조금 더 열심히 구경할 생각입니다. 취재도 열심히 하고, 타인들의 삶의 내부에도 더 깊숙이 들어가보고……

김소진 그렇겠네요. 아무튼 다양한 시각이 존재한다는 것은 필요한 것 같아요. 도리어 다양한 위치에서 동그랗게 바라볼 수 있고 작가라고 해서 꼭 객관적으로 바라보아야 할 필요성은 없을 것 같기도 하구요. 편을 들 수도 있으니까요.

박상우 90년대는 80년대와 분명하게 차이가 있다고 보지만, 90년대 초반에 활발하게 거론되던 다양성과 다원화의 문제는 예상을 많이 빗나갔다고 생각합니다. 90년대적인 징후로, 전혀 예상할 수 없었던 일종의 문화적 집중화 현상이 건전한 다양성 내지는 다원화의 걸림돌로 등장한 것인데, 예컨대 영상문화에 대한 대중들의 편중 현상은 다른 장르를 기죽이고 위축되게 할 정도가 아니라 거의 제국주의적인 속성을 느끼게 할 만큼 대단합니다. 그리고 그와 같은 집중화 현상이 다양성이 아니라 문화의 획일성을 몰고 오는 게 아닌가 하는 우려가 있는 것도 사실입니다. 소설 분야를 말하자면, 소설이 당대를 반영한다는 점에서 90년대 전반기는 90년대를 말하기 위해 필요한 소설적 부화 기간이었다는 생각이 듭니다. 여전히 80년대적인 문제에다 90년대적인 정황을 조미료처럼 가미한 짬뽕형 소설들이 나오고 있긴 하지만, 90년대를 제대로 부화시킨 소설들도 후반 오 년 동안 상당히 많이 쏟아져나오리라고 예상됩니다.

김형경 80년대와 달라진 90년대에 대한 담론은 현재 가장 전면에 부각되고 있는 사회문화적 연구 과제인 것 같습니다. 모두들 그 변화와 달라진 양상에 대해 관찰하고 분석하고 평가하고 있습니다. 문학에도, 80년대와 달라진 90년대의 문화 양상이 반영되고 있습니다. 최근에 발표되는 어떤 소설들을 읽으면, 아, 이게 우리 다음 세대의 소설이구나, 하는 느낌을 갖게 되죠. 저는 그러한 문화 현상들을 자연스러운 한 흐름으로 받아들여야 한다고 생각합니다. 얼마간 파괴적이고 극단적인 형태의 문화라 해도, 그것 역시 20세기 말의 자연스러운 한 양태일 뿐이지요. 그 동안도 무수히 많은 세기말이 있었듯이, 이것 역시 자연스럽게 지나가는 한 현상일 뿐입니다. 이 시기가 지나면 또다른 형태의 문화가 나올 테죠.

김소진 80년대에 비해 90년대의 문화 현상이 다른 점이 있다면 가상의 것에 대한 관용의 폭이 상대적으로 넓어졌다는 느낌이 듭니다.

다시 말하면 간접 체험이나 전혀 체험이 없더라도 소설을 쓸 수 있는 시대가 왔다는 것입니다. 가상이라는 게 현실에는 없는 것이라고 단순히 정의 내릴 순 없겠지만 가벼움을 그 속성으로 한다고 할 수 있죠. 물론 소재가 가볍다고 해서 경박하다고는 할 수 없다고 봐요. 경계할 대목은 그런 가벼움이라는 게 자기도 모르는 사이에 소설을 몽롱하게 만들 우려가 있다는 거죠.

김형경 문학이라는 게, 그 최초의 형태를 돌이켜보면, 설화나 구비문학에서 시작된 것입니다. 그런 때, 설화나 신화는 그 집단 구성원들에게 공동체적 꿈을 심어주는 기능, 혹은 일상의 무료함을 달랠 수 있는 기능을 했습니다. 문학에서 가장 중요한 것은 신화적인 이야기의 기능이었지요. 그런데 이 사회가 계급에 의해 세분화되면서, 문학 역시 소수의 전유물이 되고 엄숙주의가 자리잡게 된 것 같습니다. 문학의 최초의 목적이나 본래의 기능을 생각하면, 문학이 그렇게 어렵고, 그렇게 높은 자리에 있을 필요가 없다고 생각합니다. 그런 점에서, 문학의 위기를 극복하기 위해서는, 지적인 유희를 멀리하고 문학을 문학 본래의 자리로 복원시키는 것이 시급하다고 봅니다. 오늘날의 문학이, 굳이 예전처럼 신화적 상상력을 가미한 작품이어야 한다는 뜻이 아닙니다. 어느 시대에나, 작가들이 쓰는 작품이, 동시대인들에게 공동체적 꿈을 심어줄 수 있는 그 시대의 새로운 신화나 설화가 될 수 있어야 한다는 뜻입니다.

우리가 아직 경제적으로 어렵고, 여성들의 사회적 지위라는 게 고려의 대상도 되지 않았던 시절, 그러나 조금쯤 경제적으로 성장해나가던 70년대 초에, 조해일의 「겨울여자」가 그토록 인기를 얻었던 것은, 그 작품이 동시대인들에게 꿈을 줄 수 있었기 때문입니다. 특히 여성들에게요. 최인호의 「고래사냥」 역시 출구 없는 그 시기의 젊은 이들의 의식 속에 숨통을 틔워주는 구실을 했죠. 저는 문학이란, 동시대인들의 정서에 공통적으로 스며들어 그들에게 꿈을 꿀 수 있는 공간을 마련해주는 기능을 해야 한다고 믿습니다. 공지영의 일련의 장편들이 그토록 독자들에게 각광받는 것은, 그의 작품들이 80년대의 공간에서 꿈꾸었던 동시대인들의 꿈과 좌절을 잘 표현했기 때문이라고 생각합니다. 문학의 위기를 타개하는 열쇠는 바로 여기에 있다고 봅니다.

김소진　김형경씨 의견에 대체적으로 공감하게 되는데요. 문학은 교훈을 얻기보다는 살아가면서 흔히 접하게 되는 것을 통해 위안도 얻고 흥미를 느끼는 것인데 최근 들어 독자들의 성향이 바뀌게 된 것 같고 따라서 작가로서도 소설쓰기가 불편해진 게 아닌가 봅니다. 저는 갈수록 순수소설 부분의 입지가 좁아질 것이라고 생각하고 있습니다. 하지만 이러한 국면을 단순한 이야기성 회복으로 되돌려놓을 수 있을지에 대해서는 약간 비관적입니다. 소설의 이야기성이라는 게 여타 장르에 비해 부수적인 장르로 가는 데 일조하지 않는가 하는 의문도 이런 맥락에서 검토해볼 성질의 것이 아닐까요. 그러나 이런 와중에서 여전히 살아남는 부분은 소설 미학이 근대화되는 자리에 놓여 있지 않나 생각하고 있습니다.

70년대라는 짧은 기간이 소설의 전성기를 구가했음은 이를 증거하는 것이지요. 저에겐 우리 소설사상 70년대가 가장 행복한 시절로 보여요. 무엇보다도 산업화의 진전과 더불어 문화에 대한 욕구가 대중적으로 분출하기 시작한데다 문학이 모든 예술 장르의 꽃으로 군림하지 않았습니까. 베스트셀러라는 개념이 처음 생겨나는 등 대중적 호응도 만만치 않았고, 그래서 저는 70년대가 소설이 대중과 어깨를 나란히 할 수 있었던 아주 행복한 시절로 소설사에 기록되리라 봅니다.

이때 가장 주목해야 할 문제는 역시 사회 변화의 속도가 아닌가 싶어요. 문학이라는 게 기본적으로 영상이나 기타 다른 장르처럼 속도를 주요 장기로 택할 수 있는 부문은 아니잖아요. 그런 의미에서 70년대는 아직 소설이라는 장치가 사회 변화에 따라붙을 수 있는 수준의 속도를 유지할 수 있었던 시대가 아니었나 싶습니다. 얼마 전 출간된 밀란 쿤데라의 『느림』에서도 비유되듯이 이야기라는 게 너무 정신없는 속도로 질주하는 현실 속에서는 차분히 맺히기 어려운 측면이 있거든요. 불가능하지는 않겠지만요.

그런 의미에서 사실 요즘은 소설이 따라잡기에는 너무 현란한 속도의 시대가 돼버렸어요. 저 같은 작가들로서는 고민이죠. 그 속도를 이기는 방법으로 등장한 게 아예 먼 옛날로 가버리거나, 기발함 또는 국수주의 등에 집착하는 것인데 그러다보니 현실과 밀착한 진정한 이야기성은 점점 줄고 대리 만족이나 정보 전달, 가설만이 떠도는 것 같아요.

박상우　아까 말한 문화적 집중화 현상을 다시 거론하고 싶은데, 90년대 들어 문학의 위기가 거론된다면 그와 같은 경향에 대한 상대적 평가가 아닌가 하는 생각이 듭니다. 일례를 들자면 영화는 할리우드와 영상 세대의 전폭적인 지지를 등에 업고 문화적인 측면에서 막강한 위력을 발휘하고 있는 게 사실입니다. 소설적인 대안이나 대응 방식으로 그와 같은 현상을 타파하자고 주장할 필요는 없겠지만, 소설의 시대적 대응력도 다시 한번 냉정하게 되짚어봐야 할 시기에 와 있다는 생각이 듭니다. 전통적인 소설 형식을 부정하고 전복하라는 게 아니라, 새로운 것에 대한 맹목적인 거부감으로부터 지금보다 훨씬 유연해져야 할 필요가 있다는 생각입니다.

이런 정황에 대한 대응력으로 행해지고 있는 젊은 작가들의 다양한 소설적 모색을 무조건적으로 세대간의 문제로 몰고가려 하거나 작가 정신에 대한 혐의로 몰아붙이려 하는 건 정말이지 단견이라는 생각이 듭니다. 시대의 변화를 거부한 채 소설을 영원히 변방의 장르로 전락시키겠다는 의도가 아니라면, 어쨌거나 지금은 수용과 적응, 그리고 소설의 갱신력에 대한 논의가 보다 활발해져야 할 시기가 아닐까요.

김형경 정보화 사회로 가면서 정보를 접할 수 있는 매체가 다양화하고, 그것에 따라 문화도 다양화하고, 당연히 독자들의 욕구도 다양화했을 것입니다. 문학의 파생적인 장르라 일컫는 정보소설이나 컴퓨터·통신 문학 등은 다변화하는 우리 사회가 나타내 보이는 자연스러운 현상으로 받아들여야 한다고 믿습니다. 그것들은 문학이라는 큰 강을 향해 몰려드는 작은 지류들이죠. 그중에서도 도중에 말라 없어지기도 하고, 끝까지 흘러 문학 속으로 편입되는 경우도 있을 겁니다. 그런 주변적인 노력들이 모여 문학의 저변을 확대하고, 문학 자체를 풍성하게 하는 거겠죠. 어떤 경우든, 배타적인 태도보다는 모든 것을 끌어안을 수 있는 유연하고 포용력 있는 태도가 필요하다고 생각합니다.

박상우 여러 가지 이유가 있겠지만, 가장 큰 이유는 문화의 급격한 소멸과 생성, 그리고 파괴와 전복 욕구의 결과라고 생각합니다. 글에 대한 일반인들의 인식이 엄청나게 바뀐 것도 중요한 이유 중의 하나로 꼽을 수 있겠는데, 원하기만 하면 누구나 글을 쓸 수 있는 시대가 됨으로써 그 동안 유지돼오던 본격성이란 게 고유성의 세계로부터 점차 멀어져가고 있다는 생각이 들기도 합니다. 그래서 그런 것들을 전면적으로 부정하는 것보다 문제의 본질을 주변에서가 아니라 내부에서 찾으려는 노력이 훨씬 중요하다고 저는 생각합니다. 소설이 시대의 많은 문제점을 도외시하고 수용력의 한계를 노출한 건 아닌지, 한번쯤 자성해봐야 할 필요가 있겠죠.

김소진 두 분 말씀에 동의합니다. 사회가 세분화돼가면서 세부적인 부분들이 반드시 다뤄져야 되겠고, 이러한 의미에서 전문적인 글쓰기 작업이 필요한 시점입니다. 문학 외적인 발전을 위해서도 다양한 부분들이 진취적인 모습으로 그려져야죠. 전문적인 체험의 장이 소설화한다는 것은 이제 중요한 의미를 가질 것 같습니다. 순수문학이냐, 대중문학이냐에 대한 변별도 작가적인 입장에서 꼭 생각해보아야 할 문제가 아닌가 생각됩니다.

김형경 십대 때 저는 「나무들 비탈에 서다」나 「삼대」와 마찬가지로 박계형의 「머무르고 싶었던 순간들」 「내 사랑 마야」 같은 소설을 재미있게 읽었습니다. 나중에 한국문학사를 공부할 때, 그 작품들이 어디에도 언급되어 있지 않다는 사실에 조금 놀랐습니다. 순수문학과 대중문학의 차이를, 문체가 가지고 있는 향기, 작품에 담겨 있는 주제 의식, 그것을 표현하는 작가 정신…… 그런 것들에 의해 구분한다면, 그건 어느 정도 주관적인 판단이 될 수밖에 없습니다. 「머무르고 싶었던 순간들」을 쓴 작가가 작가 정신 같은 것 없이, 아무렇게나 그 소설을 썼다고는 생각하지 않거든요. 이런 제 사고방식이 순진한 온정주의라는 걸 알고 있습니다.

그러나 저는, 아직도 제가 가지고 있는 순진한 온정주의적 가치관을 버릴 수가 없고, 그런 가치관에서 보자면 『무궁화꽃이 피었습니다』가 제대로 문학적인 잣대에 의해 자리매김되지 않는 사실을 안타까워하는 입장입니다. 순수문학과 대중문학이 있다기보다는 완성도가 높은 소설과 완성도가 덜한 소설이 있을 수 있겠지요. 문제는 문학이 독자에게 어떤 기능을 하는가를 고려해야 한다고 생각합니다. 아까 말씀드린 것과 같이, 동시대인들에게 공동체적 꿈을 줄 수 있는가 하는 거죠.

김소진 프랑스 비평가로 기억되는데, 작품이란 나오면서부터 독자와 상호 작용을 갖는 메커니즘이 존재한다는 얘기를 들은 적이 있습니다. 작가와 독자 사이에는 다양한 요소들이 작용해 독자의 손에 책이 쥐어지기 전에 독자의 관념을 형성하는 일정한 부분이 있을 것 같습니다. 특히 작가와 독자 사이의 거리 조정 역할을 하는 평론가, 출판업자, 기획자 들의 간섭이 상업 출판이 일반화하면서 예전보다 더 심해진 것이 아닌가 생각되기도 하는데요.

박상우 기본적으로 독자와 작가 사이에는 작품만이 존재할 수 있다고 생각합니다. 요즘은 저널과 광고가 막강한 위력을 발휘하기 때문에 소통 구조의 난맥상이 지난 어느 시대보다도 훨씬 극심한 것 같습니다. 작가의 위상이 독자에 의해 좌우될 수 있는 세상이긴 하지만, 작가에게도 독자에게도 소통의 근원이 되는 작품이 가장 중요할 거라는 게 제 생각인데…… 그 나머지는 전적으로 거품이겠죠.

김형경 제 후배 중에 김소진씨의 작품을 좋아하는 독자가 있는데 그 후배 말이, '김소진의 소설을 읽으면 고통스럽다' 고 하더군요. 저는 그 말이, 독자가 작가에게 할 수 있는 최고의 찬사라고 받아들였습니다. 그 후배가 고통스럽다고 말한 까닭은 이럴 겁니다. 일상의 각질을 깨며 존재의 본질을 드러내 보이기 때문이고, 허위 의식을 벗기며 삶의 진실과 대면하도록 하기 때문이라는 겁니다. 소설의 기능이란 그런 거라고 생각합니다. 자기 성찰의 기회를 갖도록 하는 것, 인간 존재나 삶의 진실을 대면하게 하는 것, 바로 그거죠. 그게 아무리 고통스러운 일이라 해도 말입니다. 제가 바라는 독자상이 있다면 바로 그런 독자입니다. 작품을 읽으며 자신을 성찰하게 되고, 그 성찰 과정에서 생살이 벗겨져나가는 듯한 고통을 느낄 줄 아는 독자지요.

박상우 중의적인 표현을 빌리자면 독자적(獨自的)인 독자가 많아졌으면 좋겠다는 게 제 생각입니다. 대한민국에서야 휩쓸리는 독서만 하면 어딜 가든 '말발'이 설 수 있지만, 그와 같은 경향은 당시에 가장 히트하는 유행가를 흥얼거리는 행위와 별로 다르지 않을 겁니다. 그것이 흘러간 옛 노래건 트로트건, 랩송이건 발라드건, 특정하게 자신의 관심 영역을 파고들어가보려는 노력이 없이는 자기 세계라는 걸 갖기가 힘들어질 테니까요. 어쨌거나 책 광고가 홍수를 이룬다는 건 자신도 모르게 광고에 조종당하는 독자가 그만큼 많다는 의미가 아닐까요.

김형경 저는 첫번째 장편과 두번째 장편을 펴낸 이후에 독자라는 존재를 구체적으로 느낄 수 있었습니다. 그런데 첫 장편이든 두번째 장편이든, 독후감에서 '울었다'는 얘기를 많이 듣습니다. 교사인 어느 독자는 책을 읽다가 너무 울어서 다음 수업 시간에 들어가지 못했다고 하고, 주부인 어느 독자는 밤마다 술을 마시며 울면서 책을 읽었다고 합니다. 그런 얘기들을 써서 편지를 보내오곤 하지요. 일일이 답장을 해주지는 못하지만, 항상 고마운 마음과 미안한 마음입니다.

편지를 보내오는 독자들을 보면, 대체로 이십대에서 사십대까지 고르게 분포해 있는 것 같습니다. 그런데 뜻밖에도 열세 살짜리 여중생, 쉰이 넘은 노인도 계시죠. 독자의 정체가 모호하구나, 아니 광범

위하구나 싶은 생각이 들면 정신이 번쩍 차려집니다. 쉰이 넘은 노인이 보기에, 저의 작품에는 덜 산 사람의 미숙함 같은 게 없지 않을 테니까 말입니다. 더 진지하고 성실한 자세가 필요하구나 싶어지기도 하구요. 작가들이 독자에게서 받는 자극도 그런 걸 겁니다.

박상우 얼마 전 동숭동에 모임이 있어서 나갔는데, 약속 장소를 몰라 이 골목 저 골목을 헤매고 있었습니다. 근데 어느 순간부터인가 제 뒤에 동일한 인물이 계속해서 따라오고 있다는 걸 알 수 있었어요. 나를 따라오는 건지 우연하게 방향이 같은지를 확인하기 위해 사람의 왕래가 그닥 많지 않은 곳으로 접어들기도 했는데, 그래도 계속 따라오는 거예요. 은근히 겁이 나기도 해서 슬슬 걸음을 늦추다가 낙산가든 뒤의 공터에서 갑작스럽게 몸을 돌려 왜 날 따라오는 거죠? 하고 물었죠. 그랬더니 키가 자그마하고 다부진 체격에 머리가 짧은 그 청년, 잠시 멀뚱하게 서 있더니 박상우 선생님이시죠? 하고 묻는 거예요. 너무 놀라서, 그런데요? 하고 되물었더니 대뜸 독자입니다, 하고 대답하더군요. 서울대 미학과엘 다닌다고 했는데, 군복무를 마치고 복학 준비를 한다며 제가 찾고 있던 모임 장소까지 직접 안내를 해줬어요. 그런 독자는 정말 고마운 독자에 속하는 편인데, 새벽 두시건 세시건 시도때도없이 전화를 걸어오는 독자들은 아무리 인내심을 발휘한다 해도 정말 응대하기가 힘들더군요. 밤새도록 어디선가 술을 마시고, 토끼처럼 빨갛게 충혈된 눈으로 아침 여덟시에 손에 소주병 들고 집 앞으로 찾아온 독자도 있었어요. 지금은 웃으면서 이런 말을 할 수 있지만, 그땐 정말 섬뜩하더군요.

김소진 제 작품에 대해서는 주위 사람들이나 문학평론가들의 여러 가지 지적이 있는데 부분적으로 동감합니다. 체험이나 원체험을 주된 소재로 해서 글을 쓰다보니 어휘가 경직되어 있다, 문장을 편히 풀어쓰지 못한다, 단락과 단락의 축약 부분이 어색하다, 상황전개에 있어서 이야기를 건너뛰는 부분이 난해하다 등등의 지적이 있어요. 어차피 전업을 하기로 결심했으니까 앞으로 많이 반성하는 시간을 가져야 할 것으로 봅니다.

박상우 제 소설이 독자에게 어필하는지 안 하는지, 그리고 어필하지 않는다면 왜 그런 건지, 그런 걸 명쾌하게 말하기는 정말 어렵다는 생각이 드네요. 그냥 나 자신이 할 수 있는 한 최선의 상태에서 작품에 몰두한다는 게 저의 기본적인 입장이고, 그러다보니 그것이 어떤 면에서 어필하는지 어필하지 못하는지, 그런 걸 세심하게 의식하지 못하는 편입니다. 여기저기서 그 동안 들었던 얘기를 굳이 요약하자면, '참을 수 없는 존재의 무거움' 이 저의 장점인 동시에 단점으로 꼽힌다고 얘기를 할 수 있을 겁니다. 그런 무거움이 작품에서는 진지함으로 드러날 수도 있겠지만, 독서하는 입장에서는 지리멸렬하게 숨통을 조여오는 것처럼 느껴질 수도 있을 테니까요.

김형경 제가 글을 쓰면서 독자를 염두에 두고 쓴 유일한 작품은 첫 장편입니다. 그건 제가 처음 쓰는 장편이었기 때문에, 여러 가지로 주의할 것들이 많았습니다. 이렇게 긴 글을, 아무도 읽고 싶어하지 않는 만연체의 문장으로, 빡빡한 관념만을 동원하여 엮어나간다면 누가 읽겠는가. 읽는 사람이 없다면, 책을 내는 게 무슨 의미가 있는가. 그런 생각을 기본으로 해서, 우선 문체에 유의했습니다. 간결하고 속도감 있게 읽히는 문체를 택했죠. 구성면에서는, 독자의 관심을 줄곧 책에 붙잡아둘 수 있도록 도입부에 약간의 추리소설적 기법을 도입했습니다. 그게 독자를 염두에 두고 제가 시도한 장치의 전부였습니다.

그렇지만, 그런 기능적인 이유 때문에 독자들이 책을 읽는다고는 생각하지 않습니다. 그건 다만, 작가로서 독자에게 책읽기를 유연하게 하기 위해 얼마간 배려하는 점일 뿐입니다. 제게 편지를 보내오는 독자들의 다양한 이야기를 한마디로 간추리면 '공감한다' 는 것입니다. 어쩌면 내가 하고 싶은 얘기를 그렇게 잘 써주었는가, 하는 거죠. 『세월』을 읽고 사십대의 정신과 의사가 보낸 편지가 있는데 거기에는 '당신의 소설이 고통받는 내 친구들에게 위안이 될 것 같다' 고 씌어 있었습니다. 저는 그게 곧 문학의 기능이자 독자에게 어필하는 요소가 아닐까 싶습니다. 공감하는 것, 위무의 기능을 갖는 것. 작품을 읽으며 집단 공동체의 문제를 생각하고, 간접 체험을 통해서 위안을 얻으며, 공동체적 꿈을 꿀 수 있다는 뜻이죠.

제게 한 가지 다행인 점은, 제가 동시대인들이 안고 있는 문제점이나 그들이 원하는 것을 읽어내는 훈련이 직장생활을 통해 무의식중에 쌓여왔다는 점일 겁니다. 십 년 가까이 잡지사 기자를 하면서, 매달, 책에 실을 아이템을 찾아왔지요. 이 계절, 이 시기에 독자들이 원하는 기사는 무엇인가, 같은 기사라도 어떤 형태로 제공하는 것이 독자들이 더 쉽게 이해할 것인가. 그런 작업을 여러 해 해오는 동안 제게는 무의식중에 독자를 염두에 두는 훈련이 되어 있었던 것 같습니다. 독자를 전혀 염두에 두고 쓰지 않는 단편들에서조차, 공감한다는 얘기를 듣곤 하지요. 이를테면 「푸른 나무의 기억」을 읽은 어떤 실업자 독자가 꼭 자신의 마음 같다고 하거나, 「별 잡고 길을 물어」를 읽은 직장인 독자가 자신의 닫힌 상황과 꼭 같다고 하는 얘기를 들은 일이 있습니다. 아마, 소설이 독자에게 어필한다면, 바로 그런 공감하는 요소 때문이 아닐까 싶습니다. 그 공감의 띠가 사적인 것이든, 사회적인 것이든, 정치적인 것이든 간에 말입니다.

박상우 「샤갈의 마을에 내리는 눈」 이후, 박상우라는 이름 앞뒤에는 언제나 낭만주의와 허무주의라는 수식어가 따라다녔어요. 그것이 작가의 작품세계를 한정짓는다는 생각을 심심찮게 했는데…… 하지만 그것이 제 작품의 특징이라면 굳이 거부해야 할 필요도 없다고 생각합니다. 그런 것에 구애받지 않고, 언제나 내가 쓰고자 하는 작품에만 몰입하는 게 훨씬 중요하다는 생각 때문이죠.

오늘의 평단에 대해 말하자면 — 날이 갈수록 묵중한 평론이 줄어드는 경향이 있는 것 같은데, 그와 같은 경향이 출판의 형태와도 연관성이 있다는 생각이 듭니다. 예전엔 평문만으로도 읽는 즐거움을 톡톡히 느낄 수 있는 경우가 적잖았었는데, 요즘은 어찌 된 셈인지 평론가의 자발적인 욕구에 의해서가 아니라 출판사의 요구에 의해 '울며 겨자 먹기' 식으로 씌어진 듯한 글들이 많은 것 같아 안타깝다는 생각이 많이 듭니다.

김소진 저는 호흡이 짧다는 점에 대해 지적을 많이 받습니다. 제 작품이 워낙 원체험에 치중하다보니, 어쩔 땐 작중인물과의 동일시가 일어나기도 하고, 상상력도 제한을 많이 받는 편이고 따라서 거리 유지에 실패하고 있다는 지적도 가끔 듣습니다. 그런 점에서 아버지와의 동일시는 좋은 면이지만 한편으론 단점으로 이해되기도 해요.

최근의 평단에 대한 생각은 논(論)만 무성한 것은 아닌 것 같지만 작품 자체를 위한 실제비평이 더욱 활성화되었으면 좋겠습니다.

김형경 저는 제 글에 대한 평문을 챙겨서 읽는 편이 못 됩니다. 대학 시절, 한순원 선생님으로부터 '작품은 하나의 생명체로서 혼자 살아나가게 내버려두어야 한다'는 가르침을 받은 까닭이 큽니다. 우연히 만나게 되는 제 소설에 대한 평문을 보면, 아, 이들은 이렇게도 받아들이는구나 생각할 뿐이죠. 무엇보다, 저의 문학세계라는 것이 아직 평문에 의해 틀을 가질 만한 양이 못 된다는 사실을 제가 더 잘 알고 있습니다. 이제 겨우 창작집 한 권과 장편 두 편을 냈을 뿐이니까요. 한 가지 바람이 있다면 동시대를 살아가는 문학인으로서 작가, 평론가가 서로 긴밀한 유대 관계를 가지며 문학이 함께 성장해나가는 분위기가 형성되었으면 하는 점입니다.

김소진　요즘에 와서 문학저널리스트라는 직함도 생겨난 것 같은데 기사라는 것이 어차피 저널의 테두리에 있으니까 흐름을 타는 화제성을 좇게 되고 그러다보니까 본질적인 면보다는 지엽적인 것이 본류를 차지하는 경향이 되는 것 같아요. 저널의 속성상 어쩔 수 없다지만 문학판을 완충하고 견제하는 여과 장치로서의 기능을 수행해야 한다는 느낌이에요.

다만 문학을 일반에 쉽게 전달하는 데 일조하고 있다는 사실은 틀림없는 것 같습니다. 최근 들어 한 가지 특이하게 나타난 현상은 기사를 아무리 크게 써도 반응이 대수롭지 않게 나오는 경우가 생겨난다는 얘기가 들리는 것을 보면 아무래도 독자의 수준이 예전 같지 않다는 느낌은 듭니다.

김형경　신문 잡지의 지면 경쟁으로 인해 여러 문제점들이 야기되는 것 같습니다. 비단 문학 분야뿐 아니라 모든 저널이 마찬가지죠. 취재원을 선정하는 기준이란 구매자에게 구매력을 유발할 수 있는가 하는 점에 치중되고, 그러다보니 흥미 위주, 가십 위주로 흐르기도 하지요. 이러한 현상은 급격히 변화한 우리 산업사회가 안고 있는 모순이라고 여겨지는데, 문제는 악순환의 고리가 쉽게 차단되지 못한다는 점입니다. 아마 점점 더 심화되겠지요. 해결책이란, 저널 내부에서 자정책을 모색하거나, 저널 외부에서 그들의 자극에 둔화되거나 하는 것뿐인 것 같습니다.

박상우 저널의 과다한 경쟁이 이유가 되겠지만, 문학을 바라보는 시각이 너무나도 협소하다는 느낌입니다. 홍수처럼 쏟아지는 신간들을 신중하게 선별하고 그것을 독자들에게 제대로 전달하려는 의지가 아니라, 문학 기사의 이면에 숨어 있는 다른 측면들이 읽힐 때가 많아서 기분이 씁쓸할 때가 많습니다. 더구나 대중적인 인기도만을 전적으로 반영하니까 기사의 형평에서도 빈익빈 부익부 현상이 생겨나고, 이것이 종국에는 문학의 악순환과 직결되는 것 같습니다.

기사를 쓰는 사람 자신이 문학판에 지대한 영향력을 행사하고 싶어한다면, 그런 사람은 기자직을 그만두고 출판사를 차리는 게 훨씬 나을 겁니다. 기자들만 잘 동원하면 떼돈을 벌 수 있다고 생각하는 출판사 쪽 생각이나, 거기에 한심스럽게 동원되는 기자 입장이나 어차피 후안무치하기는 매일반일 테니까요. 그러잖아도 혼탁한 출판계와 독자들을 생각해서라도 양서를 일차 증류해줄 수 있는 본래의 기능이 회복되었으면 좋겠고, 그래야만 기사도 고유의 영향력을 잃지 않을 수 있을 거라는 생각입니다.

김형경 제게는 유혹을 견디는 일이 어렵습니다. 하나는 내부의 유혹이고 다른 하나는 외부의 유혹이죠. 내부의 유혹이란, 때때로 다른 일을 하고 싶어진다는 것입니다. 글을 쓰는 일의 고통을 견디는 저항력이 점차 약화되어가는 것을 느낄 때마다, 왜 반드시 이 일을 해야 하는가, 치리리 국립공원 입구에서 선물가게를 운영하는 게 더 편하지 않을까, 그런 식의 유혹에 시달리죠. 글이 되지 않을 때, 한동안 다른 삶을 계획하고 실천에 옮겨본 일도 있구요. 외부의 유혹이란 제가 쓰고 싶지 않은 글을 쓰도록 요구하는 매체들, 제 역량 이상의 것을 요구하는 출판업자들의 요청입니다. 잡지 일을 오래 해서 그런지, 저는 글이라는 것에 대해 조금 질린 감도 없지 않아요.

당분간은 소설 이외의 어떤 형태의 글도 쓰고 싶지가 않습니다. 그러나 현실은 그것을 이해해주지 못하거든요. 또, 저는 연재소설이라는 것은 마흔쯤 지나서, 제 안에 그것을 감당할 만한 역량이 쌓인 다음에나 해야겠다고 생각하고 있는데, 그런 일을 요청하는 경우도 있지요. 거절하는 일이 참 어려워요. 이런 외부의 유혹을 차단해주고, 책을 출판하는 과정에 따르는 문제점들을 대신 해결해줄 수 있는 출판 매니지먼트 시스템 같은 게 있었으면 싶어요. 물론 아직 우리의 출판 시장은 공연이나 음악 같은 문화에 비해 산업으로서의 자리를 확고히 하지 못했기 때문에, 매니지먼트 시스템 같은 것은 요원한 일이죠.

김소진　저는 회사를 그만둔 처지에서 전업으로 바뀐 셈인데 뭔가 달라져야 한다는 생각 때문에 등단 때만큼이나 부담이 큽니다. 긴장감을 유지하며 부단하게 삶의 현장을 찾아가볼 생각이지만 어떤 식으로 뛰어다니고 어떤 식으로 자료를 정리해야 할지에 대해서는 아직 구체적인 계획이 있지 않아 걱정입니다.

다만 저의 경우는 뭐니뭐니 해도 제 분단 가족사가 아닐 수 없습니다. 운명의 그늘로 한데 뭉쳐진 저의 가족이란 혈연 단위의 과거와 현재의 흔적 그리고 미래의 모습까지 좇고 싶습니다. 아버지는 고향에 처자식을 두고 혈혈단신으로 월남한 문문한 함경도 사내였습니다. 그리고 어머닌 강원도 여자였습니다. 그 막막한 인생끼리 만나 형성된 운명은 제 당대를 건너 어쩌면 제 다음대까지 영향을 끼칠지도 모릅니다. 여기에 제가 가족사를 다루지 않으면 안 되는 이유가 있다고

나 할까요.

박상우 「샤갈의 마을에 내리는 눈」 이후 오 년 만에 정리하는 두번째 창작집 『독산동 천사의 시』와 중편 연작소설집 『호텔 캘리포니아』를 발간하는 것으로 지난 칠 년 동안의 작업을 일단 마무리지을 예정입니다. 일종의 작가적 전환점을 맞고 있는 셈인데, 90년대라는 새로운 시대와의 소설적 조우가 결코 순탄치만은 않을 것 같아서 무척 긴장하고 있습니다. 의식의 휴지기를 만들고 싶어 5월 한 달 동안 러시아를 여행하고 오기도 했는데 몸에 길들여진 소설의 마취력에서 깨어나기는커녕, 그곳에 가서 우리의 역사적 현실과 러시아의 현실을 대비하는 소설을 쓰고 싶다는 생각에 또다시 시달리는 내 자신을 발견하곤 정말 어이없다는 생각이 들더군요. 어차피 평생 해야 할 직업이라면, 작가적 시야를 깊고 넓고 높게 만들어야 할 필요가 있다는 것…… 그런 걸 절실하게 느끼는 시기입니다.

김형경 그 동안 사회나 조직 내부에서 한 인간이 겪는 갈등에 관한 이야기를 주로 해왔는데 앞으로는 인간에 대해, 인간의 본성이나 인간의 아름다움에 대해 접근해볼 수 있는 글을 쓰고 싶습니다. 평생에 걸쳐 꼭 써보고 싶은 작품이 있다면 그건 '동진국'에 관한 이야기입니다. 미군이 인천상륙작전을 하여 이 땅을 먹어갈 때, 대관령 동쪽 사람들이 세웠다는 자치적인 나라 이야기입니다. 영동 지방의 좌익 인사들에게 그 이야기는 '실락원'에 대한 전설처럼 전해지고 있습니다. 저는 이 땅의 동쪽 등허리쯤에 진정한 유토피아를 하나 세워보고 싶습니다. 법률을 제정하고 도량형을 정하고 경제 원칙을 세우고…… 그 안에서 모든 국민이 편하야 행복을 찾아나가는 유토피아를 그려보고 싶습니다. 그게, 제가 인간에 대해 고찰한 다음 이를 수 있는 가장 마지막 대단원이라고 생각합니다. 얼마만한 분량이 될지, 언제쯤 쓰게 될지, 정말 쓸 수 있을지는 지금으로서는 알 수 없습니다.

박상우 저는 써야 할 남겨진 작품들을 모두 끝내고 나면, 몇 년 휴식을 취한 다음 지금까지 써온 모든 소설을 일종의 습작 과정으로 생각하고, 내가 살아온 시대 전체를 배경으로, 결국은 인간의 문제와 구원의 문제를 총체적으로 다루는 작품을 써보고 싶습니다. 꽤 방대하겠지만, 지나치게 스토리텔링에만 의존하지 않는 작품, 요컨대 소설의 미학적 구도도 풍부하게 갖추고 있는 소설을 꼭 써보고 싶습니다.

(『문예중앙』 1995년 가을호)

김형경 1985년 『문학사상』에 중편 「죽음잔치」가 당선되며 등단했다. 장편소설 『새들은 모두 제 이름을 부르며 운다』 『세월』 『사랑을 선택하는 특별한 기준』 등이 있다.

박상우 1988년 『문예중앙』을 통해 등단했다. 소설집 『샤갈의 마을에 내리는 눈』 『독산동 천사의 詩』 『사탄의 마을에 내리는 비』, 장편소설 『시인 마태오』 『나는 인간의 빙하기로 간다』 『호텔 캘리포니아』 등이 있다.

절망과 희망이 공존하는 90년대 한국문학

김소진 · 류보선 · 이광호 · 조경란 · 임경대

류보선　문학이 존재하는 자리, 혹은 문학을 둘러싼 사회적 문화적 환경이 심상치 않다는 진단이 나온 것은 어제오늘의 일은 아닙니다. 몇몇 사람들은 오늘의 문학적 징후와 조짐에 대해 '불길하다' 라고 표현하기까지 했고, 최근 한 비평가는 '소설의 운명' 이라는 제목을 달아 비평집을 내기도 했습니다. 그만큼 현재 한국문학 전반은 중요한 갈림길에 놓여 있다고 할 수 있습니다. 즉 현재의 문학적 조건은, 특정한 정신, 지향점, 혹은 전망이 막다른 골목길에 봉착한 것이 아니라 문학이라는 양식 자체가 존폐 위기에 내몰린 상황이라 할 수 있겠습니다.

이 자리는 위기와 절망에 빠져 신음하는, 그리하여 주술적인 냄새를 풍기는 운명과 마주한 현재의 한국문학을 논의하기 위하여 마련되었습니다.

이광호　문학이 운명이라는 단어를 다시 기억하게 된 것은 위기 의식의 소산이 아닌가 생각합니다. 90년대 들어 문학을 둘러싼 많은 조건들이 변화되었고, 그 변화된 조건은 문학을 위기의 상황으로 몰아넣은 셈이지요. 적어도 80년대까지 문학은, 정치적 모순이나 부정적 현실과 맞섰다고 할 수 있습니다. 그러나 최근 들어 문학은 문화라는 조건 속에서 형성되고 있는데, 이러한 조건의 변화가 현재 문학의 위기감을 조성하는 요인입니다. 이는 두 가지 방향에서 설명이 가능합니다. 우선 영상 매체나 신세대 문화의 확산으로 인하여 문학은 문화 영역에서 누리던 독보적인 위치를 상실하기 시작했고, 이것이 문학에 대한 위기감으로 나타났다고 보입니다. 다른 하나는 영상 매체 등의 영향으로 일상생활의 심미화, 상품의 미학화가 이루어짐으로써 감수성이 변화되었고—혁명이 일어났다고도 할 수 있습니다—이에 따라 과연 문학이 지금, 이곳의 삶을 반영할 수 있는 양식인가에 대한 회의가 일기 시작했습니다. 이러한 조건의 변화가 문학을 위기 상황에 직면하게 했고, 동시에 신세대 문학의 등장, 여성 작가의 두드러진 활동 등 90년대 문학의 세부적인 특징들을 규정하고 있습니다.

김소진 흔히 90년대 들어 문학이 '운명'이란 말을 떠올릴 정도로 위기에 직면했다고 하지만, 문학의 위기라는 담론에 동의하지 않습니다. 저는 아직도 많은 사람들이 문학을 지망하고 있다는 사실에 주목할 필요가 있다고 생각합니다. 또 문학 서적이 팔리지 않는다고들 하지만, 이것은 비단 어제오늘의 일은 아닙니다. 영상 매체 같은 장르의 영향력을 들어 문학의 위기를 논하지만, 이는 문학의 질이나 내용에 관심을 두기보다는 양적인 측면에만 집착하는 견해가 아닐까요? '위기는 기회다'라는 말도 있듯이 오히려 지금, 이 시대야말로 진정으로 문학이 꽃필 수 있는 시기라고 생각합니다.

류보선　김소진씨는 어느 글에선가 '90년대 작가에 비해 70년대 작가들은 행복했다' 라고 말한 바 있습니다. 그렇다면 김소진씨도 현재 상황이 작가에게는 그리 행복하지 않다고 보는 것은 아닌지요.

김소진　제가 70년대 작가는 행복했다고 표현한 것은 그 시대에는 시대 정신이 존재했기 때문에 상대적으로 글쓰기가 수월했다는 의미에서였습니다. 90년대는 분명 합의된 가치관, 시대를 바라보는 잣대도 존재하지 않습니다. 그 때문에 90년대 작가에게는 사회 전체가 합의할 만한 가치관, 시대를 꿰뚫을 시대 정신의 확립이라는 커다란 짐이 얹혀 있습니다. 그러나 칠팔십년대의 작가 대부분이 주어진 가치관이 무너지자 더이상 문제작을 발표하지 못하고 있듯이 문학에 있어서 스스로 가치관을 찾아나가는 과정은 중요하며 그 과정의 치열함이 문학의 질을 결정한다고 봅니다. '작가의 불행은 곧 문학작품의 행복' 이라고들 하지 않습니까? 현재의 위기는 오히려 문학 전반이 한 단계 나아갈 수 있는 기회라고 할 수 있을 것입니다.

조경란　문화적 조건이라는 것이 문학의 중요한 규정 요소로 포함되면서 문학의 조건이 변화한 것은 사실입니다. 출판사는 문학이 아니라 화젯거리를 취급하고 있고 문화 산업의 논리가 문학을 잠식하고 있는 것은 부인할 수 없지만, 새삼스러운 일이 아니라고 생각합니다. 문학의 위기라는 담론은 언제 어느 시기에나 존재했고, 문학이 대중적인 것과 예술적인 것 사이에서 고민하고 갈등하지 않은 때는 한 번도 없었으니까요. 이러한 사실을 감안한다면 문학은 위기를 과장하여 문학이 담당해야 할 몫을 저버리지 말고 정신적인 긴장을 잃지 않는 것이 중요하다고 생각합니다. 문학이 이제까지 생존할 수 있었던 것이 문학에 호의를 표하는 외적인 조건 때문이 아니라, 항상 적대적이었던 조건과 맞서는 정신적 긴장, 그것도 견고한 정신적 긴장에 의해서였다면, 지금 문학에 필요한 것은 바로 이 정신적 긴장입니다.

임경대 저는 문학의 위기란 실제 있는 것이 아니라 만들어진 것이라고 생각합니다. 문학 서적이 팔리지 않고 대부분의 사람들이 다른 매체에 관심을 돌리는 현상을 두고 문학이 존폐 위기에 직면했다고 하는 데에는, 문학은 절대적인 것이고 반드시 존재해야 한다는 당위론적 사고가 깊숙하게 전제되어 있습니다. 작가는 읽히기 위해 글을 쓴다고 생각하지 않습니다. 글쓰기가 궁극적으로 자기 만족적인 행위라고 할 때, 독자들이 문학을 외면한다고 해서 위기가 아니라 위기적 상황이기 때문에 쓰지 않으려고 하는 것, 이것이 문학의 위기라고 봅니다.

류보선 90년대의 한국문학은 위기일 수도 기회일 수도 있을 듯합니다. 김승옥의 「무진기행」이라는 소설을 보면 자신에게 주어진 운명을 거부하고 새로운 운명을 개척하기 위해 손금을 칼로 파는 인물이 등장합니다. 만약 어떤 거대한, 그리고 초월적인 질서가 있어 각 인간의 삶을 결정짓는다 하더라도, 각각의 인간은 자신의 절망과 희망, 그리고 합목적적 인식과 실천을 통해 자신의 삶을 예측하고 의지를 불태우는 방법밖에 없지 않을까 합니다. 마찬가지로 거대한 질서에 의해 한국문학의 운명이 이미 결정되어 있다고 하더라도, 그 문학을 담당하는 주체들이 할 수 있는 일이란 90년대 문학의 변화된 조건을 따져보고 그것을 통해 가장 유의미한 목표를 설정하는 것이지요. 우리의 논의도 90년대 문학의 변화된 조건, 혹은 현상을 통해 90년대 문학의 갈 길을 점검해보는 것이 순서일 듯합니다.

90년대 문학의 여러 현상 중 먼저 눈에 띄는 것은 아무래도 문학에 관철되기 시작한 자본의 논리라고 할 수 있겠습니다. 문화 산업이라고 이름할 정도의 대규모 자본이 문학에 관심을 가지기 시작했고 문학에서의 통속화 경향도 두드러지고 있습니다. 게다가 통속소설은 '대중적인 것이 문학적인 것'이라는 명제와 함께 문학의 중심부로 '거대한' 진군을 시작한 느낌입니다.

김소진 문학에 있어서 읽히는 것은 중요한 것입니다. 즉 많이 읽히느냐 읽히지 않느냐의 문제는 문학을 평가하는 중요한 잣대일 수 있다는 것입니다. 작가들 사이에는 읽히기 위해서는 시류에 편승해야 하고, 짜릿해야 하며, 섹스 앞에서 과감 (웃음) 해야 한다는 말들이 오가곤 합니다. (웃음) 그러나 저는 그렇지 않고도 읽힐 수 있어야 한다고 생각합니다. 문학이란 '운명'이라는 수식어가 따라붙을 수 있을 정도로 인간에게 있어서 중요한 정신 영역이니까요. 문학은 인간에 대한 광범위하고 미묘한 질문이 가능한 특징을 지녔으며, 이로 인해 오랜 기간 동안 존립해왔던 장르입니다. 오랜 기간 동안 문학이 존립할 수 있었던 이 조건을 예의 주시하는 자세가 필요하다고 생각합니다. 저 개인적으로 일만 부를 목표로 설정해놓고 있습니다. 일만 명의 독자들만이라도 끝까지 책임지고 관리하겠다는, 다시 말해 그 독자들에게 실망을 주지 않는 좋은 작품을 계속 쓰겠다는 자세를 갖는다면, 자기 세계를 유지할 수 있을 것이라는 판단입니다.

이광호 문학이란 불행이나 위기를 먹고 사는 영역이었으며, 이것이 문학의 내용이자 질료였습니다. 즉 불행은 문학의 탄생 조건이라고 할 수 있는 셈이죠. 그러나 현재의 문학은 색다른 위기 국면을 맞고 있다고 해도 과언은 아닙니다. 현재의 위기는 문학이 불행을 먹고 살고자 하지 않고 돈을 먹고 살려고 하기 때문입니다. 문학, 특히 소설은 원래 상품으로 존재해왔습니다. 따라서 진지한 측면과 더불어 대중적인 측면도 존재하는 영역이었습니다. 그러나 현재는 사정이 달라졌습니다. 대규모 출판사가 마케팅 개념을 도입하여 문학작품을 출판 판매하고, 또 대대적인 신문 광고와 텔레비전 광고가 이루어지고 있습니다.

이러한 현상은 최근에 들어서야 비로소 나타난 현상이며, 소설이 단순한 상품의 차원이 아닌 산업의 측면에서 논의된 것 역시 볼 수 없었던 현상입니다. 물론 극소수의 치열한 작가도 존재하는 것이 사실이지만, 그런 작가일지라도 문화 산업의 위력으로부터 자유로울 수는 없습니다. 이러한 문화 산업의 논리가 비록 의식적이지는 않다 하더라도 작품의 생산에 스며들기 때문이지요. 이로 인해 문학에의 역설적인 자부심이 서서히 빠져나가고 있습니다. 궁핍, 불행을 먹고 산다는 자부심, 상품이면서도 상품의 논리를 거부하던 자부심, 자본주의의 산물이면서도 자본주의의 논리를 부정하는 역설적인 자부심이 약화되고 있다고나 할까요.

임경대　저는 생각이 다릅니다. 우선 대중문학과 순수문학을 나누는 것 자체가 어떤 절대적인 기준, 가치를 설정한 개념이라는 점에서 그렇고, 또하나는 순수문학이든 대중문학이든 모두 필요한 것이 아닌가 하는 생각 때문입니다. 자기 세계를 표현하기 위한 순수문학이 존재할 이유가 있다면, 마케팅하고 많이 팔리는 문학도 있을 수 있는 것입니다. 다양한 형태의 문학이 있을 수 있고, 또 있어야 합니다. 어느 형식의 문학을 선택하든 그것은 개인의 취향이며, 독자가 그중 어떤 문학에 탐닉하든 그것 역시 자기 취향입니다. 순수문학의 지반이 약화되고 대중문학이 부흥한다고 해서 우려할 만한 현상은 아니라고 생각합니다. 대중문학의 홍수 속에서 살던 사람들이 언젠가는 그 대중문학에 염증을 느끼고 실존에 대한 고민을 다룬 문학에 관심을 둘 수도 있는데, 누구에게 어떤 식의 작품을 쓰라고 강요하는 것은 자신이 생각하는 절대적인 기준을 상대방에게 강요하는 행위와 다름없다고 생각합니다.

김소진 아무리 문학이 각 개인의 자기 표현 욕망에서 출발한다 하더라도, 만약 그렇게 문학을 규정한다면 진실이라든가 치열함 등 문학의 특질을 규정하는 모든 요소가 무의미해지는 것은 아닌가요.

임경대 그러나 이것만 읽어야 마음의 양식이 된다라고 규제하는 것은 문제가 있는 태도라고 생각합니다. 작가는 물론 독자들도 선택의 기준이 있다고 봅니다. 순수문학을 읽는다고 해서 모두 교양인이 되는 것도 아니고, 또 대중문학을 읽는다고 해서 모두 잘못된 방향으로 살아가는 것도 아닙니다. 한 인간의 삶을 규정하는 것은 여러 가지이며, 문학은 그중 작은 한 요소인지도 모릅니다. 그런데 마치 문학이 한 인간의 삶 모두를 결정짓는 것처럼 생각하여, 문학은 이러이러해야 한다는 입장을 강변하는 것은 문제가 있다고 봅니다.

류보선 90년대 문학에서 쉽게 눈에 띄는 또하나의 특징은 여성 작가들의 두드러진 활동입니다. 여성 작가들은 문학적인 평가에서뿐만 아니라 대중적인 환호도 동시에 받고 있어, 남성 작가들을 의기소침하게 만들고 있습니다. 어떤 작가는 왜 문학에는 '오빠부대'가 탄생하지 않는지 모르겠다고 하더군요. (웃음) 여성 작가들의 두드러진 활동에는 역량 있는 여성 작가들의 출현 이외에 여러 가지 요인이 개입되어 있을 텐데요.

조경란 90년대 문학의 전반적인 특징을 거대한 이념, 또는 거대 서사의 부재라고 한다면, 여성 작가들의 두드러진 활동은 이와 관련이 깊다고 생각합니다. 거대 담론이 사라지면서 많은 작가들은 어쩔 수 없이 폐쇄적인 공간에 머물게 되고, 또 자기 내부로 시선을 돌릴 수밖에 없는 상황에 직면했다고 할 수 있습니다. 사소한 것을 깊게 들여다보는 자기 성찰이 요구되었던 셈인데, 이러한 정황이 여성적 글쓰기의 가능성과 의미를 제고시켰다고 할 수 있습니다.

김소진 저는 삼십대 중반 여성 작가의 진군을 과도기적 현상이라고 생각합니다. 시대 정신이 남성적 표현을 요구한다면, 90년대 들어 시대 정신이 명멸하면서 세밀한 것에 대한 관심이 이루어졌고 이것이 여성 작가의 글쓰기를 고양시킨 것은 사실입니다. 그러나 소설이란 시대 정신이 없이는 존재할 수 없는 양식이며, 작은 이야기를 통하여 인간이란 무엇인가, 시대란 무엇인가라는 큰 문제에 대해 접근해야 하는 운명을 지닌 양식입니다. 따라서 삶과 시대의 미세한 회로를 좇아가는 것보다는 이 시대에 걸맞은 시대 의식과 시대 정신의 윤곽을 찾아나서는 노력이 중요하며, 이 노력이 보다 철저하게 이루어지면 남성적 글쓰기와 여성적 글쓰기의 균형이 잡히리라 생각합니다.

이광호 저는 개인적으로 여성 작가들을 좋아하기 때문에 (웃음) 여성 작가의 활동이 두드러지는 현상에 대해 불만은 없습니다. 저는 90년대 여성 작가의 두드러진 활동을 여성 작가가 늘어나고 있다는 양적인 측면에서 접근할 것은 아니라고 생각합니다. 여성적 글쓰기의 가능성은 이전의 남성적 글쓰기와 다른 새로운 내용 혹은 시각을 확보하고 있다는 점에서 찾아야 합니다. 즉 여성적 정체성에 대한 본질적인 물음이 이루어짐으로써 그만큼 우리 문학의 깊이와 폭이 심화

확대되고 있습니다. 이중삼중의 굴레에 얽매였던 그네들의 여성적 정체성 찾기는 한국문학의 발전에 중요한 초석임에 틀림없습니다.

류보선　저는 여성 작가들이 과연 무엇을 쓰고 있는가 하는 점을 검토해볼 필요가 있다고 생각합니다. 대부분의 여성 작가들이 남성에 의한 여성 학대라는 문제에 집착하고 있는 것은 아닌가, 아니면 감상적인 색채에 머물고 있는 것은 아닌가, 그것도 아니면 사회적 금기를 깬다는 이름하에 이루어지는 과감한 표현, 과감한 시각들이 혹시나 문화 상품의 논리에 알게 모르게 편승한 것은 아닌가 하는 우려 때문이지요. 즉 여성적 담론이 세계 혹은 역사를 바라보는 새로운 시각을 창출하기 위해서는 여성적 목소리보다는 오히려 중성적 목소리를 지닐 필요가 있지 않을까 생각되는데, 지금의 여성적 담론은 여성적인 너무나 여성적인 세계에 집착하고 있는 것으로 보입니다.

90년대 문학에서 '신세대 문학' 만큼이나 논의가 분분했던 사항도 없지 않을까 싶습니다. 이전에는 찾아보기 힘든 사유 구조와 삶의 방식을 지닌 새로운 세대가 등장했고, 기성 세대는 이들의 정체성을 규정하기에 많은 혼란을 겪은 것이 사실입니다. 지금, 이 시대의 문학의 성격이나 위상을 이해하기 위해서는 반드시 검토해야 할 대상이라 할 수 있습니다.

임경대　어떤 시대에도 신세대는 존재해왔습니다. 그러나 최근 신·구세대라는 용어는 자의적인 기준으로 편을 가르려는 불순한 의도가 느껴집니다. 극단적으로 말하자면 신세대를 향락적인 세대라고 일방적으로 규정하고, 너희는 신세대니까 향락적으로 살라고 강요하는 느낌을 줍니다. 지금의 신세대도 여러 시행 착오를 거쳐 각자 다양한 삶의 방식을 살고 있고, 또 각자의 의미 있는 삶을 개척하고 있습니다. 그런데 최근의 신세대에 대한 논의는 수많은 다양한 삶을 하나의 굳어진 틀 안에 밀어넣고 있다고 생각합니다.

이광호 90년대의 문학에서 신세대에 대한 관심은 크게 두 가지 방향에서 이루어졌습니다. 잘 알려져 있듯, 신세대에 대해 먼저 관심을 보인 것은 문화 영역이었습니다. 문화 영역에서는 새로운 삶의 감각을 지닌 세대들을 문화 시장의 주요 상품 소비층으로 부각시키기 위해 신세대라는 가상의 이미지를 만들어냈습니다. 그런데 몇몇 작가들이 이 세대를 통해 세계가 근본적으로 변화하고 있음을 드러내려고 시도함으로써 우선 문학권의 관심 대상이 되었습니다. 신세대 문학에 대한 관심이 제고된 또하나의 방향은 문학 내부에 존재합니다. 80년대 더 넓게는 그 이전에는 볼 수 없었던 새로운 문학적 경향이 90년대 갑작스럽게 돌출하자, 이 경향을 신세대 문학이라 명명했던 것이지요. 그러나 이제까지의 신세대 문학에 대한 접근은 각각 한계를 지니고 있습니다. 상품 판매를 위해 신세대란 가상의 이미지를 절대화시켰다는 점에서도 그렇고 90년대 신세대 작가라고 불렸던 신경숙, 윤대녕 같은 삼십대를 과연 신세대라 할 수 있는가라는 의문이 남습니다.

저는 이제 막 창작을 시작한 이십대 초반의 작가들에게서 신세대 문학의 가능성과 한계를 짚어볼 필요가 있다고 봅니다. 이들은 흔히 우리가 이전의 세대를 4·19 세대, 유신 세대, 80년대 세대 등으로 부르는 것처럼 어떤 정치적인 격변기를 통해 세대 의식을 형성하지는 않았지만, 분명히 자기 세대만의 특질을 지니고 있습니다. 이들은 영상 매체 세대이며 또한 컬러텔레비전에 노출된 세대입니다. 이 문화적인 경험을 통해 자신들만의 자의식을 형성하고 있습니다. 이들이 과연 어떠한 새로운 글쓰기의 양식을 가져올 것인지에 대한 관심과 부정적인 측면을 동시에 지켜보는 자세가 필요하다고 생각합니다.

조경란　신세대라 명명되는 작가들은 분명 이전의 세대와는 다른 특징을 지니고 있다고 생각합니다. 이들은 분명 예전의 작가들이 말해오지 않았던 것들에 대해 관심을 보이고 있는 것이 사실입니다. 그 중 가장 중요한 특징을 저는 지금, 이곳이 아닌 다른 때, 다른 곳의 이야기에 대한 관심이라고 생각합니다. 신세대의 많은 소설들이 동시대에 관심을 갖기보다는 과학소설, 공상소설, 환상소설 등 비현실적이고 신화적인 이야기를 통해 자신을 표현하고 있습니다. 이것이 지니는 의미를 구체적으로 언급할 수는 없지만, 앞으로도 환상소설이나 모험소설이 신세대 작가에 의해 계속 나올 것으로 보입니다.

김소진　저는 신세대적 글쓰기에 대해 문화 전반이 보다 단호해야 한다고 생각합니다. 저는 흔히 신세대 문학이라고 일컬어지는 문학작품을 읽는 내내 읽히지 않는다는 느낌을 지울 수 없었습니다. 새로운 세대의 작가들은 모두 이전에는 볼 수 없었던 어떤 새로움을 창출하기 위해 전력 투구를 하고 있는 것으로 보이는데, 그러나 그들의 감수성이나 형식에 공감할 수 없었습니다. 다시 말해 모든 것을 가볍게 만듦으로써 이루어지는 새로움이 과연 무슨 의미인가, 또 무엇을 '낯설게 하기' 위해서는 최소한의 합리성은 존재해야 하는 것이 아닌가라는 질문이 없는 새로움의 추구가 저에게는 쉽게 다가오지 않았던 것이죠. 문학을 왜 하는가 하는 근원적인 물음이 동반되지 않는 새로움이란 의미가 없다고, 저는 생각합니다.

임경대　저는 김소진 선생님과 같은 입장도 충분히 의미 있다고 생각합니다. 그러나 그 기준을 타인에게 강요하는 것, 그리고 절대적이라는 기준을 설정하고 그것을 강요하는 것은 문제라고 생각합니다.

어떤 사람에게 절대적인 것이 타인에게 동일하게 절대적일 수는 없을 테니까요. 다원주의적이고 상대주의적인 입장을 지니는 것이 중요하다고 생각합니다. 글은 자신의 쓰고 싶은 바를 자기의 방식으로 쓰는 것이지요. 만약 이러한 작업에 대해 잘못되었으니 이렇게 하라고 강요하는 것은 각 작가들의 개성적인 표현을 불가능하게 하는 것이라고 생각합니다.

류보선 지금까지 90년대 한국문학 전반에 대해 여러 가지 견해가 제시되었습니다. 현재 한국문학이 위기적 상황에 놓여 있는 것은 부인할 수 없을 듯합니다. 그러나 절망을 이겨내지 않은 희망이란, 그것이 아무리 활기에 차 있다고 하더라도 의미가 없을 듯합니다. 따라서 한국문학은 절망을 이겨낸 희망, 희망을 잃지 않는 절망의 자세를 가질 때, 현재의 위기적 조건을 딛고 비약할 수 있으리라 생각합니다. 다시 말해 서로 대화하는 정신이죠. 희망은 절망과 절망은 희망과, 전체는 부분과 부분은 전체와, 상대적인 것은 절대적인 것과 절대적인 것은 상대적인 것과 대화하고 긴장하고 길항하는 정신만 유지한다면, 지금의 위기적 상황은 오히려 한국문학이 세계문학의 반열에 오를 수 있는 디딤돌이 될 수 있으리라는 기대를 가져봅니다. 오랜 시간 감사합니다.

(『미래의 얼굴』 1996년 2·3월 합본호)

류보선 문학평론가. 평론집 『경이로운 차이들』이 있다. 현대문학상을 수상했다.
이광호 문학평론가. 평론집으로 『환멸의 시학』 『위반의 시학』 『움직이는 부재』 등이 있다.
조경란 소설가. 장편 『식빵 굽는 시간』 『우리는 만난 적이 있다』, 소설집 『불란서 안경원』 『코끼리를 찾아서』가 있다.
임경대 독자.

■ **발문**

경애로운 벗을 추억하며

성석제(소설가)

김소진은 내 대학 동창을 몹시 닮았다. 그 친구는 나보다 나이가 두 살 많았다. 입시에서 재수를 두 번, 그러니까 삼수라는 걸 했기 때문이다. 나는 그 친구의 이름을 부를 때 '씨'라는 말을 붙여서 불렀다. 성은 말고 이름만. 이 '씨'에는 곧바로 이름을 부르기는 뭣한 친구에 대한 다소간의 어려움이 함축되어 있었다. 물론 나와 그 친구를 다 아는 다른 친구들은 그냥 우리 두 사람의 이름을 불렀다. 이름을 부르는 친구들에 비해 나와 그 친구의 관계가 더 허물없었다고 말할 수는 없지만 보통의 동창들과 조금 다른 경애(敬愛)의 정서가 있었다고 할 수 있다. 그러면서 뭔가 거리가 있었다. 그 거리는 기분 나쁘지 않은, 존중과 객관의 거리였다. 처음 보았을 때 김소진은 바로 그 친구를 빼다박은 듯했다. 그래서인지 금방 친해질 것 같으면서도 거리가 쉽사리 좁혀지지 않았다.

이제 김소진의 글을 읽어보려니 눈앞이 흐려진다. 오늘은 날이 종일 흐리다. 불을 켜야 할 것이지만 불을 켜지 않았다. 눈을 크게 뜨고 그의 산문집 『아버지의 미소』의 뒤쪽, 글씨가 작은 연보부터 살펴본다. 1963년생이다. 나보다 세 살 적다. 내게도 세 살 적은 동생이 있다. 지금 말하기로는 세 살 '젊은' 동생이라고 해야겠다. 내가 김소진을 처음 만났을 때가 언제였는지 잘 기억나지 않는다. 1996년에는 확실히 알고 있었다. 김소진은 그때 내가 첫번째 창작집을 발간한 '강'이라는 출판사의 한켠에 자리를 잡고 '소설 노동자'로 일하고 있었다.

그전에 내가 김소진에 대해 가지고 있던 생각은 '참 무던히도 많이 쓰는 자'였다. 도처에 그의 글이 잉크 냄새를 풍기며 재재(在在)했다. 소설뿐만 아니라 산문도, 짧은 소설도 고개만 들면 볼 수 있었다. 그러고도 모자라 그는 같은 사무실에 있는 친구들에게서 이야깃거리를 달라고 해서 원고를 메워가고 있었다. 그가 신문기자 출신이어서였겠지만 나는 그에게서 PC통신으로 신문기사를 검색하는 법을 배웠다. 그는 그곳에서도 소재를 찾고 쓰고 있는 작품의 자료를 입수하고 있었다.

김소진은 1991년 1월에 경향신문사 신춘문예로 등단해서 1993년 3월에 열한 편의 소설을 묶은 첫번째 창작집을 냈다. 이 년 만에 열한 편이라. 등단하기 전에 써놓았던 것을 손질해서 발표했을 수도 있지만 직장에 근무하고 있었다는 것을 감안하면 일단 적지 않은 양이다. 첫 창작집을 내고는 오히려 속력이 더 붙는 것 같다. 그해에 네 편의 중단편을 발표하더니 겨울에는 아예 장편 연재에 들어간다. 그사이에 직장을 다닌 것은 물론이고 6월에 결혼을 했다. 이쯤에서 내가 그를 만난 것 같기도 하다. 그가 산다는 강남구 세곡동 이야기를 들은 적이 있다.

그 다음해인 1994년에도 다섯 편의 중단편에 장편 연재가 이어진다. 직장에서는 그나마 약간은 한가로울 법하던 교열부에서(매일 신문을 찍어내는 일간지 교열부가 한가해봐야 얼마나 한가했겠는가마는) 문화부로 옮겨 취재까지 겸하고 있다. 집에 돌아와서는 소설을 쓰고 회사에서는 기사를 쓰는 게 가능하기는 하겠지만 어지간히 독하거나 무슨 순례자 같은 심정이 아니면 힘들 것 같다.

다음해 1월에 두번째 창작집을 냈고 4월에는 장편소설을 펴냈다. 6월까지 대략 네 편의 소설을 썼고 회사를 그만두었으며 강 출판사에 자리를 얻어 '전업' 이 되었는데 그해, 곧 1995년 말까지 의외로 단 한 편의 소설만 쓰고 있다. 근처의 직장에 다니는 부인이 운전하는 차를 타고 출근했다가 점심을 먹고 탁구를 치느니, 배드민턴을 치느니 하다가 시시로 벗들과 농담을 주고받으면서 뭔가를 쓰는 그를 여러 번 보았다. 이 무렵에는 저녁이면 나도 함께 어울려서 인근의 술집에도 갔더랬다. 내가 갈 때면 그는 거의 백 퍼센트 갔고 내가 안 갔을 때는 잘 모르겠지만 일 주일의 반은 가지 않았을까 짐작한다.

그는 볼수록 삼수한 내 친구를 닮았다. 그 친구는 마르고 가는 체형에 먹는 게 그다지 시원치 않았다. 삼수를 하면서 술을 너무 많이 마시다보니 위를 버려서 그렇다는 게 그의 말이었지만 원래 좀 마른 체질인 듯싶었다. 술 한두 잔을 마시면서 술자리의 시간을 다 보내는 내 친구와 달리 김소진은 조금 마시는 편이었다. 그와 함께 마시는 벗들은 이미 주당의 골격이 드러나고 있었다. 김소진은 주량 자체가 벗들만은 못한 듯했지만 '깡' 은 더 있는 것처럼 보였다.

문제는 소설가라는 직업이 그냥 앉아서 월급 받는 게 아니라는 데 있다. 소설가는 세무서에서 자유직업으로 분류하여 소득세를 원천징수하는 족속이다. '자유' 라는 말이 붙었다고 좋을 건 전혀 없다. 소득이 들쑥날쑥 제멋대로인 것만큼 자유이니까 고정급을 받는 월급쟁이가 아무리 고용주로부터 부자유하다 해도 월급날만큼은 정말 부럽다. 반쯤 죽도록 술 마시고 난 다음날이 월급날이면 더욱더. 여기다 김소진처럼 하찬 인간들에게는 자유직업의 부자유한 억압이 상당히 크게 느껴졌을 것이다. 내가 보기에 1995년 하반기에 대체로 그는 원고료가 매당 일만원쯤 해서 그나마 문예지의 두 배쯤 되는 원고료를 주는 짧은 소설을 쓰고 있었다. 매달 한두 편이라고 하는데 이런저런 산문까지 포함하면 그보다 훨씬 더 많았을 것이다. 그는 밥을 먹고 돌아와서 벗들과 탁구공과 농담을 주고받은 뒤에 심각한 얼굴로 자리에 앉아 있었다. 그 심각함은 나도 좀 안다.

짧아서 쉬울 것 같고 간단해서 금방 쓸 것 같지만 마감이 닥치면 아무리 짧고 간단한 글도 파리지옥이고 끈끈이주걱이다. 급해지면 아무나 옷소매를 붙잡고 늘어지게 된다. 무릎이라도 끌어안고 매달리고 싶다. 그런다고 뭐가 나오는 것도 아니다. 자신의 바닥이 들여다보이는 것도 이때이다. 바닥에 한 방울씩 고이는 말들, 그게 12매, 15매까지 차기를 기다리다보면 머리가 다 빠지도록 시간이 걸린다. 나는 이 파리지옥이며 끈끈이주걱이 너무 몸서리가 쳐져서 청탁을 받자마자 써버렸다. 그럴 수 없을 것 같으면 아예 청탁을 받지 않았다. 아직 배가 덜 고파서라고 해도 할 수 없었다. 그런데 김소진은 나와 달랐다. 그는 일단 청탁은 받고 보았다. 내게 없는 끈기와 성실이 그에게는 있었다고 해도, 나보다 훨씬 많이 파리지옥에 빠졌다. 끈끈이주걱에 걸렸다. 내가 볼 때마다 그는 노동의 책상 앞에 앉아 조용히 날개를 퍼득거리고 있었다.

그러므로 나는 그가 생전에 낸 짧은 소설집 『바람 부는 쪽으로 가라』를 서글픔 없이 읽을 수 없다. 그의 사후에 나온 『달팽이 사랑』도 읽을 자신이 없다. 산문집 『아버지의 미소』는 더구나 읽을 수가 없다. 이 글을 쓰기 위해 겨우 '참고'를 하고는 있지만 통독은 어림없다. 불급이다.

짧은 소설이며 산문을 쓰는 동안 그는 쉬지 않았다. 중편 한 편과 단편 두 편을 써서 다음해인 1996년 봄에 내놓았다. 장편 한 편도 봄호에 실렸다. 3월에 세번째 창작집 『자전거 도둑』이 나왔고 7월에는 장편소설 『양파』가, 9월에는 장편 창작동화 『열한 살의 푸른 바다』가 나왔다. 또 짧은 소설을 모은 『바람 부는 쪽으로 가라』가 나온 것도 9월이다. 중편 분재, 단편 발표가 이어지기를 아홉 번. 계간지 겨울호부터 다시 장편 연재에 돌입. 8월에 중국 여행. 10월에 '오늘의 젊은예술가상' 수상. 이 상은 어떻게 된 게 상금이 없어서 축하연에도 생돈이 들었다. 가을에 『한국문학』 편집위원이 되고 일 주일에 한 번 대전으로 출강까지 하다…… 나는 그가 이 정도인 줄은 모르고 있었다. 그 무렵 교통사고를 당해 거동이 다소 불편해서 그와는 자주 만날 수 없었다.

운명의 해 1997년이 왔다. 정초였던가, 연말이었던가. 나는 김소진과 함께 기독교방송국의 라디오 프로그램에 초대받았다. 무슨 취지였는지는 모르겠다. 지나간 해에 있었던 일을 이야기했고 새해의 계획도 말했을 것이다. 내가 기억하는 것은 한 가지, 방송이 끝나고 나서 함께 택시를 타고 서강대학교 덜 미쳐 '을밀대' 라는 냉면집으로 갔다는 것이다. 거기서 또 무슨 이야기가 있었는지 알 수 없다. 김원우 김성동 선생과 정호웅 교수 외에 정홍수 등의 주당을 만난 것 같기는 하다. 이어서 신촌에 있는 '섬' 으로 갔다. 거기서 우연히 나의 대학동창인 이영준과 선배인 한기찬을 만나서 뭉치게 되었다. 역시 무슨 이야기를 했는지는 전혀 기억이 없다. 그러나 한 가지 확실한 건 김소진은 어디서건 전혀 흐트러짐이 없었다는 것이다. 그는 너무 곧아서 부러지기 쉬운 대나무처럼 앉아 있었다. 참으로 견결했다.

그리고 1월 말쯤이었던가. 그와 정홍수를 만나 신촌으로 술을 마시러 갔다. 변덕이 심한 내 주장으로 무슨 포장마차 비슷한 선술집으로 1차를 갔는데 거기서 그는 자리에 잠시 앉았다가 어딘가를 다녀왔다. 그리고는 짜먹는 위장약이라든가 하는 무슨 약을 꺼내 탁자 위에 놓고 요즈음 그걸 먹는다고 했다. 술을 마시기 전에도 마시고 난 뒤에도. 나는 그게 잘 알려진 '겔포스' 가 아닌 '포스겔' 인지 하는 유사품임을 지적하고 함께 웃다 문득 그의 얼굴이 못 본 사이 한참 해쓱해진 것을 깨달았다. 그는 삼수한 내 친구보다 더 말라 보였다. 그 무렵 우리 사이의 거리는 거의 없어졌다고 해도 좋을 것이다. 그는 술을 안 마시는 게 좋겠다고 잔을 밀어두었다. 관행대로 나는 그에게 억지로 한 잔을 권했다. 그는 그것도 다 마시지 못했다. 그러면서도 두 술꾼의 장광설을 들으며 끝까지 자리를 지켰다.

'끝까지' 라는 말은 얼마나 무서운 말인가. 나도 그때는 끝이 훤히 보이는 어떤 일에 몰두해 있었지만 끝을 바라보면서 그 끝까지 갈 자신은 없었다. 그 이후로는 여러 사람이 다 잘 아는 대로이다. 나보다 훨씬 더한 애(愛)와 성(誠)으로 그의 곁을 지킨 사람들이 무슨 말을 해줄 것이다, 필요하다면.

그의 부음을 들었던 곳은 경상북도 영주의 복숭아밭 근처였다. 지금도 나는 그때의 난만한 복숭아꽃을 환하게 그릴 수 있다. 한동안 내 기억 속의 난만한 복숭아꽃은 언제나 그의 모습과 함께 있었다. 본디 복숭아는 귀신을 쫓는 나무라고 하여 제사를 지내는 집 안에 심지 않는다고 한다. 한편으로는 서왕모의 천도는 장수의 상징이다. 어지러웠다. 복숭아의 상징이 어지럽고 꽃그림자가 사방으로 번져나가는 게 어지럽고 꽃잎이 지는 게 어지러웠다. 지금도 나는 죽령이 고개는 고개이되 아무것도 아닌 고개라고 말한다. 부음을 듣고 영주에서 죽령을 넘어 서울까지 달려오는 데 세 시간도 걸리지 않았다. 그러나 그는 이미 없었고 남은 사람과 남은 글과 남은 햇빛이 울고 있었다. 나도 울음에 덤벼들었다. 다시 벗을 잃은 부재의 고통에 몸을 내맡겼다.

김소진은 정결한 사람이다. 그의 산문은 그의 심성처럼 정결하고 허튼 군더더기가 없으며 경기도 사투리처럼 아름답다. 짧은 소설은 허욕이 없고 속임이 없다. 환한 대낮 토방 앞에 놓여 있는 항아리처럼 무뚝뚝히 명백하다.

사람은 가고 복숭아꽃은 피었다 지고 또 글은 열매와 마른 씨앗처럼 남는다. 나도 남아 있다. 아, 슬프다.

■ 작가 연보

1963년 12월 3일(음), 강원도 철원군 김화읍 학사리 미상번지에서 아버지 김응수(金應壽), 어머니 김영혜(金英惠)의 이남이녀 중 막내로 태어남. 함경남도 성진이 고향인 아버지는 6·25당시 원산의 한 병원에서 서무원으로 일하다가 국군이 올라오자 우익(右翼)치안대에 가입. 순전히 원활한 배급을 위해서였는데 이 때문에 원산 대철수 때 예고 없이 원산 앞바다의 군함으로 전격 소개(疏開)되는 바람에 처자식(아버지는 북쪽에서 결혼을 한 상태였음)을 고스란히 포화(砲火)속에 남기고 옴.

1967년 군부대에서 흘러나오는 군수품 장사가 어려워지자 서울로 이사 와 미아리 산동네에 자리잡음. 서울에 첫발을 내딛던 때 김치동이를 머리에 인 어머니의 손에 이끌려 시외버스 차부에서 미아리 산동네까지 오면서 길음시장의 간판숲에 넋이 빠져 기웃거리느라 어머니를 생고생시키기도 했던 기억이 있음.

1968년 아버지가 중풍으로 쓰러졌으나 거동은 비교적 원활함. 어머니가 삯

바느질 등으로 생계를 떠맡음.

1970~75년 미아국민학교를 다님. 5학년 한때 아버지가 어머니말고 북쪽에서 결혼한 사람이 있다는 얘기를 듣고는 동네 양아치 형들 방에서 성인 만화 탐독.

1976년 추첨번호 14로 보성중학교에 입학. 중학교 2학년 겨울 방학 때 파출부로 다니던 어머니의 장기(長期)하혈이 시작됨. 요강에는 항상 불그죽죽한 개짐이 빠져 있었음. 아버지는 한 평짜리 구멍가게를 열어 매우 열성적으루 꾸려갔는데 이 구멍가게는 훗날 데뷔작 「쥐잡기」의 배경이 됐음.

1979년 서라벌고등학교 입학. 숨막히는 입시기를 보냄.

1982년 서울대학교 인문대 입학함. 『해방전후사의 인식』과 백산서당의 『경제사입문』 등을 읽고 충격을 받음. 이승만 · 박정희 등 그 동안 존경해왔던 인물들이 모두 반역사적이라고 기술돼 있었음. 영문과로 진입한 2학년 4 · 19때 첫 데모를 해봄. 그 뒤 졸업 때까지 웬만한 집회와 시위에는 거의 참여함. 하지만 갈수록 가투(街鬪)가 자신이 없어지면서 차선책으로 글쓰기를 염두에 둠. 주로 황석영 · 이문구 · 박완서 씨의 작품들을 습작 테스트로 삼음.

1983년 이산 가족 찾기 열풍이 몰아닥침. 아버지도 텔레비전 앞에서 며칠씩 밤을 새며 눈물을 흘림. 그 광경을 지켜보면서 그 동안 아버지를 경제적 무능력자로 경원시했으나 마음을 돌려 화해하기로 작정함.

1984년 영문과 학회지 『생성』에 소설 「아버지의 슈퍼마켓」 「소외」와 시 「조명」 발표.

1985년 아버지 돌아가심. 휴학함.

1986~87년 일 년 반 동안 방위 생활을 함. 신기철·신용철 공저 『새우리말큰사전』을 독파하며 우리말 어휘·어구·속담 등을 대학 노트에 기록·정리함. 이때 습득한 어휘와 자라면서 어머니 곁에서 들어야 했던 입심이 합쳐져 소설 문체의 중요한 밑거름이 되어줌.

1990년 직장을 두 번 옮기고 『한겨레신문』 교열부에 자리잡음.

1991년 신춘문예에 연거푸 두 번 떨어지고 난 다음, 대학 복학생 때 『대학신문』 현상문예에 응모했던 「쥐잡기」를 개작해 『경향신문』 신춘문예에 투고한 것이 당선됨. 그해 등단하여 첫 작품 「키 작은 쑥부쟁이」를 『문학사상』 5월호에 발표했는데 서점에서 갓 나온 잡지에 실린 얼굴 사진을 보고 눈물이 글썽했음. 민족문학작가회의 소설분과에 가입. 단편 「수습일기」(『현대문학』 8월호), 「열린 사회와 그 적들」(『문예중앙』 가을호) 발표.

1992년 단편 「적리(赤痢)」(『문학사상』 5월호), 「춘하 돌아오다」(『민중문예』 여름호) 「그리운 동방」(『현대소설』 여름호), 「사랑니 앓기」(『문예중앙』 가을호), 「용두각을 찾아서」(『문학과사회』 겨울호) 발표.

1993년 단편 「처용단장」(『문예중앙』 봄호), 그리고 미발표작 「임존성 가는 길」 등 열한 편의 작품을 묶어 첫 창작집 『열린 사회와 그 적들』을 솔출판사에서 펴냄(3월). 이후 단편 「가을 옷을 위한 랩소디」(『민족문학』 4·5·6월호), 「고아떤 뺑덕어멈」(『샘이깊은물』 6월호), 「지하생활자들」(『지평의문학』 창간호), 「혁명기념일」(『실천문학』 가을호), 「파애」(『세계의문학』 가을호) 발표. 『소설과사상』 겨울호에 연작 장편 『장석조네 사람들』의 연재를 시작. 6월 6일 김윤식 선생의 주례로 소설가 함정임과 결혼. 강남구 세곡동에서 신혼살림.

1994년 단편 「개흘레꾼」(『한국문학』 3·4월호), 「쌍가매」(『문학정신』 6월호), 「세월의 무늬」(『동서문학』 가을호), 「늪이 있는 마을」(『문예중앙』 가을호), 「첫눈」(『작가세계』 겨울호), 「아버지의 자리」(『리뷰』 겨울호) 발표. 교열부에서 문화부로 자리를 옮겨 국악, 클래식, 무용 등의 공연 취재를 담당. 3월 20일 아들 태형(泰亨) 태어남. 7월 일산 신도시로 이사. 한 분뿐인 형 세상을 뜸.

1995년 「파애」부터 「늪이 있는 마을」까지 아홉 편의 작품을 묶어 두번째 창작집 『고아떤 뺑덕어멈』을 솔출판사에서 펴냄(1월). 『소설과사상』에 4회 연재했던 연작 장편 『장석조네 사람들』을 고려원에서 펴냄(4월). 단편 「달개비꽃」(『현대문학』 4월호), 「문산행 기차」(『문학사상』 6월호), 「자전거 도둑」(『문예중앙』 여름호), 「원색생물학습도감」(『문학동네』 가을호) 발표. 6월, 한겨레신문사를 그만둠. 선배와 친구들이 일하는 서교동의 강출판사 한켠에 자리를 얻어 소설 노동자 생활로 본격 진입.

1996년 중편 「경복여관에서 꿈꾸기」(『오늘의 문예비평』 봄호), 단편 「마라토너」(『창작과비평』 봄호), 「길」(『문학사상』 3월호) 발표. 「첫눈」부터 「길」까지 아홉 편을 묶어 세번째 창작집 『자전거 도둑』을 강출판사에서 펴냄(3월). 『작가세계』 봄호에 전재했던 장편소설 『양파』를 세계사에서 펴냄(7월). 아들 태형이가 커서 읽어주기를 바라면서 짬짬이 써왔던 장편 창작 동화 『열한 살의 푸른바다』를 국민서관에서 펴냄(9월). 그간 매달 두세 편씩 사보의 청탁에 응해 썼던 콩트를 간추려 『바람 부는 쪽으로 가라』를 하늘연못에서 펴냄(9월). 중편 「목마른 뿌리」를 『자유공론』에 3회 분재(2·4·5월호). 단편 「갈매나무를 찾아서」 (『월간 에세이』 6월호) 발표. 이 작품을 개작하여 테마소설집 『서른 살의 강』(문학동네)에 수록(7월). 단편 「쐬주」(『소설과사상』 여름호), 「건널목에서」 (『금호문화』 9월호), 「벌레는 단 과육

속에 깃들인다」(『현대문학』 9월호), 「지붕 위의 남자」(『기업과문학』 9·10월호), 「부엌」(『시와사람』 가을호), 「울프강의 세월」(『작가』 11·12월호), 중편 「신풍근배커리 略史」(『문학과사회』 겨울호) 발표. 『실천문학』 겨울호에 장편 『동물원』의 연재를 시작. 8월, 한겨레신문사의 최인호·현이섭 선배와 함께 중국 여행길에 올라 장강을 구경. 10월, 문화의 날에 문체부가 수여하는 제4회 '오늘의 젊은 예술가상'을 수상. 서경석, 김만수, 진정석과 계간 『한국문학』 편집위원으로 참여. 가을학기부터 대전에 있는 중경공업전문대 문창과에 출강.

1997년 『실천문학』 봄호에 『동물원』 2회분 연재. 단편 「눈사람 속의 검은 항아리」(『21세기문학』 봄호) 발표. 3월 초 서교동의 한 내과의원에서 내시경으로 위염 검사를 받음. 3월 9일 고양시 화정동에 있는 서영병원에 입원. 11일 신촌 세브란스병원으로 옮김. 암종증 진단을 받음. 4월 8일 연희동 동서한방병원으로 옮김. 4월 22일(음력 3월 16일)새벽 3시 43분 같은 병원에서 눈을 감음. 4월 24일 용인 공원묘원에 묻힘.

미망인 함정임의 뜻에 따라 6월 9일(음력 5월 5일) 신촌의 봉원사에서 영가(靈駕)의 명복을 비는 천도의식(薦度儀式)인 사십구재(四十九齋)를 지냄. 이 자리에는 김성동, 김원우, 김사인, 임우기 등의 문단 선배들과 정홍수, 안찬수, 진정석, 정홍섭, 하영춘 등 오랜 지우, 그리고 가족과 친지를 비롯 평소 그의 글을 따르던 독자들이 지상에서 하늘로 길을 떠나는 그의 마지막을 지킴. 김성동 선생이 직접 붓으로 초(草)한 비문을 새긴 비석이 섬.

김소진 전집 6
그리운 동방

1판 1쇄 | 2002년 7월 23일
1판 3쇄 | 2020년 3월 17일

지은이 김소진
펴낸이 염현숙
책임편집 김현정 조연주 장한맘 손미선
마케팅 정민호 박보람 우상욱 안남영
홍보 김희숙 김상만 오혜림 지문희 우상희 김현지
제작 강신은 김동욱 임현식 | 제작처 (주)상지사P&B

펴낸곳 (주)문학동네
출판등록 1993년 10월 22일 제406-2003-000045호
주소 10881 경기도 파주시 회동길 210
전자우편 editor@munhak.com | 대표전화 031)955-8888 | 팩스 031)955-8855
문의전화 031) 955-3576(마케팅) 031) 955-8864(편집)
문학동네카페 http://cafe.naver.com/mhdn

ISBN 89-8281-552-X 04810
89-8281-546-5(세트)

* 이 도서의 국립중앙도서관 출판예정도서목록(CIP)은 서지정보유통지원시스템 홈페이지(http://seoji.nl.go.kr)와 국가자료공동목록시스템(http://www.nl.go.kr/kolisnet)에서 이용하실 수 있습니다.(CIP제어번호: CIP2008003509)

www.munhak.com